BIANCA IOSIVONI
Die letzte erste Nacht

Weitere Titel:

BIANCA IOSIVONI

DIE letzte erste NACHT

Roman

LYX

LYX in der Bastei Lübbe AG
Dieser Titel ist auch als E-Book erschienen.

Originalausgabe

Copyright © 2018 by Bastei Lübbe AG, Köln

Textredaktion: Kristina Langenbuch Gerez
Umschlaggestaltung: www.bürosüd.de
Satz: Greiner & Reichel, Köln
Gesetzt aus der New Caledonia
Druck und Verarbeitung: GGP Media GmbH, Pößneck

Printed in Germany
ISBN 978-3-7363-0717-9

4 6 8 7 5

Sie finden uns im Internet unter lyx-verlag.de
Bitte beachten Sie auch: luebbe.de und lesejury.de

Für Yvonne.

Und für alle Tates dieser Welt.
Lasst euch von niemandem vorschreiben,
wie ihr sein sollt.

Playlist

Taylor Swift – ...Ready For It?
Halestorm – Heathens
Taylor Swift – I Did Something Bad
Bon Jovi – It's My Life
Skylar Grey – Dance Without You
P. O. D. – Boom
AC/DC – T. N. T.
Lana Del Rey feat. The Weeknd – Lust For Life
Kodaline – Brother
Papa Roach – Last Resort
James Arthur – Safe Inside
The Pretty Reckless – Just Tonight
Joan Jett – Bad Reputation
Limp Bizkit – Break Stuff
Linkin Park – Bleed It Out
Fort Minor feat. Styles Of Beyond – Remember The Name
Sam Smith – Stay With Me
Halestorm feat. James Michael – Private Parts
Hollywood Undead – Undead
A Great Big World & Christina Aguilera – Say Something
Blue October – Hate Me
Little Mix – These Four Walls
X Ambassadors – Unsteady
Three Days Grace – I Hate Everything About You
Chord Overstreet – Hold On
Fergie – Big Girls Don't Cry
Ed Sheeran – Photograph

Kapitel 1

Tate

Trevor Alvarez war absolut nicht mein Typ. Nope. Nie gewesen und würde er auch nie sein. Nicht einmal dann, wenn er so dicht an mir vorbeiging wie jetzt und mir dabei einen Blick zuwarf, den ich nicht recht deuten konnte. Sein Duft hing noch in der Luft, während er sich bereits setzte, und ich musste mich zusammenreißen, um nicht ein weiteres Mal tief einzuatmen.

Zugegeben: Trevor war attraktiv. Nicht auf eine modelmäßige Weise, sondern wenn man auf den geheimnisvollen Latinotyp mit vollem Haar, gepflegtem Bart und Augen stand, die so dunkel waren, dass sie beinahe schwarz wirkten. Dazu eine große Statur, breite Schultern und schöne Hände. Ja, ich gehörte zu den Frauen, die auf wohlgeformte Hände mit langen Fingern standen und die sich nur zu gern ausmalten, was ihr Besitzer alles damit anstellen konnte. Und vielleicht starrte ich einen Moment zu lange auf Trevors Hände, als er seine Unterlagen auspackte und sich mir gegenüber an unserem Stammplatz in der Bibliothek breitmachte.

Seine Finger waren ein bisschen rau, obwohl ich mir nicht ganz erklären konnte, woher das kam. Ich wusste nur, dass sie ein heißes Prickeln auf meiner Haut hinterließen und sich die Härchen auf meinen Armen aufstellten, als er darüberstrich. Und als er die Hände unter meinen Pullover schob …

»Gehst du oder bleibst du?« Trevor sah stirnrunzelnd von meiner gepackten Tasche zu mir hoch.

»Charmant«, murmelte ich und begutachtete eine der roten Strähnen in meinem ansonsten dunkelbraunen Haar, während ich demonstrativ weiter neben dem Tisch stehen blieb. Sie waren nicht mehr ganz so knallig wie noch vor den Ferien. *Kommt sofort auf die To-Do-Liste.* Eigentlich war ich gerade im Begriff gewesen zu gehen, da man nur ein gewisses Maß an Informationen über die verschiedenen Obduktionsverfahren sammeln konnte, bis einem der Kopf platzte. Aber statt abzuhauen, stützte ich mich nun mit beiden Händen auf die Tischplatte, lehnte mich vor und schenkte Trevor ein provozierendes Lächeln. »Willst du denn, dass ich bleibe?«

Etwas flackerte in seinen Augen auf, doch genauso schnell, wie es aufgetaucht war, veränderte sich sein Blick wieder, wurde distanziert und ausdruckslos.

»Kein Interesse.«

Ich beugte mich noch ein Stück näher, bis ich seinen Duft überdeutlich wahrnahm. Trevor roch nach etwas, das mich an lange Nächte vor einem Kaminfeuer denken ließ, dazu kam etwas Zitrusartiges und ein Hauch von etwas Scharfem.

»Lügner«, flüsterte ich.

Dieser Kerl war so verdammt schwer zu knacken – dabei könnte alles so einfach sein. Vor allem dann, wenn er damit aufhören würde, den Retter für mich zu spielen. Ich hatte einen Aufpasser und großen Bruder gehabt und brauchte keinen zweiten. Doch Trevor schien das nicht einsehen zu wollen und kam mir immer dann zu Hilfe, wenn ich überhaupt keine wollte. Aber wenn ich ihm mehr oder weniger subtil etwas anderes anbot, etwas, das nichts mit Büchern und Lernen oder damit zu tun hatte, auf mich aufzupassen, schaltete er auf blind, taub und stur.

Kopfschüttelnd richtete ich mich wieder auf. »Dann noch viel Spaß.«

Und damit machte ich auf dem Absatz kehrt. Während ich die Bibliothek durchquerte, hätte ich schwören können, dass er mir mit seinem Blick folgte, doch als ich mich kurz vor dem Ausgang noch einmal umdrehte, war Trevor bereits in sein Buch vertieft.

Mistkerl.

Ich stieß die Tür mit mehr Gewalt auf als nötig und hätte sie damit fast einem Kommilitonen an den Kopf geknallt, der gerade hereinkommen wollte. Ich ignorierte seinen verdutzten Gesichtsausdruck und rauschte wortlos an ihm vorbei, raus aus der gut beheizten Bibliothek in den eisigen Januarnachmittag. Dunkle Wolken hingen am Himmel und tauchten alles in ein graues Licht, aber die Sonne würde ohnehin bald untergehen, und es würde wieder Nacht sein.

Ich mochte den Winter nicht. Zu viel Dunkelheit. Zu viele Abende, die man nur im Haus verbringen konnte, mit zu viel Zeit zum Nachdenken. Ich wünschte, ich hätte meine miese Laune auf diese dämliche Jahreszeit schieben und damit abhaken können. Aber ich hatte an jenem Tag aufgehört, mir selbst etwas vorzumachen, als Mom, Dad und ich zu Hause auf dem Sofa saßen und zwei Polizisten uns mitteilten, dass mein Bruder gestorben war.

Im Gehen zupfte ich an meinem bordeauxfarbenen Pullover und zog den Reißverschluss meiner Lederjacke ganz hoch. Die Hände schob ich in die Taschen der Jacke und beschleunigte meine Schritte. Als ich heute Morgen in meinen ersten Kurs im neuen Jahr gegangen war – ausgerechnet Soziologie –, hatte ich wieder mal Handschuhe und Schal in der WG vergessen. Wahrscheinlich lagen sie dort inzwischen öfter, als dass ich sie trug – aber hey. Immerhin besaß ich so etwas überhaupt.

In den Winterferien hatte es ordentlich geschneit, und auch wenn heute keine dicken Flocken mehr vom Himmel fielen, lag noch genug Schnee, um alles wie ein Winterwunderland aussehen zu lassen. Oder um meine Kommilitonen wieder in Kinder zu verwandeln, die sich gegenseitig mit einer Handvoll Schnee einseiften. Ich kam nicht gegen mein Lächeln an, als ich Luke und Mason schon von Weitem auf der Grünfläche zwischen den Wohnheimen entdeckte. Zwischen den vier Gebäuden standen Tische und Bänke, die in den wärmeren Monaten mehr zum Chillen als zum Lernen genutzt wurden. Jetzt dienten sie diversen Leuten als Deckung, und der Platz darum herum hatte sich in ein Schlachtfeld verwandelt.

Unbeeindruckt von dem Gejohle und Gefluche ging ich daran vorbei, hob jedoch warnend die Augenbrauen, als Luke mich entdeckte, in den Händen einen frisch geformten Schneeball. Selbst im tiefsten Winter und vor dem grauen Himmel war er mit seinem dunkelblonden Haar und der guten Laune ganz der Sunnyboy. Er holte aus. Ich blieb stehen und starrte ihn finster an. Grinsend zwinkerte Luke mir zu, machte eine halbe Drehung und warf den Schneeball auf Mason. Der kniete hinter einer Bank, starrte allerdings abgelenkt auf sein Handy und schrie auf, als ihn der Schneeball im Nacken erwischte.

Treffer und versenkt.

Kopfschüttelnd lief ich weiter. Aber noch bevor ich die Glastür erreicht hatte, die in mein Wohnheim führte, fing es plötzlich an zu regnen. Hinter mir begann ein Gekreische der ganz anderen Art, als der eisige Schneeregen die Schneeballschlacht unterbrach und alle Leute an mir vorbei in die Gebäude stürmten. Ganz toll. Ich schob mir eine feuchte Haarsträhne aus den Augen und ging weiter.

Mein Atem kondensierte in der kalten Luft. Ich wollte dieses ganze verdammte Thanksgiving-Essen zu Hause nur noch ver-

gessen und mich in meine Bücher stürzen. Genau wie Trevor offenbar, der vor den verschlossenen Türen der Bibliothek stand. Regen prasselte auf uns herab, während wir wie ausgesperrte Kinder vor dem Haus mit den dunklen Fenstern darauf warteten, dass uns jemand reinließ. Anscheinend hatte keiner von uns damit gerechnet, dass die Bibliothek wegen des Feiertags noch geschlossen sein würde.

»Kaffee?«, fragte ich und wischte mir das feuchte Haar aus dem Gesicht.

Er nickte, und wir machten uns auf den Weg zum nächsten Coffee Shop.

Obwohl wir uns seit etwas mehr als zwei Jahren kannten, war es das erste Mal, dass wir wirklich allein waren. Ohne unsere Freunde. Ohne Bücher und Mitschriften aus den Seminaren, auf die wir uns konzentrierten. Ohne, dass einer von uns – meistens ich – angetrunken war. An einem verregneten Nachmittag auf dem völlig verlassenen Campus …

Jemand rempelte mich von hinten an. Ich kam nicht mal dazu, ihm eine Beleidigung hinterherzurufen, weil er schon im Wohnheim verschwunden war. Mit zusammengebissenen Zähnen folgte ich den anderen hinein.

Es war, als würde ich eine Sauna betreten. Auf keinen Fall würde ich mich mit all den Leuten in diese Streichholzschachtel von Aufzug quetschen, wenn die Luftfeuchtigkeit dort drinnen der im kolumbianischen Dschungel glich. Stattdessen nahm ich widerwillig die Treppe nach oben, zog mir währenddessen bereits die Jacke aus und schob die Ärmel meines Pullovers hoch. Trotzdem war ich nicht nur klitschnass, sondern auch verschwitzt, als ich endlich unser Stockwerk erreichte und die Schlüsselkarte hervorkramte.

»Hey«, begrüßte mich Elle, die gerade aus ihrem Zimmer kam, als ich die WG betrat. Sie hatte ihre Tasche umgehängt und schien auf dem Sprung zu sein, blieb jedoch stehen und betrachtete mich aus zusammengekniffenen Augen. »Was ist passiert? Abgesehen davon, dass du aussiehst, als wärst du in einen See gefallen, meine ich.«

»Nichts.« Ich pfefferte Tasche und Jacke neben das Sofa, schüttelte mich, stapfte zu unserer Kochnische hinüber und riss den Kühlschrank auf.

»Sicher?«, hakte Elle nach. »Du bist noch grimmiger als sonst im Winter. Und das will was heißen.«

Ich schnaubte und schloss die Kühlschranktür wieder, ohne etwas herausgenommen zu haben. Doch Elle war noch nicht fertig. Das Mädchen konnte wie ein Pitbull sein, wenn sie eine Story witterte – oder es einem ihrer Freunde nicht gut ging. Genau das, was ich jetzt gebrauchen konnte. *Nicht.*

Wortlos kehrte ich zum Sofa zurück, ließ mich darauf fallen und begann mir die Stiefel auszuziehen. Sie waren nass, dreckig und kleine Kieselsteine hingen in den Sohlen fest. Noch ein Grund mehr, den Winter zu hassen.

»Warst du in der Bibliothek?«, fragte Elle, während sie ihre eigene Tasche ablegte und zwei Tassen aus dem Schrank nahm, als hätte sie alle Zeit der Welt.

»Jepp.«

»War es sehr voll?«

Ich zuckte mit den Schultern. Ob voller Leute oder ganz leer interessierte mich nicht, solange ich in Ruhe lernen konnte und mir niemand auf die Nerven ging.

Das Gurgeln des Wasserkochers erfüllte den Raum, während Elle ein paar Löffel Instant-Coffee in die Tassen schüttete. »Trev war sicher auch da, oder?«

Ich presste die Lippen aufeinander, um all die Worte zurückzuhalten, die mir auf der Zunge lagen. Mein Leben lang war es mir leichtgefallen, Geheimnisse für mich zu behalten. Sei es das Versteck meines Tagebuchs als Kind, oder Mom und Dad nichts zu verraten, wenn Jamie sich nachts rausgeschlichen hatte. Wir hatten immer zusammengehalten, waren eine Einheit gewesen, bis … bis wir es nicht mehr waren.

»Tate?«

Ich räusperte mich und betrachtete meine Fingernägel. An der Nagelhaut klebten noch ein paar Farbreste von meinem Ausflug in den Kunstsaal gestern Abend, genau wie an meinem linken Daumen. »Trev ist noch da und hat einen Tisch ganz für sich, falls du hinwillst.«

Elle warf mir einen vielsagenden Blick zu. Richtig. Das Mädchen schaffte es irgendwie, sich durchs College zu mogeln, indem sie alle Hausarbeiten nur eine Nacht vorher zusammenschrieb und etwa genauso früh für Prüfungen zu lernen begann. Wie sie das machte, war mir ein Rätsel. Ich musste mich wochenlang auf alles vorbereiten … aber dafür führte ich die Punktetabelle auch regelmäßig an. Und nur darum ging es mir.

Elle stellte eine dampfende Tasse vor mir auf dem Sofatisch ab. Ich griff danach, atmete tief ein und war überrascht, neben dem Kaffeeduft eine Spur Zimt wahrzunehmen. *Huh.* Anscheinend fuhr meine beste Freundin die harten Geschütze auf. Sie war so ziemlich die Einzige, die um meine Schwäche für Zimt wusste.

Dann setzte sie sich mir gegenüber auf das andere Sofa, mit einer eigenen Tasse in den Händen. Das honigblonde Haar hatte sie zu einem dicken Zopf geflochten, der ihr elegant über die Schulter fiel. Der Blick aus ihren grüngrauen Augen war geduldig. Abwartend.

Ich begann mich zu winden. Elle sagte kein Wort, während sie vorsichtig an ihrem Kaffee nippte und das Schweigen zwischen uns sich immer weiter in die Länge zog. So lange, bis ich gar nicht anders konnte, als den Mund aufzumachen.

»Ich habe mit Trevor geschlafen.«

Da. Jetzt war es raus. Die Worte, die mir schon seit Wochen auf der Zunge brannten und die ich immer wieder runtergewürgt hatte. Aber nach den Winterferien war ich jeden Tag mit diesem Kerl konfrontiert worden, mit meinen Erinnerungen an jene Nacht – und vor allem mit der Tatsache, dass er sie offenbar am liebsten vergessen wollte.

»Wie bitte?« Elle ließ beinahe ihre Tasse fallen und starrte mich mit großen Augen an. »Du hast mit Trevor geschlafen? Mit unserem Trevor?«

»Nein, mit dem schwulen Trevor aus dem Basketballteam und dem hundert Jahre alten Professor für Archäologie«, knurrte ich. »Natürlich mit *unserem* Trevor!«

»Okay.« Beschwichtigend hob sie die Hände.

»Wir … Keine Ahnung, was da über uns gekommen ist.« Ich nestelte an meiner Tasse, stellte sie auf meinem Oberschenkel ab und nahm sie dann doch wieder in beide Hände. »Es war ein Ausrutscher.«

»Wart ihr betrunken?«

Ich zuckte zusammen. »Nein …«

»Oh.«

Ich seufzte und ließ den Kopf gegen die Lehne hinter mir fallen. »Es war nach Thanksgiving. Ihr wart alle noch weg, und wir standen beide vor der geschlossenen Bibliothek, also sind wir zum Lernen in einen Coffee Shop gegangen.«

Und waren von dort irgendwie in meinem Bett gelandet. Völlig logisch, oder nicht?

Elle bedachte mich mit einem seltsamen Blick. »Ich dachte mir schon, dass irgendwas war, weil du nach Thanksgiving so komisch reagiert hast. Aber ganz ehrlich? Damit habe ich nicht gerechnet.«

Irgendwie brachte ich ein Lächeln zustande. »Wahrscheinlich warst du zu sehr damit beschäftigt, vor aller Welt geheim zu halten, was da zwischen Luke und dir lief.«

Sie öffnete den Mund, um zu protestieren, überlegte es sich dann aber doch anders. Ihre Wangen wurden rot. Hastig trank sie einen Schluck von ihrem Kaffee, aber ich bemerkte ihr Lächeln trotzdem.

Ich warf ein kleines Sofakissen nach ihr. »Hör auf damit.«

Sie wich nicht mal aus. »Womit?«

»So ekelhaft verliebt zu sein. Erst Dylan und Emery, jetzt du und Luke. Und Mackenzie schwebt sowieso schon jedes Mal auf Wolke sieben, wenn sie von einem Besuch bei ihrem Freund zurückkehrt.«

»Oder er hier war«, fügte Elle trocken hinzu und erinnerte uns beide daran, dass unsere Mitbewohnerin nachts genauso laut sein konnte wie ich. »Okay, aber zurück zum Thema. Die Sache mit Trevor war ein One-Night-Stand, oder?«

Ich verstand ihre Schlussfolgerung, schließlich war ich bekannt dafür, nur One-Night-Stands zu haben. Zumindest, solange es sich bei meinem Bettpartner nicht um Jackson aus dem Footballteam handelte, aber das war eine andere Geschichte.

Ich seufzte tief.

Elle musterte mich fragend. »Wo ist das Problem? Soweit ich weiß, hat niemand etwas bemerkt. Keiner von euch hat sich irgendwie anders verhalten als sonst.«

»Das Problem ist …« Ich stellte die Tasse ab und knetete meine Finger, dann lachte ich auf, was in meinen Ohren allerdings eher verzweifelt als belustigt klang. »Das Problem ist, dass es gut war. Wirklich richtig gut. Und dass ich es noch mal tun will.«

»Ahh …«, machte sie. »Lass mich raten: Trev stellt sich quer?«

»Genau. Er schläft nicht mit Mädchen, mit denen er befreundet ist. Was für ein Gentleman.« Ich schnaubte verächtlich. »Als ob diese Regelung bei dir und Luke funktioniert hätte … Außerdem sind wir nicht mal Freunde.«

»Was seid ihr dann?«

Ich zuckte mit den Schultern. Für Trevor und mich gab es keine Bezeichnung, zumindest keine nette. Unsere Freunde nannten uns TNT – und sie hatten recht damit. Wenn Trevor und ich aufeinandertrafen, konnte jeden Moment etwas in die Luft gehen. Meistens war ich es, die explodierte, weil er wieder mal den Ritter in strahlender Rüstung spielen und ich ihm dafür den Hals umdrehen wollte.

Dabei hatte er diese Auftritte gar nicht nötig. Schließlich ging es ihm nicht darum, mich zu beeindrucken – ich war mir sogar ziemlich sicher, dass er mich nicht mal besonders leiden konnte. Was auf Gegenseitigkeit beruhte. Das einzige Mal, dass wir uns überhaupt verstanden hatten, war in meinem Bett gewesen. Aber ausgerechnet dort hatten wir uns *unglaublich* gut verstanden.

»Wenn er Nein sagt, bleibt dir nichts anderes übrig, als das zu akzeptieren. Du kannst ihn schlecht ans Bett fesseln und dazu zwingen, mit dir zu schlafen.«

Hmm. Meine Gedanken begannen ganz von selbst zu wandern, doch leider kannte Elle mich zu gut.

Warnend hob sie den Zeigefinger. »Oh nein, denk nicht mal dran!«

»Spielverderberin.«

Denn das Bild, das mir dank ihrer Worte ziemlich deutlich vor Augen stand, war ausgesprochen verlockend. Natürlich würde ich niemanden dazu zwingen, Sex mit mir zu haben. Aber bei der Vorstellung eines ans Bett gefesselten Trevors musste ich mir unweigerlich auf die Lippen beißen.

Seufzend trank ich einen Schluck von meinem Kaffee. Wenigstens heiterte der Zimtgeschmack mich ein bisschen auf und schenkte diesem miesen Tag einen Lichtblick.

»Es ist ja nicht mal so, dass ich etwas Festes will«, sprach ich meine nächsten Gedanken laut aus. »Und selbst wenn ich auf der Suche nach einer Beziehung wäre, dann wäre Trevor meine letzte Wahl.«

Dafür machte er mich mit den ständigen Diskussionen darüber, was ich tun und was ich nicht tun sollte, zu wahnsinnig. War es wirklich so schwierig, nur mit mir ins Bett zu gehen, sich aber sonst aus meinem Leben rauszuhalten? Ich hatte auch mit anderen Kerlen geschlafen – und war sogar mit einigen davon befreundet –, und die führten sich nicht auf wie ein überbesorgter großer Bruder.

»Wie dem auch sei«, fuhr ich fort und trank meine Tasse aus. »Trevor hat keinen Grund, sich so anzustellen. Es ist einfach nur Sex. Heißer, schweißtreibender, fantastischer Sex. Was ist so schlimm daran, wenn wir es noch mal tun?«

»Gar nichts«, versicherte Elle mir und stellte ihre leere Tasse auf dem Couchtisch ab. »Was hast du jetzt vor?«

»Ganz einfach: Ihn dazu bringen, es genauso sehr zu wollen wie ich. Und wenn das nicht klappt …« Ich zuckte mit den Schultern und sprang auf. »Dann kann ich ihn immer noch ans Bett fesseln.«

Trevor

Mit Tate Masterson zu schlafen, war ein Fehler gewesen. Nicht der größte Fehler meines Lebens, aber definitiv unter den Top 5. Das wurde mir jedes Mal aufs Neue bewusst, wenn wir uns begegneten. Und es war mehr als deutlich, dass sie ebenfalls an unsere gemeinsame Nacht zurückdachte, denn sie machte kein Geheimnis daraus, dass sie eine Wiederholung davon wollte. Was unter keinen Umständen geschehen würde. Nicht einmal dann, wenn ein einziger Blick aus ihren grünen Augen genügte, um mich zu jenem Abend im November zurückzukatapultieren. Der Abend, der niemals hätte passieren dürfen.

Aber als wir beide im strömenden Regen vor den geschlossenen Türen der Bibliothek gestanden hatten und sie mich gefragt hatte, ob ich einen Kaffee trinken wollte, hatte ich einfach nicht Nein sagen können. Nicht, wenn sie ausnahmsweise mal nicht wie das selbstbewusste Mädchen wirkte, dem alles und jeder egal war, sondern irgendwie … verloren. Allein.

Ich schüttelte den Kopf und versuchte mich auf das aufgeschlagene Buch vor mir zu konzentrieren. Es war ein Fehler gewesen. Ein Fehler, der sich nicht wiederholen würde.

Als ich die Bibliothek Stunden später verließ, hatte ich mir das lange genug eingeredet, um selbst daran zu glauben. Schnee und Eis knirschten unter meinen Schuhen, weil der Weg zwar geräumt war, es aber nachgeschneit haben musste. Ich legte den Kopf in den Nacken. Die Straßenlampe rechts von mir blendete mich, trotzdem meinte ich, das Funkeln einzelner Sterne im Nachthimmel erkennen zu können. Ich schlug den Kragen meines Mantels hoch und machte mich auf den Weg zurück ins Wohnheim. Ich hatte keine Ahnung, wie spät es war. Wenn man von der Kälte und Dunkelheit ausging, könnte es sowohl fünf Uhr nachmittags als auch kurz vor Mitternacht sein. Aber wenn man danach ging, wie wenigen Menschen ich begegnete und dass in den Fenstern der anderen Gebäude kaum noch Lichter brannten, musste es spät sein.

Auch im Wohnheim war nicht mehr viel los, als ich die Lobby durchquerte und die Stufen nach oben nahm. Da ich die meiste Zeit des Tages damit verbracht hatte, entweder in einem Hörsaal oder in der Bibliothek zu sitzen, war ich dankbar für jedes bisschen zusätzlicher Bewegung.

Vor der Tür unserer Wohngemeinschaft angekommen, betete ich innerlich, dass ich keinen meiner Mitbewohner mit seiner Freundin rummachend auf dem Sofa vorfinden würde. Alles schon passiert. Und der Anblick von Lukes nacktem Hintern hatte sich für die Ewigkeit in mein Hirn eingebrannt. Schlimmer waren nur Emery und Dylan. Vor ein paar Tagen, direkt nach den Winterferien, hatte Emery sich einen neuen Streich für ihn ausgedacht. Nur leider war ich derjenige gewesen, der beim Öffnen der Tür den Kübel voll kaltem Wasser abgekriegt hatte. Spaßige Zeiten.

Ich drehte den Türknauf, innerlich auf alles vorbereitet, und stieß die Tür auf. Kein Schwall Wasser. Kein knutschendes Pärchen auf dem Sofa. Nur Luke und Mason, die sich eine epische Schlacht beim neuesten Teil von *Injustice* lieferten und sich gegenseitig Beleidigungen an den Kopf warfen. Dabei klang Mason ziemlich verschnupft. Anscheinend war er schon eine ganze Weile hier und seine Katzenhaarallergie machte sich langsam bemerkbar.

»Hey«, begrüßte ich die beiden, die nicht von ihrem Spiel aufsahen, sondern mich nur mit einem Nicken zur Kenntnis nahmen. Noch im Mantel und mit der Laptoptasche über der Schulter blieb ich hinter dem Sofa stehen und zog überrascht die Brauen hoch. »Mann, Maze macht dich fertig.« Ich klopfte Luke auf die Schulter, der sie sofort wegzog.

»Fick dich.«

»Ha!« Triumphierend stieß Mason die Faust in die Luft. Er hatte die Ärmel hochgekrempelt, wodurch das Tattoo an seinem linken Unterarm deutlich zu sehen war. »Oh Shit!«, rief er im selben Atemzug, als Luke zum Gegenschlag ausholte.

Amüsiert schüttelte ich den Kopf und ging in mein Zimmer.

Luke und ich teilten uns schon seit dem ersten Semester eine WG, obwohl wir uns damals nicht gekannt hatten. Das war jetzt zweieinhalb Jahre her. Dylan war im letzten Semester dazugekommen und hatte sein Haustier mitgebracht: Mister Cuddles, eine ältere Katzendame, die nun von meinem Bett aufstand, sich reckte und streckte und mich beobachtete, als würde sie sich fragen, was zum Teufel ich in ihrem Reich wolle.

Ich kraulte ihr den Kopf und legte dann die Laptoptasche auf dem Bett ab. In ihrer Ruhe gestört, sprang Mister Cuddles von der Matratze und schlich lautlos ins Wohnzimmer hinüber. Noch bevor ich den Mantel ausgezogen hatte, hörte ich Luke fluchen, dicht gefolgt vom Fauchen der Katze. Aus irgendeinem Grund konnte Mister Cuddles meinen besten Kumpel nicht leiden – und sie ließ ihn das regelmäßig mit ihren Krallen spüren. Oder indem sie mitten in der Nacht auf dem Klodeckel hockte und sich weigerte, wegzugehen, wenn Luke ins Bad kam.

»Ich schmeiß dieses Katzenvieh raus!«, kam es genervt aus dem Wohnzimmer.

Mason schnaubte, was in einem erstickten Husten endete. »Meinen Segen hast du.«

»Dylan wird euch umbringen«, kommentierte ich und ging zu der kleinen Kochecke in der Wohnung. Und wenn ich Kochecke sagte, dann meinte ich das auch so. Keine Ahnung, wie Luke es schaffte, hier regelmäßig etwas Essbares zu produzieren. Das Einzige, was ich hinbekam, waren Pancakes. Aber die waren in meinem Freundeskreis inzwischen legendär.

»Nicht, wenn du uns nicht verrätst.« Luke hatte das Spiel pausiert und versuchte Mister Cuddles von der Rückenlehne zu verscheuchen. Was nur zur Folge hatte, dass die Katze mit der Pfote nach ihm schlug.

Ich holte mir ein Bier aus dem kleinen Kühlschrank und

setzte mich in einen Sessel. Nicht der ideale Platz, um fernzusehen, aber von hier aus hatte ich den besten Blick auf das Schauspiel, das Luke und Mister Cuddles gerade boten. Immer wieder zog er die Hand zurück, was die Katze nur noch mehr nach ihm hauen ließ.

»Du weißt schon, dass sie das für ein Spiel hält?«, fragte ich nach dem dritten Schluck.

»Apropos Spiel.« Mason deutete auf den TV. »Wie wär's, wenn wir das zu Ende bringen und ich dir in den Arsch trete, bevor ich gehe?«

»Bevor du stirbst wohl eher«, konterte Luke und ließ von der Katze ab. Er griff nach dem Controller, rutschte aber bis an die Sofakante vor, um so viel Abstand wie möglich zwischen sich und seinen Erzfeind zu bringen.

Ich nippte an meinem Bier. Das dürfte interessant werden.

Es dauerte keine zwei Minuten, bis Mister Cuddles von der Lehne auf die Couch und von dort auf den Tisch sprang. Und sich direkt vor den Fernseher setzte und damit anfing, sich zu putzen. Ich verbiss mir ein Lachen. Mason saß auf dem Boden und hatte freie Sicht auf den Bildschirm, allerdings wurde die stark durch seine tränenden Augen getrübt. Luke dagegen lehnte sich nach links und rechts, um den Kampf weiterführen zu können. Allerdings hatte sein Batman keine Chance gegen Masons Harley Quinn.

»Komm schon …«, murmelte Luke und hämmerte mit Daumen und Zeigefingern auf den Controller ein.

Mister Cuddles tappte über den Tisch und stieß mit dem Schwanz eine leere Coladose um. Niemand reagierte. Ich rutschte tiefer in den Sessel und beobachtete die dreifarbige Katze, die innerhalb kürzester Zeit bei jedem handzahm wurde – außer bei Luke. Als Nächstes fand sie die Fernbedienung und begann damit herumzuspielen.

»Lass es«, warnte Luke sie mit zusammengebissenen Zähnen.

Sie hörte nicht auf ihn, sondern machte weiter. Ich könnte mich aufsetzen und ihr die Fernbedienung wegnehmen, aber – ganz ehrlich? Ich wollte mir die Katze nicht zum Feind machen. Dafür konnte sie manchmal zu Furcht einflößend sein. Gleichzeitig war es auch irgendwie niedlich, wie sie auf der Fernbedienung herumpatschte und dabei Luke betont gleichgültige Blicke zuwarf. Im nächsten Moment fiel die Fernbedienung klappernd auf den Boden. Ich presste die Lippen aufeinander, um nicht zu lachen, als Mister Cuddles sich als Nächstes eine weitere Dose vornahm. Natürlich angelte sie zielsicher nach Lukes Energydrink.

»Wehe …!« Ohne den Blick vom Fernseher zu nehmen oder den Controller loszulassen, schob er das Getränk mit dem Handrücken zur Seite.

Die Katze folgte der Bewegung und setzte sich daneben.

Mason lehnte sich zum Bildschirm vor, wo Harley gerade den Boden mit Batmans Arsch aufwischte. »Los, mach ihn fertig, Baby!«

Den ausdruckslosen Blick auf Luke gerichtet, holte Mister Cuddles mit der Pfote aus und warf die Dose um.

»Nein! Fuck! Was?!« Luke sprang auf und ließ den Controller fallen. Er hatte den Kampf verloren und die klebrige Flüssigkeit ergoss sich über den Tisch und tropfte von dort auf den Teppich, während Mister Cuddles seelenruhig danebensaß und sich das Gesicht putzte.

Ich lachte auf. Gott, das war besser als jede Comedy im TV. Und es lenkte mich von der Begegnung in der Bibliothek ab.

»Du Miststück!« Luke starrte die Katze finster an. Die erwiderte seinen Blick und miaute unschuldig, dann sprang sie vom Tisch und tappte zurück in Dylans Zimmer, wo sich ihr Schlafplatz befand.

Grinsend stand ich auf, stellte mein Bier zur Seite und holte eine Rolle Klopapier, um die Sauerei aufzuwischen.

Luke riss sie mir grummelnd aus der Hand. »Ich will eine Revanche!«

Doch Mason schüttelte den Kopf. »Heute nicht mehr, Kumpel. Ich muss hier raus.«

Kein Scheiß. Mit den geröteten, glänzenden Augen und der laufenden Nase sah er aus, als hätte ihn die Grippe des Jahrtausends erwischt.

Ich nickte ihm zu. »Hau ab, bevor du noch krepierst.«

Mason stand auf und murmelte beim Rausgehen etwas von wegen, er müsse sich dringend wieder Allergietabletten besorgen. Vielleicht sollten wir ihm einen Jahresvorrat zum Geburtstag schenken.

»Ich schwöre, wenn dieses Mistvieh noch eine solche Aktion startet …« Luke warf die feuchten Tücher in den Müll und wusch sich die Hände.

»Was dann?«, konterte ich trocken. »Schmeißt du sie raus? Da wird Dylan ganz bestimmt mitmachen.«

Als ob. Wegen der Katze war er aus seiner letzten WG geflogen und Luke hatte ihm angeboten, hier einzuziehen, weil unser bisheriger Mitbewohner das Studium geschmissen hatte. Damals hatte noch keiner ahnen können, welcher Kleinkrieg hier ausbrechen würde.

Statt einer Antwort brummte er nur. »Wo treibt sich Dylan überhaupt rum?«

Ich warf einen Blick auf die Armbanduhr an meinem Handgelenk. Sie hatte Kratzer und das Lederband wies schon ein paar Risse auf, was dem Alter geschuldet war. Die Uhr hatte meinem Onkel und davor meinem Großvater gehört, und solange sie noch funktionierte, sah ich keinen Grund dafür, sie zu ersetzen.

»Es ist kurz nach elf«, stellte ich fest. »Wenn er nicht noch bei der Arbeit festhängt, ist er wahrscheinlich bei Emery.«

Wohin er Mister Cuddles nicht ständig mitnehmen wollte. Auch wenn Emery ganz sicher nichts dagegen hätte, denn sie liebte den kleinen Vielfraß und soweit ich das einschätzen konnte, beruhte das auf Gegenseitigkeit. Seit diesem Semester teilte sie sich auch kein Zimmer mehr mit Mason, sondern bewohnte mit ihm und einer kaum anwesenden Mitbewohnerin eine Dreier-WG, in der jeder sein eigenes Zimmer hatte.

Luke verdrehte die Augen, als wäre er von keiner der beiden Möglichkeiten begeistert. »Ich schwöre, diese Katze versucht, mich umzubringen«, hörte ich ihn murmeln, während er in sein Zimmer stapfte.

»Noch hat sie dir nicht ins Bett gepinkelt«, rief ich ihm nach. »So groß kann der Hass also nicht sein.«

Luke kam mit einer Handvoll DVDs zurück. »Aber *mein* Hass ist groß genug. Ich gehe nach oben zu den Mädels. Kommst du mit?«

Zu Elle und Tate? Teufel, nein. Ich hatte das Mädchen gerade erst aus meinem Kopf vertrieben und wir würden uns noch früh genug auf dem Campus oder bei der nächsten Party wiedersehen.

»Ich passe«, antwortete ich und deutete mit dem Daumen in Richtung meines Zimmers, wo mein Laptop noch immer eingepackt auf dem Bett lag. »Ich muss lernen.«

»Der Satz könnte von Tate stammen«, schnaubte Luke und klopfte mir auf den Rücken. »Na, dann viel Spaß dabei.«

Die Tür fiel hinter ihm zu, und ich blieb allein zurück. Allein mit einer Katze, die ihre Mordabsichten hoffentlich nicht gegen mich richten würde, aber vor allem allein mit meinen

Gedanken. Besser, ich beschäftigte sie, bevor ich noch auf dumme Ideen kam. Zum Beispiel gewisse Fehler zu wiederholen, weil sie mir einfach nicht aus dem Kopf gehen wollten.

Kapitel 2

Tate

Ich war zu früh dran. Wie so oft. Bis auf zwei, drei weitere Gestalten und einem Typen, der so aussah, als hätte er hier übernachtet, war der Hörsaal leer. Ich zog die Knie an die Brust, stützte sie gegen die Tischkante und schlug meinen Terminplaner auf. Wenn ich sowieso warten musste, bis alle anderen aus ihren Betten gerollt waren und unsere Dozentin uns mit ihrer Gegenwart beehrte, konnte ich genauso gut etwas Sinnvolles tun und ein paar Punkte von meiner heutigen To-Do-Liste abarbeiten.

Als sich der Raum rund fünfzehn Minuten später endlich füllte, hatte ich meine Unterlagen um mich herum ausgebreitet und bereits zwei Dinge von meiner Liste gestrichen. Jetzt musste ich nur noch diesen Tag hinter mich bringen, die Gliederung für das Referat in Rechtswissenschaften erstellen, eine schriftliche Hausaufgabe für das Forensik-Seminar erledigen und die Lektüre für nächste Woche vorbereiten. Englische Literatur war nicht mein Lieblingsfach, aber nachdem die Hälfte meiner Freunde bereits drin saß und man angeblich leicht an Credit Points kam, hatte ich mich in diesem Semester ebenfalls dafür angemeldet. Auch wenn Shakespeare meiner Meinung nach nicht das Geringste vom Leben verstanden hatte. Oder vom Tod.

»Hey.« Elle gab mir gerade genug Zeit, um meine Unterlagen vom Sitz zu nehmen, bevor sie sich neben mich fallen ließ und herzhaft gähnte. »Du warst heute Morgen schneller weg, als ich gucken konnte.«

Mit dem Stift in der Hand deutete ich auf den Pappbecher vor mir, der meine rote Lippenstiftspur trug, dann schrieb ich weiter.

»Und du hast mir keinen mitgebracht?!« Die Empörung in ihrem Tonfall sorgte dafür, dass sich ein paar unserer Kommilitonen zu uns umdrehten.

Ohne aufzusehen griff ich neben mich und reichte ihr den zweiten Becher, den ich im Coffee Shop auf dem Weg hierher geholt hatte, weil ich meine beste Freundin kannte. Ohne Koffein war sie morgens genauso unzurechnungsfähig wie ich. Nur dass sie kurz nach dem Aufstehen nicht Gefahr lief, Leute zu ermorden, die es wagten, sie anzusprechen.

»Du bist die Allerbeste, Tollste, Wunderbarste …«, begann sie.

Grinsend schüttelte ich den Kopf und klappte meinen Planer zu.

»Etwas ist faul im Staate Dänemark!«, ertönte keine zwei Minuten später Lukes Stimme. Er ließ sich auf den Platz neben Elle fallen und lehnte sich zu mir rüber. »Hey, wo ist mein Kaffee? Du hättest mir auch einen mitbringen können.«

»Ich hab kurz darüber nachgedacht«, gab ich zu. »Aber dann hab ich mich daran erinnert, dass ihr ja diese fancy Maschine in der Wohnung stehen habt und wir nicht. Also nein, kein Kaffee für dich.«

Elle machte eine Mic-Drop-Geste und Luke zog eine Grimasse.

»Wo bleibt eigentlich Emery?« Elle lehnte sich nach vorn und ließ ihren Blick durch den Saal wandern, der sich von Sekunde zu Sekunde füllte.

»Wahrscheinlich ist sie noch bei der fancy Kaffeemaschine«, murmelte Luke.

Meine Mundwinkel zuckten. »Touché.«

Als es leiser wurde im Hörsaal und die letzten Nachzügler eintrafen, kam auch Emery herein, warf einen schnellen Blick in Richtung von Professor Spears und atmete dann erleichtert auf, als sie sah, dass unsere Dozentin abgelenkt war.

»Schicke Farbe«, begrüßte ich sie und deutete mit dem Stift in der Hand auf sie. Mit ihrem platinblonden Haar und dem olivfarbenen Teint würde Emery sowieso auffallen, aber wie immer waren ihre Haarspitzen gefärbt – passend zum Winter diesmal in einem kräftigen Blau.

»Danke.« Lächelnd setzte sie sich neben mich, nachdem ich meine Sachen vom Stuhl geräumt hatte. »Ich wollte eigentlich unbedingt mal Rot probieren, aber irgendwie ist das inzwischen zur Tate-Farbe geworden.«

Ich wickelte ein paar Strähnen um meine Finger und betrachtete sie einen Moment lang. Zwischen dem dunklen Braun stachen die roten Strähnchen jetzt wieder ziemlich hervor, nachdem ich sie gestern Abend endlich nachgefärbt hatte. In den letzten Jahren hatte ich sie schon in Lila, Blau und Grün gehabt, kehrte aber immer wieder zu Rot zurück. Vielleicht, weil es so aggressiv wirkte und Idioten von Anfang an auf Abstand hielt.

Seit unserem Weihnachtsausflug in die Berge hatte ich Emery nicht mehr gesehen, und das, obwohl das neue Semester schon vor ein paar Tagen begonnen hatte. Aber wir hatten nicht viele gemeinsame Kurse, am Montag hatte sie in Englischer Literatur gefehlt, und ich hatte das Mittagessen mit den anderen zweimal ausfallen lassen. Bei den anderen Malen war sie nicht dabei gewesen. Aber obwohl heute Donnerstag war und sie sicherlich so wie wir alle eine anstrengende erste Uniwoche hinter sich hatte, wirkte sie erholt. Die Zeit bei ihrer Familie in Montana schien Emery gutgetan zu haben, trotz allem, was in ihrem letzten Highschooljahr zu Hause vorgefallen war.

Emery sah von einem zum anderen. »Hatten wir was auf?«

Elle öffnete schon den Mund, um darauf zu antworten, aber ich war schneller und schob ihr meine Unterlagen rüber. Ich war den Text so oft durchgegangen, dass ich meine Argumente und Interpretationen sowieso schon auswendig kannte.

»Wow, danke.« Skeptisch blätterte Emery durch die Papiere. »Womit habe ich das verdient? Haben wir einen Feiertag, von dem ich nichts weiß? Hast du Geburtstag?«

Auch Elle und Luke starrten mich an, als hätte ich soeben verkündet, den Rest des Semesters schwänzen zu wollen. *Ja, klar.*

Ich rollte mit den Augen. »Sei still oder ich nehme es dir wieder weg.«

Sofort presste Emery die Lippen aufeinander und zückte ihren Stift, um sich schnell ein paar Notizen zu machen. *Kluges Mädchen.* Als Professor Spears mit der Vorlesung begann, schob Emery mir die Blätter zurück und warf mir ein verschwörerisches Lächeln zu.

Die nächste Stunde lang unterhielten wir uns über Hamlet, wobei die Diskussion schnell in Richtung Gender Studies wanderte. Hamlets Frauenfeindlichkeit war nur ein Punkt von vielen, warum ich dieses Werk nicht besonders mochte. Daher war es nur logisch, dass ich die Figur und seine ganze Motivation vor allen anderen in der Luft zerfetzen musste. Insbesondere, nachdem so ein Idiot von Kommilitone geglaubt hatte, seinen ganzen sexistischen Mist bei uns abladen zu müssen.

»Ernsthaft?«, rief ich quer durch den Hörsaal, kaum dass er ausgeredet hatte. »Du willst also echt behaupten, Ophelias Tod wäre *nicht* das Resultat der patriarchalischen Unterdrückung, die sie im Verlauf des gesamten Stückes erfährt? Hast du das Werk überhaupt gelesen, oder nur mal eben zwei Minuten in die Sekundärliteratur reingeschaut? Ophelia wurde von allen Männern in ihrem Leben für deren eigene egoistische Zwecke missbraucht und musste ihnen Gehorsam leisten. Wie kann ihr Tod da bitte nicht das Ergebnis davon sein?«

Ein lautes Brummen riss mich aus meiner Tirade. Ich nahm mein vibrierendes Handy vom Tisch und schaltete es auf lautlos. Erst nach einem prüfenden Blick auf unsere Dozentin, die sehr darum bemüht war, die Diskussion nach meinem kleinen Ausbruch in eine andere Richtung zu lenken, las ich die Nachricht:

Ich habe vielleicht etwas für dich.

Kein Name, keine Details, nur dieser eine Satz. Aber der genügte, um meinen Puls in die Höhe schnellen zu lassen. Ich tippte eine knappe Antwort und steckte das Handy in meine Tasche.

Auf einmal wünschte ich mir, diesen Kurs nie belegt zu haben, auch wenn er mir Punkte einbrachte, die ich dringend brauchte, weil ich mein Nebenfach so oft gewechselt hatte. Öfter als erlaubt, aber die Collegeleitung hatte ein Auge, oder vielmehr beide, für mich zugedrückt. Es war das einzige Mal gewesen, dass ich die Toter-Bruder-Karte ausspielte und auf das Mitgefühl meiner Mitmenschen setzte. Nicht ohne schlechtes Gewissen, wohlgemerkt. Aber wenn man sich meine hervorragenden Leistungen in allen anderen Kursen anschaute, gab es keinen vernünftigen Grund, mir einen weiteren Wechsel zu verbieten. Besonders dann nicht, wenn die Frau des Universitätspräsidenten an meiner alten Highschool unterrichtet hatte und mich somit kannte. Genau wie sie Jamie gekannt hatte.

Ich merkte erst, dass ich die aktuelle Seite meines Blocks zerknüllte, als ich das Knistern von Papier hörte. Elle warf mir einen irritierten Blick zu, aber ich ignorierte die unausgesprochene Frage, strich die Seite glatt und begann wieder mitzuschreiben. Mein Laptop stand vor mir auf dem Tisch, aber ich war schon immer jemand gewesen, der seine Hände beschäftigen musste, um einen klaren Kopf zu bekommen. Sei es mit dem Pinsel im Kunstsaal, beim Anstreichen wichtiger Textpassagen mit dem Marker oder beim Zusammenfalten von Servietten und Schokoladenpapier. In der Highschool hatte ich sogar mal die Origami-AG ausprobiert, aber die ganzen technischen Anleitungen, die einschläfernde Stimme der Lehrerin und die grauenvolle Entspannungsmusik hatten mich wahnsinnig gemacht.

Stirnrunzelnd schaute ich zur Wanduhr über der Tür und seufzte. Es war lächerlich. Diese Diskussion verlief nur im Kreis und keiner konnte mit wirklich sinnvollen Argumenten punkten. Am liebsten hätte ich mich wieder eingemischt, aber dann hätte ich wahrscheinlich ein paar unvermeidliche Beleidigungen rausgehauen, und mein Arbeitspensum war auch so schon hoch genug. Da brauchte ich keine Strafarbeiten von Professor Spears, weil ich bereits am Anfang des Semesters in ihrem Kurs ausfallend geworden war.

»Du weißt aber schon, dass das keine realistische Darstellung ist, oder?«, flüsterte Elle nach einer Weile. Mit einem Kopfnicken deutete sie auf die hingekritzelte Zeichnung neben meinen Notizen.

»Wer sagt das?« Mit dem Stift in der Hand tippte ich auf die Figur von Hamlet, der gerade dabei war, mit einem blutigen Rapier, auf dem bereits Polonius und Ophelia hingen, nun auch Laertes abzustechen. »Außerdem ist die ganze Geschichte nicht realistisch.«

Sie holte schon Luft, mit Sicherheit, um mir die Wichtigkeit und die Bedeutung dieses Werkes in der klassischen Literatur deutlich zu machen, aber heute hatte ich ausnahmsweise Glück. Denn in eben diesem Moment rief Professor Spears Elles Namen auf, damit sie die aktuelle Diskussionsfrage beantwortete.

Ich presste die Lippen aufeinander, um nicht zu auffällig zu grinsen und malte seelenruhig weiter. Unter dem Tisch trat Elle nach mir, sobald Professor Spears sich ein anderes Opfer gesucht hatte. Ich zuckte zusammen, als sie meinen Fuß erwischte, ließ meinem Grinsen jetzt aber freien Lauf.

Nach dem Kurs verabschiedeten wir uns voneinander, weil jeder zu einer anderen Vorlesung und in ein anderes Gebäude musste. Irgendwie quälte ich mich durch den Vormittag, war in Gedanken aber noch immer bei dieser Nachricht. Ich hatte einen Ort und eine Zeit vorgeschlagen, aber es dauerte eine gefühlte Ewigkeit, bis es endlich Mittag war und ich aus meiner Psychologievorlesung rauskam. Während alle anderen den Weg zur Mensa einschlugen oder sich in der Stadt etwas zu essen holten, schrieb ich eine kurze Nachricht an meine Mitbewohnerin, dann lief ich quer über den Campus in Richtung Stadion.

Das gefrorene Gras knirschte unter meinen Füßen und ich schob den schwarzen Schal etwas höher, damit er auch mein Kinn bedeckte. Vielleicht war die Hose mit den Rissen an Knien und Oberschenkeln heute doch keine so gute Idee gewesen, denn selbst mit Strumpfhose darunter war es bitterkalt. Mein Atem kondensierte in der Luft und ich fror in einer Tour.

Niemand war in der Nähe der Tribünen. Bei diesen Temperaturen trainierte das Team noch in der Halle und das Stadion lag verlassen da, aber die Playoffs würden schon in ein paar Tagen beginnen. Bis es so weit war, war man hier jedoch allein und hatte seine Ruhe.

Eine drahtige Gestalt löste sich aus den Schatten, als ich nur noch ein paar Schritte entfernt war. Groß genug, um ein Basketballspieler zu sein, aber ohne die nötige Muskelkraft. Thomas arbeitete zusammen mit Elle bei der Collegezeitung und nach dem, was ich von ihr gehört hatte, bildete er sich ein, eine große Karriere als Reporter vor sich zu haben. Seine Artikel waren nicht besonders gut geschrieben, soweit ich das beurteilen konnte, aber er war ein Meister darin, Informationen auszugraben und Skandale aufzudecken. Und genau deshalb hatte ich ihn vor den Ferien angesprochen und mit diesem Auftrag versorgt.

Ich blieb stehen und verschränkte die Arme vor der Brust, um mir nicht anmerken zu lassen, wie wichtig seine Informationen für mich sein könnten. »Was hast du für mich?«

»Erst die Kohle.« Bemüht unauffällig blickte er sich um, als hätte er Angst, gleich festgenommen zu werden. Ich musste ein Schnauben unterdrücken. Dieser Typ war der mieseste Undercover-Händler aller Zeiten.

Ich fasste in meine Hosentasche und hielt einen zerknitterten Fünfzig-Dollar-Schein in die Höhe. Aber als er danach greifen wollte, schob ich ihn zurück in die Tasche. »Erst die Infos.«

Ganze zwei Sekunden lang lieferten wir uns einen Starrcontest, dann knickte er ein. Überrascht zog ich die Brauen hoch. Der Badass-Reporter, der sich mit seinen Recherchen zum Dopingverdacht letzten Sommer das ganze Footballteam zum Feind gemacht hatte, zog vor einem Mädchen den Schwanz ein? Das war fast schon niedlich. Wenn es nicht so erbärmlich wäre.

»Hier.« Er holte einen unscheinbaren schwarzen USB-Stick aus seiner Jackentasche und hielt ihn mir hin.

Ich kniff die Augen zusammen. »Woher weiß ich, dass die Sachen da drauf mein Geld wert sind?«

»Das weißt du nicht. Nimm ihn oder lass es sein.«

Wichser. Er hatte meine Schwachstelle entdeckt und nutzte sie jetzt aus. Das brachte ihm zumindest wieder ein wenig Respekt von mir ein.

»Meinetwegen.« Ich zog das Geld wieder hervor und tauschte es gegen den USB-Stick. Diesmal war ich diejenige, die sich kurz umsah, aber hier draußen war kaum jemand unterwegs. Ein paar Autos auf den Straßen. Ein Jogger in der Ferne. Niemand schenkte uns Beachtung.

»Danke.« Thomas faltete den Schein auf und glättete ihn mehrmals, bevor er ihn in seine Brieftasche schob. »Es war mir eine Freude, mit dir Geschäfte zu machen.«

Ich rollte mit den Augen. »Ja, ja.« Dann ließ ich ihn stehen, denn egal, was er noch zu sagen hatte, es interessierte mich nicht. Das Einzige, was mich interessierte, waren die Informationen auf diesem Stick.

Trevor

Ich hatte zwei Bücher unter den Arm geklemmt und balancierte ein gut gefülltes Tablett in den Händen, als das Smartphone in meiner Hosentasche zu vibrieren begann.

»Hey, Mann.« Mason rückte ein Stück mit dem Stuhl zur Seite, um mir Platz an unserem Stammtisch zu machen.

»Danke.« Ich stellte mein Essen ab, legte die Bücher daneben, warf meine Laptoptasche auf den Stuhl und zog das Handy hervor. Ein Blick auf den Namen, und ein warmes Gefühl begann sich in meinem Brustkorb auszubreiten. Sie hatte wie immer das mieseste Timing der Welt, aber ich drückte trotzdem auf *Annehmen* und entfernte mich ein paar Schritte von den anderen. »¡Hola, mi hermanita!«

Ein Kichern war die Antwort darauf, dicht gefolgt von einem lang gezogenen »Trevooor!«

Ich lächelte, während ich gleichzeitig den nächsten Ausgang ansteuerte. Hier drinnen war es viel zu laut und stickig, um mit meiner kleinen Schwester zu telefonieren. Außerdem würde das ein längeres Gespräch werden, so wie ich sie kannte.

»Was gibt's Neues, Kleine?« Ich stieß die Tür auf und trat nach draußen. Sofort begann sich eine Gänsehaut auf meinem Körper auszubreiten. Mein Atem wurde sichtbar und der Geruch von Zigaretten drang mir in die Nase. Nur ein paar Schritte entfernt standen einige Raucher dick eingepackt in der Kälte.

»Langsam, Ana.«

Ich konnte ihr kaum folgen, so schnell redete meine Schwester. Sie erzählte von der Schule, was ihre Freundinnen machten, welche Idioten es noch immer in ihrem Jahrgang gab, welchen Stoff sie gerade in ihren Lieblings- und in ihren Hassfächern durchnahmen. Das, was ich sonst stundenlang in der Bibliothek lernte, war nichts dagegen. Schon nach wenigen Minuten schwirrte mir der Kopf.

»Aber was hat Pablo genau zu Celine gesagt, die es dann Maria erzählt hat?«

»Nicht Celine!«, fiel sie mir beinahe ins Wort. »Pablo hat Steve gesagt, dass Celine behauptet hat, dass Maria ihr erzählt hat, wie Mrs Johnson am Ende der Stunde gesagt hat, dass wir die beiden Aufgaben unter dem Kapitel machen müssen. Aber außer ihr hat das keiner gehört, also haben wir im Grunde nicht wirklich Hausaufgaben auf, oder?«

Ich rieb mir über die Stirn, da ich ehrlich keine Ahnung hatte, wer hier wem was erzählt hatte. Oder was ich dazu sagen sollte. »Erledigst du die Aufgaben trotzdem?«

Sie schnaufte. »Ich hab sie doch schon längst gemacht, Trev.«

Jepp, wir waren eindeutig miteinander verwandt. Ich wollte

gerade etwas darauf erwidern, als ich die Stimme unserer Mutter im Hintergrund hörte. Gleich darauf verabschiedete Ana sich hastig von mir. Ein kurzes Knistern war zu hören, dann: »Trevor?«

»Hi Mom.« Ich lächelte, als ich ihre Stimme hörte.

»Trevor!« Wie bei meiner Schwester begann ihr Redefluss noch im selben Atemzug und hörte nicht so schnell wieder auf. Einer der Gründe, warum ich eher der schweigsame Typ war? Bei uns zu Hause kam man so gut wie nie zu Wort. Nicht mal mein Dad redete viel, denn gegen Mom und Ana hatte keiner eine Chance. Aber das war okay. Sie meinten es nicht böse und Mom war einfach nur sehr überschwänglich, temperamentvoll und fürsorglich. Als Luke einmal an Thanksgiving mit zu mir nach Hause gekommen war, hatte sie seinen Teller dreimal neu gefüllt, auch wenn er schon beim zweiten Mal dankend abgelehnt hatte. Aber ihrer Meinung nach hatte »der arme Junge« so hungrig ausgesehen. Außerdem konnte man ihr wirklich nichts abschlagen.

»Bist du gut in Huntington angekommen, ja?«

Ich nickte, auch wenn sie mir diese Frage schon Anfang der Woche gestellt hatte. Aber seit Ana Lucia auf die Junior Highschool ging und immer selbstständiger wurde, telefonierten wir öfter. Es wirkte beinahe so, als hätte Mom Angst, dass auch ihr jüngstes Baby bald das Nest verlassen würde und darum versuchte sie so viel Zeit wie möglich mit ihren beiden Kindern zu verbringen.

»Hast du heute schon was gegessen?«, wollte sie als Nächstes wissen. Bevor ich antworten konnte, fuhr sie bereits fort: »¡Dios mío! Es ist ja gerade Mittagszeit! Hat Ana Lucia dich beim Essen gestört? Oder bist du noch in der Bibliothek? Ich sage es dir immer wieder, mein Junge, du verbringst viel zu viel Zeit dort, dabei solltest du nicht ständig über diesen ganzen Büchern hocken. Du musst auch das Leben genießen, ein Mädchen finden, heiraten und deinen Vater und mich zu glücklichen Großeltern machen. Oh, aber ich weiß, ich weiß, dein Studium ist sehr wichtig. Versprich mir nur, dass du nicht die ganze Zeit lernst, sondern auch genug isst, ja?«

Irgendwie gewann ich den Kampf gegen mein Grinsen. »Zu Befehl, Ma'am.«

»Du bist ein guter Junge. Ach, um dich habe ich mir nie Sorgen gemacht, Trevor. Ich wusste immer, dass du in die Welt hinausgehen und etwas aus dir machen wirst.«

Ein dumpfes Pochen machte sich in meinem Brustkorb bemerkbar. Ein dunkler Fleck in meiner Vergangenheit, von dem nicht einmal meine Eltern etwas wussten. Weil es ihnen das Herz brechen und sie enttäuschen würde. Weil *ich* sie enttäuschen würde. Mehr als sie es je für möglich halten würden.

»Aber deine Schwester?«, fuhr Mom ohne Pause fort. »Sie ist noch so klein und so sensibel. Ich mache mir so viele Gedanken, wie es ihr in der neuen Schule geht, und wenn sie dann erst auf die Highschool kommt und anfängt, sich für Jungs zu interessieren und sich die Nase piercen lassen will und …« Ihre Stimme überschlug sich.

»Mom«, unterbrach ich sie wie so oft, seit das neue Schuljahr begonnen hatte. »Sie kommt schon zurecht. Sie ist schließlich deine Tochter. Du solltest dir eher Sorgen um die Welt machen als um Ana.«

Meine Mutter lachte auf. »Oh, ihr seid beide solche Schlingel! Ich weiß doch am allerbesten, wie großartig ihr seid. Ihr werdet es allen zeigen. Aber ich bin eure Mutter. Es gehört zu meinen Aufgaben, mir Sorgen um euch zu machen.«

»Ich weiß, Mom.«

»Gut. Und jetzt iss etwas, damit du nicht vom Fleisch fällst. An Weihnachten warst du viel zu dünn. Ich weiß wirklich nicht, was sie euch auf dem College zu essen geben. Wenn ich dort wäre, würde ich den ganzen Speiseplan in der Mensa ändern und dafür sorgen, dass ihr etwas Richtiges bekommt. Ihr müsst so viel leisten, da braucht ihr auch richtiges Essen und …«

»Bis bald, Mom.«

»Oh, bis bald! Und denk dran, nicht …«

»Nicht die ganze Zeit in der Bibliothek hocken, ich weiß.«

Meine Mutter klang schon wie meine Freunde. Nur hatten die es inzwischen längst aufgegeben, mich von dort wegholen zu wollen. Mom war da ein ganz anderes Kaliber.

Wir verabschiedeten uns voneinander, dann schob ich das Handy zurück in meine Hosentasche und ging wieder rein. Die Geräuschkulisse schien nur noch lauter geworden zu sein und die Mischung der verschiedensten Essensgerüche lag schwer in der Luft. Dafür war es hier drinnen aber auch wesentlich wärmer und allein dadurch angenehmer, als draußen zu sein.

Als ich an den Tisch zurückkehrte, waren meine Pommes weg und alle taten, als hätten sie nichts damit zu tun. Natürlich. Kopfschüttelnd stellte ich meine Bücher und die Laptoptasche auf den Boden und setzte mich. Es kam nur selten vor, dass wir vollzählig waren, weil wir alle völlig verschiedene Stundenpläne hatten, Dylan, Luke und ich mittags oft eine Sporteinheit dazwischenschoben, Elle bei einem Redaktionsmeeting war oder Mason eine Bandprobe hatte. Aber heute schienen alle da zu sein. Zumindest fast.

Als wäre Mason gerade dasselbe aufgefallen, reckte er den Kopf und schaute sich in der Mensa um. »Haben wir Tate verloren?«

Ich biss in meinen Burger und folgte seinem Blick. Die Mensa war voll, überall schwirrten Leute herum und die Lautstärke der Gespräche tat beinahe in den Ohren weh. Doch von Tate war weit und breit nichts zu sehen.

»Schon heute Morgen nach Englischer Literatur.« Elle schob sich ein paar Pommes in den Mund und spülte sie mit einem großen Schluck Cola hinunter. Als Luke sich heimlich welche von ihr klauen wollte, haute sie ihm geistesabwesend auf die Finger. »Sie hat mir vorhin geschrieben, dass sie keinen Hunger hat.«

Mason verschluckte sich fast an seinem Bissen. »Aber es gibt Burger! Niemand verpasst freiwillig Burger.«

»Dylan ist auch nicht da«, erinnerte Emery ihn und nahm sich die Gurkenscheiben von seinem Teller, die er kurz vorher aus seinem Essen herausgepickt hatte.

Mason schnaubte. »Dylan ist ja auch ein Workaholic. Mal im Ernst, Em, schläft der Typ überhaupt jemals?«

»Nicht, wenn ich dabei bin.« Sie lächelte vielsagend.

Er zog eine angewiderte Grimasse. »Zu viele Infos.«

Sie zuckte mit den Schultern. »Außerdem: Wenn Dylan ein Workaholic ist, was ist dann Tate?«

»Eine Maschine«, erwiderte Luke wie aus der Pistole geschossen und schnappte sich ein paar Pommes, als Elle gerade von ihrem Handy abgelenkt war.

Ich schmunzelte nur und widmete mich meinem Burger. Genau genommen galten Dylan, Tate und ich alle drei als Workaholics, wobei sich das bei Dylan auf seinen Nebenjob in der Tierklinik bezog, bei Tate auf ihre Lernsessions, zu denen sie alle anderen regelmäßig vor den Prüfungen zwang, und bei mir … Tja, ich lebte praktisch in der Bibliothek. Da hatte Mom nicht ganz unrecht. Aber abgesehen davon, dass ich unendlich viel zu tun hatte, weil ich in jedem Semester zusätzliche Kurse belegte, musste ich auch gewisse Leistungen erbringen. Mein Stipendium ließ eine schlechte Punktzahl einfach nicht zu. Und da ich hierbleiben und meinen Abschluss machen wollte, haute ich eben rein.

Obwohl wir gerade mal Mitte Januar hatten, landete das Gespräch ziemlich schnell beim Spring Break im März. Letztes Jahr waren wir alle zusammen campen gegangen, das Jahr davor hatte es Mason, Luke, mich und ein paar Jungs vom Cross Country auf eine der typischen Spring Break Partys verschlagen. Es war bestimmt toll gewesen, nur leider erinnerte ich mich an so gut wie nichts mehr davon.

»Wenn du runter nach Mexiko fahren und dich amüsieren willst ...« Ein warnender Unterton lag in Elles Stimme.

Doch Luke grinste nur und legte ihr den Arm um die Schultern. »Das hab ich schon von meiner Bucket List gestrichen. Außerdem, was will ich mit den ganzen Tussis da unten, wenn ich stattdessen hier sein und ...« – seine Stimme nahm einen tiefen, verführerischen Tonfall an – »... Dymery dabei zusehen kann, wie sie sich gegenseitig Streiche spielen?«

Falls irgendjemand eine romantische Ansprache von Luke McAdams erwartet hatte – Fehlanzeige. Auch Elle schien nicht damit gerechnet zu haben, denn sie lachte auf.

»Stimmt«, bestätigte sie und deutete auf Emery. »Ihr zwei seid das beste Entertainment. Wer ist diesmal eigentlich dran?«

Nachdenklich wiegte sie den Kopf hin und her. »Eigentlich Dylan. Aber er lässt sich so viel Zeit, dass es mich wahnsinnig macht. Vielleicht muss ich ihn mal daran erinnern.«

»Wenn das bedeutet, dass du dir wieder einen Eimer voll Wasser besorgst ...«, warnte ich und schraubte meine Flasche auf. »Lass es bleiben.«

Röte stieg in ihre Wangen und sie hob entschuldigend die Hände. »Ich wusste echt nicht, dass du vor Dylan nach Hause kommen würdest. Ich dachte, du würdest noch Stunden in der Bibliothek sein!«

Wäre ich auch gewesen, wenn Tate nicht am selben Tag beschlossen hätte, ihre Zeit dort mit Lernen zu verbringen. Am selben Tisch. Dabei tat ich seit jenem verhängnisvollen Abend Ende November mein Bestes, um zu verhindern, dass wir beide gleichzeitig in der Bibliothek waren und lernten. Entweder dadurch, dass ich meine Bibliothekszeiten an ihren Stundenplan und ihre Lernzeiten anpasste, oder indem ich in letzter Sekunde auf dem Absatz kehrtmachte, wenn ich sie ungeplanterweise an unserem Stammplatz entdeckte. Aber als sie an diesem Tag aufgetaucht war, hatte ich schlecht einfach aufstehen und gehen können, also biss ich die Zähne zusammen und blieb sitzen – zumindest so lange, bis mein Aufbruch nicht mehr nach einer Flucht aussehen würde.

Ich war nicht stolz darauf. Nicht auf meine mangelnde Selbstbeherrschung, aber vor allem nicht darauf, dass mich jeder einzelne verdammte Blick aus ihren Augen an jenen Abend erinnerte. Dabei war es eigentlich lange genug her, um es zu vergessen. Nur schien Tate es gar nicht vergessen zu wollen. Ganz im Gegenteil. Sie schien es darauf anzulegen, mich bei jeder sich bietenden Gelegenheit daran zu erinnern. Mit Blicken, mit Worten, mit eindeutigen Angeboten, die ich allesamt verbissen ignorierte.

»Klar«, murmelte ich trocken und trank ein paar Schlucke von meiner Cola.

»Wie auch immer«, kam es von Luke, der sich nun endgültig die Schale mit Pommes von Elle schnappte. »Ich will dabei sein. Wie du Dylan letztes Halloween knallgrüne Haare für die Ewigkeit beschert hast? Starke Leistung, Em.«

Grinsend deutete sie eine Verbeugung an.

Als wir kurze Zeit später zusammenräumten, war Tate noch immer nicht aufgetaucht. Anscheinend ließ sie das Mittagessen tatsächlich komplett ausfallen. Ich sah auf den zweiten Burger auf meinem Tablett, den ich mir eigentlich für später hatte mitnehmen wollen, und seufzte.

Vor dem roten Backsteingebäude angekommen, in dem die Bildenden Künste unterrichtet wurden, blieb ich stehen. Zögerte. Dann verfluchte ich mich selbst dafür. Es war keine große Sache. Nur ein Freund, der sich um eine Freundin kümmerte. Nichts weiter.

Bevor ich weiter dumm herumstehen konnte, riss ich die Tür auf und betrat die Eingangshalle. Ich musste nur einmal jemanden fragen, wo die Kunstsäle waren, dann fand ich den richtigen Weg und gleich darauf auch Tate. Aber statt zu ihr hinüberzugehen oder mich bemerkbar zu machen, blieb ich in der Tür stehen.

Es war seltsam, Tate vor einer Staffelei, mit einem Pinsel in der Hand und Farbklecksen auf den Fingern zu sehen, anstatt umringt von Büchern, Klebezetteln und Textmarkern. Oder auf einer Party, wo sie sich die Seele aus dem Leib tanzte. Und trank. Aber hier?

Ich konnte nur ihr Profil erkennen, weil sie seitlich zu mir stand, was mir auch keinen Blick auf das Gemälde erlaubte, an dem sie gerade arbeitete. Sie hatte das lange Haar zu einem Knoten zurückgebunden und eine rote Farbspur an der Wange. Ihre Brauen waren konzentriert zusammengezogen, die Lippen nachdenklich gespitzt.

Ich lehnte mich mit der Schulter gegen den Türrahmen.

Tate war nicht schön. Nicht im klassischen Sinn. Sie war eigenwillig, zornig und es war ihr scheißegal, was andere über sie dachten. Im besten Fall konnte sie ihr Umfeld schockieren. Genau das drückte sie mit ihrem Aussehen, ihrer Kleiderwahl und ihrem ganzen Auftreten aus. Wildes dunkelbraunes Haar, das ihr bis zur Rückenmitte reichte, mit Strähnchen in einem knalligen Rot darin, das alle Blicke auf sich zog. Dunkel geschminkte Augen, die farblich zu ihren Klamotten passten, die meistens schwarz waren. Und wenn sie doch mal etwas Farbe trug, dann war diese entweder gedeckt oder ein aggressives Rot. Sie war kein Fan von Schmuck, abgesehen von den Silberringen an ihren Fingern und den Lederbändern um Hals und Handgelenke.

Durch die großen Fenster fiel graues Tageslicht herein. Im Hintergrund lief irgendein rockiger Song, der mir bekannt vorkam, auch wenn ich weder Künstler noch Titel kannte. Anders als Mason war ich kein lebendes Lexikon, was Musik anging.

Erst als sie sich halb umdrehte, um ein paar Farben zu mischen, bemerkte sie mich. Ihre Augen weiteten sich vor Überraschung und sie blinzelte ein, zwei Mal, als müsste sie sich versichern, dass ich wirklich hier stand und keine Einbildung war. Nicht, dass ich es ihr übel nehmen könnte. Diese Situation war mehr als seltsam, schließlich hatte ich mich noch nie bei ihr im Kunstsaal blicken lassen. Geschweige denn ihr je etwas zu essen vorbeigebracht.

»Hey.« Ich nickte ihr knapp zu. »Ich hab was für dich.« Wie zur Bestätigung hielt ich den eingepackten Burger hoch.

Tate kniff die Augen zusammen. Misstrauisch schaute sie von mir zum Essen in meiner Hand und wieder zurück. »Hat Elle dich dazu angestiftet?«

»Nein.« Langsam betrat ich den Raum und legte das Päckchen auf die einzige freie Fläche zwischen zwei Pinseln und einem Wasserglas. »Du warst nicht beim Mittagessen und hast den ganzen Tag Vorlesungen. Irgendwann wirst du Hunger kriegen.«

Ihre Mundwinkel zuckten amüsiert. »Ach, wirklich …?«

Ich räusperte mich. »Außerdem liegt der Kunstsaal sowieso auf meinem Weg«, beeilte ich mich hinzuzufügen, bevor sie wieder eine ihrer zweideutigen Bemerkungen raushauen konnte.

Aber sie sagte nichts, sondern zog nur eine schmale Augenbraue in die Höhe, als warte sie auf weitere Erklärungen. Die würde sie allerdings nicht bekommen. Ich wollte nur ein guter Freund sein. Mehr nicht.

Obwohl ich wusste, dass es ein Fehler war, kam ich noch ein paar Schritte näher, um einen Blick auf das Gemälde zu werfen, an dem sie gerade arbeitete. Ich wusste nicht, was ich erwartet hatte, weil ich nie zuvor ein Bild von Tate gesehen hatte. Bisher war ich auch nicht allzu oft in ihrem Zimmer gewesen und das letzte Mal waren wir beide … mit anderen Dingen beschäftigt gewesen.

Die Leinwand war voller kräftiger Pinselstriche in Schwarz, dazwischen ein aggressives Rot, das an Blut erinnerte, ein dunkles Grau und intensives Lila. Es sprühte nur so vor Energie, aber vor allem strahlte es Wut aus. Tates Wut.

Irritiert drehte ich mich zu ihr um. »Ich hätte dich nicht für den Typ ›leidender Künstler‹ gehalten.«

Sie legte den Pinsel beiseite und verschränkte die Arme vor der Brust. »Könnte daran liegen, dass du nichts von meinem Typ weißt. Oder von mir. Du kennst mich nicht, Trevor.«

Doch, das tat ich. Und gleichzeitig auch nicht. Aber nicht dieser Widerspruch war das Schlimme an der Situation, sondern die Tatsache, dass ich es wollte. Ich wollte sie kennenlernen, wollte all ihre Facetten ergründen, obwohl ich mich besser meilenweit von ihr fernhalten sollte.

Verdammt. Hierherzukommen war ein Fehler gewesen. Einer, der sich nicht wiederholen würde.

Ich wich einen Schritt zurück. »Sieh zu, dass du was isst«, sagte ich brüsk und ließ sie stehen.

Ja, das war eine Arschlochaktion, aber es war tausendmal besser, als hierzubleiben, die Hand nach ihr auszustrecken und sie zu berühren. Besser, als sie zu fragen, was sie empfand, während sie dieses Bild malte. Denn das ging mich nichts an.

Ich war Tate schon nähergekommen, als ich es je vorgehabt hatte. Näher, als ich je durfte.

»Trev?« Ihre Stimme ließ mich innehalten, kurz bevor ich die Tür erreicht hatte.

Für einen Moment schloss ich die Augen und atmete tief ein, als ich meinen Spitznamen aus ihrem Mund hörte. Das letzte Mal, dass sie mich so genannt hatte, war an jenem wolkenverhangenen Abend gewesen, als sich ihr Stöhnen unter das Prasseln des Regens an der Fensterscheibe gemischt hatte.

Langsam drehte ich mich zu ihr um. Sekundenlang sah sie mich nur an und dann … dann tat sie etwas Unverzeihliches. Sie lächelte. Nicht das hämische Grinsen, das alle anderen von ihr zu sehen bekamen, kein Lachen und auch nicht dieses aufgesetzte Lächeln, das sie so oft zur Schau trug und das ihr viel zu viele Menschen einfach abkauften. Nein, das hier war echt. Warm. Ehrlich. Und mein Untergang.

»Danke für das Essen.«

Ich nickte nur und wandte mich ab. Gott, ich musste hier raus, bevor ich etwas ähnlich Unverzeihliches tat wie sie. Nämlich meinen Mund auf ihren zu pressen, um herauszufinden, ob sie noch genauso schmeckte, wie ich es in Erinnerung hatte.

Kapitel 3

Tate

Den ganzen Tag über brannte der USB-Stick förmlich in meiner Hosentasche, aber ich fand keine ruhige Minute, um nachzusehen, was drauf war. Das hieß, ruhige Minuten gab es schon, aber keine, in der mir nicht irgendjemand über die Schulter gucken konnte. Und wenn ich eine Sache mehr hasste als die Dummheit mancher Leute, dann war es ihre Neugier. Also wartete ich, bis ich meine letzte Veranstaltung hinter mich gebracht hatte und wieder in der WG war.

Von Elle war noch nichts zu sehen, aber Mackenzies Zimmertür war angelehnt und aus dem Inneren schallte Musik und die Stimme einer Frau, die meine Mitbewohnerin zum Workout antrieb. Ich ging in mein Zimmer, drückte die Tür hinter mir zu und lehnte mich dagegen. *Geschafft*. Doch nun, wo mich nur noch Sekunden davon trennten, zu erfahren, was Thomas herausgefunden hatte, rührte ich mich nicht vom Fleck. Ich hatte das schon so oft durch. Mit jeder neuen Information, jedem neuen Puzzlestück stieg die Hoffnung, endlich mehr über den Tod meines Bruders herauszufinden, nur um gleich darauf in sich zusammenzufallen. Ich hatte keine Lust mehr darauf, aber die Alternative wäre gewesen, aufzugeben – und das kam nicht infrage.

Also schaltete ich das Licht ein, zog meinen Mantel aus und legte meine Tasche ab. Dann ging ich zu meinem Bett und holte die kleine Holzkiste hervor, die ich darunter versteckt hatte.

Mit klopfendem Herzen öffnete ich sie und starrte auf den Inhalt. Fotos von Jamie und mir, das oberste davon von unserem letzten gemeinsamen Sommer, den wir fast nur im Garten bei Mom und Dad verbracht hatten. Ich nahm mehrere sorgfältig zusammengefaltete Zettel mit Namen, Adressen und Telefonnummern heraus – von Jamies Freunden, die ich selbst kannte, und von seinen früheren Dozenten, an deren Daten ich gekommen war. Niemand hatte mir Genaueres über meinen Bruder sagen können. Niemand wusste, was mit ihm passiert war. Deshalb hatte ich mich an Thomas gewandt. Denn er hatte ganz andere Quellen und Möglichkeiten, an weitere Infos zu gelangen. Jetzt konnte ich nur hoffen, dass sich meine Investition auch gelohnt hatte.

Ich holte meinen Laptop aus der Collegetasche und stellte ihn neben die Kiste aufs Bett, klappte ihn auf und schob den Speicherstick in die dafür vorgesehene Öffnung.

Mein Magen zog sich vor Erwartung und Furcht zusammen, als ich die einzige Datei öffnete. Es dauerte einen Moment, bis sie lud, dann starrte ich auf eine Liste von Namen, Telefonnummern und E-Mail-Adressen. Nichts davon kam mir bekannt vor, aber wer auch immer diese Leute waren, sie mussten in irgendeiner Verbindung zu Jamie gestanden haben. Sie mussten irgendetwas wissen.

Ganz am Ende standen nur Wörter und Initialen, ohne irgendwelche Erklärungen.

»Tiger's Dent?«, las ich leise und runzelte die Stirn. Eine Kerbe? Eine Ausbuchtung? Von einem Tiger? Was um alles in der Welt sollte das bedeuten? Und dann noch der Buchstabensalat direkt darunter? RG & L? Sollte das ein Firmenname sein oder die Abkürzung für einen neuen Fitnessdrink?

»Was zum Teufel, Thomas?«

Ich ging die Liste ein weiteres Mal durch und markierte mir die Leute, die ich anschreiben und anrufen wollte, dann klappte ich den Laptop zu und legte den Stick zu den anderen Sachen in die Box. Dabei fiel mein Blick auf ein zusammengefaltetes Stück Papier. Keine hingekritzelte Notiz, kein ausgedrucktes Blatt mit Dingen, die mich wieder mal in eine Sackgasse geführt hatten. Das Zeitungspapier raschelte, als ich es auseinanderfaltete und auf das Foto meines Bruders starrte. Er wirkte darauf so jung, so voller Lebensfreude, immer auf der Suche nach dem nächsten Kick, sei es durch ein neues Game oder einen Bungeesprung. Direkt unter dem Bild stand die Überschrift:

Jamie Masterson, 20, Student an der Blackhill University, tot in seiner Wohnung aufgefunden

Mit den Fingern fuhr ich die Buchstaben nach, die bereits verblassten, weil ich das schon so oft getan hatte. Als könnte ich damit alles ungeschehen machen.

Ich biss mir fest auf die Lippen. Egal, wie oft ich die Worte las, es fühlte sich immer an wie beim allerersten Mal. Ich blinzelte hektisch, damit sich meine Sicht wieder klärte, dann faltete ich den Artikel behutsam zusammen und legte ihn zurück in die Schachtel.

Mein Herz raste noch immer, und hinter meiner Stirn meldete sich ein dumpfes Pochen. Obwohl ich gerade erst heimgekommen war, hatte ich dennoch das Gefühl, dass mir gleich die Decke auf den Kopf fallen würde. Ich musste hier raus, musste irgendwohin, wo ich mich ablenken und mit anderen Sachen beschäftigen konnte.

Ohne nachzudenken sprang ich auf, schob die Kiste zurück

unter mein Bett und zog meinen Mantel an. Dann machte ich mich auf den Weg in die Bibliothek.

Ich lernte gern. Wirklich. Es machte mir Spaß, Neues zu erfahren und herauszufinden, wie die Dinge funktionierten. Schon als kleines Kind war ich neugierig gewesen, war auf Bäume geklettert, um mir Vogelnester aus der Nähe anzugucken, hatte den heimischen Computer auseinandergenommen und unsere Katze Kitty terrorisiert, weil ich ständig Tierarzt mit ihr spielen wollte. Und auch wenn sie das offenbar nie so empfunden hatte – ich war mir sicher, dass meine Verbände ganz fantastisch gewesen waren.

Lernen war toll, aber mich zum dritten Mal in einer Woche mit dem amerikanischen Strafrecht zu befassen, fiel sogar mir verdammt schwer. Vor allem, weil meine Gedanken ständig zu den Namen auf dieser Liste zurückkehrten. Und zu den Nachrichten, die ich mittlerweile verschickt hatte. Bisher noch ohne Antwort. Also las ich wieder und wieder denselben Absatz, bis ich ihn auswendig runterleiern konnte, aber noch immer nicht wusste, was genau drinstand. Es war zum Verrücktwerden. Doch als ich den Kopf hob, kam die beste Ablenkung geradewegs auf mich zu. Sie hatte lange Beine, breite Schultern, trainierte Arme, intensive Augen und einen dunklen Bart, von dem ich noch genau wusste, wie er sich an den empfindsamsten Stellen meiner Haut anfühlte.

Unsere Blicke trafen sich. Mit jedem Schritt schien sich die Stimmung zwischen uns ein bisschen mehr aufzuheizen, dabei hatte keiner von uns ein Wort gesagt. Allerdings reichte oft genug ein Blick von Trevor, um mich an Dinge denken zu lassen, die nicht in eine Bibliothek gehörten. Oder vielleicht auch gerade hierher, wenn man die vielen menschenleeren Regalreihen bedachte und was man dort alles unbemerkt tun könnte …

Ganz besonders an einem Donnerstagabend, an dem es hier ohnehin schon ziemlich leer war.

Ich räusperte mich. »Sieh mal an, wer da ist. Grumpy Cat!«

Seine Mundwinkel zuckten, aber er sah nur kurz auf, während er sich mir schräg gegenüber setzte und Bücher, Notizblock, Stifte und Laptop auspackte. »Grumpy Cat?«

»Ja.« Ich lehnte mich in meinem Stuhl zurück und betrachtete ihn von oben bis unten, soweit das mit dem Tisch zwischen uns möglich war. Sein Haar schien noch feucht zu sein und ich meinte, einen Hauch von Duschgel und Schnee an ihm wahrzunehmen. Wahrscheinlich kam er geradewegs aus dem Fitnesscenter auf dem Campus. Ich musste mich mit Gewalt davon abhalten, die Augen zu schließen und genießerisch einzuatmen. Denn damals im November hatte er fast genauso gerochen wie heute … »Ich finde, Grumpy Cat passt ganz hervorragend zu dir.«

Schließlich war er der Kerl, der so gut wie nie lächelte, sondern immer stoisch dreinblickte. Ich hatte nie so ganz verstanden, wie er und Luke zusammenpassten, aber im ersten Semester hatte die Wohnheimleitung die beiden ebenso zusammengewürfelt wie Elle und mich. Und genau wie wir waren auch Trevor und Luke Freunde geworden und Mitbewohner geblieben, ganz egal, wie verschieden sie auch sein mochten. Das Ding war, dass ich Luke kannte, und das nicht nur, weil wir seit der Junior High auf dieselbe Schule und dann aufs selbe College gegangen waren. Luke war leicht einzuschätzen. Nach außen hin der typische Sportler und ein Playboy, der aber auch ganz anders sein konnte. Zumindest war das immer meine Vermutung gewesen, und seit ich gesehen hatte, wie er mit Elle umging, wusste ich, dass ich damit richtig gelegen hatte.

Trevor dagegen war ein ganz anderes Kaliber. Stille Wasser

und so. Aber obwohl wir uns inzwischen seit über zwei Jahren kannten, konnte ich ihn noch immer nicht richtig einschätzen. War er der schüchterne Streber? Der ruhige Kerl mit dem düsteren Geheimnis? Die gequälte Künstlerseele? Etwas ganz anderes? Ich wusste nur, dass er heiß aussah, nicht viel redete und es zwischen uns immer irgendwie distanzierter gewesen war als mit den anderen. Was, wenn ich genauer darüber nachdachte, vor allem von ihm ausging. Trotzdem spielte er bei jeder Gelegenheit den unwillkommenen Retter für mich. Und er war wirklich, wirklich gut im Bett. Nicht, dass das eine Überraschung gewesen wäre. Er hatte zwar bei Weitem nicht den gleichen Frauenverschleiß wie Luke früher, aber Trevor schien zu wissen, wie man Spaß hatte. Was mich jedoch überrascht hatte, war, wie gut er und ich im Bett miteinander harmoniert hatten. Überraschender war nur, dass ich noch immer nicht genug davon hatte. Und das, obwohl Jackson in letzter Zeit wirklich alles gegeben hatte.

»Keine Pläne für heute Abend?«, provozierte ich ihn. »Kein heißes Date?«

»Ich gehe nicht auf Dates.«

»Ach ja, richtig. Ich vergaß. Du gehst mit den Frauen nur ins Bett.« Was wie ein Vorwurf wirkte, war in Wahrheit keiner. Denn im selben Moment, in dem ich diese Worte aussprach, senkte sich Trevors Blick auf meinen Mund. Hitze begann sich in mir auszubreiten und wurde nur noch stärker, als er mir wieder in die Augen sah.

»Du hattest damit ja kein Problem.«

Oh nein, ganz und gar nicht. Aber sein Konter war nicht der Grund dafür, dass ich überrascht die Brauen hochzog, sondern die Tatsache, dass er gerade unseren One-Night-Stand angesprochen hatte. Von sich aus. Das war eine Premiere.

Ob ihm auch ständig kleine Details einfielen, auf die er damals nicht geachtet hatte, weil wir zu sehr damit beschäftigt gewesen waren, uns die Klamotten vom Leib zu reißen? Wie warm sich seine Haut angefühlt hatte, zum Beispiel. Wie sich seine Muskeln unter meinen Berührungen anspannten. Oder wie es war, seine Lippen auf meinem Hals zu spüren, auf meinem Dekolleté und tiefer, immer tiefer …

Mein Bett roch schon längst nicht mehr nach ihm, trotzdem verfolgte mich diese gemeinsame Nacht bis in meine Träume. Nur kamen wir dort nie zum Ende, weil ich jedes Mal aufwachte, bevor der gute Teil begann. Das war beinahe genauso frustrierend wie Trevors Eismauer, die er mich immer dann spüren ließ, wenn sich die Dinge zwischen uns zu sehr aufheizten. Entweder weil ich mit ihm flirtete und ihm mit Absicht diese Nacht wieder ins Gedächtnis rief, oder weil wir über irgendetwas diskutierten.

Aber diesmal nicht. Diesmal war da keine Eismauer, kein Abblocken, kein Ignorieren. Er sah erneut auf meine Lippen, als ich mir mit der Zungenspitze darüberfuhr – und das Kribbeln tief in meinem Bauch verdreifachte sich.

Ohne seinen Blick loszulassen, lehnte ich mich in meinem Stuhl zurück und schlug die Beine übereinander.

Er kniff die Augen zusammen. »Was wird das …?« Ein warnender Tonfall lag in seiner Stimme, aber diesmal war ich diejenige, die ihn ignorierte. Oder vielmehr diese unausgesprochene Warnung.

Schon bevor Trevor hier aufgetaucht war, war es stickig in der Bibliothek gewesen, aber jetzt war mir eindeutig zu warm geworden. Ohne eine Sekunde lang darüber nachdenken zu müssen, griff ich nach meinem Hoodie und zog ihn mir über den Kopf. Darunter trug ich einen dünnen, leicht durchsichtigen Pullover mit stylischen Rissen über einem schwarzen Tanktop.

»Und?«, fragte ich, warf den Hoodie auf den freien Stuhl

neben mir und nahm mir einen Stift, nur um ihn zwischen den Fingern zu drehen.

»Und was?« Trevor starrte mich über den Rand seines Laptops an. Seine Stirn war gerunzelt und seine Hand lag auf dem Tisch, so fest zu einer Faust geballt, dass die Fingerknöchel weiß hervortraten.

Ich stand auf, ging um den Tisch herum und kam ihm langsam näher. Einen Moment lang schweifte sein Blick ab und streifte über meinen Körper, dann war er wieder bei meinen Augen. »Wie lange willst du dich noch zurückhalten, statt endlich das zu tun, was du wirklich willst?«

»Und das wäre?« Diesmal schwang eindeutig ein gequälter Unterton in seinen Worten mit, aber sein Blick löste sich keine Sekunde lang von mir.

Ich ließ meine Fingerspitzen langsam über seine Schultern wandern, dann stellte ich mich hinter ihn, brachte meinen Mund an sein Ohr und flüsterte die nächsten Worte hinein. »Komm mit mir zu den hinteren Regalen und wir finden es heraus.«

Sein Atem stockte. Sekundenlang bewegte sich keiner von uns, während ich ihm nahe genug blieb, um seinen unverwechselbaren Duft einatmen zu können. Nahe genug, um ihn daran zu erinnern, was er haben könnte.

Trevor lehnte sich zurück und streifte mich dabei ganz leicht. »Kein Interesse.«

Verdammter arroganter Mistkerl. Ich machte einen Schritt zurück und starrte auf seinen Hinterkopf. Am liebsten hätte ich irgendetwas nach ihm geworfen. Am besten das schwerste Buch, das in der Geschichte der Menschheit je geschrieben worden war. Aber nein. Ich war ja ein wohlerzogenes Mädchen. Und wohlerzogene Mädchen wurden nicht gewalttätig. Sie suchten andere Wege, um Rache zu üben.

Ich ließ meinen Blick durch den Raum gleiten. Menschen kamen und gingen durch die Eingangstür, aber hier hinten bei den Tischen nahe der Heizung spürten wir kaum einen Luftzug davon. Vorn am Empfang saß die Bibliothekarin, die mich jedes Mal besonders aufmerksam beobachtete, wenn ich meine Sachen packte und ging. Als würde sie damit rechnen, dass ich irgendetwas mitgehen lassen würde. Ernsthaft? Wenn ich etwas stehlen wollte, würde ich das in einem Schmuckgeschäft tun und nicht in der Unibibliothek. Ich starrte sie an, bis sie von allein wegschaute und sich intensiv mit irgendwelchen Karteikarten beschäftigte. *Ja, klar.*

Die anderen Tische waren nur spärlich besetzt. Die Prüfungszeit hatte noch nicht begonnen, also war noch niemand in Panik ausgebrochen und versuchte den ganzen Stoff des Semesters innerhalb weniger Tage und Nächte durchzupauken. Außerdem war Wochenende. Doch dann blieb mein Blick an jemandem hängen. Brauner Lockenkopf, fast so groß wie Trevor, wenn auch schlaksiger. Mir wollte sein Name nicht einfallen, aber ich wusste, dass er zusammen mit Luke im Leichtathletikteam war und etwas Ähnliches wie Trevor studierte. Wirtschaftswissenschaften? Business Consulting? Egal. Zumindest hatte er zwei Bücher vor sich liegen, die ich schon ein paarmal bei unseren Lernsessions gesehen hatte.

Ich lächelte. Als er meinen Blick bemerkte, hob er den Kopf, blinzelte kurz und schaute sich irritiert um, dann erwiderte er ihn. *Na also.* Ich sah kurz zu Trevor, um sicherzugehen, dass er auch gut aufpasste, dann setzte ich mich in Bewegung.

»Was hast du vor?«

Ich ignorierte ihn und schlenderte zum anderen Tisch hinüber. Mein Herz hämmerte, aber nicht wegen dem, was ich gleich tun würde, sondern weil ich genau wusste, dass er mich dabei beobachtete. *Schau genau hin, Trev.*

»Hey ...«, begrüßte mich der Typ lächelnd, aber ich beantwortete seine unausgesprochene Frage nicht.

Stattdessen packte ich ihn an seinem Shirt und drückte meine Lippen auf seine.

Trevor

Sie küsste ihn. Auf den Mund. Mitten in der Bibliothek. Direkt vor meinen Augen. Und der Wichser hielt sie auch noch fest und begann den Kuss zu erwidern.

Ich dachte nicht mehr nach, sondern klappte den Laptop zu und sprang auf. Mit wenigen Schritten war ich bei Tate, packte sie am Handgelenk und zog sie von diesem Clown weg. Mein Puls raste. In meinen Ohren rauschte es genauso heftig wie vorhin im Fitnessstudio, nur dass ich diesmal keinen Boxsack hatte, um meine Wut loszuwerden. Aber einfach dabei zuschauen, wie Tate mit diesem Typen rummachte? Zum Teufel, nein.

Ich wusste nicht, wohin wir gingen, hatte kein Ziel, nur eine Mission. Sie von diesem Dreckskerl wegzuzerren und verdammt noch mal zur Rede zu stellen. Zwischen zwei abgelegenen Reihen im hinteren Bereich hielt ich an und drängte Tate gegen das nächste Regal. »Was zum Teufel sollte das?«

Ihre Augen blitzten. »Ist das nicht offensichtlich? Du hattest deine Chance, Alvarez. Du hast sie nicht genutzt.«

»Ach, wirklich?« Ich kam näher, bis sich unsere Körper beinahe berührten und stützte mich mit der Hand an einem Regalbrett über ihrem Kopf ab. »Soweit ich mich erinnere, habe ich sie ziemlich gut genutzt.« Ich lehnte mich zu ihrem Ohr hinunter und raunte die nächsten Worte hinein. »Ganze drei Mal.«

Sie atmete zischend ein, wich aber nicht aus oder vor mir zurück. Nicht Tate. Sie gab nicht auf, sondern bot jedem die Stirn. Ganz besonders mir. Sie berührte mich nicht, reckte nur herausfordernd das Kinn und kam mir so mit dem Mund etwas entgegen, ohne etwas zu sagen. Hitze breitete sich in mir aus und begann mir den Verstand zu vernebeln.

»Verdammt, Tate! Ich will dich nicht wollen. Aber ich kann nicht einfach dabei zusehen, wie du einen anderen Kerl küsst.« Erst jetzt fiel mir auf, dass ich ihr Handgelenk noch immer festhielt und ließ es so schnell los, als hätte ich mich daran verbrannt. Doch dann schlossen sich ihre Finger um meine und hielten mich auf.

»Ich weiß.« Ihre Stimme war nur ein heiseres Wispern. Ihre Fingerspitzen strichen über mein Handgelenk, genau dort, wo mein Puls so heftig hämmerte. »Ich will dich genauso wenig wollen. Du bist ein arroganter Mistkerl, weil du dir einbildest, mir vorschreiben zu können, was ich tun und lassen soll. Du bist der unnahbarste Mensch, den ich kenne und sendest gleichzeitig so viele verschiedene Signale aus, dass es mich wahnsinnig macht. Du bist so ein … so ein verdammter … Holzkopf!«

Ein Holzkopf? Das war neu. Ich zuckte mit den Mundwinkeln. »Sonst noch was?«

»Ja.« Sie vergrub die Finger in meinem Shirt. »Küss mich endlich.«

Jede Belustigung verschwand mit diesen drei Worten. Mein Verstand schaltete sich komplett aus. Ich konnte nur noch handeln, konnte nur noch die Hand an ihr Gesicht legen und meinen Mund auf ihren pressen.

Und mit einem Mal hatte ich meine Antwort: Sie schmeckte noch genau so, wie ich es in Erinnerung hatte. Nein, noch besser. Denn ich hatte vergessen, wie sich ihr Atem beschleunigte und was für kleine Geräusche sie machte, die wie eine

Mischung aus Stöhnen und Wimmern klangen. Ich hatte vergessen, wie es sich anfühlte, wenn ihre Hände einen Weg unter meinen Pullover fanden und ihre Finger sich in meinen Rücken bohrten.

Es war kein schöner oder sanfter Kuss. Unsere Zähne schlugen gegeneinander, ihre Fingernägel kratzten über meine Haut und meine Hände vergruben sich in ihrem dichten Haar. Ich zog etwas daran, was ihr einen weiteren dieser leisen Laute entlockte. Tate unterdrückte nichts. Ich wusste, wie sie wirklich war, wie sehr sie sich gehen lassen und alles um sich herum vergessen konnte. Dass sie sich hier drinnen zurückhielt, sollte mir eine Warnung sein, mich wieder zur Vernunft bringen, aber in Wahrheit spornte es mich nur noch weiter an.

Ich biss ihr in die Unterlippe, was sie in meinen Armen erschauern ließ. Sie öffnete den Mund, kam meiner Zunge entgegen, kämpfte gegen mich und gleichzeitig mit mir. Ein ersticktes Stöhnen vibrierte zwischen uns. Meine Hände machten sich selbstständig, lösten sich aus ihren Haaren und fuhren über ihre Seiten abwärts. Ich verhedderte mich in ihrem löchrigen Pullover, sie kämpfte einen Moment um ihr Gleichgewicht, aber wir lösten uns keine Sekunde lang voneinander. Atmen war nicht mehr wichtig. Nichts war noch wichtig, außer diesem Kuss, außer diesem Drängen, das sie wieder und wieder in mir entfachte. Mit jedem Blick, jedem Wort, jeder Berührung.

Ich packte sie an den Hüften, schob die Hände unter ihren Hintern und hob sie hoch. Reflexartig schlang sie die Beine um mich und keuchte leise, als ich sie erneut gegen das Regal drückte. Sie rieb sich an mir und schob die Finger in mein Haar, wo sie so fest zupackte, dass es beinahe schmerzte.

Keuchend löste ich mich von ihr, ließ sie aber nicht los, sondern suchte ihren Blick. Ihre Pupillen waren geweitet, ihre Lippen feucht und sie atmete genauso schwer wie ich.

»Nur einmal«, wisperte sie und zog diesmal etwas sanfter an meinem Haar. »Nur noch ein einziges Mal, um nicht mehr ständig daran denken zu müssen.«

Ich grub die Finger fester in ihr Hinterteil. Die Vorstellung, dass sie genauso oft an jenen Novemberabend zurückdachte wie ich, machte mich sprachlos und riss mir den Boden unter den Füßen weg. Wir hatten danach kein Wort mehr darüber verloren, hatten beide so getan, als wäre es nie passiert. Und offiziell war es das auch nicht. Keiner unserer Freunde wusste davon. Es war unser Geheimnis. Auch wenn Tate mich mit ihren Blicken, Andeutungen und unverhohlenen Angeboten immer mehr um den Verstand brachte.

Entgegen aller guten Vorsätze lehnte ich meine Stirn an ihre. Ihr warmer Atem streifte mein Gesicht. »Einmal wird nicht genug sein«, brachte ich rau hervor. »Das war es beim letzten Mal auch nicht.«

»Ich weiß.« Sie biss sich auf die Unterlippe, und meine ganze Aufmerksamkeit wurde umgehend von dieser winzigen Geste angezogen.

Tate wusste genau, was sie wollte und hatte keine Probleme damit, es sich zu nehmen. Aber auch wenn sie ständig den Anschein erweckte, sich um nichts und niemanden zu scheren, wusste ich genau, wie mitfühlend sie sein konnte. Wie sehr sie sich über Luke aufgeregt hatte, als es zwischen ihm und Elle gekriselt hatte. Wie sie Emery anranzte, damit die gefälligst für einen Test lernte, um nicht durchzufallen. Wie sie mehrere Portionen Hühnersuppe für Mackenzie gekauft hatte, als die krank in ihrem Bett gelegen hatte.

Die Wahrheit war, dass ich am Anfang genau wie alle anderen von ihrer harten Schale geblendet worden war. Aber das war nur ein Teil von Tate, nicht alles von ihr. In Wirklichkeit war da noch so viel mehr. So viel, das ich erkunden und kennenlernen wollte, aber ich wusste auch, dass mir das nicht zustand. Sie würde uns beide nur noch mehr hassen, sollte sie je herausfinden, was damals wirklich geschehen war.

Also tat ich das einzig Vernünftige. Das einzig Richtige. Ich schüttelte den Kopf und setzte sie behutsam wieder auf ihre eigenen Füße, dann löste ich mich so schnell von ihr, dass wir beide strauchelten.

»Tut mir leid«, murmelte ich, machte auf dem Absatz kehrt und ließ sie stehen.

Kapitel 4

Tate

»Was tust du da, Tate?« Lukes schläfrige Stimme ließ mich zusammenzucken.

Es war kurz nach sechs Uhr. Morgens. Für die meisten Menschen noch mitten in der Nacht, und normalerweise hätte ich mich auch am liebsten noch mal umgedreht. Aber heute war Montag, und in einer knappen Stunde musste ich im Campusstudio sitzen und meine Radiosendung moderieren. Und dafür stand ich ausnahmsweise sogar freiwillig mitten in der Nacht auf. Dafür und für … andere wichtige Dinge.

Ich drehte mich zu Luke um, nahm das Klebeband aus dem Mund und versuchte mich an einem unschuldigen Lächeln. »Gar nichts …?«

Luke stand in seinen Sportsachen im Türrahmen, wirkte aber nicht so, als wäre er richtig wach. Da waren wir schon mal zwei. Sein Haar war verstrubbelt, er hatte sich noch nicht rasiert und Kissenabdrücke zierten seine Wange. Trotzdem fiel mir das amüsierte Funkeln in seinen Augen auf, auch wenn er gleichzeitig die Brauen hochzog. »Du hast also nicht gerade ein Grumpy-Cat-Poster über Trevors Bett aufgehängt?«

Ich? Nein. Niemals. Und ich wusste auch nur ganz zufällig, dass Trevor das Wohnheim schon verlassen hatte, weil er einer der Verrückten war, die die neue Woche mit einer unmenschlich frühen Stunde im Fitnessstudio einläuteten, was mir das ideale Zeitfenster bescherte, um diese Aktion durchzuziehen. Das und die Schlüsselkarte zur WG der Jungs, die ich mir von Dylan ausgeliehen hatte.

Ich presste die Lippen aufeinander, machte große Augen und schüttelte den Kopf. »Das musst du dir einbilden.«

Luke lachte lautlos. »Alles klar.«

»Wehe, du sagst ihm etwas!«, rief ich, kritzelte hastig etwas auf einen Klebezettel und drückte den aufs Poster. Dann folgte ich ihm ins Wohnzimmer. »Hörst du, Luke?«

»Trev wird sowieso wissen, wem er das zu verdanken hat«, murmelte er und steckte Smartphone und Kopfhörer ein. »Aber was bekomme ich dafür, wenn ich die Klappe halte?«

»*Du* willst *mich* erpressen?« Ich kniff die Augen zusammmen. »Wow, das ist … genau das, was ich an deiner Stelle auch tun würde.«

Er grinste »Ich weiß. Also?«

»Schön, wie du willst. Du darfst bei der nächsten Lernsession aussetzen. Aber nur ein einziges Mal, verstanden?«

»Yesss!« Luke stieß die Faust in die Luft.

Ich verdrehte die Augen. »Musst du nicht los und fünfhundert Mal um den Platz rennen oder so?«

»Doch.« Gut gelaunt klappte er den Kragen seiner Trainingsjacke hoch und schloss den Reißverschluss. »Bedien dich ruhig an der Kaffeemaschine.«

»Hatte ich sowieso vor.«

Er zwinkerte mir zu. Ich sah ihm kopfschüttelnd nach, bevor ich so selbstverständlich zur Kaffeemaschine rüberging und einen Thermobecher aus dem Schrank nahm, als wäre ich hier zu Hause. Und irgendwie war ich das auch, denn ich verbrachte hier beinahe mehr Zeit als im Hörsaal. Lukes, Trevors und Dylans WG war mein drittes Zuhause, direkt nach meiner eigenen Wohnung und der Bibliothek. Außerdem konnte ich mich immer darauf verlassen, dass die Jungs Kaffee dahatten.

Etwas Warmes, Pelziges rieb sich an meinen Beinen. Zuerst zuckte ich vor Schreck zusammen, dann sah ich auf das Fellbündel hinunter, das meinen Blick aus großen Knopfaugen erwiderte.

»Aww …« Ich ging in die Hocke und kraulte Mister Cuddles hinter den Ohren. »War Luke wieder gemein zu dir und hat vergessen, dich zu füttern?«

Sie miaute herzzerreißend.

»Ich weiß«, gurrte ich und streichelte ihr ein letztes Mal über den Kopf, dann durchsuchte ich die Schränke nach dem Katzenfutter und gab Mister Cuddles ihr Frühstück. Sie bedankte sich mit einem Schnurren und damit, dass sie mir um die Beine strich, bevor sie zur gefüllten Schale tappte.

Keine Ahnung, warum Luke nicht mit ihr klarkam. Dylans Katze war ganz zauberhaft.

Nach einem letzten zufriedenen Blick in Trevors Zimmer schnappte ich mir meinen Thermobecher und machte mich auf den Weg zum Campusradio.

Trevor

Die neue Woche brachte wieder ordentlich Schnee mit sich. Während wir den ganzen Tag über von einem Hörsaal in den nächsten hetzten, fielen draußen dicke Flocken vom Himmel und bedeckten den Campus. Als ich abends aus meinem letzten Seminar kam, versank ich knöcheltief in der weißen Masse. Von den Grünflächen zwischen den Fakultätsgebäuden war nichts mehr zu sehen und selbst der rote Backstein hatte mit den Schneeflocken einen neuen Anstrich erhalten.

Ich schlug den Kragen meines Mantels hoch und vergrub die Hände in den Taschen, dann stapfte ich Richtung Wohnheim. Aber ich war gerade mal ein paar Schritte weit gekommen, als mich jemand überholte und dann vor mir im Schnee ausrutschte.

»Vorsicht!« Automatisch streckte ich die Hände aus und hielt sie am Arm fest.

»Whoa, ups!« Sie blinzelte überrascht, dann lächelte sie. »Oh. Hey, Trevor.«

»Mackenzie.« Ich nickte ihr zu. »Alles klar?«

»Ja, ich bin nur ausgerutscht.« Sie sah an sich hinunter. Obenrum war sie dick eingepackt mit Winterjacke und Mütze, aber ihre Beine steckten in einer grauen Wollstrumpfhose und knöchelhohen Stiefeln mit Absatz. Nicht gerade die beste Kleidung für einen erneuten Wintereinbruch. Sie seufzte und schob sich eine rote Haarsträhne aus dem Gesicht. »Heute Morgen hat es noch nicht so geschneit.«

Ich nickte, wusste aber auch nicht, was ich dazu sagen sollte. Small Talk war noch nie meine Stärke gewesen. Womöglich hatte ich es aber auch nie wirklich versucht, weil es mir immer sinnlos vorgekommen war. Wozu seine Zeit mit Geplapper über das Wetter verschwenden, wenn man bessere Dinge damit anstellen konnte? Schweigen zum Beispiel. Und sich seinen Teil denken.

»Wie dem auch sei. Bist du auch auf dem Weg zum Wohnheim?«, fragte sie jetzt.

»Ja.«

»Lust auf Gesellschaft?«

Ich mochte Mackenzie. Sie schien eher der ruhige Typ zu sein, obwohl sie inzwischen auch schon ein paarmal mit uns ausgegangen war. Wirklich viel wusste ich allerdings nicht über sie, im Grunde nur, dass sie Musik- und Theaterwissenschaften studierte, mit Tate und Elle zusammenwohnte und an den Wochenenden und Feiertagen meist bei ihrem Freund drüben in Richmond war.

Gemeinsam setzten wir uns wieder in Bewegung und stapften durch den Schnee. Es war schon dunkel und noch dazu glatt, trotzdem hetzten ein paar Leute an uns vorbei, während sich andere eine Schneeballschlacht lieferten. Die Autos auf der Straße kamen nur im Schritttempo voran, und es sah nicht danach aus, als würde es allzu bald aufhören zu schneien.

»Ich freue mich schon auf eure Party am Freitagabend«, sagte Mackenzie, als wir an der Kreuzung darauf warteten, dass die Ampel grün wurde.

Ich nickte. Es war wieder mal Zeit für eine von unseren Hauspartys, die Luke und ich traditionell am Anfang eines neuen Semesters gaben.

»Kommt dein Freund auch?«, fragte ich, als die Ampel umsprang und wir losgingen.

Schweigen.

Stirnrunzelnd sah ich zu ihr hinüber.

Mackenzie senkte den Blick und betrachtete ihre Stiefel. »Er … Wir haben uns getrennt.«

Gut gemacht, Trev. Streu auch noch Salz in die Wunde.

»Tut mir leid, das zu hören.« Ich räusperte mich. »Wissen Elle und Tate davon?«

»Ich habe es ihnen gestern erzählt, als ich zurückgekommen bin. Tate hat angeboten, ihn ganz unauffällig verschwinden zu lassen.«

Gegen meinen Willen musste ich lächeln. Ja, das passte zu Tate. Sie würde jedem den Arsch aufreißen, der einem ihrer Freunde wehtat. Und auch wenn sie und Mackenzie sich nicht besonders nahezustehen schienen, wohnten sie doch zusammen und Tate hatte sie offenbar in den kleinen Kreis an Leuten aufgenommen, für die sie alles tun würde.

Mackenzie zuckte mit den Schultern und zwang sich zu einem Lächeln, trotzdem sah ich die Tränen in ihren Augen schimmern. »Das Leben geht weiter, richtig?«

»Richtig«, bestätigte ich leise, denn – ganz ehrlich? Ich wusste nicht, was ich sonst sagen sollte. Obwohl ich mit einer kleinen Schwester aufgewachsen war, hatte ich keine Ahnung, was man tat, um eine Frau zu trösten. Worte waren nicht gerade meine Stärke, für eine Umarmung kannten wir uns nicht gut genug und ein tröstendes Auf-die-Schulter-Klopfen wäre seltsam für uns beide.

Aber ich wusste, wie es sich anfühlte, vor etwas zu stehen, das nicht mehr funktionieren wollte, ganz egal, wie sehr man es auch versuchte. Meine letzte Beziehung hatte kurz vor meinem Schulabschluss auf dieselbe Weise geendet. Wir würden auf verschiedene Colleges gehen und keiner von uns hatte eine Fernbeziehung gewollt, also hatten wir es beendet. Seither hatte ich keine Zeit mehr für eine richtige Beziehung gehabt, mal ganz davon abgesehen, dass ich mich hauptsächlich auf mein Studium konzentrierte.

»Tut mir leid«, murmelte Mackenzie, als wir an die verschneite Grünfläche kamen, die zwischen den vier Wohnheimen lag. »Ich wollte dich nicht damit belasten.«

Ich schüttelte den Kopf. »Schon gut. Ich kenne das. Es ist eine Scheißsituation. Der Kerl ist ein Idiot, dass er dich hat gehen lassen.«

»Danke.« Ihre Mundwinkel hoben sich.

Na also. Vielleicht war ich doch kein absoluter Versager, wenn es darum ging, jemanden zu trösten, auch wenn Ana Lucia da vehement widersprechen würde. Sie hatte mir öfter die Tür vor der Nase zugeknallt, als ich zählen konnte.

»Oh, schau mal«, rief Mackenzie plötzlich. »Da ist Tate.« Bevor ich sie aufhalten konnte, hob sie die Hand und winkte ihr zu.

Ich biss die Zähne zusammen, als sie Tate beim Namen rief. Seit dem … Zwischenfall in der Bibliothek war ich ihr aus dem Weg gegangen. Auch wenn das eine Gratwanderung war, die mich in einen ganz neuen Konflikt stürzte – denn wie sollte ich ihr ein Freund sein und auf sie aufpassen, wenn ich mich gleichzeitig so weit wie möglich von ihr fernhielt? Und wie sollte ich mich von ihr fernhalten, wenn mich alles immer wieder zu ihr hinzog? Ein kurzer Blick, ein Lächeln, ihre leise Stimme dicht an meinem Ohr – und da war dasselbe Rumoren in meinem Inneren wie zuvor. Wie letzten Donnerstag in der Bibliothek. Seitdem tat ich alles, um nicht im selben Raum mit ihr zu sein, aus Angst, wieder schwach zu werden und sie einfach zu küssen. Denn das war genau das, was ich nicht tun durfte. Ich hätte ihr von Anfang an nie so nahekommen dürfen. Unser One-Night-Stand war schon ein kolossaler Fehler gewesen, aber mein Verhalten in der Bibliothek war unverzeihlich. Auch wenn mich das Gefühl ihrer Lippen auf meinen und ihr leises Stöhnen noch immer verfolgten.

Doch wie es aussah, würde ich heute noch mal davonkommen. Tate reagierte nicht auf das Rufen ihrer Mitbewohnerin. Sie hatte ihr Smartphone in den Händen und starrte darauf. Bevor Mackenzie noch etwas sagen oder tun konnte, hielt sie es sich ans Ohr. Allerdings sah sie nicht glücklich dabei aus. Falten gruben sich in ihre Stirn und ihre Hände, die in fingerlosen Handschuhen steckten, schienen zu zittern, wobei das auch der Kälte geschuldet sein konnte. Trotzdem hatte ich Tate selten so angespannt erlebt und je näher wir ihr kamen, desto deutlicher wurde es. Ihre ganze Haltung war steif, sie nagte an ihrer Unterlippe und kickte den Schnee vor ihren Füßen weg.

Bevor wir sie erreichen konnten, drehte sie sich um und verschwand im Wohnheim.

Aus dem Augenwinkel bemerkte ich Mackenzies Kopfschütteln. »Sie war schon das ganze Wochenende ständig am Telefon und schlecht drauf.«

Ich nickte nur. Ein Teil von mir war lächerlich erleichtert darüber, weil das bedeutete, dass ich Tate nicht gegenübertreten musste. Dennoch sah ich ihr nach und kämpfte ein weiteres Mal mit mir. Ich wusste, dass es vernünftiger wäre, sie in Ruhe zu lassen und ihr weiterhin aus dem Weg zu gehen. So lange, bis wir diese verdammte Nacht und den Kuss in der Bibliothek endgültig aus unseren Gedanken verbannt hatten. Aber ich hatte auch diesen wild entschlossenen, fast schon verzweifelt wirkenden Ausdruck in ihrer Miene gesehen. Und selbst wenn es mich nichts anging, was sie so in Aufruhr versetzt hatte, wollte ich es trotzdem erfahren. Ich wollte derjenige sein, an den sie sich wandte und dem sie von ihren Sorgen oder auch nur von ihrem Tag erzählte. Ich wollte einfach zu ihr hochgehen, mich zu ihr aufs Sofa setzen und mit ihr reden können. Oder gemeinsam schweigen, bis sie in meinen Armen einschlief …

Gott, ich war echt das Letzte. Seufzend rieb ich mir über Gesicht und Bart und gab mir in Gedanken selbst einen Tritt, der hoffentlich auch diese Bilder aus meinem Bewusstsein verscheuchen würde. Diese Wunschvorstellung war völlig falsch, aber seit dieser einen gemeinsamen Nacht verfolgte sie mich hartnäckig. Ich schüttelte über mich selbst den Kopf. Wenn ich nur eine gute Tat tun konnte, dann wäre das, mich so weit wie nur irgend möglich von Tate Masterson fernzuhalten. Ganz egal, was ich selbst wollte.

Im Erdgeschoss trennten sich unsere Wege, da Mackenzie zum Aufzug rannte, dessen Türen sich gerade schlossen und ich lieber die Treppe nahm. Nicht nur, um mich nach der Kälte draußen wieder etwas aufzuwärmen, sondern auch, um meine Gedanken wieder in den Griff zu kriegen, bevor ich oben ankam.

Ich musste aufhören, ständig an Tate zu denken. Vielleicht hatte ich damals einen Fehler gemacht, als ich beschlossen hatte, ihr ein guter Freund zu sein. Gut möglich, dass es klüger gewesen wäre, sie gar nicht erst kennenzulernen. Nie zu erfahren, wie es klang, wenn sie meinen Namen sagte, nie ihr Lächeln zu sehen und nie zu wissen, wie sich ihre warme, weiche Haut unter meinen Händen anfühlte. Das wäre für uns beide das Beste gewesen. Aber ganz egal, wie sehr ich mir das einzureden versuchte, ich konnte mich nicht dazu bringen, es zu bereuen. Nicht, dass ich Tate kennengelernt hatte. Nicht, sie geküsst zu haben. Und nicht, ihr näher gekommen zu sein, als ich es je dürfte.

Ich nahm die letzten Stufen hinauf zu meinem Stockwerk, drückte die Tür auf und trat in den Gang, von dem alle Wohneinheiten in dieser Etage abgingen. Unsere war die zweite Tür auf der linken Seite. Als ich die Wohnung betrat, war alles dunkel. Einen Herzschlag lang fühlte ich mich an eine andere Zeit, einen anderen Tag und eine andere WG zurückerinnert, in der es genauso dunkel gewesen war – und ich nicht allein …

Mit einem unterdrückten Knurren schob ich das Bild beiseite und schaltete das Licht ein.

Mister Cuddles sprang von der Kochinsel und begrüßte mich mit einem auffordernden Maunzen. Sie folgte mir in die Küchenecke, wo ich etwas Trockenfutter in ihre Schale schüttete und die Kaffeemaschine einschaltete. Obwohl diese Woche noch nicht mal richtig begonnen hatte, spürte ich sie schon jetzt in den Knochen. Und um die nächsten Stunden weiterlernen zu können, brauchte ich dringend Koffein.

Erst als die Katze zufrieden schnurrte und das Brummen

der Kaffeemaschine die Luft erfüllte, ging ich in mein Zimmer, stellte die Laptoptasche auf dem Schreibtisch ab und warf meinen Mantel über den Stuhl. Anschließend ging ich ins Bad, machte noch einen Abstecher in die Küchenecke und kehrte mit einer dampfenden Tasse zurück. Erst dann tastete ich nach dem Lichtschalter – und blieb überrascht stehen.

Wie alle Zimmer hier war auch meins nicht besonders groß, aber da ich das von daheim nicht anders gewöhnt war, hatte ich mich nie daran gestört. Das Bett stand an der Wand, der Schreibtisch direkt daneben vor dem Fenster, dazu ein Bücherregal voll mit Fachliteratur, von der ich ganze Stapel demnächst in die Bibliothek zurückbringen musste, und ein schmaler Schrank für meine Sachen. Mehr brauchte ich nicht, zumal ich mein ganzes Geld in mein Notebook investiert hatte. Am Fenster hingen dunkelblaue Vorhänge und die Wände waren weiß und kahl. Oder zumindest waren sie das gewesen, als ich heute Morgen das Haus verlassen hatte. Jetzt hing ein Poster über meinem Bett, aus dem mich eine überlebensgroße Grumpy Cat anstarrte. Es gab keinen Text, aber an der unteren rechten Ecke hing ein kleiner gelber Klebezettel mit Tates unverkennbar geschwungener Handschrift und zwei Worten: *Fuck you*.

Autsch. Aber okay – ich konnte ihr diese kleine Aktion nicht übel nehmen nach dem, was da letzte Woche in der Bibliothek zwischen uns passiert war. Es juckte mich in den Fingern, ihr die passende Antwort darunterzuschreiben und den Zettel an ihre Tür zu kleben, aber ich unterdrückte den Impuls.

Ich hatte es mittlerweile erfolgreich geschafft, unsere gemeinsame Nacht als Ausrutscher abzustempeln. In den letzten zwei Jahren hatte sich schließlich ziemlich viel zwischen uns angestaut. Nicht alles davon war gut gewesen, und in dieser Zeit hatte ich mehr Kraftausdrücke und Beleidigungen von

Tate gehört, als in meinem ganzen Leben zuvor. Dieser Kuss war allerdings ein Fehler gewesen, den ich ganz bewusst begangen hatte und den ein Teil von mir nicht mal bereute, obwohl ich genau das tun sollte.

Nach der Sache in der Bibliothek dürfte sie mich für ein riesiges Arschloch halten. Zu Recht, schließlich hatte ich sie sang- und klanglos stehen lassen. Aber wenn ich diesem Drängen in mir nachgab, wenn ich zuließ, dass noch mehr zwischen uns passierte, wäre ich ein noch viel größeres Arschloch. Ich konnte mich nicht noch mal auf Tate einlassen. Nie wieder. Völlig egal, wie sehr ich es wollte.

Kapitel 5

Tate

Am darauffolgenden Freitagabend stand ich vor dem Spiegel in unserem Gemeinschaftsbad und blies mir entnervt eine Haarsträhne aus dem Gesicht, während ich eine andere um den Lockenstab wickelte und langsam aufrollte. Es war kurz vor zehn Uhr abends, ich war schon geschminkt und angezogen, jetzt fehlten nur die Haare. Aber da Elle noch ihr Outfit zusammenstellte, Emery mit Schminken beschäftigt war und Mackenzie gerade erst heimgekommen war, lag ich ganz gut in der Zeit.

Pünktlich zum Start des neuen Semesters gab es mal wieder eine von Lukes und Trevors legendären Partys. Alle paar Monate schmissen die zwei eine von der Sorte, zu der gefühlt der halbe Campus kam. Wie alle in die WG und den Gang davor reinpassten? Keine Ahnung. Aber es war immer wieder ein Spektakel. Bei einer dieser Feiern hatte Mason sich fast aufs Maul gelegt, weil Emery ihm kurz zuvor die Nase gebrochen hatte – ein winziges Missverständnis bei ihrem Kennenlernen – und er sich Schmerztabletten eingeworfen hatte. Die er dann mit Alkohol runterspülte. Ich wünschte, ich könnte behaupten, so etwas fiele auch nur ihm ein, aber da ich das auch schon hinter mir hatte, fühlte ich sogar mit ihm. Ein bisschen zumindest. Okay, nein, nicht wirklich. Tiefe, von Herzen kommende Empathie gab es in meinem Gefühlsspektrum nicht.

»Hier.« Elle tauchte in der Tür zum Badezimmer auf und hielt mir etwas hin.

»Was ist das?«

»Eine Kette. Ich habe sie zufällig gefunden und sie passt perfekt zu dir.«

Überrascht, aber nicht abgeneigt, legte ich den Lockenstab zur Seite, nahm die Kette und band sie mir um. Zwei dünne, ineinander verwobene schwarze Samtbänder umschlossen meinen Hals. Elle hatte recht. Sie passte hervorragend zu meinem Outfit, das aus einer dunklen Jeans mit Rissen, einem ärmellosen schwarzen Spitzentop und Killerheels mit Nieten bestand.

»Übrigens habe ich mir ein Oberteil von dir geliehen«, sagte sie beim Rausgehen.

Ich starrte ihr nach, dann schnaubte ich. Typisch Elle. Ich hätte wissen müssen, dass sie irgendetwas im Schilde führte. Aber da wir es uns in letzter Zeit zur Gewohnheit gemacht hatten, Klamotten, Schuhe und Schmuck zu tauschen, ging das in Ordnung. Solange es nicht mein Lieblingsshirt war.

Es dauerte noch ein paar Minuten, bis ich mit den Locken fertig war – oder eher: bis mir endgültig die Geduld ausging, ich den Lockenstab ausschaltete und alles mit Haarspray fixierte. Dann ging ich ins Wohnzimmer. Die Türen zu all unseren Zimmern standen offen und aus Mackenzies schallte leise Musik herüber.

Neben dem Küchentresen blieb ich stehen, warf einen Blick auf mein Handy und fluchte innerlich. Keine neuen Nachrichten. Keine verpassten Anrufe. Keine Mails. Ich hatte alle Namen von der Liste, die ich Thomas abgekauft hatte, kontaktiert, aber bisher hatten sich gerade mal zwei von zehn Leuten zurückgemeldet. Allerdings hatte mir das keinerlei brauchbare Informationen eingebracht. Und der Rest? Was dauerte bitte so lange? Checkten die Leute heutzutage nicht ihre Nachrichten im Minutentakt?

Frustriert schob ich mir das Smartphone in die Hosentasche und widmete mich der Post auf dem Tresen, die ich heute Mittag dorthin geschmissen hatte. Ein Brief für Mackenzie, der nach einer Rechnung aussah, Werbung, eine Postkarte von Mom und Dad von ihrer Kreuzfahrt in die Karibik und ein Umschlag für Elle.

»Hey, Winthrop!«, rief ich und hielt den Umschlag in die Höhe. »Post für dich aus Summerville.« Ich drehte ihn um und zog die Brauen hoch. »Sieht nach einer Hochzeitseinladung aus.«

»Was? Von wem?« Elle flitzte aus ihrem Zimmer und riss mir den Brief aus der Hand. »Ist nicht wahr!«

»Und? Wer heiratet?«, fragte Emery von der Tür aus, den Mascara in der einen, ein Kosmetiktuch in der anderen Hand.

»Oh mein Gott!«, quietschte Elle und starrte blinzelnd auf das Papier, als müsste sie es noch mal lesen, um es wirklich glauben zu können.

Emery und ich sahen uns an und zuckten gleichzeitig mit den Schultern. Offenbar kam die Einladung nicht von jemandem aus Elles Familie, sonst hätte sie nicht so überschwänglich reagiert.

»Eine alte Schulfreundin von mir heiratet im Juni«, erklärte sie jetzt. »Oh, das ist so schön!«

»Heißt das, du fährst hin?«

Zurück nach Hause. Ich hatte das Drama nur am Rande mitbekommen, als Elle letztes Jahr erst für die Verlobungsfeier und dann zur Hochzeit ihrer Schwester zurück nach Summerville in Alabama geflogen war. Elle war ein großartiger – und viel zu gutherziger – Mensch, ganz im Gegensatz zu ihrer Mutter. Die war nämlich ein eiskaltes Miststück. Am liebsten würde ich sie persönlich an den Haaren aus ihrem teuren Anwesen zerren, sie erst in den Matsch und dann von einer Klippe schubsen. Wie konnte eine Mutter so zu ihrem Kind sein? Zugegeben, meine Mom konnte anstrengend sein, und es hatte eine Phase gegeben, in der die Grenzen zwischen Liebe und Hass fließend gewesen waren, aber letzten Endes war sie immer noch meine Mom. Wenn ich sie brauchte, war sie für mich da, genau wie mein Dad. Dass es bei Elle nicht so war, machte mich nicht traurig, sondern verdammt wütend.

Elles Lächeln bröckelte ein wenig, aber sie nickte mehrmals. »Das werde ich mir auf keinen Fall entgehen lassen.« Mit der Einladung in der Hand lief sie in ihr Zimmer zurück. Emery folgte ihr, während ich mich aufs Sofa warf, die Füße auf den Tisch legte und sie an den Knöcheln überkreuzte.

Nachdenklich strich ich über das Bild auf der Vorderseite der Postkarte. Ein Sandstrand, weites Meer, Palmen. Der Klassiker. Auf der Rückseite hatte Mom es in ihrer geschwungenen Schrift tatsächlich fertiggebracht, einen halben Roman zu verfassen. Sie erzählte vom guten Wetter, dem leckeren Essen an Bord ihres Schiffs, von einem Ausflug, den sie gleich unternehmen wollten und davon, dass Dad an den ersten drei Tagen seekrank und total grün im Gesicht gewesen war.

Bei der Vorstellung musste ich grinsen. Mein Vater war riesig. Groß und breit, mit dicken Armen, einer Glatze und einer Statur, die alle anderen Menschen einschüchtern konnte, dabei war er in Wahrheit ein Teddybär. Er hatte es sich nach Jamies Tod nicht erlaubt, zusammenzubrechen, sondern war für uns alle stark geblieben. Erst nach der Beerdigung, am Abend, als alle Gäste gegangen waren und Mom eine Schlaftablette eingeworfen hatte, um überhaupt zur Ruhe zu kommen – erst da hatte ich ihn weinend im Keller gefunden. In Jamies Reich. Inmitten von Videospielen, altem Kletterequipment, einem Boxsack, mehreren Skateboards und dem Holzbrett, das er als Souvenir vom Volcano Surfing in Nicaragua mitgebracht hatte, auf einem der durchgesessenen Sofas, wo ich öfter mit meinem Bruder und seinen Kumpels gezockt hatte, als ich zählen konnte.

Doch Jamie würde nie wieder dort sitzen und sich durch irgendwelche Games kämpfen. Und als ich Dad so aufgelöst dort entdeckte und mich wortlos an ihn kuschelte, wurde mir das zum ersten Mal richtig bewusst. Mein großer Bruder war fort – und er würde nie mehr zurückkehren.

Gott, ich hatte diese Party heute Abend dringend nötig, wenn mich eine dämliche Postkarte so fertigmachen konnte. Ich atmete tief durch und wischte mir hastig über die Augenwinkel. Ich hasste es zu weinen. Immer und überall, aber insbesondere vor anderen. Nicht, weil ich mich schämte, sondern weil es so verflucht sinnlos war. Tränen änderten nichts. Nichts an der Situation, nichts an den Problemen und vor allem würden sie niemanden zurückbringen. Wozu also seine Zeit damit verschwenden und sein Make-up ruinieren? Ich war eh nicht der Typ, der bei rührseligen Filmen oder süßen Katzenvideos losheulte. Leider war ich auch nicht so sehr aus Stein, wie ich meine Freunde glauben ließ. Aber wenn mir mal die Tränen kamen, kriegte das keiner mit.

So wie heute. Als Elle aus ihrem Zimmer spazierte, hatte ich mich wieder im Griff und hob anerkennend die Brauen. Das Mädchen rockte die Skinny Jeans mit den kniehohen Stiefeln.

»Fertig?« Sie strich sich das Top glatt, das sie aus meinem Kleiderschrank geklaut hatte, und das ihr zugegebenermaßen besser stand als mir.

Ich hievte mich hoch und warf die Postkarte auf den Tisch. »Ich bin schon die ganze Zeit fertig.«

»Kann losgehen!«, rief Mackenzie und auch Emery kam fertig gestylt aus Elles Zimmer.

Mit einem herausfordernden Lächeln sah ich von einer zur anderen. »Dann los!«

Trevor

Die Musik dröhnte so laut in unserer Wohnung, dass es nur eine Frage der Zeit war, bis die Wohnheimleitung hochkam und den Stecker zog. Davon, alle Leute rauszuschmeißen und uns in den Arsch zu treten, weil es hier freien Alkohol gab, ganz zu schweigen. Mrs Glennard konnte einem die Hölle heißmachen, wenn sie wollte. Aber sie schien eine Schwäche für uns zu haben, sonst hätte sie unsere Partys schon längst gesprengt. Zumindest behaupteten Luke und ich das immer scherzhaft, wenn uns jemand nach unserem Geheimrezept für ungestörte Wohnheim-Partys fragte. Mason hingegen war der festen Überzeugung, dass Mrs Glennard insgeheim von einem heißen Latinolover oder einem sexy Sunnyboy wie Luke träumte und uns deswegen alles durchgehen ließ. *Ja, klar.*

Nach und nach füllten sich die Zimmer, bis ich gar nicht mehr wusste, wer eigentlich da war und wer noch fehlte. Außer bei Dylan. Denn er hatte sich vor wenigen Minuten Mister Cuddles geschnappt und die Katze in Emerys Zimmer in Sicherheit gebracht. Die alte Lady war kein Fan unserer Feiern und wir legten es nicht darauf an, Mrs Glennards Geduld auf die Probe zu stellen.

Mason tauchte in der Tür auf, diesmal ohne tränende Augen und Schniefnase, dafür aber mit Jenny im Arm. Luke und ich wechselten einen Blick. Keiner von uns hatte sie eingeladen, aber wir konnten es Maze schlecht verbieten, seine Tussi – pardon, seine *charmante* On-Off-Freundin mitzubringen. Allem Anschein nach waren sie gerade wieder mal in einer Hochphase. Dann würde das Tief nicht mehr lange auf sich warten lassen.

Zynisch? Vielleicht. In diesem Fall aber leider auch sehr realistisch.

»Maze!« Luke hielt ihm die Hand hin und er schlug ein. »Du weißt, wo das Bier steht.«

Mason zog die Brauen hoch. »Ja, ich weiß noch, wo ich meine beiden Sixpacks vor zwei Stunden hingestellt hab. Aber danke.«

»Luke! Trevor! Was für eine Party!« Jenny warf sich das dunkle Haar über die Schulter und begrüßte erst Luke und dann auch mich mit einer kurzen Umarmung, als wären wir alte Freunde.

Waren wir nicht. Bestenfalls Bekannte, denn im Gegensatz zu Mason und Dylan war ich nie mit Jenny auf dieselbe Highschool in Huntington gegangen. Ich war in Charleston aufgewachsen, eine knappe Autostunde von hier entfernt, wo meine Familie bis heute wohnte.

Mit einem strahlenden Lächeln hakte sich Jenny bei Mason ein und zog ihn mit sich. Kopfschüttelnd sah ich ihnen nach. Ich verstand einfach nicht, was er in ihr sah. Aber so ging es mir nicht nur mit diesen beiden. Mein Blick wanderte durch den Raum und blieb an einem vertrauten dunkelbraunen Haarschopf mit knallroten Strähnchen darin hängen. Tate hielt schon den ersten – oder zweiten? – Drink in der Hand und lachte über irgendetwas, das ein Typ ihr erzählte. Selbst auf die Entfernung konnte ich sehen, dass das Lachen nur ein Fake war. Wozu machte sie sich überhaupt die Mühe? Nur für ein bisschen Action im Bett?

Scheiße. Mühsam löste ich die zu Fäusten geballten Hände. Ich sollte nicht darüber nachdenken. Ich sollte mir nicht vorstellen, was sie mit diesen Kerlen trieb, weil es mich verdammt noch mal nichts anging. Zu Beginn unseres Studiums hatte ich mir selbst das Versprechen gegeben, auf sie aufzupassen und ihr ein Freund zu sein. Das beinhaltete leider nicht, alle Männer von ihr fernzuhalten, auch wenn ich genau das nur zu gern getan hätte. Aber dazu hatte ich kein Recht.

Dylan bewahrte mich davor, eine Dummheit zu begehen. Er schlich sich von hinten an Tate heran und erschreckte sie mit einer Umarmung, die sie vor Überraschung kurz aufschreien ließ. Im ersten Moment versteifte sie sich, dann wand sie sich mit einer schnellen Bewegung aus seinen Armen. Als er sie lachend gehen ließ, gab sie ihm einen Klaps gegen die Brust, lächelte aber auch. Und genau das, dieses Lächeln war nicht aufgesetzt. Weil sie sich ihren Freunden gegenüber nicht verstellen musste. Genauso wenig wie mir gegenüber.

Ich schloss kurz die Augen, als ich mich daran erinnerte, wie sie mich im Kunstsaal angesehen hatte. Was sie in der Bibliothek zu mir gesagt hatte. Wie sie sich anfühlte, wie sie roch und schmeckte. All das war schon eine Woche her, trotzdem hatten sich all diese kurzen Momente in mein Gedächtnis eingebrannt. Verdammt. Wenn ich diese Feier einigermaßen genießen wollte, brauchte ich dringend etwas zu trinken.

Neben der Küchenecke hatte das Bier-Pong-Turnier bereits begonnen. Zu meiner Überraschung traten Elle und Luke gegeneinander an – und Elle schien zu gewinnen. Nein, Korrektur, sie machte Luke gerade total fertig. Ich nickte ihr im Vorbeigehen anerkennend zu, holte mir eine Dose und trank ein paar Schlucke. Dann blieb ich etwas abseits stehen, mit einem guten Blick auf das Turnier und ins Wohnzimmer. Jubel brach aus, als Luke haushoch gegen Elle verlor und den letzten Becher austrinken musste.

»Hi«, ertönte es plötzlich links von mir.

Die Stimme war weich und gehörte einer kleinen Brünetten, die mich von unten her mit einem schüchternen Lächeln ansah.

»Hey«, antwortete ich gedehnt und musterte sie noch mal von oben bis unten. Eindeutig hübsch, aber auf eine natürliche Weise, mit wenig Make-up, Jeans, T-Shirt und Chucks. »Ich glaube nicht, dass ich dich hier schon mal gesehen habe ...«

»Desiree«, ergänzte sie. »Und nein, ich war noch nie hier. Meine Freundinnen haben mich hergeschleppt, weil ich anscheinend unbedingt mal auf eine Party von euch muss.« Mit dem Kopf deutete sie auf eine Gruppe Mädchen, die mit ein paar Typen auf den Sofas saßen. »Also ...«, sie zog die Schultern hoch. »Was muss man gesehen haben?«

Meine Mundwinkel zuckten. Sie war irgendwie niedlich. Niedlich und attraktiv, aber es reizte mich nicht, ihr mein Zimmer – und mein Bett – zu zeigen, auch wenn ihre unschuldige Frage die ideale Vorlage dafür war. Mit der Dose in der Hand deutete ich langsam um mich. »Bier-Pong. Kühlschrank mit den Getränken, außer du stehst auf lauwarmen Alkohol. Da vorne bei deinen Freundinnen ist die Playstation und früher oder später wird irgendjemand anfangen zu singen, jemand wird sich ausziehen, die Ersten werden abgeschleppt und am Ende bleibt nur noch der harte Kern übrig.«

»Okay ...« Sie lachte auf und eine leichte Röte zeichnete sich auf ihren Wangen ab. »Ähm ... Kannst du mir auch sagen, wo das Bad ist?«

Ich unterdrückte ein Grinsen und deutete auf die einzige geschlossene Tür.

»Oh.« Sie nickte hastig. »Natürlich. Danke.« So schnell wie sie aufgetaucht war, verschwand sie wieder zwischen all den anderen Leuten. Kurz vor dem Bad erhaschte ich noch einen Blick auf sie, als sie fast in Mackenzie reinlief und erst nach einer längeren Entschuldigung ins Badezimmer schlüpfte.

Belustigt wandte ich mich ab und beschloss, eine Runde zu drehen, bevor mich ein paar Kommilitonen aus meinen Kursen entdeckten und mit mir reden wollten. Ich hatte nichts gegen diese Typen, aber sie waren noch mehr aufs Lernen fixiert als ich. Es grenzte an ein Wunder, dass sie überhaupt hergekommen waren. Allerdings hatte ich nicht vor, den Freitagabend mit Diskussionen über Makroökonomie, Internationales Management oder korrekte Personalführung zu verbringen.

Ich entdeckte drei Leute aus Lukes Leichtathletikteam und wechselte ein paar Worte mit zwei Kerlen, von denen ich keine Ahnung hatte, was sie überhaupt studierten, die ich aber regelmäßig im Fitnessstudio auf dem Campus traf. Dylan und Emery hatten sich zu den anderen auf die Sofas gesellt, Grace war in ein Gespräch mit Mackenzie vertieft und von Mason und Jenny war nirgendwo etwas zu sehen. Gott, ich hoffte nur, dass sie es nicht in meinem Zimmer miteinander trieben.

Es dauerte eine Ewigkeit, bis ich Tate zwischen all den Leuten wiederfand. Sie stand am Rand der Feier, an die Wand gelehnt und nippte an ihrem Drink, während irgendein Typ auf sie einredete. Ich unterdrückte den Impuls, rüberzugehen und mich einzumischen. Tate konnte sehr gut auf sich selbst aufpassen. Die meisten Kerle konnte sie allein mit einem Blick auf Abstand halten – aber genau da lag das Problem. Sie tat es nicht, schien es nicht mal zu wollen. Sie ließ sich angraben, ließ sich Drinks in die Hand drücken, und ich wusste, dass es nur eine Frage der Zeit war, bis sie mit irgendeinem dieser Dreckswichser nach Hause gehen würde.

Die Dose knirschte in meiner Hand. Ich zwang mich dazu, meinen Griff zu lockern, aber ich konnte mich nicht auch dazu bringen, den Blick von Tate abzuwenden. Es war beinahe so, als suche sie die Gefahr, als brauche sie den Kick, den Nervenkitzel, selbst wenn sie dabei über die Stränge schlug. Denn die seltsamsten Typen belagerten sie nie zu Beginn des Abends, sondern immer dann, wenn sie schon etwas angetrunken war. Und wenn sie nicht von selbst bei ihr antanzten, suchte Tate ganz offensiv nach ihnen – beinahe so, als würde sie insgeheim nur darauf hoffen, dass irgendwann mal etwas schiefging. Elle mochte in der Regel die Letzte auf Partys sein, aber normalerweise trank sie nie so viel, dass wir uns Sorgen um sie machen mussten. Tate spielte dagegen in einer ganz anderen Liga. Und egal, wie oft sich Elle und vor allem Dylan Sorgen um sie machten – Tate beschwichtigte sie immer wieder. Bisher war ja auch nichts vorgefallen – was ihr nur recht zu geben schien. Vielleicht war ich daran nicht ganz unschuldig, denn meistens brachte ich sie früh genug von einer Feier nach Hause, selbst wenn sie lautstark dagegen protestierte. Inzwischen hatte ich das Gefühl, dass sich der Rest der Clique darauf verließ, dass ich auf Tate aufpasste, so wie Luke sich schon immer um Elle gekümmert hatte.

Als würde sie es heute wieder mal darauf anlegen, trank Tate einen Becher auf ex aus. Die Leute um sie herum begleiteten sie dabei mit enthusiastischem Pfeifen und Klatschen.

»Wenn du noch länger rüberstarrst, haben sie bald ein Loch im Kopf«, kommentierte Luke trocken und blieb neben mir stehen.

»Keine Ahnung, wovon du redest«, murmelte ich und führte die Dose an meinen Mund. Das Bier schmeckte bitterer als sonst, aber vielleicht bildete ich mir das auch nur ein.

Sekundenlang musterte mich mein bester Freund von der Seite, dann schüttelte er den Kopf. Aber er hielt den Mund. Gut so.

Wir hatten ein unausgesprochenes Einverständnis. Ich sprach nicht diesen einen Tag im Jahr an, an dem Luke sich regelmäßig die Kante gab, und er hielt die Klappe, was meinen Retterkomplex bei Tate anging. Vielleicht war es sexistisch, aber dieses Mädchen brauchte einen Aufpasser. Sie hatte eine selbstzerstörerische Ader – und damit meinte ich nicht die Risse in ihrer Jeans oder ihren ganzen Grunge-Stil. Wenn sie könnte, würde sie sehr viel weiter gehen, als sich nur zu betrinken. Ich wusste es, weil ich früher genug solcher Leute gesehen hatte und das Muster erkannte: Sich in Probleme stürzen, nur um vor anderen davonzulaufen. Während meiner Highschoolzeit war ich nah dran gewesen, ebenfalls auf diesem zerstörerischen Pfad zu landen. Heute unterdrückte ich diese Impulse mit eiserner Kontrolle, endlosen Stunden über meinen Büchern und allem anderen, was mich davon ablenken konnte. Und mit unregelmäßigen Besuchen im Fitnesscenter, weil ich hin und wieder dennoch einen Sandsack als Gegner brauchte, auf den ich einschlagen konnte.

In diesem Moment hob Tate den Kopf und warf mir einen herausfordernden Blick zu. Ganz so, als hätte sie die ganze Zeit gespürt, dass ich sie beobachtete. *Komm doch und halt mich auf, wenn du dich traust*, schien sie zu sagen.

Ich biss die Zähne zusammen.

Sie zog eine Braue in die Höhe und leerte einen weiteren Drink in wenigen Zügen. Keine Minute später drückte ihr jemand einen neuen Becher in die Hand. Luke hatte sich längst abgewandt und unterhielt sich mit jemandem, aber ich sah sehr genau, wie sie in ihre Hosentasche griff und unauffällig ein kleines Plastiktütchen herauszog.

Oh nein. Nur über meine Leiche.

Ich ging rüber und packte sie am Handgelenk, bevor sie etwas davon in ihren Drink schütten konnte. »Glaubst du wirklich, ich lasse zu, dass du dich in meiner Wohnung abschießt?«, fragte ich gefährlich leise.

Tate funkelte mich an. »Ich kann auch einfach drei Schritte raus in den Flur gehen und mich dort abschießen. Was willst du dann tun, hm?« Ihre Finger krallten sich um die Plastiktüte, trotzdem schaffte ich es, sie ihr mit der anderen Hand zu entwenden.

»Du brauchst das Zeug nicht.«

»Ich weiß, dass ich es nicht *brauche*, Captain Obvious. Schon mal daran gedacht, dass ich es einfach *will*?« Sie riss sich von mir los. »Und soweit ich mich erinnere, ist das nicht nur *deine* Wohnung, sondern auch die von Luke und Dylan. Und die beiden scheinen nichts dagegen zu haben, dass ich mich amüsiere.«

»Oh, keine Sorge, die zwei werden gleich sehr viel dagegen haben, wenn ich ihnen erzähle, was du vorhattest.«

»Dein Ernst?« Tate stieß ein ungläubiges Lachen aus, hielt die Stimme aber gesenkt, um zu vermeiden, dass unsere Diskussion zu viel Aufmerksamkeit auf sich zog. »Du willst mich verpetzen und von deiner Party werfen?«

»Lass es drauf ankommen.« Ich erwiderte ihren Blick mit stoischer Ruhe. Mir war durchaus klar, dass ich Tate nichts vorschreiben konnte, aber ich würde einen Teufel tun und einfach dabei zusehen, wie sie irgendwelche Pillen einwarf.

»Du Mistkerl.«

»Mistkerl?« Entgegen aller guter Vorsätze lehnte ich mich etwas näher zu ihr. »Komm schon, Tate, das kannst du besser.«

Ihr Blick zuckte zu meinem Mund und dann wieder hoch. »Wie wär's mit *selbstgerechtes Arschloch*?« Ihre Augen blitzten vor Wut. »Nein? Und was ist mit …«

»Tate!« Eine tiefe Stimme übertönte die Musik. Ein Kerl mit breiten Schultern und zahnpastaweißem Lächeln schob sich an den Feiernden vorbei und auf uns zu.

Jackson. War ja klar. Ich richtete mich wieder auf und schob das Plastiktütchen schnell in meine eigene Hosentasche. Der Idiot tauchte immer dann auf, wenn man ihn am wenigsten gebrauchen konnte. Hatte seine Mannschaft nicht das letzte Spiel verloren? Müsste er nicht bei irgendeinem Training sein?

Er legte den Arm um Tate, als hätte er das gottverdammte Recht dazu. Als wüsste er nicht, dass sie es hasste, in der Öffentlichkeit angefasst zu werden. Und sie ließ es zu. Sie erlaubte diesem Wichser, sie zu berühren, sich zu ihr runterzubeugen und ihr etwas ins Ohr zu flüstern.

»Nein«, erwiderte sie gerade laut genug, dass auch ich es hören konnte. »Diese Party ist mir gerade zu öde geworden.«

Jackson grinste. Er nickte mir kurz zu – ein Wunder, dass er mich überhaupt bemerkt hatte – und zog Tate mit sich.

Einen Moment lang hielt sie meinen Blick noch fest – dann ging sie. Und es kostete mich all meine Selbstbeherrschung, ihr nicht zu folgen.

Tate

Vielleicht hätte ich nicht so bereitwillig mit Jackson mitgehen sollen. Dass es ein Fehler sein könnte, wurde mir in dem Moment klar, als ich ein letztes Mal zu Trevor sah und sich unsere Blicke trafen. Aber ganz ehrlich? Es war mir egal. Trevor hatte seine Chance gehabt. Mehr als einmal. Und was hatte er getan? Mich um den Verstand geküsst – und dann einfach stehen gelassen. Und seither behandelte er mich, als könnte er meinen Anblick kaum ertragen und würde alles zwischen uns am liebsten ungeschehen machen.

Dabei konnte ich ihm ansehen, dass er Jackson in diesem Moment am liebsten in der Luft zerfetzt hätte. Wenn er es denn *gewollt* hätte. Aber er wollte nicht. Er hielt mich nicht auf, sondern schaute uns nur mit ausdrucksloser Miene und einem zornigen Funkeln in den dunklen Augen nach.

Immer wieder hielt er mich davon ab, zu viel zu trinken oder schritt wie heute Abend ein, wenn ich mir ein bisschen Extraspaß gönnen wollte. Zwei, drei Mal hatte er mich sogar von einer Party weggetragen, während ich ihm die wüstesten Beschimpfungen an den Kopf geworfen hatte. Und wenn ich die Situation in der Bibliothek nicht völlig falsch interpretierte, hatte es ihn wahnsinnig gemacht, dass ich einen fremden Typen geküsst hatte. Aber jetzt, wo ich vor seinen Augen mit einem anderen Kerl abzog, reagierte er nicht im Geringsten.

Dieser Drecksack.

Es sollte mir nichts ausmachen. Es sollte mich kein bisschen stören. Trevor und ich waren schließlich … ich wusste nicht mal, was wir waren. Freunde definitiv nicht. Aber auch nicht nur Bekannte. Die meiste Zeit über ignorierte ich ihn, hasste ihn oder wollte ihn in mein Bett zerren.

Warum hatten wir auch im November miteinander schlafen müssen? Ich bereute nicht die Nacht an sich, aber die Konsequenzen davon. Und damit meinte ich nicht nur dieses merkwürdige Heiß-und-Kalt-Verhalten, das Trevor seitdem an den Tag legte, sondern auch, dass mich dieser Mistkerl für alle anderen Männer zerstört hatte. So sehr, dass ich nur noch an ihn denken konnte. Tja, und Trevor? Der war strenger als die Wohnheimleitung, aber wenn es wirklich darauf ankam, handelte er nicht. So viel zu meinem Plan, diese eine Nacht zu wiederholen.

Normalerweise machte ich keine Ausnahmen. Ich hatte keine Affären und Beziehungen interessierten mich einfach nicht. Um ehrlich zu sein schreckten sie mich eher ab. Ja, Dylan und Emery waren süß zusammen, genau wie Elle und Luke. Aber die Vorstellung, an jemanden gebunden zu sein und jede Entscheidung mit dieser Person absprechen zu müssen? Ich schüttelte mich in Gedanken. Nein, danke. Wieso sollte ich mich freiwillig an einen anderen Menschen ketten?

Doch für Trevor hätte ich eine Ausnahme gemacht. Nicht im Beziehungsbereich, sondern in meinem Bett, weil es unglaublich gewesen war, wie gut wir dort harmoniert hatten, obwohl wir sonst eher weniger miteinander klarkamen. Aber jetzt? Nach dieser Aktion in der Bibliothek? Und nach der heute Abend, erst mit den Pillen und dann die Sache mit Jackson? Eine weitere Chance würde es für ihn nicht geben. Ich war durch mit Trevor Alvarez.

Im Treppenhaus war es genau wie im Flur ein Stockwerk über der Party fast schon gespenstisch ruhig. Es war schließlich Freitagabend, und wer nicht auf Lukes und Trevors Party feierte, war anderweitig unterwegs. Es schien beinahe so, als wären Jackson und ich die Einzigen hier oben.

Ich öffnete die Wohnungstür und hielt mich nicht damit auf, mich nach ihm umzusehen. Schnurstracks steuerte ich mein Zimmer an und ließ mich aufs Bett fallen. Jackson kannte den Weg.

Ja, er war die einzige Ausnahme zu meiner One-Night-Only-Regel. Und ich wusste, dass meine Freunde sich die Köpfe darüber zerbrachen, was ich eigentlich in ihm sah. Die Wahrheit war: Jackson war einfach. Unser ganzes Ding war einfach. Wir redeten so gut wie nie richtig miteinander. Er interessierte sich nicht für Kunst oder Kriminologie, ich mich nicht für Football. Wir waren nicht Freund und Freundin, aber wenn wir zufällig auf denselben Veranstaltungen waren oder einer von uns Lust darauf hatte, trafen wir uns oder gingen zusammen nach Hause. Keine Verpflichtungen und erst recht keine Gefühle. Außer großartige Orgasmen. Man konnte über unseren Quarterback sagen, was man wollte, aber der Kerl wusste, wie er seinen Körper einzusetzen hatte. Ganz besonders seinen Mund.

Als er im Türrahmen erschien, hatte ich mir bereits die High

Heels ausgezogen, das Shirt über den Kopf gestreift und saß nur noch in Jeans und BH da. Sein Blick wanderte an mir hinab und wieder hinauf. Langsam. Auskostend. Heute würde er sich Zeit nehmen, das konnte ich ihm ansehen. Und das kam in der Regel vor allem mir zugute.

»Willst du ewig da stehen bleiben?«, fragte ich mit schief gelegtem Kopf und lehnte mich auf die Hände zurück.

Er grinste. Leise drückte er die Tür hinter sich zu und kam näher. Obwohl er mich noch nicht einmal berührte, reagierte mein Körper auf ihn. Nach all den Monaten waren Jackson und ich ein eingespieltes Team, wenn es um Sex ging. Vor meinen Augen zog er sich das Shirt aus und präsentierte mir seine Muskeln, von denen er fast schon zu viele hatte. Vielleicht war ich aber auch bloß kein Fan von übermäßig trainierten Kerlen. Was ich mochte, waren starke Arme und schöne Hände mit langen Fingern, wie die von … Ich schüttelte den Kopf, bevor der Gedanke richtig Form annehmen konnte.

Jackson kniete sich aufs Bett. Er küsste mich nicht. Nicht auf den Mund. Ich hatte es ihm nicht verboten oder so, aber irgendwie war das nicht unser Ding. Dafür spürte ich seine Lippen jetzt an meinem Hals, genau an der Stelle, die einen prickelnden Schauer durch meinen Körper jagte.

Ich schloss die Augen und ließ mich gehen, ließ mich einfach treiben. Wenn ich heute Nacht nicht mit Bier und einer dieser kleinen Pillen alles vergessen konnte, weil ein gewisser Jemand sie mir weggenommen hatte, dann eben so. Ich war nicht stolz darauf. Auf nichts hiervon. Aber ich hatte es schon lange als Teil von mir akzeptiert. Und jeder in meinem Freundeskreis akzeptierte es ebenso.

Nur Trevor nicht. Ich verspannte mich unwillkürlich beim Gedanken an ihn. Dieser verdammte Kerl musste sich immer wieder einmischen und den Helden spielen. Wann ging es endlich in seinen Dickschädel rein, dass ich gar nicht gerettet werden wollte?

»Alles klar?« Jackson strich mir das Haar über die Schulter und drückte seine Lippen ein weiteres Mal auf meinen Hals. Heiß. Feucht.

Ausgerechnet in diesem Moment tauchte ein weiteres Bild in meinem Kopf auf, eine Erinnerung an einen Kerl mit dunklen Haaren, ebenso dunklen Augen und einem Bart. Ein Kerl, der etwas ganz anderes in mir ausgelöst hatte. Meine Haut begann zu kribbeln und mein Bauch zog sich erwartungsvoll zusammen. Ich zwang mich dazu, die Erinnerung beiseitezuschieben und lehnte mich auf die Ellbogen zurück.

Jackson verstand. Mit wenigen Handgriffen schob er mir Jeans und Unterwäsche über die Hüften, dann spreizten seine breiten Schultern meine Beine und ich ließ den Kopf mit einem Stöhnen in den Nacken fallen.

Das war genau das, was ich wollte. Vergessen. Mich einfach nur für ein paar Stunden aus der Welt ausklinken, aber vor allem aus meinem eigenen Kopf.

Keine Gedanken mehr, keine Gefühle, keine Erinnerungen. Keine Schuld.

Kapitel 6

Trevor

Wie jeden Samstagabend dröhnten die Bässe im Fitnessstudio viel zu laut und der Geruch nach Schweiß war nach einem Tag voller Betrieb mehr als intensiv. Dennoch gab es keinen anderen Ort, an dem ich in diesem Moment lieber hätte sein wollen. Oder hätte sein können.

Es war erst wenige Tage her, dass ich vor einem Boxsack gestanden hatte. Dabei hatte ich mir vor über drei Jahren geschworen, mich für den Rest meines Lebens von allem fernzuhalten, was auch nur entfernt mit Boxen zu tun hatte. Aber seit Ende November hatte ich wider besseres Wissen erneut damit angefangen, und heute verband ich mir die Hände so automatisch, so selbstverständlich, als hätte ich nie eine Pause eingelegt.

Als ich die Boxhandschuhe anzog und die ersten Aufwärmschläge gegen den Sandsack machte, spürte ich bereits, wie sich eine angenehme Ruhe in mir breitmachte. Jetzt zählte nichts mehr, außer dem nächsten Schlag, dem nächsten Schwung, der Bewegung meines Körpers, der sich wie von selbst an alle Abläufe erinnerte. Einatmen. Ausatmen …

Bilder tauchten in meinem Kopf auf. Erinnerungen, die ich jahrelang weggeschlossen hatte.

Das dumpfe Geräusch, wenn eine Faust auf einen Körper traf. Das Knacken von Knochen. Der Gestank von Schweiß,

Blut, billigen Drinks und Geld. Das Geschrei und Gejohle der Umstehenden. Das Adrenalin. Das Rauschen in den Ohren. Der Tunnelblick. Und dann der Schmerz. Am Ende blieb immer der Schmerz – und der schale Geschmack von Sieg.

Ich schüttelte den Kopf und blinzelte mehrmals. Meine Sicht klärte sich und ich war wieder im Fitnessstudio. Links von mir versuchten sich ein paar Typen am Gewichtheben, im Nebenraum waren fast alle Laufbänder belegt – und das am Samstagabend. Ich war *hier*. Auf dem Campus. Am College. Nicht mehr dort, nicht mehr in der grauen, fensterlosen Halle mit den grellen Lichtern. Und ich war nicht in dieses Studio gekommen, weil ich vorhatte, wieder in den Ring zu steigen. Diese Zeiten waren ein für alle Mal vorbei.

Heute war ich hergekommen, weil ich mich abreagieren musste. Weil ich ganz andere Gedanken aus meinem Bewusstsein vertreiben musste als Erinnerungen an die schlimmste Zeit meines Lebens. Nachdem Tate gestern mit diesem Wichser von Footballspieler verschwunden war, war die Party für mich gelaufen gewesen. Denn egal, was ich tat, egal, wie viel ich trank oder mit wem ich redete, meine Gedanken kehrten immer wieder zu ihr zurück. Und zu dem Blick, den sie mir zugeworfen hatte, bevor sie gegangen war.

Ich hätte sie aufhalten können. Mit Sicherheit hätte das zu einer Szene geführt, die keiner von uns erleben wollte, zumal Jackson nicht gerade dafür bekannt war, sich etwas wegnehmen zu lassen – weder einen Football noch ein Mädchen. Aber ich hätte es tun können. Stattdessen hatte ich sie gehen lassen, weil ein Teil von mir, der vernünftige Teil, der noch intakt war, wusste, dass es so das Beste war. Ich konnte mich nicht auf Tate einlassen, ganz egal, wie sehr sie mich reizte und an den Rand des Wahnsinns trieb. Ganz egal, wie sehr ich es wollte. Tate war das Mädchen, das ich niemals haben konnte. Eines Tages würde sie mich hassen. Und wenn ich jetzt etwas mit ihr anfing, wenn ich zuließ, dass mehr als diese eine Nacht zwischen uns lief, würde sie auch sich selbst hassen.

Fuck. Ich dachte schon wieder daran. Dabei war überhaupt nichts zwischen uns passiert. Diese eine Nacht und dieser eine Kuss in der Bibliothek hatten nichts zu bedeuten. Absolut. Gar. Nichts.

Wieder und wieder schlug ich auf den Sandsack ein, bis ich alles um mich herum vergaß, bis weder die Menschen im Raum noch meine eigenen Gedanken existierten. Da gab es nur noch mich, das Brennen in meinen Muskeln und die gleichmäßigen Geräusche, wann immer meine Fäuste auf den Sandsack trafen.

Erst als mir das Shirt am Körper klebte und mir der Schweiß in die Augen rann, bis ich kaum noch etwas sehen konnte, hörte ich auf. Und das auch nur, weil mein Körper mich dazu zwang. Wenn ich gekonnt hätte, hätte ich ewig so weitergemacht. Schwer atmend fuhr ich mir mit dem Arm über die Stirn und blinzelte, um die Zifferblätter an der großen Wanduhr erkennen zu können.

Scheiße. Es war schon kurz nach acht. Ich hatte die Zeit völlig vergessen. Adrenalin pumpte noch immer durch meine Adern, aber schlimmer war die Euphorie, die es begleitete. Wieder zu boxen war, als wäre ich nach Hause gekommen. Dabei hatte ich doch genau damit das Leben von so vielen Menschen zerstört.

Ich streifte mir die Handschuhe ab und wickelte die Bandagen von den Fingern, fuhr mir mit der Hand durch das schweißnasse Haar und trank die Wasserflasche zur Hälfte aus. Dann ging ich in die Umkleide und von dort aus geradewegs zu den Duschen. Eisig kalt prasselte das Wasser auf meine Haut. Ich biss die Zähne zusammen und schloss die Augen.

Ich hätte es verhindern können. Ich wusste, dass ich es gekonnt hätte. Aber das hatte ich nicht getan. Dabei war es damals schon längst nicht mehr nur um das Geld gegangen, das ich nach jedem Kampf in die Hand gedrückt bekam. Als ich angefangen hatte, hatte ich es gebraucht und benutzt, um Ana Lucia und meine Eltern zu unterstützen, da mein Vater gerade erst seinen Job in der Fabrik verloren hatte.

Anfangs hatte Mom voller Sorge nachgefragt, woher die zerknitterten Scheine kamen, und ob ich in irgendetwas Illegales verstrickt war. Damals war ich mit einem blauen Auge und mehreren Prellungen heimgekommen. Ich hatte ihr versprochen, dass ich das Geld auf ehrliche Weise verdiente. Anfangs hatte sie mich gewähren lassen, doch als ich immer wieder in diesem Zustand nach Hause kam, hatten sie es mir irgendwann verboten. Ich hatte trotzdem weitergemacht. Nur hatte ich von nun an darauf geachtet, die Kämpfe schnell und effizient zu beenden. Möglichst ohne Schläge im Gesicht abzubekommen, die man mir ansehen konnte. Und wenn ich doch mal mit Blutergüssen und gezerrten Muskeln nach Hause kam, schob ich es auf das Hockeytraining und die ruppigen Mitspieler. Daran hatte ich festgehalten, bis …

Fuck. Ich riss die Augen auf und zwang mich dazu, im Hier und Jetzt zu bleiben. Es war Wochen her, dass mich die Gedanken daran derart eingeholt hatten. Genau genommen direkt nach der Nacht mit Tate. Damals hatte ich mir zum ersten Mal nach all dieser Zeit wieder Boxhandschuhe angezogen und war hierhergekommen, um mir die Seele aus dem Leib zu prügeln.

Als ich Tate am Anfang des Studiums über Elle kennengelernt und schließlich herausgefunden hatte, wer sie war, hatte ich es mir zur Aufgabe gemacht, auf sie aufzupassen und für sie da zu sein, wann immer sie jemanden brauchte. Ihr so etwas wie ein guter Freund zu sein, ohne ihr dabei zunahe zukommen, weil es das Mindeste war, was ich für sie tun konnte.

Doch dann hatte ich mit ihr geschlafen. Und es hatte mir

auch noch gefallen. Wenn ich es ungeschehen machen könnte, würde ich es sofort tun. Und gleichzeitig auch … nicht. Weil ich es, egal, wie sehr ich es auch versuchte, nicht aus meinem Gedächtnis verbannen konnte. Wann immer ich ein Stück Haut unter ihrer Kleidung hervorblitzen sah, wurde ich daran erinnert, wie sie sich unter meinen Händen angefühlt hatte. Und wenn sie meinen Blick herausfordernd festhielt, musste ich daran denken, wie sie mich angesehen hatte, kurz bevor sie gekommen war. Ich konnte ihren Anblick genauso wenig aus meinem Bewusstsein vertreiben wie ihr Stöhnen oder was es mit mir gemacht hatte, meinen Namen aus ihrem Mund zu hören.

Ein Geräusch ließ mich zusammenzucken. Irgendjemand hatte sein Duschgel fallen gelassen. Gerade rechtzeitig, bevor ich mich noch mehr in meinen Erinnerungen verlieren konnte. Ich schaltete das Wasser aus und rieb mich mit dem Handtuch trocken. Meine Haut brannte vor Kälte, aber ich ignorierte die Empfindung ebenso wie das schmerzhafte Ziehen in meiner Brust.

Mechanisch zog ich mich an, fuhr mir noch mal durch das feuchte Haar und rieb mir über den Bart. Ich hatte einen Fehler gemacht. Scheiße, ich hatte mehr Fehler gemacht, als ich zählen konnte. Was aber definitiv kein Fehler gewesen war, war Tate diese verdammten Tabletten weggenommen zu haben. Allein beim Gedanken daran, dass sie beinahe etwas davon eingeworfen hatte, kochte ich innerlich. Ich hatte die Pillen noch am selben Abend im Klo runtergespült und würde es jederzeit wieder machen. Denn das war das Einzige, was ich tun, die einzige Art, wie ich ihr nahe sein konnte: indem ich dafür sorgte, dass es ihr gut ging. Und dass sie ihr Leben nicht noch mehr zerstörte. Ob sie das nun wollte oder nicht. Und die meiste Zeit über wollte sie es definitiv nicht.

Nach außen hin wesentlich gefasster als innerlich packte ich meine Sachen zusammen und verließ das Fitnessstudio. Denn wenn mich nicht einmal eine Trainingseinheit ablenken konnte, blieb nur noch eine Möglichkeit: lernen und mich in meine Texte vertiefen, bis mir der Kopf schwirrte und ich total erledigt ins Bett fiel.

In den letzten Stunden schien die Luft noch kälter geworden zu sein. Der liegen gebliebene Schnee war zu Eis erstarrt. Ich schob die Hände in die Taschen meines Mantels und beschleunigte meine Schritte. Im Wohnheim tauschte ich die Sporttasche gegen den Laptop, holte mir eine Flasche Wasser aus dem Kühlschrank und machte mich auf den Weg in die Bibliothek.

Stickige Luft und Stille empfingen mich, als ich den Eingangsbereich betrat und der Bibliothekarin zunickte. Sie kannte mich inzwischen gut genug, um mir ein kurzes Lächeln zu schenken. Letzten Winter hatte sie mich sogar gefragt, wo ich denn gewesen wäre, als ich mal nicht bis spät in die Nacht hier gehockt, in meine Bücher gestarrt und auf die Tasten meines Notebooks eingehämmert hatte. Es gab ein paar Gestalten, die praktisch hier lebten, Decken, Fertiggerichte und Wasserkocher mit eingeschlossen. Und viel zu oft gehörte ich zu diesen Hardcore-Studenten, die die vierundzwanzig Stunden Öffnungszeiten voll ausnutzten. Genau wie …

Tate.

Ich bremste abrupt ab. Mein Herz begann zu hämmern. Ihre Bücher lagen vor ihr auf dem Tisch ausgebreitet und waren wie so oft mit Klebezetteln in verschiedenen Farben markiert, während sie sich etwas auf ihrem Block notierte.

Ich war nicht darauf vorbereitet gewesen, sie nach gestern Abend so schnell wiederzusehen. Und schon gar nicht in der Bibliothek an einem Samstagabend. Vielleicht, weil ich sie an den Wochenenden eher selten hier antraf. Und doch war sie hier. Sie saß mit dem Rücken zu mir und trug einen dunkelroten Pullover voller Löcher, unter dem ihr schwarzer BH aufblitzte. Dazu eine enge Jeans und kniehohe Stiefel. Während ich noch mit mir haderte, was ich tun sollte, fuhr sie sich durchs Haar und nahm es auf einer Seite zusammen, als wäre sie genervt davon. Doch dadurch offenbarte sie mir und allen anderen anwesenden Kerlen nur einen verführerischen Blick auf ihren Hals.

Anscheinend kümmerte es Jackson nicht besonders, was Tate sonst so trieb, denn von ihm war weit und breit nichts zu sehen. Nicht, dass mich das überraschte. Das On und Off zwischen ihr und dem Footballspieler war in unserem Freundeskreis inzwischen genauso bekannt wie Masons Beziehung – oder das Fehlen davon – zu Jenny. Nur waren die zwei zum Running Gag geworden, während niemand so genau wusste, was Tate eigentlich in Jackson sah. Abgesehen von seinen Qualitäten im Bett vermutlich, da sie einzig für ihn ihre goldene One-Night-Stand-Regel brach.

Und für mich.

Ich musste hart schlucken, und wie von selbst wanderten meine Gedanken zu jenem Nachmittag zurück, als sie mir so viel mehr angeboten hatte als nur einen Kuss – und ich kurz davor gewesen war, dieses Angebot anzunehmen.

Tate war auf eine dunkle, kaputte Weise schön, sie war schlagfertig und loyal und hatte einen schärferen Verstand als die meisten Leute, die mit mir studierten. Jackson dagegen hatte den IQ eines frittierten Hähnchens. Ein paar Jahre lang würde er als Profispieler Karriere machen, sich irgendwann eine Verletzung zuziehen und danach zum Werbemodel für Sonnencreme und Socken werden. Aber Tate ... Tate hatte das Potenzial, die Welt zu verändern. Oder sie in Schutt und Asche zu legen.

Ich schluckte hart, zögerte noch einen Moment, dann verpasste ich mir in Gedanken einen Tritt und setzte mich wieder in Bewegung. Was letztes Mal passiert war, würde nicht wieder geschehen. Außerdem waren wir schließlich immer noch ... Freunde.

Nur Freunde. Mehr nicht.

Kapitel 7

Tate

»Ich hasse Männer«, brummte Emery und umarmte ihre Wärmflasche fester.

»Stell dich hinten an.« Ich blies mir eine Haarsträhne aus dem Gesicht.

Seit der Party bei den Jungs war nur eine Woche vergangen, aber die Stimmung in unserer WG hätte kaum unterschiedlicher sein können. Auf dem Couchtisch vor mir waren verschiedenfarbige Gummibärchen, drei Reese's Peanut Butter Cups, eine Tafel Vollmilchschokolade und eine Schmerztablette aufgereiht. Noch hatte ich mich nicht entschieden, was davon ich zuerst haben wollte.

»Nicht alle Männer«, behauptete Elle und erntete dafür gleich von zwei Seiten böse Blicke. Abwehrend hielt sie die Hände in die Höhe. »Okay, meinetwegen. Dann hassen wir eben alle Männer.« Sie legte die Arme wieder auf den Tisch und den Kopf darauf.

Wie ich saß sie auf dem Teppichboden, während Emery sich mit einer Decke wie ein Burrito auf dem Sofa eingerollt hatte. Es war mal wieder die spaßigste Zeit des Monats. Elle, Mackenzie und ich hatten uns schon lange aufeinander eingestellt, aber Mackenzie war an diesem Wochenende ein weiteres Mal zu ihrem Ex-Freund gefahren, um ein paar Dinge zu klären. In Emery hatten wir jedoch einen würdigen Ersatz gefunden.

Im Fernsehen lief eine Wiederholung von *Supernatural*, auch wenn ich keine Ahnung hatte, um welche Staffel es sich handelte. Aber Sams Haare waren ganz schön lang geworden, also mussten wir schon ziemlich weit sein. Der Ton war allerdings leise gestellt und die Luft war überwiegend erfüllt vom Knistern des Süßigkeitenpapiers.

Und einem Klopfen.

Stirnrunzelnd sah ich zur Tür. Erwarteten wir Besuch? Ich warf den anderen einen warnenden Blick zu. Elle wirkte genauso überrascht und unvorbereitet wie ich, da wir beide ungeschminkt und in unseren Gammelklamotten herumsaßen. Ächzend befreite Emery sich aus ihrem Deckenburrito, stand mit der Wärmflasche im Arm auf und öffnete die Tür. Sie sprach kurz mit jemandem, den ich nicht sah, weil der Sessel im Weg war, dann tappte sie zurück und ließ sich wieder aufs Sofa fallen.

»Wow.« Grace drückte die Tür zu, stellte ihre Tasche ab und sah von einer zur anderen, während sie ihren Mantel auszog. Schneeflocken hingen in ihren schwarzen Haaren, die in einem angeschrägten Bob zwischen Schulter und Kinn endeten. Sie trug Winterstiefel mit Kunstfell und fünf Zentimeter hohem Absatz, eine Strumpfhose und ein silbergraues Wollkleid mit Rollkragen und Daumenlöchern in den Ärmeln. Dazu eine lange Kette. Schlicht, aber eleganter als wir alle drei zusammen. Was gar nicht so schwer war, wenn man Elles pinke Stoffhose mit dem Häschenmuster und mein weites T-Shirt mit dem Schokofleck bedachte. »Was für eine Mitleidsparty findet denn hier statt?«

Ich warf ein weißes Gummibärchen nach ihr. *Scheiß drauf.* Ich wollte sowieso lieber den Peanut Butter Cup und die Schmerztablette als die hässlichen Bären.

»Hey!« Sie zuckte zusammen. »Was soll das?«

Elle schaffte es, kurz den Kopf zu heben, bevor sie ihn mit einem Seufzen wieder auf ihre Arme sinken ließ. »PMS.«

Emery brummte nur. »Nicht alle hier können sich glücklich schätzen, noch an PMS zu leiden. Manche sind schon beim Blut, dem Horror und den Schmerzen angekommen.«

Grace runzelte die Stirn. »Es hat euch alle drei erwischt? Gleichzeitig?«

»Das kommt davon, wenn man zusammenwohnt.« Elle zuckte mit einer Schulter und angelte mit einer Hand nach dem Schokoladenpudding, der zwischen all den anderen Süßigkeiten auf dem Tisch stand.

Langsam, als hätte sie Angst davor, dass wir ihr gleich an die Gurgel springen würden, kam Grace näher. »Aber Emery wohnt doch gar nicht hier?«

Die wedelte ungeduldig mit der Hand, die sie erstaunlich schnell aus der Decke befreit hatte. »Details! Aber wenn ich heute oder in den nächsten Tagen auch nur einem einzigen Kerl begegne, dann werde ich ...« Sie zerknüllte eine Folienverpackung und schmiss sie hinter sich auf den Boden. »Es ist so unfair! Wieso müssen wir leiden und die Typen nicht?«

»Das frage ich mich auch jeden Monat. Allerdings zu einem anderen Zeitpunkt.« Grace ließ sich auf den freien Platz neben Emery fallen und zog die Knie an die Brust. Ihr Blick lag zwar auf dem Haufen Süßkram, aber sie versuchte gar nicht erst, sich etwas davon zu nehmen. *Kluges Mädchen.*

Ich spülte meine Schmerztablette mit ein paar Schlucken Dr Pepper runter und griff nach dem Peanut Butter Cup. Ein einziger Bissen und die Welt war wieder in Ordnung. Zumindest so lange, bis ich ihn aufgegessen hatte und der nächste hermusste.

»Ich will eure Jammerparty ja echt nicht unterbrechen, aber es ist Freitagabend«, erinnerte Grace uns nach einigen

Minuten seligen Schweigens, in denen nur Sam, Dean und Castiel zu hören waren. »Wollt ihr hier für die nächsten paar Stunden rumhocken und euch selbst bemitleiden?«

Ein fantastischer Plan, wenn er nicht so erbärmlich klingen würde. Denn auch wenn zu Hause bleiben gar nicht so übel war, wollte ich nicht den ganzen Abend Trübsal blasen. Schon gar nicht wegen etwas wie PMS, das sowieso nicht zu ändern war.

»Wir könnten ins Kino gehen«, schlug Emery vor. »Ich glaube, es laufen ein paar gute Filme. Komödien. Keine tiefen Emotionen.«

»Bäh. Menschen«, knurrte ich und griff nach dem nächsten Peanut Butter Cup. Vielleicht sollte ich mir gleich alle krallen, statt nur die Verpackungen in meinem Schoß zu sammeln. Obwohl ich sonst kaum Süßigkeiten aß, entwickelte ich kurz vor meinen Tagen eine regelrechte Sucht danach, während ich gleichzeitig unausstehlich wurde. Pünktlich zum ersten Tag verschwanden Kopfschmerzen und Zuckersucht jedes Mal, nur um von Bauchschmerzen abgelöst zu werden. Mutter Natur war eine Bitch.

»Das heißt dann wohl Nein«, stellte Grace fest.

Elle hob stumm den Daumen und nahm eine weitere Schmerztablette ein. Im Gegensatz zu Emery, die kurz davor schien, sich ihre Wärmflasche wie ein Neugeborenes umzubinden, hatte Elle zu dieser Zeit des Monats höllische Kopfschmerzen – genau wie ich, wobei ich zusätzlich auch noch alle Menschen hasste, die nicht ebenfalls Schmerzen leiden mussten. Wenigstens wirkten die Tabletten bei mir und ich merkte kaum noch etwas von dem Hämmern hinter meiner Stirn, das mich heute Morgen geweckt hatte. So startete man doch gern ins Wochenende.

»Oh, die Stelle ist gut!« Emery schnappte sich die Fernbedienung und stellte den Ton lauter.

Ich folgte ihrem Blick zum Bildschirm. »Hast du nicht gesagt, du hast die Folge noch nicht gesehen?«

»Stimmt auch. Ich bin nach Staffel sieben ausgestiegen, aber die Szene habe ich online gesehen. Warte. Gleich kommt es.«

Gespannt starrten wir auf den Fernseher, aber es passierte nichts. Weil in diesem Moment alles dunkel wurde.

Stille. Zuerst waren wir zu überrascht, um zu reagieren, doch als das Licht auch nach ein paar Sekunden nicht wieder anging, sprangen wir nacheinander auf, obwohl wir kaum die Hand vor Augen sehen konnten. Nicht mal vom Gang her drang Licht durch die Ritze unter der Wohnungstür herein. Der Strom war ausgefallen. Wow. Das war eine Premiere, seit ich hier wohnte.

»Der ganze Block ist dunkel«, informierte Elle uns vom Fenster aus. Ich konnte nur ihre Umrisse sehen, aber ihre Stimme war unverkennbar. »Wenigstens ist es klar und wir haben etwas Mondlicht.«

»Und den Notausgang«, fügte Grace hinzu und deutete auf das schwach leuchtende EXIT-Schild über der Wohnungstür. Offenbar war der Notstromgenerator sofort angesprungen.

»Habt ihr eine Taschenlampe? Oder Kerzen?«, kam es von Emery, deren Gesicht vom Display ihres Smartphones erhellt wurde.

Ich rieb mir über die Stirn. »Irgendwo müssten noch Teelichter oder so sein.«

»Oh … okay«, murmelte sie mit einem Hauch von Panik in der Stimme. »Hier, nimm mein Handy. Ich, ähm … halte hier die Stellung.«

Ich kniff die Augen zusammen, hakte aber nicht weiter nach, sondern nahm ihr Smartphone, da mein eigenes zwischen den Süßigkeiten vergraben lag. In der Kochecke fand ich schon mal ein Feuerzeug, aber von einer Taschenlampe keine Spur. Besaßen wir so etwas überhaupt? Ich bezweifelte es. Dafür hatte Elle ein paar Kerzen, ich konnte Teelichter beisteuern und wir holten zwei große Duftkerzen aus Mackenzies Zimmer. Ich hoffte nur, dass ihr Herz nicht an diesen ekligen Dingern hing.

Rund zehn Minuten später war der Strom noch immer nicht wieder da, dafür tanzten Schatten an den Wänden und über unsere Gesichter, nachdem wir im ganzen Wohnzimmer Kerzen und Teelichter verteilt hatten. Man hätte es als romantisch bezeichnen können, wenn eine von uns in der Stimmung dafür gewesen wäre. Waren wir aber nicht. Und mit dem Stromausfall hatten sich auch alle potenziellen Pläne für diesen Abend erledigt. Kein Serienmarathon mehr, von Ausgehen ganz zu schweigen. Denn wie sollten wir uns ohne richtiges Licht fertig machen oder überhaupt den Weg nach unten finden, ohne die Treppe runterzufallen? Nein, danke. Für heute war mein Bedarf an Schmerzen gedeckt.

Und irgendwie war ich lächerlich erleichtert darüber, nicht mehr die Wohnung verlassen zu müssen. Stattdessen konnte ich in meinen Leggings und meinem weiten T-Shirt mit dem Tanktop darunter auf dem Sofa sitzen bleiben, Schokolade futtern und die Menschheit hassen. Klang nach einem perfekten Freitagabend.

Bis jemand an die Tür klopfte.

Wieso klopfte es heute ständig? Hier war niemand erwünscht, erst recht keine anderen Menschen. Ich ertrug nur eine gewisse Anzahl davon und hatte diese Grenze bereits erreicht.

Ich machte mir nicht die Mühe, nachzuschauen, wer diesmal störte, weil ich sowieso niemanden sehen wollte. Stattdessen setzte ich mich aufs Sofa und klaute mir die Decke, bevor Emery sie sich wieder schnappen konnte.

Elle stolperte über irgendetwas und schimpfte vor sich hin,

dann riss sie die Tür auf. Ein grelles Licht blitzte auf. »Hör auf damit.« Sie schob Lukes Hand beiseite.

»Sieht so aus, als wärt ihr auch ohne Strom«, stellte er fest und spazierte herein, als würde er hier wohnen. Na gut, irgendwie tat er das auch so halb. Allerdings war er heute nicht allein.

Meine Augenbrauen wanderten höher, je mehr Leute hereinkamen. »Was wird das?«

»Eine Stromlos-Party.« Dylan stellte einen Sixpack Bier auf dem Sofatisch ab und legte sein Handy und die Schlüsselkarte daneben.

Jemand, der von der Statur her wie Mason aussah, packte einen zweiten Sixpack dazu. »Wir waren mitten in einem Game, als es dunkel wurde. Ich war so kurz davor, Luke den Arsch aufzureißen.«

»Du meinst wohl eher, *ich* hätte euch beiden den Arsch aufgerissen«, verbesserte Trevor ihn von der Tür her.

Ich verspannte mich unwillkürlich, als ich seine Stimme hörte. Wenn ich schon keine Lust auf andere Menschen hatte, dann hatte ich erst recht keine Lust auf Trevor Alvarez. In meiner Wohnung. Wenn ich mich eh schon beschissen fühlte, ungeschminkt war und in einem Shirt mit Schokofleck herumsaß.

Das letzte Mal waren wir am vergangenen Wochenende in der Bibliothek allein gewesen und hatten uns angeschwiegen. Von explosivem TNT keine Spur. Stattdessen hätte die Stimmung zwischen uns selbst eine Eiskönigin zum Frösteln gebracht. Und daran hatte sich seitdem nichts geändert.

Mason machte eine wegwerfende Handbewegung. »Das werden wir jetzt niemals erfahren.«

Elle stemmte die Hände in die Hüften. »Also habt ihr einfach entschieden, die Party zu uns zu verlegen?« Sie klang nicht wütend, nur überrascht. Und ein kleines bisschen begeistert, wie ich grummelnd feststellte.

»Na gut, meinetwegen.« Ich verdrehe die Augen. »Ihr könnt hierbleiben, solange ihr die Finger von meiner Schokolade lasst, sonst hacke ich sie euch ab.«

Mason erstarrte mit der ausgestreckten Hand in der Luft. »Das meinst du nicht ernst, oder?« Dann sah er zu den anderen. »Das meint sie nicht ernst.«

Ohne Vorwarnung schoss ich nach vorn, griff nach dem Messer, das wir vorhin zum Schneiden der Erdbeeren benutzt hatten, und rammte es in den Berg Süßigkeiten. »Todernst.«

Mason zuckte zurück.

Ich warf ihm ein warnendes Lächeln zu. »Hände weg von meiner Schokolade.«

»Oookay.« Langsam richtete er sich wieder auf, ohne den Süßkram angerührt zu haben. »Sie macht einem noch mehr Angst als sonst«, meinte er an Luke gewandt, ohne die Stimme zu senken.

Ich zeigte ihm den Mittelfinger und nahm mir einen Schokoriegel.

Nach und nach fanden sich alle um den Couchtisch ein und machten es sich gemütlich. Emery, Dylan und Elle auf einem Sofa, Luke zu ihren Füßen, an Elles Knie gelehnt, Trevor in einem Sessel, Grace auf dem anderen Sofa, Mason und ich auf dem Teppich. Die Lichter der Kerzen flackerten über die Wände, als würden wir gleich eine Séance veranstalten. Im ganzen Wohnheim war es ruhiger geworden, und auch wir saßen schweigend zusammen und hörten der Musik zu, die aus Masons Handy schallte. Er hatte eine rockige Playlist angeschmissen, den Ton Elles schmerzendem Kopf zuliebe aber etwas runtergedreht.

»Hey, wir könnten Wahrheit oder Pflicht spielen«, schlug er vor, legte seine leere Flasche auf den Tisch und drehte sie spielerisch. »Das letzte Mal ist ewig her.«

Ich runzelte die Stirn, da er nicht ganz unrecht hatte. Ich musste schon ziemlich angestrengt nachdenken, um mich daran zu erinnern, wann ich das zum letzten Mal gespielt hatte. Irgendwann im letzten Jahr vielleicht? Als wir im Sommer zusammen campen gewesen waren?

»Oder Kartenküssen?« Fast schon verzweifelt schaute Mason von einem zum anderen, als keiner auf seine Ideen reagierte. »Bier-Pong? Twister? ›Ich hab noch nie …‹?«

Amüsiertes Schweigen.

»Kommt schon, Leute! Irgendwas müssen wir doch machen. Wir können nicht bloß hier rumsitzen und so tun, als wäre der ganze Süßkram nicht da.«

»Das habe ich auch gesagt«, kam es trocken von Grace. »Nur ohne den Süßkram.«

Mason kniff die Augen zusammen. »Wahrscheinlich würde Tate *dir* nicht die Finger abhacken, wenn du dir was davon nimmst.«

»Oh doch«, antworteten wir beide gleichzeitig.

»Das wäre wenigstens unterhaltsam«, grummelte er. »Aber ohne Strom hier zu sitzen und zu warten, bis wir wieder Internet, Fernsehen und Licht haben, ist sterbenslangweilig.«

Elle schnaubte. »Die Reihenfolge deiner Prioritäten ist echt interessant.«

Ich verdrehte die Augen und war kurz davor, ihn mit ein paar Bonbons zu bewerfen, aber dann hätte ich ihm ja etwas von unserem Vorrat abgeben müssen und das kam nicht infrage. Niemand stellte sich zwischen mich und den ganzen Zucker.

Luke streckte sich gähnend. »Gut, dann Wahrheit oder Pflicht.«

»Ha! Okay, ich fange an.« Voller Vorfreude rieb Mason sich die Hände. »Emery …«

Ruckartig hob sie den Kopf. »Hey, wieso ich?«

»Weil die Flasche schon seit fünf Minuten auf dich zeigt, du Schlauberger. Also?«

»Wahrheit. Aber ich glaube nicht, dass es irgendetwas gibt, das du nicht von mir weißt. Wir wohnen schließlich zusammen und haben uns ein Semester lang sogar ein Zimmer geteilt.«

»Was war die letzte Nachricht, die du mir geschickt hast?«

Ihre Kinnlade klappte herunter. Sekundenlang konnte sie ihn nur anstarren. »Du verdammter Mistkerl!«, rief sie und warf ein paar leere Verpackungen nach ihm.

»Ach komm!« Lachend ging Mason in Deckung. »Du bist doch sonst auch nicht so schüchtern, liebste Mitbewohnerin. Wir sind alle ganz scharf auf die Antwort.«

Trevor schüttelte den Kopf. »Ich nicht.«

»Ich auch nicht«, kam es von Grace.

Emery warf Mason einen vernichtenden Blick zu, dann holte sie ihr Handy hervor.

Er grinste nur. »Sag die Wahrheit, Em …«

Ich war mir ziemlich sicher, sie fauchen zu hören. Da könnte sogar Mister Cuddles Angst bekommen. Trotzdem straffte Emery jetzt die Schultern und begann die Nachricht laut vorzulesen: »Ich komme beim Dreier.«

Dylan prustete und verschluckte sich an seiner Cola.

»Ich schwöre, das war die Autokorrektur!«

Wir sahen von einem zum anderen, dann lachten wir gleichzeitig los.

»Hast du ihm das wirklich geschrieben?«, rief Grace ungläubig.

»Ich wollte sagen, dass ich um drei da bin!«

»Stell dir vor, du hättest das einem deiner Profs geschickt!«, japste Luke und wischte sich die Lachtränen aus den Augen.

Emery streckte ihm die Zunge raus, packte ihr Handy wieder

ein und schnappte sich die Packung mit den Gummibärchen. Grinsend griff ich nach meiner Flasche Dr Pepper – und streifte dabei warme Finger. Als ich aufsah, trafen sich Trevors und mein Blick. Innerhalb von Sekunden wurde mir heiß und dann schlagartig kalt. Denn ich erinnerte mich noch zu genau daran, wie es sich angefühlt hatte, als er nach diesem unglaublichen Kuss in der Bibliothek einfach gegangen war. Oder wie er es für nötig hielt, den Aufpasser zu spielen, aber keinen Finger rührte, um mich davon abzuhalten, mit Jackson die Party zu verlassen. Ich presste die Lippen aufeinander, warf ihm einen wütenden Blick zu und nahm mir vor, ihn weiterhin mit eisiger Ignoranz zu strafen.

Das klappte gerade mal bis zur fünften Runde, als meine Flasche auf Trevor zeigte. Einen Herzschlag lang schien er zu zögern, dann entschied er sich für die Wahrheit.

Großer Fehler.

Mit mir war nicht zu spaßen – schon gar nicht, nachdem Grace mich bei meiner Pflichtaufgabe dazu gezwungen hatte, Mason fünf Stück von jeder Süßigkeit aus meinem Schokoladenvorrat zu geben, und ich meinen Blutzuckerspiegel seither hauptsächlich mit Limonade aufrechterhalten musste.

Ich sah Trevor geradewegs in die Augen, als ich meine Frage stellte. »Gibt es etwas in deinem Leben, das du bereust und sofort ungeschehen machen würdest, wenn du könntest?«

Unsere gemeinsame Nacht zum Beispiel.

Sekunden tickten vorbei. Keiner unserer Freunde sagte ein Wort, sie alle schauten nur gespannt zu Trevor und rutschten etwas nervös auf ihren Plätzen herum. Niemandem war die angespannte Stimmung entgangen, aber bisher hatte sie keiner angesprochen. Noch nicht.

Als Trevor noch immer nicht reagierte, zog ich die Brauen hoch. Im flackernden Schein der Kerzenlichter meinte ich zu sehen, wie er kurz die Zähne zusammenbiss, bevor er antwortete: »Ja.«

Mistkerl. Blödes Arschloch. Verdammter … argh! Mir gingen die Beschimpfungen aus, die ich ihm in Gedanken an den Kopf warf. Das Spiel war längst in die nächste Runde gegangen, aber ich starrte Trevor noch immer an, als könnte ich allein mit meinen Blicken ein Loch in seinen Schädel bohren.

In den nächsten anderthalb Stunden durfte Elle Mason mit Sprühsahne füttern, Luke musste sich von Dylan im Halbdunkeln schminken lassen und Grace sollte drei Runden lang mit einem Akzent reden. Viel zu einfach für sie, da sie zweisprachig aufgewachsen war und fließend Französisch sprach. Währenddessen durfte ich einen Gegenstand meiner Wahl ablecken – mhm, Schokoriegel – und Trevor musste einen Bier-Dips-Tabasco-Sahne-Cocktail trinken, den Luke für ihn mixte.

»Ich wähle … Pflicht.« Mason sah mich mit einem herausfordernden Funkeln in den Augen an.

Shit. Eine Pflichtaufgabe für diesen Kerl? Das war praktisch unmöglich. Er machte alles mit. In den letzten zweieinhalb Jahren hatte es keine einzige Situation gegeben, in der ihm irgendetwas peinlich oder unangenehm gewesen wäre. Was also konnte ich ihm antun, das ihn auch nur im Geringsten jucken würde? Davon, ihn damit zu ärgern, ganz zu schweigen?

Eine peinliche Gesangseinlage fiel schon mal flach, da Mason verdammt gut singen konnte. Wir hatten ihn bei unseren Ausflügen auch schon alle halb nackt gesehen und echte Schlangen gab es hier leider nicht, um ihn zu Tode zu erschrecken. Mein Blick fiel auf die ganzen leeren Verpackungen neben ihm und ich kniff die Augen zusammen. Er hatte *meine* Schokolade gegessen, die er sich mit Grace' Hilfe angeeignet hatte. Jetzt arbeiteten die beiden schon zusammen, obwohl sie sich nicht mal besonders gut leiden konnten?

Moment mal. Das war's. Das war die perfekte Idee.

»Warum lächelst du so?« Mason deutete auf mich und schaute Hilfe suchend von einem zum anderen. »Wieso lächelt sie so?!«

»Mason ...«

Er wich zurück, als ich näher rutschte. Elle lachte erstickt auf und schlug sich die Hand vor den Mund.

»Maze ...«

Er schob sich bis zum Sofa zurück, auf dem Grace es sich gemütlich gemacht hatte. »Äh ... ja?«

Mein Lächeln wurde nur noch breiter. »Ich habe die perfekte Pflichtaufgabe für dich.«

Oh, ihm mochte vielleicht nichts peinlich sein, aber jetzt gerade hatte er eine Scheißangst. Armer Kerl ... Nein, nicht wirklich. Ich schaute von ihm zu Grace und wieder zurück.

»Du wirst Grace dreißig Sekunden lang küssen. Auf den Mund. Mit Zunge.«

»Was?!«

Ihr zwei hättet meine verdammte Schokolade in Ruhe lassen sollen.

»Warte mal!«, rief Grace, während Mason widerwillig aufstand und sich neben sie setzte. »Wieso muss *ich* leiden, wenn *er* die Pflicht wählt?«

»Weil ich ein herzloses und Peanut-Butter-loses Miststück bin und entertaint werden möchte«, erwiderte ich honigsüß. »Außerdem sind so die Spielregeln. Also los, küsst euch!«

Schweigen senkte sich über die Gruppe. Bis auf das leise Rascheln von Schokoladenpapier und dem Song, der aus Masons Handy drang, war nichts zu hören. Anscheinend hielten alle den Atem an, als Mason und Grace sich näher kamen. Sein Daumen fuhr über ihre Wange und bis zu ihrem Kinn, dann schloss er die Augen und strich mit den Lippen über ihren

Mund. Der Kuss begann langsam und so behutsam wie ein Gute-Nacht-Kuss am Ende eines guten Dates. Doch dann nahm er an Intensität zu. Ich glaubte, einen leisen Laut von Grace zu hören. Mason schien ihn ebenfalls wahrgenommen zu haben, denn er legte seine Hand in ihren Nacken und verstärkte seinen Griff. Aus der zögerlichen Berührung wurde Leidenschaft. Echt, rein und unverfälscht. So etwas konnte man nicht vorspielen.

Überrascht zog ich die Brauen hoch. Wenigstens hielt sich Mason an meine Vorgabe: mit Zunge. Jepp. Eindeutig. Und irgendwie hatten wir alle vergessen, die Zeit zu messen. Aus dem Augenwinkel bemerkte ich, wie Emery nach ihrem Handy tastete und den Moment einfing, als sich die beiden voneinander lösten. Grace und Mason waren sich noch immer nahe. Ihre Augen waren geschlossen, als würden sie der Berührung nachfühlen und den Augenblick in die Länge ziehen wollen.

»Wow.« Elle räusperte sich und fächelte sich mit der Hand Luft zu. »Ich glaube, wir müssen mal ein bisschen kalte Luft reinlassen.«

Damit sprang sie auf und öffnete das Fenster. Der Bann schien gebrochen zu sein. Die Gespräche begannen von Neuem und Mason setzte sich zurück auf den Boden.

Aus irgendeinem Grund sah ich ausgerechnet jetzt zu Trevor hinüber, aber der studierte scheinbar interessiert das Etikett seiner Bierflasche und tat so, als würde er nichts bemerken.

War es wirklich so schwer, einfach ganz normal weiterzumachen? Betonung auf *normal* – und nicht auf eiskaltes Arschloch, das mich erst so küsste, als wollte er nie mehr damit aufhören, nur um mich in der nächsten Sekunde völlig verdattert stehen zu lassen.

Wir verbrachten den restlichen Abend mit weiteren Spielen. Nach und nach erloschen die ersten Teelichter, bis nur noch die wenigen Kerzen auf dem Sofatisch brannten, und die Schatten um uns herum immer dunkler wurden. Um kurz nach Mitternacht hatten sich Elle und Luke in ihr Zimmer zurückgezogen, während Emery auf Dylans Schoß und Grace auf dem Sofa eingeschlafen waren. Die Stimmung war ruhiger geworden und unser Vorrat an Süßkram aufgebraucht.

Mason hielt den letzten Schokoriegel in die Höhe und winkte mir damit, bevor er hineinbiss. Ich lächelte nur, denn ich hatte längst einen Plan gefasst, um mein Schokodepot wieder aufzufüllen. Mason bunkerte nämlich seinen eigenen Vorrat gern in der WG der Jungs, damit sie für ihre Gamingnächte immer etwas dahatten. Dumm für ihn, dass ich genau wusste, wo sich dieser Vorrat befand.

»Ich hole Nachschub«, verkündete ich vage, schnappte mir Dylans Schlüsselkarte vom Tisch und stand auf.

Ein Rascheln hinter mir, dann ertönte Trevors leise Stimme: »Ich komme mit.«

Ich versteifte mich, überspielte es aber mit einem Schulterzucken und schnaubte nur. »Nein, danke, Alvarez. Ich kenne den Weg.«

Damit stapfte ich zur Tür und riss sie auf. Im Flur war es so dunkel, dass ich kaum die Hand vor Augen sehen konnte. Nur die Notausgang-Schilder sorgten für ein schummriges, indirektes Licht. Noch bevor ich das Smartphone aus meiner Hosentasche ziehen konnte, tauchte ein heller Lichtschein neben mir auf. Trevor leuchtete den Flur entlang.

Was fiel diesem Kerl eigentlich ein? Erst ignorierte er mich eine Woche lang und jetzt wollte er plötzlich wieder den Aufpasser spielen? Oh nein, keine Chance.

»Ich werde schon nicht die Treppe runterfallen«, zischte ich, aber er schüttelte nur den Kopf und ging wortlos voraus.

Mir blieb nichts anderes übrig, als ihm zu folgen, da der

Drang nach Zucker größer war als mein eigener Stolz. Hatte ich schon erwähnt, dass ich in PMS-Phasen nicht nur unausstehlich, sondern auch unberechenbar war?

»Das mit Mason und Grace war nicht gerade nett von dir«, murmelte Trevor und hielt die Tür zum Treppenhaus auf.

Ich ging an ihm vorbei und unterdrückte den Drang, tief einzuatmen und seinen Duft zu inhalieren. Stattdessen richtete ich meine ganze Aufmerksamkeit darauf, keine Stufe zu verfehlen. »Ich bin nicht nett. Außerdem sah es nicht danach aus, als wäre es so furchtbar für die beiden gewesen.«

Trevor gab einen undefinierbaren Laut von sich. Der Schein seines Handys leuchtete uns den Weg eine Etage tiefer und den Flur entlang. Doch das Schweigen zwischen uns war nicht angenehm, sondern noch immer frostig. Und wütend. Ich verstand diesen Kerl einfach nicht. Es machte mich wahnsinnig, dass er ständig gegensätzliche Signale aussandte und sich nie entscheiden konnte.

»Behandelst du eigentlich alle deine One-Night-Stands so?«, fragte ich wie nebenbei, während ich Dylans Schlüsselkarte hervorholte und die Tür zur WG der Jungs aufdrückte. Ein Glück, dass die Schlösser über denselben Generator wie die Notbeleuchtung versorgt wurden und die Schlüsselkarten trotz Stromausfall funktionierten.

Auch in der Wohnung erwartete uns größtenteils Dunkelheit. Nur durch das Fenster schien etwas Mondlicht herein und machte es leichter, Konturen zu erkennen. Diesmal griff ich nach meinem eigenen Handy.

Mister Cuddles begrüßte uns mit einem auffordernden Miauen, dann strich sie schnurrend um meine Beine, bis ich mich zu ihr hinunterbeugte und sie hinter den Ohren kraulte.

»Wovon redest du da überhaupt?«, fragte Trevor hinter mir und drückte die Tür zu.

»Ach komm schon.« Ich richtete mich wieder auf und drehte mich zu ihm um. »Du weißt genau, was ich meine.«

Zum zweiten Mal an diesem Abend sah er mich direkt an – hart und distanziert. Aber wenn er glaubte, mich damit einschüchtern zu können, hatte er sich die Falsche dafür ausgesucht.

»Erst knutschst du mit mir in der Bibliothek herum, dann gehst du mir aus dem Weg und tust so, als würdest du mich nicht kennen. Kannst du dich endlich mal entscheiden?«

Er reagierte nicht. Womöglich sollte ich dankbar dafür sein, dass er mich nicht anlog und behauptete, mir überhaupt nicht aus dem Weg zu gehen, obwohl wir es doch beide besser wussten. Aber ich war nicht dankbar. Ich war angepisst.

Langsam stieß er die Luft aus. »Und das ausgerechnet von dir? Wirklich?«

»Ich mache wenigstens nicht einen auf Dr. Jekyll und Mr Hyde, sondern bin immer noch ich selbst.«

»Richtig«, erwiderte Trevor gedehnt. »Du bist noch genauso unverantwortlich wie sonst auch.«

»Ich bin … *was*?« Kurzzeitig verschlug es mir tatsächlich die Sprache. Was zur Hölle …? »Ich kann mich nicht daran erinnern, dich nach deiner Meinung gefragt zu haben, Alvarez. Und was zum Teufel willst du damit überhaupt sagen?«

»Was ich damit sagen will?« Er machte einen wütenden Schritt auf mich zu. Dann noch einen. Ehe ich mich versah, prallte ich mit dem Rücken gegen die Wand. »Du machst dir nie Gedanken, triffst ständig Entscheidungen, ohne auch nur eine Sekunde lang über die Konsequenzen nachzudenken. Wie letztes Jahr im Sommer, als du beim Campen nachts allein in den Wald gegangen bist, ohne irgendwem Bescheid zu geben. Da gab es Bären, verdammt noch mal! Und glaubst du wirklich, ich hätte die Pillen vergessen, die ich dir auf der letzten Feier abnehmen musste? Oder die dubiosen Typen, die du dir auf jeder Party aussuchst?«

»Ach, jetzt auf einmal störst du dich daran?« Ich gab ihm einen Stoß gegen die Brust. Verdammt, ich konnte nicht mehr klar denken, wenn er mir so auf die Pelle rückte und ich seinen Duft mit jedem Atemzug inhalierte.

»Es hat mich schon immer gestört.«

Ich lachte trocken auf. »Ja, klar.«

Ich wollte mich an ihm vorbeischieben, wollte endlich das tun, wozu ich überhaupt hergekommen war, auch wenn ich den Grund längst vergessen hatte. Ich konnte nur noch daran denken, was Trevor mir an den Kopf geworfen hatte, konnte nur noch seinen wütenden Blick vor mir sehen und die verdammte Hitze spüren, die von seinem Körper ausging, wenn er mir so nahe war wie jetzt. Aber bevor ich an ihm vorbeikonnte, packte er mein Handgelenk und hielt mich fest.

»Warum?« Seine Stimme war rau, der Tonfall eisig. »Warum tust du dir das an?«

Ich entriss ihm meinen Arm und steuerte die Kochnische an, die ich im Schein des Mondlichts ausmachen konnte. »Das geht dich einen Scheißdreck an. Du bist nicht mein Vater, und nicht mein Freund. Vor allem nicht mein Freund, und auch sonst niemand, der das Recht dazu hat, mir irgendetwas vorzuschreiben. Du hattest deine Chance, diese eine Nacht zu wiederholen, schon vergessen? Und du hast es nicht getan. Also lass mich gefälligst in Ruhe und kümmere dich um deinen eigenen Kram!« Meine letzten Worte unterstrich ich mit einem Knall, als ich die Tür zum Küchenschrank zuwarf.

»Warum, Tate?«

Ich wirbelte zu ihm herum. »Weil ich vergessen will! Okay? Ich will einfach nur vergessen.«

»Dann benutz mich dazu!«

Zwei, drei Sekunden lang konnte ich ihn nur anstarren. »Was …?«

Trevor erwiderte meinen Blick aus weit aufgerissenen Augen, als könnte er nicht fassen, was er da eben gesagt hatte.

Benutz mich dazu, um zu vergessen.

Ich dachte nicht mehr nach. Ich packte ihn an seinem Hemd, zog ihn zu mir runter und presste meinen Mund auf seinen.

Kapitel 8

Tate

Ein Teil von mir rechnete damit, dass Trevor mich wegstoßen und mir gleich darauf erklären würde, dass ihm diese Worte nur rausgerutscht waren und er es ganz anders gemeint hatte. Aber er tat es nicht. Oh nein – stattdessen schob er die Finger in mein Haar und begann meinen Kuss zu erwidern. Genauso leidenschaftlich wie vor einer Woche in der Bibliothek, aber so verzweifelt, so drängend wie nie zuvor. Irgendwie fanden wir uns in seinem Zimmer wieder und die Tür ging zu, als er mich dagegendrängte. Es spielte keine Rolle mehr, dass unsere Freunde damit rechneten, dass wir gleich zurück sein würden. Es spielte auch keine Rolle mehr, warum wir hergekommen waren und worüber wir uns bis eben noch gestritten hatten. Hier und jetzt gab es nur noch dieses irrsinnige Verlangen zwischen uns und die Aussicht auf eine weitere unvergessliche Nacht.

Wie es danach weitergehen würde? Keine Ahnung. Darüber würde ich mir Gedanken machen, wenn es so weit war.

Keuchend löste Trevor sich von mir. Einen Moment lang konnte ich nur sein Gesicht in der Dunkelheit ausmachen, spürte seinen Bart und seine warme Haut unter meinen Fingern und die Hitze, die sein Körper ausstrahlte.

Ich grub die Finger in sein Shirt und stellte mich auf die Zehenspitzen, um ihm entgegenzukommen, um mehr von ihm zu bekommen, von seinem Geschmack, seinem Geruch und dem Gefühl seiner Hände auf meinem Körper. Bevor ich realisierte, was ich da tat, hatte ich schon die ersten Knöpfe seines Hemds geöffnet, packte den Stoff und schob ihn nach oben, bis ihm nichts anderes übrig blieb, als sich kurz von mir zu lösen, um das Hemd auszuziehen. Als es auf dem Boden landete, lagen seine Lippen schon wieder auf meinen und seine Hände fanden einen Weg unter mein Shirt. Wenige Sekunden später leisteten meine beiden Oberteile seinem Hemd Gesellschaft, dann zog Trevor mich an sich.

Das Gefühl seiner Haut an meiner, das Reiben, das Zupacken, das leichte Kratzen seines Barts, wenn er mich küsste – ich hatte es vermisst. Aber erst jetzt, wo ich all das, wo ich *ihn* wieder auf diese Weise spüren konnte, merkte ich, dass überhaupt etwas gefehlt hatte. Wieder und wieder hatte ich mir diese Nacht ausgemalt, bis Erinnerungen und Wunschvorstellungen miteinander verschmolzen waren und ein Bild erschaffen hatten, das die Realität unmöglich übertreffen konnte. Doch nun musste ich feststellen, dass ich mich geirrt hatte. Denn das konnte sie doch.

Es war so anders als vor ein paar Wochen im November und gleichzeitig irgendwie vertraut, auch wenn mich meine Reaktionen auf seine Berührungen erneut überraschten. Ein kurzes Streicheln seiner Finger über meine Arme genügte schon, damit ich eine Gänsehaut am ganzen Körper bekam.

Ich merkte erst, dass Trevor mich weiter drängte, als ich mich in meinen Shirts auf dem Boden verhedderte und beinahe gestolpert wäre. Aber der erwartete Aufprall – auf den Boden oder gegen die Tür hinter mir – blieb aus. Warme Hände schlossen sich um meine Hüften und einen Moment lang hielt Trevor meinen Blick im Halbdunkel fest, dann drehte er mich langsam um, bis ich mit dem Rücken zu ihm stand. Hitze schoss durch meine Adern. Meine Atmung beschleunigte sich. Ich blieb reglos stehen, wartete nur mit klopfendem Herzen darauf, was er vorhatte.

Doch er schien es auf einmal nicht mehr eilig zu haben. Sanft glitten seine Hände an meinen Seiten hinauf, strichen über meine Arme und schoben mein Haar zur Seite. Als er meinen Hals zu küssen begann, schnappte ich nach Luft. Sein Bart kitzelte etwas, hinterließ aber genau wie seine Lippen ein heißes Prickeln auf meiner Haut. Ich ließ den Kopf zurückfallen, lehnte mich an ihn und schloss die Augen.

Zentimeter für Zentimeter wanderte er weiter, knabberte an einer besonders empfindsamen Stelle und ließ mich kurz darauf seine Zunge spüren. Selbst wenn ich es gewollt hätte, hätte ich das leise Stöhnen nicht unterdrücken können, das mir jetzt über die Lippen kam. Ich spürte ihn an meiner Haut lächeln. Mit den Fingerknöcheln fuhr er meinen Oberarm hinauf und schob den BH-Träger beiseite. Er setzte einen fast schon zärtlichen Kuss auf meine Schulter, dann strich er mein Haar zur Seite und machte auf der anderen Seite weiter. Auch hier schob er den Träger nach einer Reihe quälend sanfter Küsse beiseite, dann spürte ich seine Finger am Verschluss.

Meine Brüste mochten nicht besonders groß sein, aber ich war zufrieden damit. Und Trevor auch, wie es schien, denn er zog den Stoff beiseite und schloss die Hände darum. Seufzend ließ ich den Kopf gegen seine Schulter sinken und gab mich ganz seinen Berührungen hin. Seine Lippen waren wieder in meinem Nacken und sein warmer Atem streifte über meine Haut. Nur mit Mühe konnte ich ein erneutes Stöhnen zurückhalten.

Als würde er das spüren, küsste er sich an meinem Hals hinauf. »Ich will dich hören, Tate«, raunte er in mein Ohr und knabberte anschließend daran.

Ein Wimmern erfüllte den Raum. Scheiße, wo kam das auf einmal her? War ich das etwa? Doch Trevor ließ mir keine Zeit zum Nachdenken, keine Zeit für irgendeine Form von Zurückhaltung. Seine rechte Hand strich über meine Rippenbögen, dann über meinen Bauch abwärts bis zum Bund meiner Leggings. Aber statt sie mir auszuziehen, schob er die Finger unter den Stoff.

»Oh Gott …«, stieß ich hervor.

Das Denken fiel mir schwer. Ich wusste nicht mehr, was ich tat, drückte mich mit dem Hintern an ihn und versuchte gleichzeitig seinen Fingern entgegenzukommen. Hinter mir atmete Trevor schwer. Ich konnte spüren, dass ihn das alles auch nicht kaltließ. Ganz im Gegenteil.

»Du stehst drauf, andere zu quälen, oder?«, brachte ich zwischen zusammengebissenen Zähnen hervor.

Sein Mund war wieder an meinem Ohr. »Nur dich.«

Ein weiterer Hitzeschauer breitete sich in mir aus. Ich krallte die Finger in seine Arme, um mich festzuhalten, um ihn anzutreiben, ihn dazu zu bringen, uns beiden endlich das zu geben, was wir so dringend brauchten. Aber Trevor war sehr viel geduldiger als ich. Er ließ sich nicht von mir aus der Ruhe bringen und machte weiter, setzte seine Finger zwischen meinen Schenkeln und seine Lippen an meinem Hals ein, um mich Stück für Stück um den Verstand zu bringen. Bald schon konnte ich mein Stöhnen nicht mehr unterdrücken. Es war mir egal, ob uns jemand hören konnte. Genau genommen war mir alles egal, was nicht diesen Mann und das, was er mit mir tat, beinhaltete.

Ohne Vorwarnung zog er seine Hand zurück und drehte mich wieder um.

Er wirkte genauso rastlos wie ich und ich spürte jeden seiner keuchenden Atemzüge auf meiner Haut. Ich schob die Finger in sein Haar und zog ihn zu mir hinunter, um ihn zu küssen.

Irgendwie musste ich zum Ausdruck bringen, was dieser Kerl mit mir machte, und für Worte war jetzt nicht der richtige Zeitpunkt.

Trevor erwiderte den Kuss mit derselben Leidenschaft. Seine Hände waren noch immer sanft, fast schon liebkosend. Sein Mund war es nicht. Wie in der Bibliothek kämpften wir miteinander, versuchten beide diesen Kuss zu dominieren und gleichzeitig all die angestaute Frustration loszuwerden. Jedes Mal, wenn ich ihn seit Thanksgiving gesehen hatte, hatte ich an unsere gemeinsame Nacht zurückdenken müssen. Und jeder Blick aus seinen Augen hatte mir deutlich gezeigt, dass er sich ebenfalls erinnerte. Nur dass er es im Gegensatz zu mir nicht hatte wiederholen wollen. Das war sogar frustrierender gewesen als seine ständigen Einmischungen in mein Leben. Er hatte mich auf Distanz gehalten, obwohl er genau dasselbe wollte wie ich.

Ich fragte nicht nach dem Warum. Es interessierte mich nicht. Ich wollte diesen Kerl nicht heiraten und zwanzig Kinder mit ihm in die Welt setzen – ich wollte Sex. Schlicht und einfach. Und heute schien einer der seltenen Tage zu sein, in denen Trevor Alvarez und ich uns tatsächlich in einer Sache einig waren.

»Oh, fuck …« Ich biss mir auf die Lippen, rührte mich aber nicht, sondern beobachtete ihn dabei, wie er sich langsam an mir hinabküsste. Mein Kettenanhänger vibrierte bei jedem Atemzug zwischen meinen Brüsten. Wenn er so weitermachte, war der Schmuck bald alles, was ich noch anhatte. Gleichzeitig wünschte ich mir, dass genau das passierte. Ich musste ihn so dringend spüren, dass ich mich unter anderen Umständen über mich selbst gewundert hätte. Hier und jetzt? Wohl kaum. Denn ich konnte meinen Blick keine Sekunde lang von Trevor lösen, der jetzt vor mir auf die Knie ging.

Mein Herz raste. Mein Puls trommelte so heftig, dass er in

meinen Ohren widerhallte. Aber obwohl ich bis aufs Äußerste angespannt war, ließ sich dieser Mistkerl immer noch Zeit. Nacheinander zog er mir die Stiefel aus, in die ich bei unserem Aufbruch geschlüpft war. Dann griff er nach der Leggings, schob die Finger unter den Bund und streifte sie mir ab. Im Zeitlupentempo.

Ich atmete zischend aus. »Wenn du nicht schneller machst ...«

»Was dann, hm?« Er hauchte einen Kuss auf die Innenseite meines Oberschenkels.

Ich erschauerte bei dieser winzigen Berührung mehr, als überhaupt möglich sein sollte. Unbewusst krallte ich die Finger in seine Schultern. Nicht, um ihm wehzutun, sondern um mich an ihm festzuhalten, weil meine verdammten Knie sonst gleich nachgeben würden. Ich hatte mit einer schnellen, heißen Nummer gerechnet, genau wie beim letzten Mal. Genau so wie es immer ablief, egal, wie der Kerl in meinem Bett mit Vornamen hieß. Aber Trevor schien andere Pläne zu haben. Er wollte sich Zeit nehmen. Jede Sekunde genießen. Und mich dabei umbringen.

Erst als ich bis auf die Kette nackt vor ihm stand, küsste er sich langsam wieder an mir hinauf, bis er schwer atmend vor mir stand. Sein Brustkorb hob und senkte sich schnell und die Beule in seiner Hose machte nur zu deutlich, was er wollte. Aber er bewegte sich nicht. Fast als wäre er darauf angewiesen, dass ich die Richtung vorgab. Vielleicht sollte mich seine Zurückhaltung abtörnen, leider hatte sie genau den gegenteiligen Effekt. Ich schlang die Arme um seinen Hals und presste meine Lippen für einen kurzen, harten Kuss auf seine. Dann wanderte ich weiter. Diesmal war es an mir, ihn zu erkunden. Er wollte es langsam angehen und diese Nacht voll und ganz auskosten? Das konnte er haben.

»Tate …«, warnte er gepresst, als meine Finger sich dem Bund seiner Hose näherten.

Statt einer Antwort biss ich in seine Haut. Er war keiner dieser gestählten Typen, die im Fitnessstudio lebten und sich nur von Eiweißshakes und Proteinriegeln ernährten, aber man konnte ihm ansehen, dass er regelmäßig trainieren ging. Seine Muskeln waren definiert und sein Bizeps … Ich machte einen kleinen Umweg, nur um darüberzustreichen und ihn mit beiden Händen zu umfassen. Oder es zumindest zu versuchen, denn meine Fingerspitzen berührten sich nicht.

Ein amüsierter Zug lag um seine Lippen, als er mich dabei beobachtete. Aber statt irgendeinen Spruch abzulassen, legte er die Finger unter mein Kinn, hob es an und küsste mich erneut. Behutsam schob er mich Stück für Stück nach hinten. Ich war so abgelenkt von seinem Mund, dass es einen Moment dauerte, bis ich begriff, was er vorhatte.

»Oh nein. Ins Bett kommen wir noch früh genug.« Entschieden stemmte ich mich gegen ihn und drückte ihn zurück.

Trevors Zimmer war nicht besonders groß, sodass er zwei Schritte später gegen den Schreibtischstuhl stieß und sich automatisch hinsetzte. Zufrieden ließ ich mich auf seinen Schoß sinken und legte die Arme um seinen Hals.

»Das ist besser«, murmelte ich und knabberte provozierend an seiner Unterlippe.

Ich wollte, dass er sich an diese Nacht erinnerte, dass jedes verdammte Möbelstück hier drinnen ihn daran erinnerte, wie es mit mir gewesen war. Vielleicht war das übertrieben, aber ich hinterließ gern Eindruck. Vor allem bei Trevor, dem unnahbarsten Kerl, den ich je erlebt hatte. Er passte in keine Schublade, ließ sich nirgendwo einordnen, gehörte überall und nirgendwo richtig dazu. Er war kein Einzelgänger, aber auch kein allzu geselliger Mensch. Er wusste um seine Wirkung auf

Frauen, nutzte das aber nicht aus, obwohl er sicher nie einsam blieb. Das war zumindest eine Sache, die wir gemeinsam hatten, genau wie das regelmäßige intensive Lernen.

Alles andere? Eher weniger.

Abgesehen von diesem irrsinnigen Knistern zwischen uns, das ich nur zu gern in all seinen Facetten erkunden wollte. Und jetzt hatte ich eine ganze Nacht, um genau das zu tun, denn allem Anschein nach würde der Strom nicht so schnell wieder angehen. Und jetzt, umgeben von Dunkelheit und einer ungewohnten Stille im Wohnheim, schien alles möglich zu sein. Selbst eine zweite Nacht mit Trevor, in der wir uns beide endlich das nehmen konnten, was wir brauchten. Was wir wollten. Ohne an irgendwelche Konsequenzen zu denken.

Trevor wollte mich hören? Ich wollte ihn genauso hören, wollte sehen und spüren, wie verrückt ich ihn machte. Aber vor allem wollte ich erleben, wie der super beherrschte Trevor die Kontrolle verlor und sich einfach gehen ließ.

Also sorgte ich dafür.

Ich küsste ihn, rieb mich an ihm, entlockte ihm das erste tiefe Stöhnen und lächelte zufrieden an seiner Haut. Seine Hände packten fester zu, er drängte sich an mich und vergrub die Finger in meinem Haar, wann immer sich unsere Lippen trafen.

»Kondome?«, fragte ich zwischen zwei atemlosen Küssen. Ich hatte in meinem Zimmer oben welche, aber nicht daran gedacht, sie mitzunehmen. Wie auch? Nichts hiervon war geplant gewesen.

»Unterste Schublade«, keuchte er und streckte den Arm aus, kam aber nicht hin, weil ich im Weg war.

Mit einer Hand hielt ich mich an ihm fest, um nicht von seinem Schoß zu rutschen, mit der anderen zog ich die Schublade auf und kramte darin herum. Und tatsächlich: Darin befand sich eine Packung mit Kondomen. Ich friemelte eins heraus und richtete mich wieder auf.

»Lass mich raten: Du warst früher bei den Pfadfindern, oder?«

Er lächelte atemlos. »So offensichtlich?«

Ich hielt das Kondom zwischen zwei Fingern in die Höhe. »Allzeit bereit.«

Er lachte heiser auf – und das machte etwas Seltsames mit mir. Trevor war nicht der Typ, der viel oder oft lächelte. Und obwohl wir uns seit über zwei Jahren kannten, hatte ich ihn nur selten wirklich lachen gesehen. Es jetzt mitzubekommen und auch noch der Grund dafür zu sein, dass sein tiefes Lachen das Zimmer erfüllte und sich kleine Fältchen rund um seine Augen bildeten, war … ungewohnt. Es löste eine Wärme in mir aus, die nichts mit Sex zu tun hatte.

Bevor ich weiter darüber nachdenken konnte, küsste er mich erneut. Fast schon spielerisch strich er mit seinen Lippen über meine, nur um mir ohne Vorwarnung in die Unterlippe zu bei-ßen. Ein stummer Befehl und gleichzeitig auch eine Warnung, uns beide nicht länger warten zu lassen.

Meine Finger zitterten und ich brauchte zwei Anläufe, um diese blöde Verpackung aufzukriegen, während er sich die Hose auszog, aber dann konnte ich ihm endlich das Kondom überstreifen. Als ich den Kopf hob, biss er sich fest auf die Lip-pen. Ich konnte nicht anders, ich musste ihn noch mal küssen.

Trevor kam mir bereits entgegen, presste seinen Mund auf meinen und forderte meine Zunge mit seiner heraus. Ich stöhn-te in den Kuss hinein. Das hier sollte sich nicht so anfühlen. Gut, ja, aber nicht so, als könnte ich niemals genug von diesem Kerl bekommen. Es war nur Sex. Nichts weiter als fantastischer Sex.

Genau das sagte ich mir in Gedanken immer wieder. Doch als Trevor mich etwas anhob und ich mich auf ihn sinken ließ, zerfielen alle meine Gedanken zu Staub. Einige Herzschläge lang verharrten wir so, sein Gesicht dicht vor meinem. Unsere Atemzüge vermischten sich, wurden eins. Er hielt meinen Blick fest, sah mich so intensiv, so durchdringend an, dass ich für einen kurzen Moment das Bedürfnis hatte, mich vor ihm zu verstecken. Weil er zu viel sah. Zu viel von dem, was in mir vorging. Zu viel von dem, was ich vor aller Welt zu verbergen versuchte. Zu viel von dem, was ich vergessen wollte.

Seine Finger bohrten sich in meine Hüften. Schweiß trat auf seine Stirn. »Tate …«

Langsam begann ich mich auf ihm zu bewegen. Nicht, weil er es mir indirekt befohlen hatte, sondern weil ich es keine Sekunde länger aushielt, wenn ich es nicht tat. Das hier war Wahnsinn. Ich konnte mich nicht daran erinnern, dass es sich beim letzten Mal so angefühlt hatte oder ich bei unserer ersten gemeinsamen Nacht das Gefühl gehabt hatte, mit jeder Bewegung, jeder Reibung, jedem Kuss gleich zerspringen zu müssen. Aber ich tat es nicht. Ich zersprang nicht. Die Empfindung wurde mit jeder Sekunde nur noch stärker, noch intensiver als zuvor.

Ich merkte nicht mal, wie Trevor aufstand und mich ein paar Schritte durch den Raum trug, bis ich mit dem Rücken gegen etwas Hartes stieß. Bücher fielen um und landeten mit einem dumpfen Laut auf dem Boden. Ich beachtete sie nicht. Das Einzige, was noch meine Aufmerksamkeit hatte, war Trevor.

Keiner von uns war sanft. Ich krallte mich an ihn, zog an seinen Haaren und bohrte meine Fingernägel so fest in seinen Rücken, dass er mit Sicherheit Spuren davontragen würde. Genau wie ich, denn seine Hände hielten mich so fest, dass jede Gegenbewegung zu einem Kraftakt wurde. Wir keuchten, küssten, bissen, gaben nach und forderten heraus.

Trevor senkte seine Lippen auf meinen Hals. Ich stöhnte

auf und ließ den Kopf gegen das Wandregal zurückfallen. Trevor setzte seinen Mund, seine Hände und seinen Körper ein, als wäre das Vorspiel nur dazu da gewesen, meine ganzen Schwachpunkte zu erkunden. Und, verdammt, er hatte einige davon gefunden.

Ich konnte nicht mehr denken, nichts mehr tun, außer seinen Stößen entgegenzukommen und mich an ihm festzuhalten.

»Trev…« Meine Stimme klang fremd in meinen Ohren, heiser und verzweifelt. Ich grub die Finger fester in seine Haut, streifte seinen Mund mit meinem, rutschte ab, presste die Lippen auf seinen Hals, seine Schulter, biss in sein Ohrläppchen. »Mehr … Oh Gott, ja!«

Der Höhepunkt erwischte mich mit einer Wucht, dass es an ein Wunder grenzte, dass ich mich überhaupt noch an ihn klammern konnte. Trevor drückte seinen Mund auf meinen, dämpfte meinen Schrei und stöhnte in den Kuss hinein. Seine Bewegungen wurden langsamer, bis er schließlich ganz stillhielt. Sekundenlang verharrten wir so, ohne uns zu rühren. Sein Atem streifte meinen Nacken, seine Lippen meinen Hals. Erst, als meine Muskeln vor Anspannung zu zittern begannen, zog er sich aus mir zurück und ließ mich langsam zu Boden gleiten, bis ich wieder auf meinen eigenen Füßen stand. Er ließ mich aber nicht sofort los. Zum Glück, denn ich war mir gerade nicht sicher, überhaupt noch stehen zu können.

Ich spürte seine Hand an meiner Wange und sah auf. Sein Blick war fragend, fast schon besorgt, was mich unweigerlich lächeln ließ. Er hatte mir gerade den vielleicht intensivsten Orgasmus meines Lebens verschafft und jetzt war er *besorgt*? Im Ernst?

Nach einem Moment erwiderte Trevor mein Lächeln, beugte sich für einen kurzen Kuss zu mir hinunter und ließ mich dann los. Ohne mich von der Stelle zu bewegen, beobachtete ich ihn dabei, wie er das Kondom entsorgte und sich die Boxershorts wieder anzog. Nach einem kurzen Blick in meine Richtung verließ er das Zimmer.

Erst als die Tür hinter ihm zuging, wagte ich es, den Kopf zurückzulehnen und die Augen zu schließen. Meine Muskeln zitterten noch immer und meine Haut kribbelte. Irgendwie schaffte ich es, mich vom Regal abzustoßen und den Raum zu durchqueren. Mit einem tiefen Seufzen ließ ich mich aufs Bett fallen. Die Laken dufteten nach Trevor. Frisch und mit einer unterschwelligen Schärfe, von der ich nicht wusste, ob ich sie mir nur einbildete oder ob sie eine Nachwirkung von gerade eben war.

Es war völlig verrückt. Verrückt und so verdammt gut, dass ich mich weigerte, das, was zwischen uns geschehen war, in Gedanken auseinanderzunehmen. Gut möglich, dass es ihm vorhin nur so herausgerutscht war, aber Trevor hatte sein Angebot mehr als ernst genommen und genau das erreicht, was ich mir hiervon erhofft hatte: Er hatte mich vergessen lassen. Und es war intensiver gewesen als alles, was ich bisher erlebt hatte.

Keine zwei Minuten später kehrte Trevor zurück und hielt mir eine Flasche hin. »Hier.«

»Danke.« Ich nahm das Wasser, setzte mich auf und trank ein paar große Schlucke daraus, bevor ich sie auf dem Boden neben dem Bett abstellte.

Der Streifen Mondlicht, der durch die offenen Vorhänge ins Zimmer fiel, landete direkt auf dem Tattoo neben Trevors rechtem Hüftknochen, knapp über dem Bund seiner Shorts. Es war kein richtiges Bild, nur ein Muster aus schwarzen Linien und Strichen. Seltsam, dass mir das beim letzten Mal nicht aufgefallen war.

»Hat es eine Bedeutung?«, fragte ich und rieb mit dem Daumen über die Stelle, als Trevor es sich neben mir gemütlich machte. Seine Haut war warm und glatt, die schwarze Tinte deutlich sichtbar, aber nicht zu ertasten.

»Nicht wirklich. Das war eine dämliche Aktion meines jüngeren, dümmeren Ichs vor ein paar Jahren. Aber …« Er hielt inne, als ich mich hinunterbeugte und seinem Tattoo mit den Lippen folgte. Seine Finger schoben sich in mein Haar. »Aber es erfüllt seinen Zweck«, murmelte er mit einem tiefen Ausatmen.

Amüsiert sah ich zu ihm hoch. »Diesen hier?« Noch bevor er antworten konnte, strich ich ein weiteres Mal mit dem Mund über die Stelle und ließ ihn nun auch meine Zunge spüren.

Keuchend stieß er die Luft aus und nickte knapp.

»Raffiniert.« Grinsend schob ich mich wieder an ihm hoch und setzte mich auf seinen Schoß. »So viel Hinterhältigkeit hätte ich dir gar nicht zugetraut, Alvarez.«

Sachte zog er an meinen Haarsträhnen. »Vielleicht kennst du mich doch nicht so gut, wie du dachtest.«

Nachdenklich betrachtete ich sein Gesicht. Wie seltsam, dass wir uns seit über zwei Jahren kannten, mir aber nie die kleinen Details an ihm aufgefallen waren. Wie die unscheinbare Narbe neben seinem Mundwinkel. Vielleicht, weil ich ihn nie zuvor so aus der Nähe gemustert hatte und sie fast vollständig von seinem Bart verdeckt wurde. Nur wenn man ganz genau hinsah, erkannte man sie. Er hatte auch eine etwas schräg unter dem linken Auge, als wäre er auf einen spitzen Stein gefallen oder als Kind gegen eine Tischkante oder so was gelaufen. Behutsam strich ich mit dem Zeigefinger darüber.

Seine Nase war nicht ganz gerade, und verpasste ihm etwas Kantiges, Unnahbares. Sein Mund stand in einem krassen Gegensatz dazu, denn seine Lippen waren voll und luden geradezu zum Küssen ein. Ganz besonders dann, wenn ich sie mit den Fingern nachfuhr und ihn damit zum Lächeln brachte.

Trevor wirkte älter als die anderen Jungs, was am Bart liegen könnte, genauso gut aber auch an den kleinen Falten, die sich auf seiner Stirn abzeichneten. Die könnten aber auch vom vielen Lernen stammen … ich bekam ja selbst schon Falten, wenn ich zu lange ohne meine Lesebrille in ein Buch starrte.

Am faszinierendsten aber waren seine dunklen Augen. Ein einziger Blick aus ihnen genügte, um mir schlagartig heiß oder eiskalt werden zu lassen. Je nachdem, ob Trevor vorhatte, mir die Klamotten vom Leib zu reißen oder sich mit mir anlegen wollte, weil ich es seiner Meinung nach mal wieder mit irgendwas übertrieb. Was ich nie tat. Na gut, *fast* nie. Im Grunde hatte ich nichts gegen seinen Beschützerinstinkt, sondern fand ihn sogar beruhigend. Meine Freunde und ich passten aufeinander auf. Aber bei mir übertrieb Trev es gern mal, auch wenn ich nie begriffen hatte, warum das so war. Obwohl ich es nie öffentlich zugeben würde, hatte ich mich im Laufe der Zeit aber irgendwie daran gewöhnt. Und manchmal, wenn Trevor nicht da war, um sich einzumischen und dafür zu sorgen, dass ich sicher nach Hause kam, hatte ich das Gefühl, als würde irgendetwas fehlen. Als würde *er* mir fehlen.

»Ich glaube, wir kennen uns beide nicht besonders gut, oder? Intim, ja«, fügte ich hinzu, als er amüsiert die Brauen hochzog, »aber nicht wirklich *gut*.«

»Stimmt.« Mit den Fingerspitzen strich er meine Wirbelsäule hinauf und dann wieder hinunter. »Was ist mit dir?«, fragte er leise. »Warum hast du keine Tätowierung?«

»Hm?«, machte ich abgelenkt. Seine kleine Berührung hatte eine viel zu große Wirkung auf mich. Sie bewirkte, dass ich mich jetzt einfach an ihn kuscheln, die Augen schließen und an Ort und Stelle einschlafen wollte – und das nur, weil er meinen Rücken streichelte. Was zum Teufel? So war ich doch überhaupt nicht.

Trevor zog mich zu sich hinunter, brachte seinen Mund nahe an mein Ohr und senkte die Stimme. »Ich hätte erwartet, mindestens ein Tattoo oder Piercing an dir zu finden, aber da ist nichts. Und ich habe gründlich nachgeschaut.«

Ich gluckste. »Ich hätte auch gern ein Tattoo. Oder zehn«, gab ich zu. »Mit achtzehn war ich sogar mal in einem Studio, um mir eins stechen zu lassen.«

»Aber …?«

Seufzend nahm ich mein Haar zusammen und legte es mir über eine Schulter. »Aber dann habe ich gelernt, dass ich eine Scheißangst vor Nadeln habe.«

Er lachte nicht. Er grinste nicht mal, sondern beschrieb nur weiter kleine Kreise auf meinem Rücken. »Also kein Tattoo für dich«, stellte er ruhig fest.

»Nicht in diesem Leben.«

Inzwischen hatte ich mich damit abgefunden. Was nicht bedeutete, dass ich sie nicht auf dem Papier oder an anderen Menschen schön fand. Und Trevors Tattoo mochte vielleicht keine tiefere Bedeutung für ihn haben, aber es eignete sich ganz hervorragend, um ihm einzuheizen, wie ich heute gelernt hatte.

Außerdem sah es unglaublich sexy aus.

»Hey …« Sachte hob er mein Kinn an.

Mir stockte der Atem, als sich unsere Blicke trafen. Langsam kam ich ihm näher, schmiegte mich an ihn und schloss die Augen erst, als sich unsere Lippen trafen. Es war ein langsamer Kuss, passend zu seinen trägen Streicheleinheiten auf meiner Haut. Mein Herzschlag beschleunigte sich, als er mich auf den Rücken drehte und sich langsam an mir hinabküsste.

»Sag nicht, dass du schon bereit für Runde zwei bist«, keuchte ich.

Er sah von unten her zu mir hoch. In seinen Augen lag ein

herausforderndes Funkeln. »Bin ich nicht. Aber das heißt nicht, dass Runde zwei nicht schon für dich beginnen kann.«

Ich wollte etwas dazu sagen, vergaß die Worte aber in dem Moment, in dem er mich erneut küsste.

Kapitel 9

Tate

Irgendwie hatte ich damit gerechnet, dass ich allein sein würde, wenn ich aufwachte, aber dann fiel mir ein, dass Trevor ja keinen Grund hatte, das Bett zu verlassen. Es war schließlich seins. Mühsam kämpfte ich mich hoch und verzog das Gesicht, als sich der Muskelkater meldete. Okay. Wie es aussah, würde ich ein paar Tage lang eine Erinnerung an diese Nacht haben. Obwohl es weiß der Teufel wie viel Uhr war und ich noch im Halbschlaf, musste ich aus irgendeinem dämlichen Grund lächeln, als ich mir leise ein paar meiner Sachen überzog und mich aus dem Zimmer schlich. Meine Blase drückte, mein Magen knurrte und ich brauchte dringend einen Kaffee, um richtig wach zu werden. Oder ansprechbar zu sein.

Mit halb geschlossenen Augen schleppte ich mich ins Bad und wurde von einem Miauen begrüßt. Mister Cuddles strich mir um die Beine und setzte sich dann seelenruhig hin, während ich erledigte, was zu erledigen war. Beim Händewaschen vermied ich jeden Blick in den Spiegel, da ich aus Erfahrung wusste, dass es so besser war – für mich *und* für den Spiegel.

Auf dem Weg zurück fühlte ich mich nicht wesentlich wacher, außerdem war es draußen noch immer total dunkel, aber ich erhaschte einen Blick auf die Zeitanzeige am Backofen und zuckte zusammen. Gottverdammt noch mal. In Gedanken hatte ich mir bereits ausgemalt, mich wieder zu Trevor unter die Decke zu kuscheln und es drauf ankommen zu lassen, ob wir eine weitere Runde schafften, aber die Zahlen waren gnadenlos und sie erinnerten mich daran, dass ich in einem Zustand geistiger Umnachtung eingewilligt hatte, die Radioshow am Samstagmorgen zu übernehmen. Aber Anthony hatte mich frühmorgens auf dem Campus abgefangen, als ich noch keinen Kaffee gehabt hatte. Ich hätte zu allem Ja und Amen gesagt, wenn das bedeutete, dass er mich in Ruhe ließ. Jetzt bereute ich das zutiefst, denn das bedeutete nicht nur, dass ich wach bleiben, sondern auch gleich los musste.

Knurrend rieb ich mir übers Gesicht und schlurfte geradewegs zur Kaffeemaschine in die Kochecke. Es hatte seine Vorteile, dass ich selbst im Halbschlaf wusste, wo alles zu finden war. Gähnend stellte ich die Tasse drunter. Gleich darauf erfüllte der herrliche Geruch von frisch gebrühtem Kaffee die Wohnung.

Eine Tür knarrte. Jemand tappte an mir vorbei Richtung Badezimmer. Zwei Sekunden später machte dieselbe Person ein paar Schritte zurück, blieb stehen und starrte mich an.

Blinzelnd erwiderte ich seinen Blick. Mir war bewusst, welchen Anblick ich gerade abgeben musste. Mit verwuschelten, ungekämmten Haaren, verschmiertem Mascara, Augenringen, barfuß und nur in T-Shirt, BH und Slip.

»Was …?« Dylan rieb sich über die Augen. Er war noch unrasiert und sah so erledigt aus, wie ich mich gerade fühlte. »Will ich es überhaupt wissen, nachdem ihr gestern Abend nicht mehr zurückgekommen seid?«

»Kommt drauf an«, murmelte ich und nahm einen vorsichtigen ersten Schluck von meinem Kaffee. *Ahh.* Der Himmel auf Erden. Nur Sex war besser. Oder Schlaf. »Hast du schon gefrühstückt?«

»Fuck …« Er zog eine Grimasse. »Bitte erspar mir die Details.«

»Dann versau mir nicht den Morgen, Westbrook. Ich hatte letzte Nacht vier Orgasmen. Vier!«

»Ja, und ich glaube, zwei davon habe ich gehört.«

Ich konnte nicht anders, ich musste lachen. Dylan fiel mit ein, auch wenn er nicht besonders glücklich dabei wirkte. Seufzend fuhr er sich durchs Haar und kam herüber, um ebenfalls eine Tasse in die Kaffeemaschine zu stellen.

»Ich hoffe, du weißt, was du tust«, murmelte er.

»Als wüsste ich das nicht immer.«

Er warf mir einen zweifelnden Blick zu, erwiderte aber nichts darauf, sondern schnappte sich seine Tasse, wuschelte mir im Vorbeigehen kurz durchs Haar und kehrte mit dem Becher in sein Zimmer zurück. Nur um wenige Sekunden später erneut an mir vorbei ins Bad zu gehen, wie er es ursprünglich vorgehabt hatte.

Amüsiert trank ich meinen Kaffee, streichelte Mister Cuddles, die sich wieder zu mir gesellt hatte und wusch sogar die Tasse ab, bevor ich in Trevors Zimmer zurückkehrte.

Zu meiner Überraschung war er schon wach. Er stand mit dem Rücken zu mir und zog sich gerade ein Shirt über. Zufrieden bemerkte ich die roten Spuren auf seinem Rücken, die meine Fingernägel dort hinterlassen hatten. Er würde sich genau wie ich noch eine ganze Weile an diese Nacht zurückerinnern.

Ich musste irgendein Geräusch gemacht haben, denn Trevor drehte sich abrupt zu mir um. Doch als er mich in der Tür stehen sah, lächelte er nicht. Er verzog nicht mal die Mundwinkel, sondern runzelte nur die Stirn.

»Warum bist du noch hier?«

Ooookay … Ich blinzelte perplex. Nicht gerade die Begrüßung, die ich mir erhofft hatte.

Abwehrend hob ich die Hände. »Keine Sorge, ich wollte gerade gehen.«

»Gut.«

Gut? Im Ernst? Trevor mochte nicht zu den gesprächigsten Leuten auf dem Campus gehören, aber das war sogar für ihn wenig. Ganz besonders nach letzter Nacht.

Während ich meine Leggings anzog und in meine Stiefel schlüpfte, sah ich immer wieder zu ihm hinüber. Er hatte sich aufs Bett gesetzt, die Arme auf den Oberschenkeln abgestützt, den Blick geradeaus auf den Boden gerichtet. Seine Schultern waren angespannt.

»Kann es sein, dass du irgendwie sauer auf mich bist?«, sprach ich die Frage direkt aus, anstatt mich mit irgendwelchen Vermutungen verrückt zu machen.

Trevor sah nicht auf. »Ich bin nicht sauer auf dich, Tate.«

»Nein, du hast nur zu deinem charmanten Alter Ego Grumpy Cat zurückgefunden.«

Er reagierte nicht. Womöglich sollte ich dankbar dafür sein, dass er mich nicht anlog und behauptete, alles wäre ganz wunderbar, obwohl wir es beide besser wussten. Aber ich war nicht dankbar. Ich war wütend. Und aus irgendeinem lächerlichen Grund enttäuscht von ihm. Diese Nacht war so gut gewesen – und jetzt zerstörte er das am nächsten Morgen? Warum?

»Hör mal …«, begann er und rieb sich über den Nacken. »Die letzte Nacht … Das war eine einmalige Sache.«

Ich zog die Brauen hoch. »Irgendwoher kenne ich diesen Spruch.«

Nämlich nach unserer *ersten* gemeinsamen Nacht, die gleichzeitig die letzte hätte sein sollen.

Trevor fixierte mich mit seinem Blick. »Das ist mein Ernst, Tate. Das war das letzte Mal.«

Autsch. So fühlte es sich also an, abserviert zu werden. Dabei waren wir nicht mal … irgendwas gewesen. Zwischen uns war gar nichts, abgesehen von gutem Sex und hitzigen Diskussionen auf Partys. Doch offensichtlich war selbst das jetzt vorbei.

Ich atmete tief ein und zwang all meine Gefühle zurück. Als ich sprach, war meine Stimme völlig emotionslos. »Schon komisch. Ich dachte immer, die Arschlochnummer wäre Lukes Spezialgebiet. Aber wie es aussieht, habe ich mich getäuscht.«

Langsam stand Trevor auf, machte jedoch keinen Schritt auf mich zu. »Das hier ist keine Liebesgeschichte, Tate. Wir sind nicht Elle und Luke oder Emery und Dylan. Das mit uns hat kein Happy End.«

Sekundenlang konnte ich ihn nur anstarren, dann schnappte ich hörbar nach Luft. »Du Mistkerl! Habe ich dich je um ein verdammtes Happy End gebeten?«

Ich wollte ihn stehen lassen, war schon auf dem Weg zur Tür, wirbelte aber ein letztes Mal zu ihm herum. »Ach ja, noch was.« Ich warf ihm einen harten Blick zu. »Ich glaube nicht an Happy Ends.«

Für eine kurze Dusche und saubere Klamotten kehrte ich in meine eigene Wohnung zurück, dann machte ich mich widerwillig und mit einer Laune jenseits des Gefrierpunkts auf den Weg zum Campusradio.

Dass das Wetter meine innere Gefühlswelt perfekt abbildete, war absolut überflüssig. Es war nicht nur ekelhaft früh, sondern auch noch arschkalt und schneite so dicke Flocken, dass ich kaum etwas sehen konnte. Bibbernd zog ich die Schultern hoch und klammerte mich an meinen Thermobecher, als wäre er meine einzige Rettung.

Was bildete sich dieser Idiot eigentlich ein? Hatte er plötzlich Schiss, dass ich auf eine Beziehung, einen Heiratsantrag und einem Dutzend Kinder bestehen würde? Ich schnaubte.

Nein. Definitiv nicht. Vielleicht, nein, sehr wahrscheinlich hätte ich eine Wiederholung dieser Nacht vorgeschlagen. Und damit wäre nicht nur der Sex gemeint. Ich hatte es genossen, mich an Trevor zu schmiegen und mit ihm zu reden. Selbst wenn es nur so Kleinigkeiten wie sinnlose Tattoos waren. Doch vor allem hatte ich es genossen, in seinen Armen einzuschlafen, auch wenn mir so etwas nie zuvor passiert war. Aber irgendwie hatte Trevor es geschafft, mich nicht nur von allem abzulenken, sondern auch noch dafür zu sorgen, dass ich mich wohlfühlte. Nur um mich dann am nächsten Morgen vor vollendete Tatsachen zu stellen und ohne die geringste Regung rauszuschmeißen.

Mistkerl. Bastard. Arrogantes Arschloch.

Ich beschleunigte meine Schritte. So früh am Samstagmorgen waren nur wenige Leute unterwegs. Man musste entweder völlig verzweifelt sein, weil man jetzt schon ein Blockseminar hatte, oder so verrückt wie Luke und andere Sportler, um freiwillig um diese Zeit aufzustehen. Ich war nichts davon, außer wütend und todmüde, weil die Wirkung des Kaffees gar nicht richtig einsetzen wollte. Könnte aber auch daran liegen, dass ich letzte Nacht kaum geschlafen hatte. Nach Runde zwei, die genauso atemberaubend und schweißtreibend gewesen war wie Nummer eins, war ich eingeschlafen, nur um wenig später von Trevor geweckt zu werden. Aber ich konnte ihm nicht die alleinige Schuld für meine Erschöpfung zuschieben, denn irgendwann in der Nacht hatte ich ihn ebenfalls geweckt. Scheiße, kein Wunder, dass ich körperlich total erledigt war. Und frustriert. Denn dort, wo Befriedigung und Entspannung sein sollten, war jetzt nur noch Wut.

Laut gähnend betrat ich das Gebäude, in der einen Hand den fast leeren Kaffeebecher, in der anderen mein Smartphone, und drückte die Tür zum Aufnahmestudio mit dem Ellbogen auf.

»Guten Morgen!«, rief Tracy überschwänglich, die gerade von der Morgenbesprechung kommen musste, denn ihre Sendung *Talk with Tracy* ging samstags erst irgendwann am Vormittag los.

Woher ich das wusste? Als sie vor den Winterferien eine schlimme Mandelentzündung gehabt hatte, war Anthony auf die grandiose Idee gekommen, mich für sie einspringen zu lassen. Da ich meinen Job liebte, auch wenn die Bezahlung miserabel war, hatte ich die Sendung für sie übernommen. Nicht gerade freiwillig, denn ich legte keinen Wert darauf, mit irgendwelchen anderen Studenten über ihr ach so schweres Leben und ihre Probleme zu reden. Keine Ahnung, wie Tracy das aushielt, ohne sich die Augen mit einem Bleistift ausstechen zu wollen.

»Morgen«, brummte ich und ging weiter.

Vor dem eigentlichen Studio wurde ich meinen Mantel, den Becher und meine Tasche los. Meine Schulter schmerzte von dem Gewicht, da ich schon alle Bücher und den Laptop dabeihatte. Denn nach der Morgensendung würde ich geradewegs in die Bibliothek gehen und mich in meinen Texten vergraben. Vielleicht mit einem Umweg in die Cafeteria für weiteren Kaffee und Süßkram, da ich meinen Energiehaushalt nach letzter Nacht wieder auffüllen musste. Und schon wanderten meine Gedanken zurück zu Trevor … Großartig. *Nicht.*

Konnte dieser Kerl endlich mal aus meinem Kopf verschwinden, wie alle anderen vor ihm? Die Sache war doch ganz klar: Wir hatten unseren Spaß gehabt und der war jetzt vorbei. Ganz einfach. Nur warum fühlte es sich dann nicht einfach an? Warum musste ich ständig an letzte Nacht, aber vor allem an seinen Gesichtsausdruck heute Morgen zurückdenken?

Es sollte mir egal sein. Verdammt, ich *wollte*, dass es mir egal war. Und ich würde alles dafür tun, damit das auch bald so war.

»Bereit?« Mit einem Skript in der Hand kam Anthony auf mich zu. Zumindest wirkte es wie ein Skript, aber ich war mir ziemlich sicher, dass darauf nur Kritzeleien waren oder er seine Comichefte verstecken wollte, um sich wichtig vorzukommen.

»Jepp.« Ich ließ mich auf den Stuhl fallen. Glücklicherweise musste ich während meiner Sendezeiten nicht so viel quatschen wie Tracy, sondern hauptsächlich Musik auflegen. Und da ließ mir Anthony freie Hand, solange ich nicht nur ein Genre, sondern eine bunte Mischung bediente, die viele Hörer ansprach. Nichts leichter als das.

Ich legte mit *In The End* von Linkin Park los, damit alle da draußen aufwachten und ich meine Wut wenigstens mit Musik rauslassen konnte. Gegen acht Uhr kam Elles Lieblingsband Halestorm dran, weil ich wusste, dass sie meistens zu dieser Zeit aufstand und das Campusradio einschaltete.

Seufzend lehnte ich mich zurück, während die rockige Stimme der Sängerin durch meine Kopfhörer schallte und meine Gedanken ziellos in alle Richtungen wanderten – bis sie bei einer Sache anhielten. Ich blinzelte überrascht, dann schnaubte ich leise. Denn wie es aussah, hatte ich endlich das bekommen, was ich mir die ganze Zeit gewünscht hatte: Trevor würde nicht länger den Retter für mich spielen. Er würde gar nichts mehr für mich sein. Ich hatte mein Ziel erreicht.

Nur warum war ich dann nicht glücklich darüber?

»Tut mir leid. Ich kann dir nicht weiterhelfen.«

Die Stimme klang hohl und blechern durch die Telefonleitung, dann legte er auf. Sekundenlang war ich wie erstarrt, blinzelte und nahm das Handy im Zeitlupentempo vom Ohr.

Das war's. Ich hatte alle Namen auf der Liste von Thomas angerufen oder per Mail angeschrieben, wenn keine Telefonnummer dabei gewesen war. Nichts. Keine Antworten. Keine

Reaktion. Kein einziger Hinweis zu Jamie, nicht mal bei den wenigen Leuten, die ich tatsächlich telefonisch erreicht hatte. Als wäre er diesen Menschen einfach egal geworden. Als hätten ihn all seine früheren Freunde, Bekannten und Arbeitskollegen einfach vergessen.

Es war später Nachmittag. Ich saß auf dem Bett in meinem Zimmer und starrte auf das Display, bis es schwarz wurde. Ich hatte versagt. Ich hatte es versaut. Und ich wusste nicht mehr, wo ich noch nach Hinweisen suchen sollte.

Tränen traten mir in die Augen, aber ich blinzelte sie hastig weg und zog die Kiste unter meinem Bett hervor. All die Fotos und Zeitungsausschnitte, die hastig hingekritzelten Namen und Telefonnummern, die Institutionen, die angeblich helfen sollten. Alles, was ich während der letzten zweieinhalb Jahre meines Studiums gelernt hatte. Nichts hatte mich weitergebracht. Ich war erneut in einer Sackgasse gelandet. Genau wie die Polizei damals.

Viel zu deutlich konnte ich mich noch an diesen Tag zurückerinnern. Es war sonnig gewesen und ich war gerade erst von der Schule nach Hause gekommen, als es an der Tür klingelte und zwei uniformierte Polizisten davorstanden. Schon da wusste ich, dass irgendetwas nicht stimmte. Dass etwas Schlimmes passiert sein musste. Aber ich hätte nie damit gerechnet, dass sie Mom, Dad und mir mit ruhigen Stimmen und stoischem Ausdruck in den Gesichtern erklären würden, dass man meinen Bruder tot in seiner Wohnung in der Nähe vom Campus aufgefunden hatte.

Allein bei der Erinnerung daran krampfte sich alles in mir zusammen. Ich legte mir die Hand auf den Magen, aber das beruhigte den Tumult darin nur geringfügig. Denn mit einem Mal war alles wieder da. Jedes verdammte Detail. Ich wusste noch, wie einzelne Staubkörner in den Sonnenstrahlen getanzt hatten, die durch die Fenster im Wohnzimmer hereinfielen. Ich wusste noch, dass die Limonade zu bitter geschmeckt hatte und wie rau sich das Sofapolster unter meinen Händen angefühlt hatte. Aber ich konnte mich nicht an das letzte Gespräch mit Jamie erinnern.

Vielleicht, weil es nie stattgefunden hatte.

Vier Tage. Vier Tage lang hatte er in seiner Wohnung gelegen, bevor man ihn gefunden hatte. In der Universität hatte man sich nicht weiter über sein Fehlen gewundert, denn offenbar hatte er öfter mal seine Veranstaltungen geschwänzt, wie wir später erfuhren. Eine Freundin hatte er zu jener Zeit nicht gehabt und für seine Kumpel war es völlig normal, wenn er sich mal für ein paar Tage nicht bei ihnen meldete. Niemand hatte sich gewundert. Nicht mal ich. Dabei war ich diejenige, die ihn hätte anrufen sollen. Wir waren fest verabredet gewesen, aber ich hatte es nicht getan. Ich hatte nicht mal versucht, ihn zu erreichen …

Jamie hatte sich auf dem College so von uns zurückgezogen, dass ich irgendwann darauf bestanden hatte, dass wir wöchentlich miteinander telefonierten. Ich vermisste meinen großen Bruder und freute mich jede Woche auf unser Telefonat, bei dem wir über die Uni, die Highschool und die neuesten Kinofilme redeten, auch wenn das Gespräch manchmal nur einige Minuten dauerte. In jener Woche war ich an der Reihe gewesen, mich bei ihm zur vereinbarten Uhrzeit zu melden. Aber an dem Tag war ich so spät heimgekommen und meine Laune war wegen irgendetwas, an das ich mich nicht mal mehr erinnern konnte, total im Keller gewesen. Ich hatte absolut keine Lust mehr zu telefonieren, also hatte ich Jamie kurz getextet und unser Gespräch verschoben. Und es dann vergessen. Ich hatte nicht mehr daran gedacht, hatte keinen Gedanken an Jamie verschwendet und mich nicht mal gewundert, dass ich nichts von ihm hörte. Und die ganze Zeit über war er schon tot gewesen.

Ich atmete erstickt ein und legte den Kopf in den Nacken, doch die Tränen kamen trotzdem. Verdammt. Ich konnte nicht einfach losheulen. Nicht hier. Nicht jetzt. Aber immer mehr Erinnerungen, immer mehr Gefühle drangen an die Oberfläche. Ich hatte Jamies Tod nie verdrängt, hatte mich dieser Sache immer gestellt. Warum kam also jetzt auf einmal alles hoch?

Ich schaute auf mein Handy hinunter. Es war noch immer dunkel und würde es auch bleiben, denn ich hatte soeben meinen letzten Strohhalm verloren. Das letzte bisschen Hoffnung darauf, herauszufinden, was damals wirklich geschehen war.

Ruckartig stand ich auf und warf das Smartphone aufs Bett. Vor meiner Tür nahm ich mir einen Moment Zeit, um tief durchzuatmen und alle Spuren zu verwischen, dann riss ich sie auf und steuerte geradewegs das Badezimmer an.

Aus Elles Zimmer war Musik zu hören und die Wohnungstür ging gerade auf, als Mackenzie nach Hause kam, aber ich ignorierte sie. Ohne nach links und rechts zu sehen, lief ich ins Bad, drückte die Tür hinter mir zu, schloss ab und schaltete die Dusche ein. Sofort erfüllte das gleichmäßige Prasseln die Luft und dämpfte jedes andere Geräusch. Wie das Schluchzen, das mir in diesem Moment über die Lippen kam.

Mechanisch zog ich mich aus, ließ die Klamotten zu Boden fallen und stellte mich unter den Strahl. Das Wasser war zu heiß und bohrte sich wie kleine Speerspitzen in meine Haut. Ich drehte es etwas kälter und schloss die Augen. Mehrere Sekunden lang konzentrierte ich mich nur auf meine Atmung, versuchte, die Techniken anzuwenden, die ich in den Therapiesitzungen nach Jamies Tod erlernt hatte. Damals wie heute waren sie nutzlos. Denn statt ruhig und langsam zu atmen, hob und senkte sich meine Brust viel zu schnell, bis ich meine Schluchzer nicht länger zurückhalten konnte.

Ich hatte Jamie im Stich gelassen. Wenn ich mich damals wie vereinbart bei ihm gemeldet hätte, wäre all das vielleicht nie passiert. Wenn ich auch nur einmal an ihn gedacht und mich gefragt hätte, wieso ich nichts mehr von ihm hörte, hätte ich hinfahren können. Wenn ich an jenem Abend einfach angerufen hätte, hätte ich ihm vielleicht noch helfen können. Ich hätte Polizei und Rettungswagen alarmieren können, sie hätten ihn rechtzeitig gefunden und dann würde er heute vielleicht noch leben. Mein Bruder könnte heute noch leben, wenn ich nur das verdammte Telefon in die Hand genommen und ihn angerufen hätte, statt es auf später zu verschieben und dann einfach zu vergessen, weil ich zu sehr mit meinen eigenen dämlichen Problemen beschäftigt gewesen war.

Aber ich hatte es vergessen. Ich hatte Jamie im Stich gelassen, dabei hatten wir uns doch mal geschworen, immer füreinander da zu sein. Selbst als er sich kaum noch zu Hause hatte blicken lassen, hatte ich gewusst, dass ich immer auf ihn zählen konnte. Doch als er mich gebraucht hatte, war ich nicht da gewesen, hatte keinen Gedanken daran verschwendet, hatte ihn einfach *vergessen*.

Und jetzt schienen ihn auch alle anderen aus ihrem Gedächtnis gestrichen zu haben. Seine früheren Freunde reagierten nicht auf meine Kontaktversuche oder erinnerten sich kaum noch an ihn. Es war beinahe so, als hätte ihnen sein Tod nichts ausgemacht, als würden sie einfach weiterleben, als wäre nichts geschehen. Aber es war etwas geschehen. Jamie war fort. Er würde nie mehr zurückkommen. Ich würde nie mehr sein breites Grinsen sehen, wenn er mir von einem Baseballspiel, einem seiner Seminare oder einem Mädchen erzählte, das er mochte. Er hatte sich für so vieles begeistern können, war ständig auf der Suche nach neuen, spannenden Abenteuern gewesen und hatte all das mit mir geteilt. Früher hatten wir stundenlang zusammen in meinem Zimmer oder in seinem Reich im Keller gesessen und einfach nur geredet. Später waren daraus Telefonate geworden. Wahrscheinlich war ich ihm damit auf die Nerven gegangen, aber er hatte es mich nie spüren lassen. Ich hatte ihn immer bewundert, aber vor allem hatte ich so sein wollen wie er – nicht das schüchterne Mauerblümchen, das keine Freunde hatte und sich kaum traute, den Mund aufzumachen. Damals hätte ich alles dafür gegeben, so mutig und offen wie mein großer Bruder sein zu können, und Jamie hatte mich immer bestärkt, hatte mir immer gut zugeredet, wenn ich mich selbst wieder mal wegen irgendeiner Kleinigkeit zerfleischte, die in der Schule vorgefallen war. Doch wenn ich damals gewusst hätte, dass es Jamies Tod sein würde, der mich jede Zurückhaltung und jedes Gefühl von Takt, Höflichkeit oder sogar Angst vergessen lassen würde, dann wäre ich für immer das schüchterne kleine Mädchen geblieben.

Das Wasser prasselte auf mich herab, aber ich nahm es kaum noch wahr. Das Einzige, was ich spürte, war der heiße Schmerz in meiner Mitte, der jetzt aus mir herauszubrechen drohte. Ich wünschte, er täte es. Ich wünschte, ich könnte ihn aus mir herausschreien oder mit unzähligen Sitzungen beim Therapeuten rausoperieren, wie Mom es getan zu haben schien. Aber ich war nicht der Typ dafür. Nicht zum Reden, nicht um meine Gefühle zu zeigen und erst recht nicht, um vor irgendjemandem Schwäche zuzugeben.

Verärgert wischte ich mir über die Wangen, aber die Tränen liefen trotzdem weiter. Wenigstens würde mich hier niemand sehen. Keiner war da, um meinen kleinen Zusammenbruch mitzukriegen, und genau so wollte ich es auch.

Weil es einfach so sinnlos war. Und es mich wütend machte. Wem brachte es denn etwas, wenn ich hier auf dem Duschboden hockte, weil meine Beine mich nicht mehr tragen wollten? Wem brachte es etwas, wenn ich so laut schluchzte, dass ich beinahe das Rauschen des Wassers übertönte?

Jamie jedenfalls nicht. Und auch sonst niemandem. Es machte mich nur fertig, ich fühlte mich beschissen und widerlich schwach. Trotzdem konnte ich nicht aufhören, auch wenn es mit jeder Sekunde nur schlimmer zu werden schien. Mein Kopf schmerzte, mein Hals brannte und ich bekam kaum noch Luft. Aber am schlimmsten war der Schmerz in meiner Brust, der immer größer wurde. Sollte Weinen nicht helfen? Befreiend sein? Wer auch immer sich diesen Mist ausgedacht hatte, hatte gelogen.

Ich wusste nicht, wie lange ich so auf dem Boden saß, aber irgendwann nahm die Hitze ab und das Wasser fiel nur noch lauwarm auf mich herab. Vielleicht war es das, was mich aufrüttelte. Vielleicht auch das Klopfen an der Badezimmertür.

»Tate?«

Ich hob den Kopf. Mein Herz hämmerte, alles verschwamm vor meinen Augen. Ich wollte antworten, aber meine Stimme versagte.

»Alles okay?«, rief Elle, und mit einem Funken Erleichterung nahm ich zur Kenntnis, dass ihre Stimme nicht sorgenvoll klang, sondern einfach nur interessiert.

»Ja«, brachte ich irgendwie hervor und hievte mich hoch. Meine Knie waren wacklig, kurz wurde mir schwindlig, aber ich biss die Zähne zusammen und blieb stehen. Gänsehaut überzog meinen Körper und meine Hände zitterten, als ich nach Duschgel und Shampoo griff. »Bin gleich fertig!«

»Okay. Wir müssen nämlich früher los, weil eine Newcomer-Band im Club auftritt, die Mason persönlich kennt. Er ist schon dort und hat gedroht, dass er den Türstehern sagt, sie sollen uns nicht reinlassen, wenn wir zu spät kommen.«

Ich verdrehte die Augen, musste aber auch ansatzweise lächeln. Mason, der Dramaking.

Mit lauwarmem Wasser wusch ich mir das Shampoo aus den Haaren, dann schaltete ich die Dusche aus und trocknete mich ab. Kurz blickte ich in den Spiegel, atmete tief durch und straffte die Schultern, dann öffnete ich schwungvoll die Tür. »Maze soll gefälligst warten, bis wir da sind.«

Elle musterte mich einen Moment lang prüfend, dann schmunzelte sie. »Du weißt doch, wie herrisch er manchmal sein kann.«

Ich schnaubte und ließ sie ins Bad. Mein Herz hämmerte noch immer, als ich in mein Zimmer tappte und den Kleiderschrank öffnete, aber nach außen hin war nichts mehr von meinem kleinen Zusammenbruch zu merken. Genau so, wie ich es wollte.

Ich zog eine Hose und ein Top heraus und begann, mich für den Abend zurechtzumachen.

Kapitel 10

Tate

Die Musik war zu laut, die Luft zu stickig, die Menschen viel zu nahe und die Drinks völlig verwässert. Trotzdem hatte ich einen davon in der Hand und bewegte mich zu den dröhnenden Bässen, die in meinem Brustkorb widerhallten und in meinen Ohren schmerzten. Heute Abend wollte ich einfach nur vergessen.

Vergessen, was passiert war. Vergessen, wie sehr ich versagt hatte. Vergessen, wie sehr all das wehtat.

Ich trank meinen Cocktail aus und reckte die Arme in die Luft. Keine Ahnung, was das für ein Song war, aber das musste ich auch nicht, um Spaß zu haben und zu wissen, dass die Band den Club zum Kochen brachte. Mir gegenüber tobte Elle sich auf der Tanzfläche aus. Keine zwei Schritte entfernt flogen Emerys platinblonde Haare mit den blauen Spitzen durch die Luft, als sie eine Drehung machte und gleich darauf in Dylans Armen landete. Sie stolperte, aber er hielt sie fest, bevor sie Bekanntschaft mit dem Fußboden machen musste.

Belustigt spitzte ich die Lippen. Emery war so voll. Das letzte Mal, dass ich sie so gesehen hatte, war bei diesem Trinkspiel gewesen, als wir über Weihnachten alle zusammen in der Hütte in den Bergen gewesen waren. Damals hatte sie angefangen zu singen und Dylan hatte sie am Ende des Abends praktisch in ihr gemeinsames Zimmer tragen müssen. Auch jetzt redete er leise auf sie ein und schaffte es schließlich, sie davon zu überzeugen, dass es für sie selbst und alle anderen sicherer wäre, wenn sie erst mal eine Pause einlegte. Er nickte in unsere Richtung, und ich winkte den beiden hinterher. Sie steuerten nicht unseren Tisch auf der anderen Seite des Clubs an, sondern einen der Ausgänge. Wahrscheinlich würde ihr ein bisschen frische Luft tatsächlich guttun.

Mir dagegen würde noch ein Drink guttun. Oder zehn. Ich wollte Elle gerade zurufen, dass ich mir noch was holen würde, als ich jemanden hinter mir spürte. Gleich darauf legten sich zwei große Hände an meine Hüften. Ich wirbelte herum und stockte, im ersten Moment irritiert darüber, dass ich den Kerl nicht kannte. Er konnte nicht viel älter sein als ich, hatte blondes, leicht gewelltes Haar und ein jungenhaftes Lächeln.

Ich zuckte in Gedanken mit den Schultern und legte einen Arm um seinen Hals. Die Drinks würden mir nicht davonlaufen. Jetzt war erst mal Goldlöckchen dran. Und der konnte erstaunlich gut tanzen. Ich hatte schon viele Kerle kennengelernt, die vorgaben, es auf der Tanzfläche draufzuhaben, nur um dann steif wie ein Brett vor mir zu stehen und sich kaum zur Musik zu bewegen. Aber dieser Typ hatte ein paar Moves drauf, die sogar Mason beeindrucken könnten. Und es vielleicht sogar taten, wenn er uns von seinem Platz am Tisch aus zusah. Sehr viel wahrscheinlicher war, dass er nach Jenny Ausschau hielt. Bisher hatte ich sie hier nicht gesehen, aber das musste nichts heißen. Es war brechend voll. Wir waren geschlossen hergefahren, aber selbst Luke hatte ich nur noch einmal kurz am Tisch mit den anderen gesehen und Trevor seit unserer Ankunft gar nicht mehr.

Gut so. Ich ignorierte das Ziehen in meinem Bauch und legte auch den zweiten Arm um meinen Tanzpartner. Vielleicht war Trevor sogar schon gegangen, weil er seine Zeit lieber in der Bibliothek verbrachte, als mit seinen Freunden feiern zu gehen. Und hey, das war mir so was von egal. Grumpy Cat konnte sehen, wo er blieb.

Mein neuer Freund führte mich in eine Drehung und zog mich passend zum Rhythmus der Musik wieder an sich. Sein blondes Haar klebte an seiner Stirn, aber er warf mir ein breites Lächeln zu. Ich erwiderte es, obwohl mir nicht nach Lächeln zumute war. Einfach nur, um keine Fragen beantworten zu müssen oder gleich stehen gelassen zu werden, weil er dachte, ich hätte kein Interesse. Hatte ich auch nicht. Nicht wirklich. Aber heute Abend würde ich fast alles für ein bisschen Ablenkung tun, für ein paar Stunden, in denen ich nicht mehr denken, nicht mehr fühlen musste.

Wir tanzten noch zwei weitere Songs durch, dann verabschiedete ich mich von ihm und sah mich nach Elle um. Unsere Blicke trafen sich, sie neigte den Kopf etwas zur Seite und ich verstand. Zusammen bahnten wir uns einen Weg zurück zu unserem Tisch, wo Luke, Dylan, Emery, Mackenzie und Grace saßen. Und Trevor. Ich erstarrte eine Millisekunde lang, als ich ihn entdeckte, ging dann jedoch weiter, als wäre nichts gewesen. Offiziell war ja auch nie etwas zwischen uns gelaufen, da konnte Dylan noch so sehr die Stirn runzeln, während er zwischen uns hin und her sah.

»Wasser!« Elle stürzte sich auf die gekühlten Flaschen, die in der Mitte des Tischs bereitstanden, und warf mir eine davon zu.

Ich fing sie auf und trank durstig ein paar Schlucke, dann quetschte ich mich neben meine beste Freundin auf die Bank. In diesem Bereich des Clubs war es etwas leiser, obwohl man noch immer ziemlich schreien musste, um sich richtig unterhalten zu können. Wenigstens war die Musik gut und die Leute schienen die Band zu feiern, genau wie damals, als Maze und seine Band hier aufgetreten waren.

Bisher spielten er und seine Leute bei ihren Auftritten immer nur Coversongs, aber ich wusste, dass Mason an ein paar eigenen Liedern arbeitete. Kurz vor Weihnachten hatte er mich – rein hypothetisch natürlich – gefragt, ob wir beim Campusradio auch Songs von eher unbekannten Bands spielten. Er hätte gar nicht so um den heißen Brei herumreden müssen. Natürlich würde ich seine Musik spielen. Scheiße, ich würde sie bei jeder meiner Sendungen rauf- und runterlaufen lassen, und das nicht nur, weil wir befreundet waren, sondern weil Maze Talent und einen verdammt guten Musikgeschmack hatte. Leider wartete ich bis heute noch auf die versprochenen Songs.

Auf einmal spürte ich, wie jemand mein Bein unterm Tisch streifte und hob den Kopf – nur um geradewegs in Trevors Augen zu blicken. Noch bevor ich ihm einen wütenden Blick zuwerfen konnte, hob er entschuldigend die Hände. Aber es lag auch ein prüfender Ausdruck in seinem Blick, ganz so, als wäre er wieder kurz davor, den Retter spielen zu wollen. Dabei war er nach der Nummer heute Morgen der Letzte, dem dieser Job zustand. Wir waren fertig miteinander. Außerdem hatte ich weder die Geduld noch den Nerv, ihm irgendetwas zu erklären. Genau genommen hatte ich absolut keinen Grund, ihm Rede und Antwort zu stehen. Nicht nach heute Früh. Trev und ich waren … was auch immer. Wahre Freunde jedenfalls nicht.

»Ich gehe wieder nach vorne«, sagte ich an niemand Bestimmtes gerichtet und stand auf. Mein Körper protestierte, aber ich ignorierte das Ziehen in den Muskeln und den leichten Schwindel, der von zu vielen Drinks herrührte. So wie ich mich auf der Tanzfläche austobte, würde ich den Alkohol sowieso wieder ausschwitzen, bevor er überhaupt richtig Wirkung zeigen konnte.

»Ich passe.« Elle lehnte sich zurück und auch Luke schien alles andere als willig zu sein. Nicht, dass irgendjemand etwas anderes von ihm erwartet hätte. Damit Luke tanzte, mussten schon Weihnachten, Thanksgiving und sein Geburtstag auf denselben Tag fallen.

Auch Emery und Dylan schüttelten den Kopf. Oder eher Dylan für sie beide, denn Em war schon an seine Schulter gelehnt eingeschlafen.

»Ich komme mit«, rief Grace, was zur Folge hatte, dass auch Trevor und Mackenzie aufstehen mussten, weil sie sonst nicht aus der Eckbank rauskam.

Ich wartete mehr oder weniger geduldig, bis sie sich rausgequetscht hatte und ignorierte Trevors Blicke weiterhin. Genau das wollte er schließlich, oder nicht? So zu tun, als wäre das zwischen uns nie passiert. Eigentlich sollte es mir überhaupt nichts ausmachen. Und wenn man es genau nahm, war es tatsächlich am besten. Jetzt konnte ich endlich aufhören, an Trevor zu denken und mich den wirklich wichtigen Dingen widmen: meinem Studium und den Nachforschungen.

Meine Nachforschungen. Die ins Nichts geführt hatten. Der Schmerz kam so plötzlich, dass mir die Luft im Hals stecken blieb. Gottverdammt. Was musste ich noch tun, um wenigstens einen einzigen verfluchten Abend lang nicht mehr daran denken zu müssen?

Ich hielt meine Atmung flach und biss die Zähne zusammen, bis ich mit Grace und Mackenzie in der Menge untertauchte.

Die nächsten zwei Stunden über tanzte ich fast ohne Pause – mit vier verschiedenen Kerlen, drei Songs mit Elle, je zwei mit Grace und Mackenzie – und verlor jede Übersicht darüber, was und wie viel ich trank. Aber ich fühlte mich nicht annähernd betrunken genug. Leicht beschwipst, ja, und vielleicht konnte ich auch keine perfekte gerade Linie mehr laufen, aber ich fand meinen Weg zur Bar, um die nächste Runde für meine Freunde auszugeben.

Ich ratterte ein Getränk nach dem nächsten runter, wobei der Barkeeper immer größere Augen bekam und schließlich wissen wollte, ob ich ein Tablett dazu haben wollte. Ich schnaubte. *Aber nein, guter Mann, wozu auch? Ich möchte mich lieber zehnmal an den Leuten vorbeiquetschen, um alle Getränke an unseren Tisch zu bringen.* Schließlich stand ich auf verschwitzte Körper, widerlich süße Parfums und Hände, die im Gedränge an Stellen wanderten, wo sie definitiv nicht hingehörten.

»Yo, Tate.«

Ich drehte den Kopf zur Seite und sah den Typen an, der neben mir an der Bar lehnte und mich offen von oben bis unten musterte. Hätte ich ihn nicht bereits an seiner Stimme erkannt, dann an seinem Auftreten. Groß, dunkelhaarig, mit Augen, die goldbraun strahlen könnten, wären sie nicht so blutunterlaufen. Er trug ein bedrucktes dunkelgrünes Shirt, Jeans und versprühte einen lässigen, fast schon ungefährlichen Charme.

»Derting.«

Er lächelte. »Lange nicht gesehen.«

»Hätte ruhig länger sein können«, erwiderte ich laut genug, damit er es hörte.

Sein Lachen ging in den Worten des Barkeepers unter, der die Drinks vor mir abstellte. Ich bezahlte und wollte gerade mit dem Tablett zurück zu den anderen gehen, als ich die Bewegung aus dem Augenwinkel wahrnahm.

Dertings Hand lag flach auf dem Tresen, aber ich wusste genau, was er darunter vor den Blicken aller verbarg. Was er mir anbot. Meine Haut begann zu prickeln – ob vor Abscheu oder Aufregung wusste ich nicht einmal selbst.

»Wie sieht's aus?« Herausfordernd neigte er den Kopf zur Seite.

Ich schaute kurz zu unserem Tisch, soweit ich ihn auf die Entfernung überhaupt erkennen konnte. Niemand sah zu uns rüber. Mein Herz begann in einem unnatürlich schnellen Rhythmus zu pochen. Ein dünner Schweißfilm breitete sich auf meiner Stirn und auf meinem Rücken aus. Ich wusste, dass es falsch war, aber die Aussicht auf einen Abend frei von allen Gedanken, Gefühlen und Erinnerungen war einfach zu verlockend. Außerdem war es eine Ewigkeit her, seit ich das letzte Mal eine von diesen kleinen Pillen eingeworfen hatte – und die letzten hatte Trevor mir auf seiner und Lukes Party ja freundlicherweise abgenommen.

Ein letzter Blick zurück zu meinen Freunden, dann nickte ich Derting zu und zog ein paar Scheine aus meiner Hosentasche.

Er grinste selbstgefällig. »Das ist mein Mädchen.«

Ich warf ihm einen vernichtenden Blick zu. »Ich bin gar nichts für dich.«

Trotzdem schob ich ihm das Geld rüber und nahm das kleine Plastiktütchen entgegen. Einfach nur vergessen – das war mein erklärtes Ziel des Abends, und hiermit würde es wesentlich besser klappen als mit viel zu vielen überteuerten Drinks.

Ich schob das Tütchen in meine Hosentasche, nahm das Tablett und kämpfte mich wieder zu meinen Freunden an den Tisch. Inzwischen waren wir mehr geworden, denn neben Grace hockte irgendein Kerl, den ich nie zuvor gesehen hatte, und Mackenzie war in ein angeregtes Gespräch mit einer Brünetten vertieft, die mir aus irgendeinem Grund bekannt vorkam. Ich brauchte mehrere Anläufe und erst, als ich alle Getränke verteilt und mich neben Elle gesetzt hatte, fiel mir ein, wo ich ihr Gesicht schon mal gesehen hatte: auf Lukes und Trevors letzter Party. Sie hatte sich eine Weile mit Trevor unterhalten, wenn ich mich nicht irre.

Als ahne er etwas von meinen Gedanken, begegnete ich ausgerechnet jetzt seinem Blick. Aber diesmal hielt ich ihn fest und zog provozierend die Brauen hoch, anstatt ihm auszuweichen. So lange, bis Trevor von allein wegsah. Seit heute Morgen hatten wir kein Wort mehr miteinander gewechselt, und ich hatte nicht vor, etwas daran zu ändern. Die Sache war vorbei. Erledigt. Aus. Endstation erreicht. Jahrelang war ich der festen Überzeugung gewesen, Luke würde die Frauen, mit denen er schlief, wie den letzten Dreck behandeln, aber wir hatten uns alle geirrt. Trevor war eindeutig das größere Arschloch von den beiden.

Kopfschüttelnd nippte ich an meiner Flasche und ließ meinen Blick wandern. Alle waren beschäftigt, entweder mit ihrem Gesprächspartner, ihrem Handy oder damit, der Band zuzuhören. Niemand beobachtete mich, nicht einmal Trevor, der sich mit Luke über irgendetwas unterhielt. Trotzdem holte ich zur Sicherheit mein Smartphone raus und tat, als wäre ich ganz darauf konzentriert. Ein letztes Mal sah ich mich prüfend um, dann spülte ich die Pille mit einem großen Schluck Bier hinunter.

Endlich konnte der Abend richtig beginnen.

Trevor

Tate war schon viel zu lange weg. Das letzte Mal, dass ich sie gesehen hatte, war sie mit den anderen Mädchen auf dem Weg zu den Toiletten gewesen, nachdem sie ewig lange getanzt hatten. Einzig die Tatsache, dass auch Elle und Grace noch fehlten, hielt mich davon ab, selbst nachzusehen, wo sie blieb.

Reagierte ich über? Vielleicht. Aber ich hatte schon den ganzen Abend über kein gutes Gefühl. Tate hatte wieder diesen provozierenden Ausdruck in den Augen gehabt, der nur eines bedeutete: Ärger. Meistens endete das mit einer höllischen Diskussion zwischen uns, weil ich sie sicher nach Hause schaffen, sie aber noch bleiben und sich weiter von irgendwelchen zwielichtigen Typen Drinks ausgeben lassen wollte, bis sie nicht mehr konnte.

Ein Papierkügelchen traf mich im Gesicht. Ich zuckte zurück und starrte Luke finster an. »Was soll das, Mann?«

»Das könnte ich dich genauso gut fragen. Du siehst aus, als hätte dir jemand den Wirtschaftsteil der Zeitung geklaut.«

Mason prostete uns zu. »Oder als hätte dein Team bei *Call of Duty* verloren. Wieder mal.«

Ich zeigte ihm den Mittelfinger, was ihn nur grinsen ließ. Während Luke den Aufhänger nutzte, um mit Mason die nächste Gamenacht zu planen, nippte ich an meinem Bier und ließ den Blick wieder über die Menge wandern. Unser Tisch hatte sich erstaunlich schnell geleert, und das, obwohl es vor einer Stunde noch so eng hier gewesen war, dass wir kaum alle in die Sitznische gepasst hatten. An der Bar entdeckte ich Emery, die allem Anschein nach wieder halbwegs wach und auf Wasser umgestiegen war. Gut für sie. Dylan beugte sich zu ihr. Er musste etwas gesagt oder gemacht haben, denn im nächsten Moment prustete sie und eine Fontäne ergoss sich über die halbe Bar und den Barkeeper. Grinsend schüttelte ich den Kopf. Die zwei waren wirklich unverbesserlich.

Etwas abseits der Theke in einer ruhigeren Ecke standen Mackenzie und Desiree, die sich im Laufe des Abends zu uns gesellt hatte, nachdem ihre Freunde sie offenbar sitzen gelassen hatten. Die zwei lachten, redeten miteinander und dann … küssten sie sich? Oh. Wow. *Wow.* Das … kam unerwartet. Und vielleicht starrte ich einen Moment zu lange hinüber, aber ich musste schließlich sichergehen, dass es sich dabei auch wirklich um Mackenzie und Desiree handelte und ich mir das nicht nur einbildete.

Nein. Keine Einbildung. Eindeutig ein Kuss. Und was für einer ... Räuspernd wandte ich den Blick ab.

»Trev.« Plötzlich stand Elle am Tisch, packte mich am Arm und zerrte mich auf die Beine.

»Hey, was ...?«

Sie ließ mich nicht ausreden, sondern zog mich an meinem Hemd weiter, vorbei an Leuten, die ihr irritiert Platz machten oder an denen sie sich einfach vorbeischob. Es dauerte einen Moment, bis ich begriff, was ihr Ziel war.

»Was machen wir hier?«, fragte ich, als sie mich in den Gang und bis vor die Tür der Damentoilette geführt hatte. Gleichzeitig machte sich ein ungutes Gefühl in mir breit, denn neben der Entschlossenheit in Elles Blick erkannte ich jetzt auch die Panik, die dahinter flackerte. Panik, die sich jetzt mit einem kalten Prickeln in meinem Nacken bemerkbar machte.

Elle stieß die Tür auf und zog mich ohne ein Wort hinter sich her. Im engen Vorraum mussten wir uns an mehreren Frauen vorbeischieben, die vor der breiten Spiegelwand standen. Manche wuschen sich die Hände oder frischten ihr Make-up auf, aber die meisten standen mit besorgten Gesichtern in einem Halbkreis herum. Elle drängte sich an ihnen vorbei und mir blieb keine andere Wahl, als ihr zu folgen.

Zuerst erkannte ich nicht, was überhaupt los war, da eine dunkelhaarige Frau in einem geblümten Kleid mein Sichtfeld blockierte. Grace, wie ich irgendwo weit hinten in meinem Bewusstsein registrierte. Dann richtete sie sich auf, trat zur Seite und gab den Blick auf die Gestalt frei, die auf dem Boden kauerte, ein Bein an die Brust gezogen, das andere ausgestreckt, den Kopf gegen das Knie gelehnt, sodass das dunkle Haar mit den knallroten Strähnchen ihr Gesicht bedeckte.

Tate.

Ich könnte schwören, dass mein Herz einen Schlag lang aussetzte, nur um dann umso schneller weiterzuhämmern. Ich ging vor ihr in die Hocke und legte die Hand an ihre Wange. »Hey ...«

Sie atmete, aber sie reagierte nicht. Das Gemurmel um uns herum wurde lauter.

»Okay, das reicht«, rief Grace plötzlich. »Die Show ist vorbei. Verzieht euch!«

Ich war ihr dankbar dafür, auch wenn ich es gerade nicht zeigen konnte, da meine ganze Aufmerksamkeit auf Tate gerichtet war. Ihr Gesicht war blass und ihre Haut von kaltem Schweiß bedeckt, trotzdem fühlte sie sich viel zu warm an. Ich tastete nach dem Puls an ihrem Handgelenk. Er raste unter meinen Fingern.

»Tate ... hey.« Behutsam legte ich ihr erneut die Hand an die Wange.

Sie bewegte den Kopf, öffnete die Augen und blinzelte mehrmals, als müsste sie sich erst orientieren. Ihre geweiteten Pupillen bestätigten mir das, was ich bereits befürchtet hatte. Sie musste irgendetwas eingeworfen haben.

Elle ging auf der anderen Seite neben Tate in die Hocke und griff nach ihrer Hand. »Sie muss zu einem Arzt oder in ein Krankenhaus.«

Doch Tate schüttelte bereits den Kopf. »Nein, nicht ... alles ... gut«, stieß sie hervor und versuchte sich hochzuhieven, scheiterte aber, weil ihre Muskeln so zitterten.

Ich biss die Zähne zusammen. Ich war kurz davor, sie durchzuschütteln und zu fragen, was zum Teufel sie sich dabei gedacht hatte, aber ich kannte sie gut genug, um zu wissen, dass das zu nichts führen würde. Nicht jetzt und auch nicht später, wenn sie wieder klar im Kopf war. Tate machte, was sie wollte.

Selbst wenn das bedeutete, dass sie damit ihre Gesundheit oder sogar ihr Leben gefährdete.

»Das wird dir jetzt nicht gefallen«, murmelte ich und schob die Hände unter ihren Rücken und ihre Knie. »Aber das ist mir egal.« Mit Tate im Arm stand ich auf.

Sie hielt sich instinktiv an mir fest. Die verbliebenen Schaulustigen auf der Damentoilette machten uns Platz, aber ich hatte nicht vor, Tate durch den ganzen Club zu tragen. Sie würde es hinterher sowieso hassen, eine solche Szene verursacht zu haben.

Ich sah mich nach Elle und Grace um. »Gibt's hier irgendwo einen Hinterausgang?«

Grace deutete an mir vorbei den Gang hinunter. »Dort. Komm mit.«

»Sofort.« Ich wandte mich an Elle. »Sag den anderen Bescheid, ja?«

Sie nickte. »Pass auf sie auf.«

Ich folgte Grace, die uns einen Weg an den Leuten vorbei bahnte. Sie starrten uns an, und ich hörte ihre abschätzigen Bemerkungen trotz der Musik, blendete beides jedoch aus. Das Einzige, was wichtig war, war Tate hier rauszuschaffen.

Wir hatten den Hinterausgang fast erreicht, als sich jemand aus den Schatten löste. Dunkle Haare, blutunterlaufene Augen, ein Stück kleiner als ich. Ausnahmsweise trug er kein selbstzufriedenes Lächeln zur Schau.

Derting.

»Du Mistkerl!« Bevor ich überhaupt reagieren konnte, ging Grace auf ihn los und verpasste ihm eine schallende Ohrfeige. »Was hast du ihr gegeben?«

»Heh!« Gespielt unschuldig riss er eine Hand hoch. Mit der anderen hielt er sich die Wange. »Ich hab nichts damit zu tun. Ich schwöre!«

»Was ist hier los?«, ertönte Lukes Stimme von hinten. Er und Elle näherten sich uns mit großen Schritten. Als er Derting erkannte, verdunkelte sich sein Blick. Der Kerl war ein rotes Tuch für Luke, seit er sich auf einer Party an eine betrunkene Elle rangemacht hatte. Dass er jetzt Tate ein paar seiner Pillen verkauft hatte, war nur ein weiterer Grund, diesen Abschaum in die Hölle zu wünschen.

Luke deutete mit dem Kopf auf die Tür. »Schaff sie hier raus. Ich kümmere mich um unseren *Freund*.«

Nichts lieber als das. Tate war erschreckend still in meinen Armen geworden, aber solange ich noch ihren warmen Atem an meinem Hals spüren konnte, versuchte ich meine eigenen Gefühle im Zaum zu halten. Niemandem war damit geholfen, wenn wir jetzt alle ausflippten.

Ich drückte die Tür mit der Schulter auf und trat ins Freie. Frostige Luft schlug uns entgegen und hatte dieselbe Wirkung wie ein Kübel Eiswasser.

Tate gab einen protestierenden Laut von sich und öffnete die Augen. »Was …? Wo sind wir?«

In einer Seitengasse. Auf dem Weg zu den Taxen vor dem Club. Aber statt meinen Atem für Worte zu vergeuden, die sie sowieso nicht hören wollte, ging ich weiter.

»Wie viel hast du eingeworfen?«, hakte ich stattdessen nach.

Sie begann in meinen Armen zu zappeln, bis mir nichts anderes übrig blieb, als sie wieder auf ihre eigenen Füße zu stellen. Bevor ich jedoch erneut nachbohren konnte, wirbelte sie herum, kam gerade mal zwei Schritte weit und erbrach sich neben der Hauswand.

Seufzend folgte ich ihr, auch wenn der Anblick nicht schön war. Aber es war das Beste, wenn das, was auch immer Tate zu sich genommen hatte, jetzt schnell wieder aus ihrem Körper rauskam. Auch wenn es sich mit Sicherheit nicht so anfühlte.

Ich konnte ihr nicht mal das Haar aus dem Gesicht halten, weil sie das selbst machte. Mit der anderen Hand stützte sie sich an der Mauer ab. Das Einzige, was ich tun konnte, war, ihr hoffentlich beruhigend über den Rücken zu streichen und zu warten, bis es vorbei war.

»Besser?«, fragte ich schließlich leise.

Sie nickte und ließ sich gegen mich sinken. Einen Moment lang blieben wir so stehen, sie an mich gelehnt, ich mit der Hand an ihrem Rücken, um sie zu stützen – und weil ich sie einfach berühren musste. Weil ich mir versichern musste, dass sie hier bei mir und wenigstens halbwegs in Ordnung war.

»Komm.« Ich legte den Arm um sie, führte sie die Gasse hinunter und zum ersten Taxi. Sanft schob ich sie hinein und setzte mich neben sie. Ich ignorierte ihren überraschten Blick und nannte dem Fahrer die Adresse unseres Wohnheims.

Während der Fahrt schwiegen wir, und das war mir nur recht. Ich brauchte eine Weile, um meine Gedanken zu sortieren und den Drang zu unterdrücken, zurückzufahren und dafür zu sorgen, dass Derting nie wieder irgendwem seinen Stoff verkaufen konnte. Luke würde ihm einen Denkzettel verpassen, das wusste ich. Und jetzt ging es nur um Tate.

Das Erste, was ich tat, nachdem ich sie sicher in ihre Wohnung gebracht hatte, war, ihr in der Küche ein großes Glas Wasser einzugießen und die Flasche gleich mitzunehmen.

»Trink das«, befahl ich, als sie aus dem Bad kam, noch immer blass, aber schon mit wesentlich klarerem Blick.

Allein die Tatsache, dass sie das Glas wortlos annahm und austrank, verriet mir mehr über ihren Zustand als alles andere. Sie war völlig fertig. Also sparte ich mir die Frage danach, wie es ihr ging, manövrierte sie in ihr Zimmer und setzte mich vorsichtig neben sie aufs Bett. Dann sprach ich die einzig wichtige Frage aus:

»Warum?«

Ich konnte nur hoffen, dass ich nicht vorwurfsvoll klang, obwohl ich ihr am liebsten den Hals umdrehen würde. Aber sie hatte heute Abend schon genug mitgemacht und ich konnte an dem, was geschehen war, nichts mehr ändern. Also wählte ich die nächstbeste Option: Ich versuchte, sie zu verstehen. Ich musste begreifen, was dieses unglaubliche Mädchen dazu trieb, sich selbst so kaputt zu machen. Und damit meinte ich nicht nur heute im Speziellen, sondern jedes einzelne verdammte Mal, wenn ich sie vor einer dummen Aktion bewahrt hatte.

»Das hatten wir doch schon ...« Sie stützte die Ellbogen auf die Knie und rieb sich seufzend übers Gesicht. »Ich wollte vergessen. Einfach nur für ein paar Stunden vergessen ...«

Was vergessen? Doch insgeheim befürchtete ich, die Antwort darauf bereits zu kennen. Was das hier, diese ganze ... Sache zwischen uns, nur noch schlimmer machte. Denn wie konnte ich wirklich für sie da sein, wenn ich nicht ehrlich zu ihr war? Wenn ich etwas so immens Wichtiges wie die Wahrheit vor ihr geheim hielt?

»Hat es funktioniert?«, fragte ich gepresst.

Einen Moment lang schaute sie mich ausdruckslos an, dann schüttelte sie den Kopf. »Nein.« Ihre Stimme war kaum hörbar und so gebrochen, dass es mich innerlich zerriss. Ein seltsam wehmütiges Lächeln huschte über ihr Gesicht. »Das letzte Mal, dass es funktioniert hat, war mit dir.«

Letzte Nacht. Als ich sie dazu gebracht hatte, an nichts mehr zu denken – außer an uns. Obwohl es doch so verdammt falsch war. Ich war die letzte Person, an die sie sich wenden sollte, um auf diese Weise zu vergessen. Genauso wie ich die letzte Person sein sollte, neben der sie einschlafen sollte. Als ich heute Morgen mit Tate in meinen Armen aufgewacht war, hatte es sich für einen winzigen Moment absolut richtig angefühlt. Dann war die Schuld gekommen, und ich hatte begriffen, dass es völlig falsch war, so zu empfinden. Weil ich nicht der Richtige für sie sein konnte, ganz egal, wie sehr ich es wollte.

Als sie schließlich aufgewacht war, hatte ein Teil von mir gehofft, dass sie sich rausschleichen und nicht zurückkehren würde. Aber als sie dann wieder in mein Zimmer gekommen war, war mir keine andere Wahl geblieben, als mich wie das letzte Arschloch zu verhalten, damit sie verstand, was ich bereits wusste. Auch wenn ich es mir immer wieder ins Gedächtnis rufen musste: Sie und ich, wir gehörten nicht zusammen.

Genau das sollte ich ihr sagen. Ich musste es ihr sagen, doch dann blieb mein Blick an ihren Augen hängen. Da war kein Beschönigen, kein Herunterspielen, sondern nur die Wahrheit. Tates Wahrheit. Und das, obwohl ich sie heute Morgen wie ein Mistkerl behandelt hatte.

Ich schluckte hart und riss meinen Blick von ihr los. Gott, ich würde es ihr so gern erklären. Ihr alles sagen, damit sie verstand, warum das mit uns beiden niemals funktionieren würde. Aber ich konnte nicht. Nicht mehr. Vor zweieinhalb Jahren hatte ich noch die Chance dazu gehabt – es mir sogar fest vorgenommen. Aber dann hatte ich sie von einer Party nach Hause gebracht und zum ersten Mal ganz anders erlebt. Nicht mehr die toughe und starke Tate, die sie sonst immer zur Schau stellte. Sondern verletzlich … und ein wenig verloren. Vielleicht hätte ich ihr damals alles gestehen sollen – aber nach diesem Moment hatte ich es einfach nicht mehr gekonnt.

»Tate …«, stieß ich rau hervor.

»Schon gut. Es war eine ein- … zweimalige Sache und das war's. Keine Sorge, ich werde mich dir nicht mehr an den Hals werfen.« Sie lächelte schief. »Danke, dass du mich nach Hause gebracht hast, Trev.«

Sie bedankte sich? Zweieinhalb Jahre lang wehrte sie sich mit Händen und Füßen gegen meine Hilfe und warf mir die wildesten Flüche und Beleidigungen an den Kopf – und ausgerechnet jetzt bedankte sie sich bei mir? Wusste sie denn nicht, was sie mit diesen Worten und diesem Lächeln anrichtete? Hatte sie überhaupt keine Ahnung, wie schwer es mir fiel, mich von ihr fernzuhalten?

Wir hatten unterschiedliche Arten, mit den Dingen umzugehen, die uns belasteten und an uns nagten, aber das Ergebnis blieb dasselbe: Wir versuchten beide, zu vergessen. Sie durch Partys, Alkohol, Drogen, Sex. Ich durch intensives Lernen, Auspowern im Fitnessstudio und gelegentlichem bedeutungslosen Sex.

Aber das zwischen uns war nicht bedeutungslos. Genau das war das Problem. Es bedeutete etwas. *Sie* bedeutete mir etwas. Und deswegen konnte ich jetzt auch nicht einfach aufstehen und gehen, obwohl es das Beste für uns beide wäre. Es wäre das Richtige. Aber ich hatte es satt, immer das Richtige zu tun. Das Korrekte. Ich wollte nicht aufstehen und sie allein hier zurücklassen.

»Komm her …«, murmelte ich und breitete die Arme für sie aus.

Tate zögerte, ganz so, als wüsste sie nicht, was sie davon halten oder wie sie darauf reagieren sollte. Ich konnte es ihr nicht übel nehmen, nachdem ich sie heute Morgen … nein, eigentlich schon seit unserer allerersten Nacht wie ein Arschloch behandelt hatte.

Kurz nachdem wir uns kennengelernt hatten, hatte ich mir geschworen, auf sie aufzupassen und dafür zu sorgen, dass sie sich nicht in Schwierigkeiten brachte. Ganz zu Anfang war mir das leichtgefallen, denn sie war genauso wenig mein Typ gewesen wie ich ihrer, dessen war ich mir sicher. Aber dann hatte ich sie immer besser kennengelernt und ab und zu einen Blick hinter ihre Fassade und Scheißegal-Attitüde werfen können. Und als ich sie nach Thanksgiving so vor der Bibliothek gesehen hatte, wütend, verloren und vom Regen durchnässt, hatte ich nicht mehr dagegen ankämpfen können.

Sekunden tickten vorbei, dann schmiegte sie sich an mich. Sofort wurde ich von ihrer Wärme und ihrem vertrauten Geruch überwältigt.

Ich schloss die Augen und atmete tief ein und wieder aus. »Mach so was nie wieder, hast du verstanden?«

Ich konnte ihr Gesicht nicht sehen, meinte aber, ein Lächeln in ihrer Stimme zu hören. »Tut mir leid ...«

Statt sie von mir zu schieben, hielt ich sie nur noch fester. Mein Herz raste. Das verbliebene bisschen Vernunft in mir meldete sich und begann mir all die Gründe aufzuzählen, warum das hier ein riesiger Fehler war, aber ich ignorierte jeden Einzelnen davon. Vielleicht, weil ich Tate nach diesem Abend genauso brauchte wie sie mich. Nicht, um zu vergessen, sondern um mir zu versichern, dass sie in Ordnung war, dass sie noch immer bei mir war, auch wenn sie nie zu mir gehören würde.

Erst nach einer ganzen Weile schob ich Tate ein Stück von mir weg, legte die Hand an ihr Gesicht und strich mit dem Daumen über ihre Wange. Dann lehnte ich mich zu ihr und drückte einen Kuss auf ihre Stirn. »Versuch ein bisschen zu schlafen.«

»Okay«, murmelte sie, machte aber keine Anstalten, sich hinzulegen. »Trev ...?«

Ihre Stimme war leise, fragend und so verletzlich, als würde sie befürchten, dass ich es mir anders überlege und doch noch aufstehen und gehen würde. Als ob ich sie jemals einfach zurücklassen könnte ...

Ich strich ihr ein weiteres Mal über die Wange. »Ich kann dableiben, bis du eingeschlafen bist«, schlug ich mit hämmerndem Herzen vor. »Wenn du willst …«

Sie nickte langsam, dann stand sie auf, um sich die Jeans auszuziehen. Anschließend kletterte sie wieder ins Bett und rutschte bis an die Wand zurück. Ich schloss einen Moment lang die Augen, dann schaltete ich die Deckenlampe aus und kehrte zu ihr zurück. Ich zog mir nur die Schuhe aus und legte mich vollständig angezogen neben sie. Tate bettete den Kopf auf meine Brust und atmete tief durch. Im Licht der Nachttischlampe registrierte ich die Schatten unter ihren Augen. Obwohl sie noch immer viel zu blass war, wirkte sie wesentlich ruhiger als vorhin oder noch zu Beginn des Abends. Das hier mochte falsch sein, aber vielleicht konnte ich ihr auf diese andere, diese neue Weise für ein paar Stunden dabei helfen zu vergessen, was sie so belastete.

Gedankenversunken strich ich mit den Fingerspitzen über ihren Arm, spürte der leichten Gänsehaut nach und starrte in die Dunkelheit. Es dauerte nicht lange, bis ihre Atemzüge tiefer und gleichmäßiger wurden. Ich wartete noch einige Minuten ab, dann löste ich mich vorsichtig von ihr. So leise wie möglich rollte ich mich aus dem Bett. Einen Moment lang kniete ich davor und betrachtete Tate. Im Schlaf wirkten ihre Gesichtszüge entspannt. Da waren keine kleinen Falten auf ihrer Stirn, kein herausforderndes Blitzen in ihren Augen, kein spöttisches Lächeln. Sie war einfach nur … Tate.

Und genau das machte es mir umso schwerer, jetzt aufzustehen und zu gehen. Unser erster One-Night-Stand war einfach passiert. In der einen Minute saßen wir noch mit unseren Büchern in einem Café auf dem Campus, in der nächsten waren wir in ihrem Zimmer und rissen uns die Klamotten vom Leib. Unsere zweite Nacht war genauso wenig geplant gewesen, aber ich wollte ihr helfen, wollte für sie da sein und … sie. Ich wollte *sie*. Daran hatte sich nichts geändert. Ich hatte nicht vorgehabt, bei ihr zu bleiben und sie an mich geschmiegt einschlafen zu lassen, aber nichts hiervon durfte je wieder passieren. Ich war Tate viel näher gekommen, als für einen von uns gut sein konnte. Denn das, was ich ihr heute Morgen gesagt hatte, war die Wahrheit: Das hier war keine Liebesgeschichte. Für uns beide gab es kein Happy End.

Ich drückte ihr einen kleinen Kuss auf die Stirn, und wie ich gehofft hatte, wachte sie nicht auf, sondern rollte sich auf der Seite zusammen und schlang die Decke fester um sich. Obwohl ihr Bett alles andere als groß war, wirkte sie plötzlich klein und verloren darin. So sehr, dass es mich alles an Willenskraft kostete, mich nicht wieder zu ihr zu legen und bis zum nächsten Morgen zu bleiben.

Ich zog meine Schuhe wieder an, löschte auch die Lampe auf dem Nachttisch und schlüpfte aus dem Zimmer. Die Tür zog ich hinter mir zu, ließ sie aber einen Spaltbreit offen für den Fall, dass Tate nachts aufwachte und irgendetwas brauchte. Selbst wenn ich dann nicht mehr da sein würde, um mich um sie zu kümmern.

Ein Räuspern ertönte direkt hinter mir. Im ersten Moment erstarrte ich, dann drehte ich mich um.

Elle stand in Schlafsachen im Wohnzimmer, die Augenbrauen hochgezogen, die Arme vor der Brust verschränkt und sah mich abwartend an. Sie sollte in diesem Spitzentop und der langen Flanellhose nicht so einschüchternd wirken, nur leider halfen nicht mal die Sternchen auf dem Stoff dabei, diesen Eindruck abzumildern.

»Sie schläft«, informierte ich sie leise und unterdrückte den Drang, mich zu räuspern oder mir nervös durch das Haar zu fahren. Elles Auftreten nach zu urteilen, ahnte sie sowieso schon, was letzte Nacht zwischen Tate und mir passiert war.

Ohne ein Wort zu sagen durchquerte sie den Raum und warf einen Blick in Tates Zimmer, wie um sich zu versichern, dass ich die Wahrheit sagte. Dann lehnte sie die Tür wieder an und atmete tief durch.

»Ich weiß, sie tut immer so, als würde sie nichts und niemanden an sich heranlassen und als wäre ihr alles egal, aber ich glaube, in Wahrheit ist sie ziemlich sensibel.« Elle fixierte mich mit einem stechenden Blick. »Wenn du ihr wehtust, Trev, bringe ich dich um. Und es ist mir völlig egal, dass du Lukes Mitbewohner und bester Freund bist. Niemand wird deine Leiche je finden.«

Vielleicht hätte ich darüber gelacht, wenn sie dabei nicht so ernst ausgesehen hätte, so wild entschlossen, ihre beste Freundin zu beschützen. Also nickte ich nur. Die Warnung war angekommen. Niemand wusste besser als ich, dass ich mich lieber von Tate fernhalten sollte. Was ich dagegen nicht wusste, war, ob ich dazu überhaupt noch in der Lage war – oder ob es dafür nicht längst zu spät war.

Ich verließ die WG der Mädels, machte mich aber nicht sofort auf den Weg nach unten in meine eigene Wohnung. Ich wollte es, aber meine Füße verweigerten mir den Dienst. Es war, als würde alle Anspannung aus mir weichen, all das Adrenalin, das mich bisher aufrecht gehalten hatte. An ihrer Stelle legte sich eine bleierne Müdigkeit über mich. Und Schuldgefühle.

Den Blick starr auf die Wohnungstür gerichtet, zog ich meine Brieftasche hervor. Neben Geldscheinen, Kreditkarten, einem Kondom, meinem Führerschein und Fotos meiner Familie befand sich noch etwas anderes sehr Wichtiges darin. Meine Hand zitterte, als ich den ausgeschnittenen Zeitungsartikel herauszog und auffaltete. Wie immer fiel mein Blick als Erstes auf das Foto des jungen Mannes. Dann las ich die Worte, die direkt darunter gedruckt waren:

Jamie Masterson, 20, Student an der Blackhill University, tot in seiner Wohnung aufgefunden

Kapitel 11

Tate

In meinem Kopf fand eine Party statt. Eine Party mit Schlagbohrern, Betonsägen und Druckluftpistolen, die bei jeder Bewegung nur noch an Lautstärke zunahmen. Ich war allein und mit einem schalen Geschmack im Mund aufgewacht. Da Aufstehen zu anstrengend war und die Bauarbeiter in meinem Kopf bei meinem ersten Versuch, mich aufzurichten, noch eins draufsetzten, kroch ich in Zeitlupe aus meinem Bett, warf mir das erstbeste Shirt über und zog mich an meinem Schreibtisch hoch, bis ich einigermaßen gerade stehen konnte. Ich fühlte mich, als hätte mich einer von Dads Baggern auf dem Bau überrollt und meilenweit mitgezerrt. Vorsichtig rieb ich mir über das Gesicht, ertastete die Kissenabdrücke auf meiner Wange und sah anschließend auf die schwarzen Make-up-Spuren auf meinen Fingern hinab. Großartig. Wahrscheinlich hatte ich nie besser ausgesehen.

Ich entdeckte ein Glas und eine Flasche Wasser auf dem Tisch und leerte gleich die halbe Flasche. Dann verließ ich mein Zimmer und machte mich auf den Weg ins Bad, wobei ich dem viel zu grellen Licht auszuweichen versuchte, das durch die Fenster hereinströmte. Erst, als ich geduscht und mich umgezogen hatte und mich mit einer dampfenden Tasse Instant-Coffee in den Händen in die Sofakissen kuschelte, fühlte ich mich wieder menschlich. Einigermaßen zumindest.

Bei genauerem Überlegen war es mehr eine Mischung aus Mensch und schleimigem Alienbaby.

Wie eine gute Fee tauchte Elle neben mir auf und stellte eine Packung Schmerztabletten auf den Couchtisch. »Guten Morgen.«

Ich murrte nur, nahm mir aber zwei Tabletten heraus und spülte sie mit etwas Kaffee hinunter. »Danke«, brummte ich.

Sie setzte sich mir gegenüber. »Du siehst ziemlich bescheiden aus.«

»Danke, Spieglein an der Wand. Verrätst du mir jetzt, wer die Schönste im Land ist?«

Sie schmunzelte, aber ihr Blick blieb erschreckend ernst. Zu ernst für diese frühe Uhrzeit – auch wenn ich keine Ahnung hatte, wie spät es an diesem Sonntag überhaupt war.

»Willst du mir erzählen, was da zwischen Trevor und dir läuft?«

Ich riss den Kopf hoch und bereute die Bewegung sofort. *Autsch.* »Was meinst du?«

»Komm schon. Denkst du, ich habe nicht mitgekriegt, dass du Freitagnacht nicht in deinem eigenen Bett geschlafen hast? Oder dass Trevor gestern Nacht noch bei dir im Zimmer war?«

Bei diesen Erinnerungen wurde mir unweigerlich wärmer. Gleichzeitig breitete sich ein Lächeln auf meinem Gesicht aus. Ich presste die Lippen aufeinander, damit es ebenso schnell wieder verschwand, wie es aufgetaucht war, aber Elle hatte es gesehen.

Sie runzelte die Stirn. »Das ist ein gefährliches Spiel, was du da treibst, Tate.«

»Warum?« Ich zuckte mit den Schultern. »Wir hatten Sex – und gestern war er einfach nur … ein guter Freund. So what? Er wird mir schon nicht das Herz brechen.«

»Ehrlich gesagt mache ich mir mehr Sorgen um ihn als um dich.«

Ich warf ihr einen zweifelnden Blick zu.

»Na schön. Ich mache mir um euch beide Sorgen. Zufrieden?« Sie nagte an ihrer Unterlippe. »Pass einfach auf, okay? Ich will nicht, dass einer von euch verletzt wird.«

»Danke, Mom.«

Kopfschüttelnd stand sie auf und gab mir im Vorbeigehen einen Klaps gegen den Arm. Ich zuckte nicht mal zusammen, sondern sah ihr nur amüsiert nach, wie sie in ihr Zimmer schlurfte. Doch je mehr Sekunden vergingen, desto mehr bröckelte mein Lächeln. Es war nicht so, dass ich an meinen eigenen Worten zweifelte. Trevor und ich hatten Sex gehabt. Mehrmals. Davon ging die Welt nicht unter, und ich war davon überzeugt, dass unsere Freundschaft oder was auch immer das aushielt. Den Sex wohlgemerkt. Aber die Art, wie er mich gestern angesehen hatte? Wie er mir diesen Kuss auf die Stirn gegeben und die Arme um mich gelegt hatte? Was er gesagt hatte? Wie ich in seinen Armen eingeschlafen war? Das hatte sich gut angefühlt. Auf eine erschreckende Art und Weise.

Weniger gut dagegen war der gestrige Morgen gewesen, als Trevor mich praktisch rausgeschmissen hatte. Was wollte der Typ denn nun eigentlich? Freundschaft? Sex? Nähe? Distanz? Konnte er sich vielleicht mal entscheiden?

Und ich selbst? Ich hatte Sex gewollt, ganz klar. Aber nicht diese seltsam angespannte Stimmung danach, und ganz sicher nicht die eiskalte Art, mit der er mich abserviert hatte. Andererseits war er letzte Nacht für mich da gewesen und war bei mir geblieben, bis ich eingeschlafen war ... Ich schluckte hart und legte mir die Hand auf den Magen. Darin rumorte es nicht mehr nur wegen des Kaffees und der Schmerzmittel.

Elle kam in Jeans und einem locker fallenden Pullover mit

einer Ladung Wäsche auf dem Arm aus ihrem Zimmer, was mich daran erinnerte, dass ich auch dringend mal wieder in den Waschraum unten im Wohnheim musste. Doch noch bevor sie die Tür erreichte, ging irgendwo in der Wohnung eine Melodie los. Elle und ich sahen uns einen Moment lang stirnrunzelnd an.

»Das ist niemand von deinen Kontakten, oder?«, fragte ich.

Meine beste Freundin hatte die Angewohnheit, ihren wichtigsten Kontakten bestimmte Songs zuzuordnen, damit sie sofort wusste, wer sie anrief. Ihre Mutter hatte die Titelmelodie des Horrorklassikers *Halloween* bekommen, während sich Dylan noch immer zu *Wrecking Ball* meldete. Eine Zeit lang hatten Trevor und ich uns sogar *T. N. T.* von AC/DC geteilt, aber dann war Elle selbst durcheinandergekommen und hatte uns wieder eigene Lieder gegeben. Aktuell dröhnte *Bad Reputation* von Joan Jett los, wann immer ich Elle anrief. Aber ich hatte keine Ahnung, wem sie diese fröhliche Melodie zugewiesen hatte, die jetzt durch die Wohnung schallte.

»Doch, das muss jemand aus meiner Liste sein.« Elle stellte den Wäschekorb ab und ging in ihr Zimmer. Wenige Sekunden später kehrte sie mit leeren Händen zurück und begann die Sofakissen durchzuschütteln und unter den Büchern und Zeitschriften auf dem Tisch nachzuschauen. »Aber ich erinnere mich nicht mehr, wer es ist.«

Ich stand auf, um ihr bei der Suche zu helfen. Es musste an der schmerzhaften Party in meinem Kopf liegen, dass es so lange dauerte, bis ich den Song tatsächlich erkannte und Elle überrascht anstarrte. »Ist das etwa …?«

»Ha!« Sie hielt ihr Smartphone hoch, dann sah sie auf das Display. »Ich wusste doch, dass ich sie eingespeichert hatte.«

»Wieso ruft meine Mom bei dir an?«

Elle zuckte mit den Schultern. »Wahrscheinlich, weil du dein Handy wieder mal ausgeschaltet oder auf lautlos gestellt hast?«

Ich wünschte, ich könnte ihr widersprechen, denn ich gab sehr gut auf mein Handy acht und ließ es im Gegensatz zu gewissen Mitbewohnerinnen nicht ständig irgendwo herumliegen. Ich konnte gar nicht mehr zählen, wie oft ich Elles oder Mackenzies Smartphone im Bad gefunden hatte. Zweimal sogar im Kühlschrank. Aber leider hatte Elle recht. Meistens schaltete ich den Ton während der Vorlesungen aus und vergaß es dann, bis ich abends zig Nachrichten und verpasste Anrufe vorfand.

»Willst du rangehen oder sie von deinem Handy aus zurückrufen?«

»Ich rufe sie zurück«, erwiderte ich, bereits auf dem Weg in mein Zimmer. Mein Smartphone lag zusammen mit meiner Umhängetasche auf meinem Schreibtisch. Und tatsächlich: drei verpasste Anrufe von Mom, einer davon vor fünf Minuten. Und es war schon zwei Uhr nachmittags. Hatte ich wirklich den halben Sonntag verschlafen?

Ich trank meinen Kaffee aus, goss mir ein neues Glas Wasser ein, dann rief ich sie zurück. Es klingelte nur zweimal, bis ein Klicken in der Leitung zu hören war.

»Hallo Mom«, begrüßte ich sie und setzte mich im Schneidersitz aufs Bett. Das Hämmern in meinem Kopf rückte den Schmerzmitteln sei Dank immer mehr in den Hintergrund. »Ich wusste gar nicht, dass ihr schon von eurer Kreuzfahrt zurück seid.«

Ich gab mein Bestes, um normal zu klingen. Auf keinen Fall sollte sie sich wegen irgendetwas Sorgen machen, denn im Gegensatz zu meinen Freunden wussten meine Eltern nichts von meinen kleinen Eskapaden. In ihren Augen war und blieb ich die Musterstudentin, die von morgens bis abends über ihren Büchern hockte, Hausarbeiten schrieb, Referate vorbereitete, Projektarbeiten erledigte und, ja, durchaus einen ungewöhnlichen Kleidungsstil hatte, diesen aber nicht auslebte. Schließlich hatte ich ihnen auch nie einen Herzinfarkt beschert, indem ich mit einem Tattoo oder diversen Piercings nach Hause gekommen war.

Jamies Tod hatte sie so hart getroffen, dass ich alles tat, um ihnen nicht noch mehr Kummer zu bereiten. Ja, meine Klamotten änderten sich, ich begann mir die Haare zu färben und einen Scheiß darauf zu geben, was andere Leute über mich sagten oder dachten. Aber gleichzeitig hatte ich mich ins Lernen gestürzt, denn Mom und Dad sollten sich nie meinetwegen Sorgen oder – schlimmer noch – irgendwelche Vorwürfe machen müssen, wie sie es bei Jamie taten.

Ich spielte meiner Mutter nicht gern etwas vor, aber es war zu ihrem eigenen Besten, außerdem ersparte es uns allen jede Menge Zeit und Nerven. Meine Eltern mussten nicht wissen, was ich am College tat oder warum. Alles, was sie wissen mussten, war, dass es ihrer einzigen Tochter gut ging, dass sie gesund war und in keinerlei Schwierigkeiten steckte. Und wenn man es genau nahm, war das sogar die Wahrheit. Zumindest die letzten zwei Dinge.

»Wir sind gestern Abend zurückgekehrt und, oh, es war so traumhaft, Tate! Du musst diese Tour eines Tages auch mal machen.«

Nicht mal in einer Million Jahre. Trotzdem brachte mich ihr Enthusiasmus zum Lächeln. In diesem Punkt waren Mom und Jamie sich ähnlich gewesen: Sie konnten sich beide für so vieles begeistern und stundenlang davon schwärmen.

Da ich wusste, dass sie nur darauf brannte, mir jedes Detail zu erzählen, tat ich ihr den Gefallen. »Ja?«

»Unbedingt!«

Die nächste halbe Stunde über berichtete sie mir ausführlich von ihrer Reise, angefangen davon, wie sie am Hafen von

Mobile in Alabama in See gestochen waren und den Golf von Mexiko durchquert hatten, bevor sie einen Abstecher nach Havanna unternommen hatten. Sie erzählte mir von den Krabben und Muscheln und leckeren Salaten, die es täglich beim Buffet gab, davon, wie sie sich jeden Morgen auf dem Deck gesonnt hatte und wie Dad drei Tage lang nur über der Reling oder der Toilette gehangen hatte. Bei der Vorstellung musste ich mir ein Lachen verbeißen. Armer Dad. Aber er schien sich doch noch an das Leben auf See gewöhnt zu haben, denn die restliche Zeit über hatte er auch genießen können und sich sogar mit zwei älteren Herren beim Golfspielen angefreundet.

Die ganze Reise hatte insgesamt vierzehn Tage gedauert und erst jetzt, als ich die Stimme meiner Mom hörte, wurde mir bewusst, wie sehr ich meine Eltern vermisst hatte. Wir mochten nicht täglich miteinander telefonieren und ich fuhr auch nicht jedes Wochenende nach Hause, obwohl sie ganz in der Nähe lebten, aber sie waren immer da, immer erreichbar. Sollte ich je spontan das Bedürfnis haben, heimzufahren, war das jederzeit möglich. Ich hatte das immer als selbstverständlich erachtet, aber dann hatte ich mitbekommen, wie Elle zu ihrer Familie stand, dass Emery stundenlang fliegen musste, um in ihre Heimat nach Montana zurückzukehren, Dylans einzige verbliebene Familie eine alte Frau im Heim war, und hatte Luke bei der Beerdigung seiner Großtante zur Seite gestanden.

Ich blinzelte mehrmals, um die Erinnerung daran zu vertreiben. Als ich davon erfahren hatte, hatte ich, genau wie alle anderen, keine Sekunde lang gezögert. Wir hatten uns ins Auto gesetzt und waren hingefahren, um für Luke da zu sein. Aber als ich vor Ort gewesen war und alles richtig wahrgenommen hatte … den Friedhof, die Trauernden, die Worte des Priesters, den Sarg … Ich war kurz davor gewesen, aufzustehen und zu gehen. Weil es sich plötzlich nicht mehr so angefühlt hatte, auf der Beerdigung von jemand Fremdem zu sein, sondern auf der meines Bruders. Weil er auf einmal derjenige war, der in diesem geschlossenen Sarg lag und nie mehr zurückkehren würde, ganz egal, wie verzweifelt ich mir das wünschte.

Ich schluckte hart und krallte die Finger in mein Kissen. *Ruhig atmen. Lass sie nicht merken, was in dir vorgeht.* Ich fixierte einen Punkt an der Wand und zwang meine Gedanken wieder in die Gegenwart zurück.

»Tate?«

Ich räusperte mich. »Ja?«

»Hast du mir zugehört?«

Verdammt.

»Ich … äh … war kurz mit den Gedanken woanders.«

Mom seufzte. »Du solltest dir wirklich eine Pause vom vielen Lernen gönnen und auch mal rausgehen. Du bist jung. Genieß das Leben ein bisschen, ja?«

Oh, keine Sorge, Mom. Ich genoss es mehr als genug. Mehr als gesund war.

»Jedenfalls hat Easton angerufen und nach dir gefragt«, sprach sie weiter. »Du weißt schon, der beste Freund von deinem Bruder. Wenn er bei uns war, bist du als Kind immer nackt durch den Garten gerannt.«

Danke, dass du mich daran erinnerst, Mom.

»Ich wusste gar nicht, dass ihr noch Kontakt habt.«

Da waren wir schon zu zweit. Easton und Jamie waren schon seit dem Kindergarten befreundet gewesen und später zusammen zur Schule gegangen, aber ihre Wege hatten sich nach dem Abschluss getrennt. Easton hatte an einem anderen College knapp zwei Stunden entfernt von hier studiert, und auch wenn die beiden noch regelmäßig miteinander in Kontakt gestanden hatten, war ihre Freundschaft doch nicht mehr so eng gewesen wie noch zu Schulzeiten.

»Hat er gesagt, was er wollte?«

»Nein. Aber ich habe ihm deine neue Nummer gegeben, damit er dich erreichen kann.« Sie hielt einen Moment lang inne. »Ich durfte ihm doch deine Nummer geben, oder?«

Meine Mom, die gute Seele. In ihrer Welt konnte niemand etwas Böses tun und sie würde die Nummer ihrer Tochter auch Fremden sagen, wenn die sie danach fragten. Aber in diesem Fall konnte mir ihre Gutgläubigkeit sogar von Nutzen sein.

»Ja, natürlich«, antwortete ich automatisch. Easton war nicht nur Jamies bester Freund gewesen, sondern wie ein zweiter großer Bruder für mich. Und nach Jamies Tod war er für uns alle da gewesen, obwohl es ihn genauso hart getroffen haben musste wie uns. Dass er schließlich sein eigenes Leben weiterlebte und sich immer weniger bei uns meldete, hatte mich nicht überrascht, und ich war ihm deswegen auch nicht böse. Umso überraschter war ich dagegen, dass er sich nun bei Mom gemeldet hatte.

Nachdenklich zupfte ich an der Bettdecke herum. Konnte Easton vielleicht etwas wissen, das ich bisher übersehen hatte? Aber warum meldete er sich dann erst jetzt damit, drei Jahre nach Jamies Tod? Oder machte ich mir, wie so oft, zu große Hoffnungen? Vielleicht wollte er sich einfach nur mal wieder nach mir erkundigen – das wäre es doch, was jeder vernünftige Mensch denken würde, oder nicht?

Etwas klapperte im Hintergrund am anderen Ende der Leitung.

»Oh«, machte Mom. »Das ist dein Vater. Er ist gerade vom Angeln zurückgekommen. Und jetzt rate mal, wer den Fisch ausnehmen und braten darf.«

Ich lächelte, denn auch wenn sie genervt klang, wusste ich, dass sie das nur zu gern machte und Dad mit leckeren kulinarischen Köstlichkeiten verwöhnte. Solange es keine Suppe war.

Denn die könnte sie nicht mal dann kochen, wenn ihr Leben davon abhinge. »Grüß Dad von mir, ja?«

»Mache ich, nachdem ich ihm die Hölle heißgemacht habe, weil er schon wieder vergessen hat, die Stiefel auszuziehen, bevor er reinkommt. Der ganze Boden ist voll mit Schlamm und Blättern und was weiß ich nicht alles.«

Ich konnte sie geradezu vor mir sehen, wie sie sich aufplusterte, den Kopf schüttelte und wütend auszusehen versuchte, in Wahrheit aber darüber lachen musste.

»Pass auf dich auf, ja? Hab dich lieb, mein Schatz.«

»Ich hab euch auch lieb«, brachte ich hervor und starrte an die Zimmerdecke, bis sie vor meinen Augen verschwamm. Erst als ich das Klicken hörte und wusste, dass Mom aufgelegt hatte, ließ ich das Handy sinken und gestattete mir, tief durchzuatmen. Mit dem Handrücken wischte ich mir über die Augenwinkel, verärgert darüber, dass ein einziger Satz, ein einziges Wort diese Wirkung auf mich haben konnte.

Seufzend lehnte ich mich zurück. Das Dröhnen in meinem Kopf war nur noch ein Nachhall der Bauarbeiter-Party direkt nach dem Aufstehen, trotzdem fühlte ich mich noch immer so, als hätte mich ein Laster überrollt.

Ein plötzliches Vibrieren in meinen Händen ließ mich zusammenzucken. Ich hielt das Smartphone noch immer fest umklammert und blinzelte überrascht, als ich den Namen auf dem Display las.

Trevor.

Nein, mein Herz hatte gerade keinen Sprung gemacht. Es hämmerte auch nicht plötzlich, sondern schlug in einem ganz normalen Tempo weiter, während ich auf das Display starrte und eine Entscheidung traf. Trevors Unentschlossenheit war sein Problem, nicht meins. Sollte er sich doch darüber den Kopf zerbrechen. Ich würde einfach weiterhin genau das tun, was ich wollte. Und in diesem Moment wollte ich mit ihm reden, also ging ich ran und hielt mir das Telefon ans Ohr.

»Hey ...«

Trevor

»Als du gefragt hast, ob es mir wieder gut genug geht und ob ich ein, zwei Stunden Zeit habe, dachte ich eher an dein oder mein Bett. Und dass das mit den Sportsachen ein Witz war. Aber das hier?« Tate blieb im Eingangsbereich des Fitnessstudios stehen und zog die Nase kraus. Der Geruch von Schweiß, Proteinshakes und Sport füllte den Raum, untermalt von den gleichmäßigen Bässen irgendeines Songs, der aus den Lautsprechern kam, und dem summenden Geräusch der Laufbänder und Crosstrainer hinter der Theke.

Stirnrunzelnd drehte Tate sich zu mir um. Sie trug das Haar offen, hatte noch ihren Mantel an und sich einen dunkelgrünen Schal mit schmalen grauen Streifen um den Hals gewickelt, der sie bis zum Kinn einhüllte. Wäre da nicht dieser widerstrebende, geradezu mürrische Ausdruck in ihrem Gesicht gewesen, hätte sie fast schon niedlich gewirkt. Auch wenn ich ihr gegenüber niemals dieses Wort in den Mund nehmen würde.

»Ernsthaft?« Sie zog eine Braue in die Höhe. »Das Fitnessstudio? Nach letzter Nacht? Da hättest du mich auch gleich in eine mittelalterliche Folterkammer zerren können. Das wäre wenigstens spannend gewesen.«

Sachte legte ich eine Hand auf ihren unteren Rücken und schob sie in Richtung der Umkleiden. »Denkst du nicht, dass du ein bisschen übertreibst?«

»Nein. Du weißt genau, was ich von Sport halte. Er ist Mord. Und ich habe nicht vor, freiwillig und mit voller Absicht für mein Ableben zu sorgen. Schon gar nicht verkatert. Nope. Keine Chance.« Vor der Tür zur Damenumkleide blieb sie stehen und verschränkte die Arme vor der Brust. »Eher würde ich eine Woche lang auf Burger verzichten. Ach was, einen Monat! Vielleicht kein ganzes Jahr – aber trotzdem!«

Ich musste mir Mühe geben, mein Grinsen zu unterdrücken. »Bist du jetzt fertig?«

»Noch lange nicht. Hast du eine Ahnung, wie oft Dylan schon versucht hat, mich zum Sport zu bewegen?« Sie bohrte ihren Zeigefinger mit dem schwarz lackierten Nagel in meine Brust.

»Oft?«, riet ich, ohne es genau zu wissen. Aber ich konnte mir sehr gut vorstellen, wie Dylan versucht hatte, seiner besten Freundin einen gesünderen Lebensstil schmackhaft zu machen. Und der beinhaltete nun mal Sport. Auch wenn sein Terminplan mit Uni und Arbeit vollgestopft war, fand er trotzdem noch Zeit, um frühmorgens ein paar Runden mit Luke zu laufen, mittags schwimmen zu gehen oder ein, zwei Mal die Woche mit uns Gewichte zu heben.

»Sehr, sehr oft.« Tate bohrte den Finger fester in meine Brust. »Und er hat einsehen müssen, dass er keine Chance hat. Warum denkst du, dass du es schaffst?«

Ich nahm ihre Hand und drückte sie sanft nach unten. »Weil ich dich nicht dazu *zwingen* will, Sport zu machen.«

»Du ... was?« Ihre Augen weiteten sich, dann kniff sie sie misstrauisch zusammen. »Warum sind wir dann hier?«

»Das siehst du, nachdem du dich umgezogen hast.« Ich deutete auf die Tür, aus der gerade eine junge Frau in Sportsachen herauskam. Sie blieb irritiert stehen, als sie uns direkt vor der Tür stehen sah, lächelte kurz und ging dann zum Zirkeltraining in den Raum auf der gegenüberliegenden Seite, wo sich bereits die Ersten abstrampelten.

Tate beäugte mich noch immer skeptisch, verdrehte dann aber die Augen und ließ mich stehen. Nicht, um zurück ins Wohnheim zu stapfen, sondern in die Umkleide.

Na also. Ich atmete tief durch, dann betrat ich die Männerkabine, um mich selbst umzuziehen. Zehn Minuten später führte ich Tate an den Geräten und Kursräumen vorbei zu den Boxsäcken, die von der Decke hingen. Ich blieb neben dem letzten stehen und drehte mich zu ihr um.

Die Skepsis war noch immer da, aber ich bemerkte auch das Aufflackern von Interesse in ihrem Blick, als sie von mir zum Sandsack und wieder zurückschaute. Ihre Sportsachen bestanden aus einer schwarzen Leggings und einem weiten Tanktop, auf dem *I'd rather be eating pizza* stand, und unter dem ihre BH-Träger hervorblitzten. »Du hast mich hoffentlich nicht nur hergebracht, um deine Muskelkraft zu bewundern.« Sie sah auf meinen Bizeps und zog eine Braue hoch. »Obwohl ich das durchaus tun würde.«

Ein einziger Blick und dieser verführerische Unterton in ihrer Stimme genügten, um mich daran zu erinnern, wie es sich anfühlte, wenn sie sich an mir festhielt, wenn sie ihre Fingernägel in meinen Rücken und meine Arme bohrte und an meinem Ohr keuchte.

Im selben Moment, in dem diese Gedanken in meinem Kopf auftauchten, schob ich sie entschlossen beiseite. Ich hatte Tate heute hierher gebracht, um ihr zu helfen – nicht, um sie ins Bett zu bekommen. Das würde nicht wieder passieren. Es *durfte* nicht wieder passieren. Darum würde ich ihr heute zeigen, wie sie auf eine ganze andere Weise ihren Frust loswerden und für eine kurze Zeit alles andere vergessen konnte. Ganz ohne Alkohol, Pillen oder Sex.

Ich räusperte mich. »Du sollst mir nicht zuschauen, sondern es selbst ausprobieren.«

»Nicht, dass ich was dagegen hätte, auf Dinge einzuschlagen, aber … wozu?«

Ich unterdrückte ein Seufzen. Tate von etwas zu überzeugen war in etwa so einfach wie den ganzen Stoff eines Semesters innerhalb von einer Nacht zu lernen. Dieses Mädchen fand für alles Widerworte. »Es wird dir vielleicht nicht sofort gefallen, aber es wird dir helfen. Versprochen.«

»Mir helfen?«, wiederholte sie ungläubig. »Wobei? Beim nächsten Muskelkater? Nein, danke. Es gibt deutlich angenehmere Weisen, Muskelkater zu bekommen.«

Unsere Blicke trafen sich, und ich wusste, dass sie an dasselbe dachte wie ich, es vielleicht sogar darauf angelegt hatte.

Ich hielt den Atem an und zählte in Gedanken bis fünf. Dann stieß ich die Luft mit einem Laut, der hoffentlich wie ein genervtes Schnauben klang, wieder aus und winkte sie zu mir. »Stell dich hier hin.«

Zu meiner Überraschung tat sie, was ich sagte, auch wenn in ihren Augen noch immer deutliche Zweifel geschrieben standen. Aber sie widersprach nicht, als ich nach ihrer rechten Hand griff und die Bandage erst um ihre Handgelenke, den Daumen und dann die einzelnen Finger wickelte.

»Das wird deine Bewegungen unterstützen und Muskeln und Sehnen schützen«, erklärte ich und wiederholte die Prozedur mit ihrer linken Hand.

»Du machst das nicht zum ersten Mal«, stellte sie fest.

Ich reagierte nicht darauf, sondern klebte das Ende fest und prüfte noch mal die Bandagen, bevor ich ihr die Boxhandschuhe gab. Tate zog sie etwas umständlich, aber wieder ohne zu zögern an. Dafür, dass sie sich so dagegen gesträubt hatte, überhaupt einen Fuß ins Studio zu setzen, war sie jetzt überraschend kooperativ.

»Du hast gesagt, dass du vergessen willst«, erinnerte ich sie leise und stellte mich hinter sie.

Sie atmete erstickt ein, drehte sich aber nicht zu mir um. Ich verkniff mir ein Lächeln bei dieser Reaktion und legte die Hände behutsam an ihre Taille, um ihr die richtige Haltung zu zeigen. Erst im Stand, dann mit den Armen.

»Warum glaubst du, dass mir das dabei helfen wird?«, fragte sie schließlich, als ich ihr die ersten Bewegungen vormachte.

Ich ließ die Hände sinken und erwiderte ihren Blick offen. »Weil es mir hilft.«

Sekundenlang sah sie mich nur an, als versuche sie in mir zu lesen oder herauszufinden, ob ich die Wahrheit sagte, dann nickte sie knapp. »Okay …« Sie rollte mit den Schultern und brachte sich wieder in Position. »Okay.«

Ich stellte mich hinter den Sandsack, um ihn für sie festzuhalten, während sie die ersten Schläge ausprobierte. Erst zögerlich, dann mit überraschend viel Kraft. Ich zeigte ihr zwei weitere Schlagkombinationen, mit denen sie sich austoben konnte.

Und das tat sie. Obwohl Tate ganz offensichtlich nie zuvor geboxt hatte, war sie hoch konzentriert bei der Sache. Statt einfach draufloszuschlagen ging sie methodisch an die Aufgabe heran, und ich konnte förmlich sehen, wie es in ihrem Kopf arbeitete. Alles andere hätte mich auch überrascht. Ihr Ehrgeiz und ihre Disziplin erstreckten sich nicht nur aufs Lernen, sondern auch auf andere Gebiete in ihrem Leben. Wäre sie nur das wilde Partygirl, wäre es leichter gewesen. Leichter, mich von ihr fernzuhalten, unsere gemeinsamen Nächte zu vergessen und keinen Gedanken mehr an sie zu verschwenden. Aber sie war klug, talentiert, hatte einen bösartigen Sinn für Humor und war außerdem auch noch stärker als die meisten Leute, die ich kannte. Manchmal glaubte ich, sie wusste gar nicht, wie stark sie war. Nicht jeder würde nach dem Tod seines Bruders mit noch mehr Ehrgeiz und Willenskraft weitermachen. Nicht jeder würde in derselben Stadt bleiben und etwas studieren, womit man die Welt zu einem besseren, sicheren Ort machen könnte.

»Das reicht fürs erste Mal«, sagte ich und trat hinter dem Sandsack hervor.

»Warum?« Sie schlug erneut darauf ein, diesmal geriet der Boxsack jedoch heftig ins Schaukeln und schwang zu ihr zurück. »Ich bin noch nicht fertig.«

Ich hielt ihn mit einer Hand auf und suchte Tates Blick. »Doch. Du wirst morgen sowieso schon Muskelkater haben, da musst du dir nicht auch noch etwas zerren.«

Sie holte schon Luft, um zu protestieren, aber ich kam ihr zuvor.

»Du kannst jederzeit wiederkommen«, bot ich ihr an.

Sie zögerte einen Herzschlag lang. »Was ist mit dir? Kommst du auch wieder?«

Diesmal war ich derjenige, der kurz zögerte. »Ist das deine charmante Art, mich zu fragen, ob ich dein Trainingspartner sein will?«

Beim Wort *Training* zog sie die Nase kraus. »Nur solange du es nicht so nennst.«

Ich schwieg und starrte sie vielsagend an. Es dauerte fast eine ganze Minute, bis Tate den Blick abwandte und fluchend nachgab.

»Schön, wie du willst. Sei mein *Training*spartner.« Sie schüttelte sich, hielt jedoch still, als ich ihr die Handschuhe abnahm. »Ich gebe zu, dass nicht jeder Sport gleich Mord ist. Aber wehe, du erzählst irgendwem, dass ich das gesagt habe!«

Ich unterdrückte mein Schmunzeln und konzentrierte mich ganz darauf, die Bandagen von ihren Fingern und ihrem Handgelenk zu lösen. »Keine Sorge. Von mir erfährt niemand etwas.«

»Gut.« Sie lächelte und tippte mir im Vorbeigehen gegen die Brust. »Wäre sonst auch echt schade um dich.«

Mit diesen Worten ließ sie mich stehen. Zwei, drei Sekunden lang konnte ich ihr nur nachschauen, dann schüttelte ich den Kopf und machte mich selbst auf den Weg in die Umkleide.

Vielleicht würde es funktionieren. Vielleicht hatten wir zum ersten Mal die Chance, so etwas wie Freunde zu sein. Denn egal wie sehr ich es mir wünschte – Tate noch näherzukommen, wäre falsch. Aber dieses Training? Ihr zu zeigen, wie sie ganz ohne irgendwelche Drinks und Pillen vergessen konnte? Das fühlte sich absolut richtig an.

Kapitel 12

Tate

Es war seltsam, wie schnell sich der Alltag in den nächsten beiden Wochen wieder einschlich – mit allen Haus- und Seminararbeiten, Referaten, schriftlichen Ausarbeitungen, Projekten, Mitschriften und Stunden in der Bibliothek oder am heimischen Schreibtisch. Mit dem Februar verschwand der Schnee vollständig und wurde von grauen Wolken und Regen abgelöst. Jeder Menge Regen. Es schüttete praktisch von morgens bis abends und der Campus verwandelte sich in ein Matsch- und Inselreich.

Als wir an diesem Dienstagnachmittag aus der Bibliothek kamen, hatte es drei Tage am Stück geregnet. Und noch war keine Besserung in Sicht. Wir blieben unter dem Vordach stehen und holten Mützen und Schirme heraus.

»Man könnte meinen, du wärst da drinnen fast gestorben«, bemerkte ich trocken, als Dylan sofort eine Dose öffnete und den halben Energydrink auf einmal austrank. Unter den frischen Geruch von Regen mischte sich der eklige Gestank von zermatschten Gummibärchen.

»Wäre ich auch fast«, gab Dylan zurück und nahm noch einen großen Schluck.

Ich verdrehte die Augen und zog meine fingerlosen Handschuhe an.

»Außerdem muss ich gleich los in die Tierklinik.«

»Kein Feierabend für dich?«, fragte Grace, ohne den Blick von ihrem Handy zu nehmen. Wem auch immer sie gerade textete, der- oder diejenige bekam gerade ein paar ziemlich angepisste Nachrichten, so düster, wie sie dreinblickte, und so schnell, wie ihre Finger über das Display flogen.

»Spätschicht«, antworteten Dylan und Emery gleichzeitig. Sie sahen sich an und lächelten beide, aber es wirkte angespannt.

Die Prüfungsphase hatte noch nicht mal begonnen, trotzdem arbeiteten wir alle in diesem Semester wie verrückt. Es fühlte sich so an, als würde das Lernpensum mit jedem Jahr zunehmen. Was vielleicht auch daran liegen könnte, dass ich mehr Kurse belegt hatte, als für meine Punktzahl zwingend nötig war, aber aufgrund meiner vielen Wechsel war das ein sicherer Weg, um meine Credit Points zu schaffen. Abgesehen davon: Was ich jetzt erledigte, musste ich nicht im Herbst oder in einem Jahr machen. Da würde meine Bachelorarbeit nämlich meine ganze Aufmerksamkeit verlangen.

Trevor schlug den Kragen seines Mantels hoch und blieb neben mir stehen. Ich nahm es nur aus dem Augenwinkel wahr, aber ich hätte seine Gegenwart auch so gespürt, weil mir jedes Mal warm wurde und sich ein Prickeln auf meiner Haut ausbreitete, als könne mein Körper es gar nicht erwarten, wieder von ihm berührt zu werden. Dabei waren seit unserer letzten gemeinsamen Nacht und meiner kleinen Eskapade in diesem Club über zwei Wochen vergangen und seither war abgesehen vom gemeinsamen Training nichts weiter zwischen uns passiert. Wir waren noch zweimal mit den anderen feiern gegangen, aber ich war brav geblieben, Derting aus dem Weg gegangen und hatte nur ein paar Drinks getrunken. Was nicht bedeutete, dass ich keinen Spaß gehabt hatte.

Zu meiner grenzenlosen Überraschung machte es mir aber

auch Spaß ins – ugh! – Fitnessstudio zu gehen. Auch wenn ich das nicht mal in Gedanken vor mir selbst zugeben, geschweige denn begreifen konnte. Ich würde nie zu den Menschen gehören, die sich stundenlang auf dem Laufband abhetzen oder mit endloser Geduld Gewichte heben und andere seltsam aussehende Übungen machen konnten. Aber das Training am Boxsack gefiel mir – auch wenn das bedeutete, dass ich lernen musste, mich vorher zu dehnen und aufzuwärmen, obwohl ich diese lästigen Details lieber übersprungen hätte. Trevor war ein geduldiger, aber auch unnachgiebiger Lehrer, und wenn ich mich nicht ordentlich vorbereitete, ließ er mich gar nicht erst an den Sandsack oder weigerte sich schlichtweg, mir weitere Tipps zu geben und neue Schlagkombinationen zu zeigen. Cleverer Mistkerl.

»Ich bringe dich zum Auto«, bot Emery an und hakte sich bei Dylan unter. »Bis später!«, rief sie in unsere Richtung, dann zog sie ihn auch schon mit sich.

Grace blickte ihnen verdutzt nach, schaute kurz auf ihr Handy und dann zwischen Trevor und mir hin und her. »Ich … ähm … ich muss auch los.« Sie lächelte knapp. »Bis dann.«

Irritiert sah ich ihr nach und dann zu Trevor, der die Stirn gerunzelt hatte. »Bilde ich mir das ein, oder laufen die Leute vor uns davon?«

Er schüttelte den Kopf und setzte sich in Bewegung. »Zehn Dollar, dass Emery und Dylan vor seiner Schicht noch in seinem Wagen rummachen wollen.«

»Die Wette gilt.« Ich zog mir die Kapuze tiefer in die Stirn und drehte mich kurz um, aber Grace war bereits zwischen den anderen Gebäuden verschwunden. »Und Grace rechnet wahrscheinlich damit, dass wir uns jeden Moment an die Gurgel gehen. Oder sie macht gleich selbst jemanden einen Kopf kürzer.«

Trevor schnaubte leise. »In letzter Zeit sind wir unserem Ruf nicht gerade gerecht geworden, oder?«

Fragend zog ich die Brauen hoch.

Er schmunzelte. »TNT?«

»Könnte daran liegen, dass du seltener den unerwünschten Retter für mich gespielt hast.«

»Könnte auch daran liegen, dass du seltener einen gebraucht hast.«

»Ah, willst du damit etwa andeuten, dass ich mal wieder die Jungfrau in Nöten spielen soll?«

Nicht, dass ich das je gewesen wäre. Okay, das eine Mal in diesem Club vielleicht, als ich so intelligent gewesen war, Dertings Happy-Pillen mit Alkohol zu mischen, aber das war eine Ausnahme gewesen.

Trevor senkte die Stimme und lehnte sich ein wenig näher. »Nur, wenn du gerettet werden willst.«

Eine kribbelnde Gänsehaut breitete sich auf meinen Armen aus. Wann hatte ich aufgehört, seinen Helferkomplex zu hassen? Okay, die Antwort war simpel: nie. Aber irgendetwas hatte sich in den letzten Wochen zwischen uns verändert. Ich konnte nicht mal den genauen Zeitpunkt nennen, wann es passiert war. Ich wusste nur, dass etwas anders war als früher. Und dass das nicht nur am Sex lag – obwohl der sicher dazu beigetragen hatte.

Mit vor Kälte hochgezogenen Schultern ließen wir die Bibliothek hinter uns. Obwohl es mitten in der Woche und nicht mal besonders spät war, wirkte die Blackhill University wie ausgestorben. In den Fenstern brannten Lichter, um gegen das graue Tageslicht anzukommen, aber hier draußen war niemand zu sehen. Keine herumrennenden Kommilitonen, die zum nächsten Seminar hetzten, keine Schneeballschlachten mehr und sogar die Raucher versammelten sich in den wenigen

Unterständen, um zu qualmen und danach ganz schnell wieder reinzugehen.

Ich hatte keine Ahnung, ob und was Trevor heute noch vorhatte, aber ich würde es mir gleich mit einer kuscheligen Decke, einem heißen Kaffee und einer guten Lektüre gemütlich machen. Man konnte nie genug über Obduktionen lernen und ich wollte schon jetzt die Themen vorbereiten, die unser Dozent nächste Woche im Seminar ansprechen würde.

Obwohl ich wegen des Regens und des ganzen Graus kaum etwas sehen konnte, fiel mir die einzelne Gestalt auf, die etwas verloren mitten auf dem Campus herumstand. Ich blieb abrupt stehen. War das etwa … Easton? Es war ewig her, seit wir uns das letzte Mal gesehen hatten, aber ich erkannte ihn sofort. Er sah noch genauso aus wie früher. Kurz geschorenes schwarzes Haar, dunkle Haut und vor Unternehmungslust leuchtende braune Augen. Er war noch immer riesig, obwohl sogar er neben meinem Dad klein aussehen würde. Aber sein breiter Nacken, seine Größe und seine ganze Haltung konnten ziemlich einschüchternd wirken, wenn man ihn nicht kannte.

Was zum Teufel machte er hier? Jetzt? An meinem College? Ich erinnerte mich noch, wie Mom vor einer Weile gemeint hatte, sie hätte ihm meine Handynummer gegeben, aber er hatte sich bisher nicht bei mir gemeldet.

Bevor ich darüber nachdenken konnte, setzte ich mich in Bewegung. Beim Klang meiner Schritte wandte er sich zu mir um und seine Miene hellte sich auf, als er mich erkannte. Ein paar Meter später fiel ich ihm um den Hals und er wirbelte mich herum, wie er es früher immer gemacht hatte, als ich noch wesentlich kleiner gewesen war.

Grinsend klammerte ich mich an ihn. Als er mich wieder absetzte, gab ich ihm einen Klaps gegen den Arm. »Was zur Hölle machst du hier?«

»Dich besuchen, was sonst? Außerdem fliege ich heute Abend für ein paar Monate nach Bali, da wollte ich noch mal kurz Hallo sagen. Oder vielmehr Tschüss.«

Bali? Wow. Bevor ich etwas erwidern oder ihn mit all den Fragen löchern konnte, die in meinem Kopf auftauchten, heftete sich sein Blick auf einen Punkt hinter mir.

»Ich glaube, wir machen deinen Freund eifersüchtig.« In seinen Augen funkelte es amüsiert.

Meinen ... bitte, was?

»Oh.« Ich wirbelte herum. Trevor stand nur zwei Schritte von uns entfernt, die Hände in den Taschen seines Mantels vergraben, die Stirn leicht gerunzelt und mit einem wachsamen Ausdruck im Gesicht. »Das ist nicht ... wir sind nicht ... Das ist Trevor.«

»Verstehe.« Easton zwinkerte mir zu, dann ging er rüber und schüttelte Trevor die Hand. »Freut mich, dich kennenzulernen, Mann. Ich bin Easton. Tate und ich kennen uns schon, seit wir Kinder waren. Ich war mit ihrem Bruder befreundet und sie ist immer ...«

»Und ich bin immer nackt durch den Garten gerannt. Ich weiß. Und bald wissen es alle«, fiel ich ihm ins Wort.

Trevor blinzelte irritiert. Easton dagegen brach in schallendes Gelächter aus.

»Das wollte ich gar nicht sagen!«, rief er. »Aber, Mann, wie konnte ich das nur vergessen?«

Er hatte es *vergessen?* Und ich hatte ihn jetzt wieder daran erinnert? Toll. Einfach toll. Ich presste die Lippen aufeinander, während sich die Jungs auf meine Kosten amüsierten. Genau das hatte mir noch gefehlt.

Mit einem belustigten Ausdruck wandte sich Easton an mich. »Können wir kurz reden?« Er zögerte einen Moment. »Allein?«

Trevor räusperte sich. »Ich muss sowieso weiter. War nett, dich getroffen zu haben, Easton.« Er nickte ihm zu, dann wandte er sich an mich. Kein Lächeln, keine Umarmung, er zog nur einen Mundwinkel ganz leicht nach oben. Bildete ich mir das ein oder lag in seinen Augen etwas Herausforderndes? »Bis später.«

Ich sah ihm länger nach, als ich sollte. Woher ich das wusste? Weil Easton mich mit einem leisen Pfiff aus den Gedanken riss.

»Sieh mal einer an«, murmelte er. »Da hat es jemanden aber ganz schön erwischt.«

»Was? Mich?« Ich starrte ihn an. Blinzelte. Starrte weiter. »Das … das ist nicht … Wir sind nicht … Das ist so was von …« Ich schnaubte laut. »Das ist total lächerlich! Trev und ich sind nur … Freunde.«

»*Trev* also, ja?«

Ich gab ihm einen Schubs gegen die Seite. »Halt die Klappe.«

Er grinste nur noch breiter.

»Hör auf damit.« Ich holte schon aus, um ihm einen weiteren Schubs zu verpassen, aber er hob lachend die Hände.

»Frieden, okay? Auch wenn es echt süß ist, wie rot du wirst.«

»Gar nicht!«

Er legte den Kopf in den Nacken und lachte lauthals.

»Easton …«, zischte ich.

Er gluckste. »Ja?«

»Ich weiß noch immer, wo deine Mutter wohnt und habe keine Skrupel, ihr einen Besuch abzustatten.«

Seine Kinnlade klappte herunter. »Das wagst du nicht!«

Ich lächelte honigsüß. »Leg es drauf an.«

»Wow, du hast dich echt verändert.«

»Das merkst du erst jetzt?«

Er schüttelte den Kopf und betrachtete mich einmal von oben bis unten. Auch wenn mein Mantel und Slytherin-Schal viel verhüllten, wussten wir dennoch beide, wie anders ich im Vergleich zu früher aussah. Aus dem naiven Mädchen mit den dunkelbraunen Haaren, das sich nicht für Make-up, Jungs und Partys interessierte, war … jemand anderes geworden. Und das nicht nur äußerlich.

»Komm schon.« Ich schob ihn weiter. Wir standen noch immer mitten im Weg, und auch wenn mittlerweile nur noch vereinzelte Tropfen auf uns herabfielen, legte ich es nicht drauf an, noch nasser zu werden, als ich eh schon war.

Easton fragte nicht nach, wohin wir gingen, sondern ließ sich einfach von mir zu einem kleinen Coffee Shop auf dem Campus dirigieren. Wir hatten Glück. Obwohl an der Theke viel los war, holten sich die meisten nur etwas zum Mitnehmen. Zwei der kleinen runden Tische waren frei. Mit unseren Bestellungen setzten wir uns an einen davon und prosteten uns mit dem Kaffee zu.

»Warum bist du wirklich hier?«, fragte ich nach dem ersten Schluck und umfasste die Tasse mit beiden Händen, um sie aufzuwärmen.

Er lächelte. Jetzt aus der Nähe fielen mir auch wieder die drei Muttermale auf seiner Wange auf, die wie ein kleines Sternbild aussahen. »Kann ein alter Freund nicht eine alte Freundin besuchen?«

Ich zog eine Braue in die Höhe. »Ist das so was wie ein Kontrollbesuch, Easton?«

Als er grinste, blitzten seine strahlend weißen Zähne auf. »Nicht wirklich. Ich weiß, wir hatten in letzter Zeit nicht mehr viel miteinander zu tun, aber ich war trotzdem in der Nähe, und das … das war wichtig für mich. Aber das wird sich jetzt ändern und ich wollte einfach …« Er rieb sich mit der Hand über den Hinterkopf. »Ich wollte einfach sichergehen, dass es dir gut geht, bevor ich wegfliege.«

Ich lächelte. »Mir geht's gut. Du musst dir keine Sorgen um mich machen. Wirklich. Die Kurse laufen gut, ich hab genug Freunde, die mir auf die Nerven gehen können, und gelegentlich gehe ich auch auf Partys und habe Spaß. Ich hab sogar mit Sport angefangen. Also …«

»Mit Sport? Du?« Er sah sich im Coffee Shop um. »Wer bist du und was hast du mit Tate gemacht?«

»Ha ha.« Ich gab ihm einen Klaps gegen den Arm. »Ist es echt so schwer vorstellbar, dass ich freiwillig in ein Fitnesscenter gehe?«

»Ja«, erwiderte er prompt und nahm einen Schluck von seinem Kaffee. Dann wurde seine Miene nachdenklich. »Für mich warst du nie der Typ für irgendwelche Fitnessstudios, genauso wenig wie Jamie. Aber er hat im College ja auch irgendwann damit angefangen.«

»Wirklich?«

Das hatte ich nicht gewusst. Mein Bruder hatte sich zwar immer in diversen Games ausgetobt und so einige Extremsportarten ausprobiert, aber soweit ich mich erinnerte, war er nie freiwillig in ein Fitnesscenter gegangen. Er hatte diese Orte genauso gehasst wie ich.

»Bist du sicher?«, hakte ich nach. »Er ist trainieren gegangen? Hier auf dem Campus?« Ich deutete um mich, aber Easton schüttelte den Kopf.

»Nicht hier. Da gibt es ein kleines Studio in Charleston.« Er zögerte und winkte dann ab. »Egal. Ich bin froh, dass du endlich eingesehen hast, dass sogar dir ein bisschen Bewegung guttun kann.«

Ich hörte kaum, was er sagte. Meine Gedanken hatten sich an diesem einen Wort festgekrallt: *Charleston*. Warum war mein Bruder in ein Fitnesscenter gegangen, das eine Autostunde entfernt lag? Für das er auch noch einen Mitgliedsbeitrag bezahlen musste, obwohl es doch eins direkt auf dem Campus für alle Studenten gab? Außerdem wäre es mit seinem angeborenen Herzfehler unverantwortlich gewesen, anstrengenden Sport zu machen. Wobei er sich bei seinen Bungeesprüngen oder beim Volcano Boarding auch nie wirklich darum geschert hatte … aber da hatte auch immer das Adrenalin im Vordergrund gestanden.

Der Polizei zufolge war er an Herzversagen gestorben. Da er so spät gefunden worden war, war es schwierig gewesen, den exakten Todeszeitpunkt festzustellen. Angeblich hatte seine Haut oberflächliche, unauffällige Verletzungen und blaue Flecke aufgewiesen. Erst viel später, als ich schon mit dem Kriminologiestudium begonnen hatte, war mir klar geworden, dass Jamie in diesem Stadium gar keine blauen Flecken mehr hätte haben können. Totenflecke, ja. Denn die entstanden dadurch, dass das Herz kein Blut mehr durch den Körper pumpte und dieses somit der Schwerkraft folgte und sich ablagerte. Wenn Jamie auf dem Rücken liegend vorgefunden worden war, hätten alle dunklen Male an seinem Körper an seiner Rückseite sein müssen, wo sich das Blut gesammelt hatte. Aber wenn er, laut Aussagen der Polizei, Blutergüsse an anderen Stellen seines Körpers aufgewiesen hatte, war das in der Regel ein sicherer Hinweis auf eine postmortale Lageänderung. Jemand hatte seinen Körper bewegt, kurz nachdem er gestorben war, was die Totenflecken verlagert hatte.

Natürlich hatte uns das damals niemand gesagt und wahrscheinlich hätten wir das ohne Fachkenntnis und in unserer Trauer auch gar nicht verstanden. Aber ich verstand es jetzt. Und ich hatte es im ersten Pathologie-Seminar verstanden. Jamie war nicht einfach wegen seines Herzfehlers in seiner

Wohnung umgefallen. Etwas anderes musste vorgefallen sein. Er war woanders gestorben und jemand hatte ihn dorthin gebracht, oder aber jemand war kurz nach seinem Tod bei ihm in der Wohnung gewesen und hatte ihn zwar bewegt, aber nicht die Polizei gerufen.

Was beides schlimm war und eindeutige Hinweise, die man hätte weiterverfolgen müssen. Was, soweit ich wusste, nie geschehen war.

Doch nur weil die Cops zu dämlich waren, das Offensichtliche zu erkennen und diesen Spuren nachzugehen, hieß das nicht, dass ich ebenfalls aufgeben musste. Ich musste herausfinden, was damals wirklich passiert war – und ob ich es hätte verhindern können, wenn ich meinen Bruder an jenem Tag wie versprochen angerufen hätte.

»Tate …?« Easton beobachtete mich argwöhnisch. Er schien noch etwas sagen zu wollen, aber ich kam ihm zuvor.

»Weißt du, wie das Studio in Charleston heißt? Hast du eine Adresse?«

In meinem Kopf arbeitete es wie verrückt. Ich versuchte mir Jamie dort vorzustellen, konnte es aber einfach nicht. Mein Bruder war nie ein Sportfanatiker gewesen, auch wenn er gern irre Stunts mit dem Skateboard ausprobiert oder sich mal am Sandsack im Keller ausgetobt hatte. Das war auch der Hauptgrund gewesen, warum ich mich auf dieses Experiment von Trevor eingelassen hatte – weil es mir zumindest für eine kleine Weile das Gefühl gab, Jamie nahe zu sein, ohne von Schuldgefühlen erdrückt zu werden.

Easton ließ mich nicht aus den Augen. »Auf keinen Fall.«

»Auf keinen Fall was?«

»Du wirst da nicht hinfahren. Schon gar nicht allein.«

»Warst du schon mal dort?«, hakte ich nach und versuchte die Strecke in Gedanken zu rekonstruieren. Letztes Jahr hatte ich Elle zweimal zum Flughafen nach Charleston gefahren, also kannte ich den Weg.

»Ich hatte keine Zeit dazu.« Seufzend lehnte Easton sich in seinem Stuhl zurück. Sein Blick ruhte ernst und warnend auf mir. »Und dir würde ich auch nicht raten, dorthin zu gehen. Zumindest nicht allein. Die Gegend ist echt mies, soviel weiß ich. Das ist mein Ernst, Tate.«

»Echt jetzt? Das ist alles?« Ich schnaubte. »Sag mir den Namen.«

»Tate …«

»Ach, komm schon! Gib mir irgendetwas.«

Er presste die Lippen aufeinander und nickte langsam. »Okay. Aber geh wenigstens nicht allein dorthin«, verlangte er, dann nahm er sein Handy und tippte etwas ein. Gleich darauf vibrierte mein Smartphone mit einer neuen Nachricht.

»Geh nicht allein hin. Hast du gehört?«

»Ja, *Dad*«, antwortete ich und bemühte mich um ein überzeugendes Lächeln. »Danke für die Info und dass du extra meinetwegen hergekommen bist.«

»Ich wollte sehen, was du so treibst.« Seufzend lehnte er sich zurück, lächelte aber auch ganz leicht. »Ich hatte vergessen, was für ein Sturkopf du bist. Es tut gut, dich wiederzusehen, Tate.«

»Dito.« Erst jetzt widmete ich mich wieder meinem Kaffee und trank davon, bevor ich mich Easton zuwandte. »Bali also, hm?«

Er lächelte. Seine ganze Haltung veränderte sich, wurde entspannter, und auch er nahm einen Schluck, bevor er mir von seinen Plänen zu erzählen begann.

Wenige Stunden später saß ich in meinem Wagen auf einem Parkplatz in Charleston und starrte auf das Fitnessstudio gegenüber. Mein Puls raste. Das gleichmäßige Pochen in meiner Brust war zu einem schnellen Trommeln geworden und irgendwie wunderte es mich, dass es nicht meilenweit zu hören war. Meine Handflächen waren feucht und ich wischte sie zum wiederholten Mal an meiner zerschlissenen Jeans ab.

Ich hatte keine Ahnung, warum ich so nervös war. Dafür gab es überhaupt keinen Grund. Und, nein, Eastons Warnungen reichten nicht aus, um mich nervös zu machen. Aber das hier war der erste brauchbare Hinweis seit … Ich wusste gar nicht mehr, wie lange es her war, seit ich zuletzt etwas Brauchbares zu Jamie gefunden hatte. Mit den Jahren waren die Hinweise immer seltener, die Strohhalme, an die ich mich klammerte, immer dünner geworden. Und die dämliche Liste von Thomas hatte mir bisher gar nichts gebracht.

Aber das hier? Dieses Fitnessstudio in Charleston? Ich versuchte, meine Atmung wieder unter Kontrolle zu bringen und gleichzeitig meine Erwartungen zu senken. Gut möglich, dass es nur eine weitere Sackgasse war. Keine Ahnung, wie ich damit umgehen würde. Aber vielleicht … vielleicht war es ein Durchbruch. Etwas, das mich Jamie und der Ursache für seinen Tod endlich näherbrachte. Ich musste herausfinden, was mit ihm passiert war. Ich musste es einfach.

Schon seit zwanzig Minuten wartete ich in meinem Wagen hinter dem Supermarkt, dessen Reklametafeln im Seitenspiegel leuchteten. Auf der gegenüberliegenden Straßenseite erhob sich das Gebäude, in dem das Studio untergebracht war. Regen prasselte gegen die Scheibe und das Autodach, während leise Musik aus dem Radio das Wageninnere erfüllte. Es war spät am Abend, und außer meinem Wagen stand kein einziges Auto mehr auf dem Parkplatz. Nur der Schein der einzelnen Straßenlampen, Werbeanzeigen und vereinzelt in einigen Fenstern in den umliegenden Gebäuden sorgte für ein klein wenig Licht. Dafür war das Fitnesscenter hell erleuchtet. Von außen konnte man zwar nicht hineinsehen, da irgendwelches Werbezeug die Schaufenster bedeckte und für Kurse und neue Geräte warb, aber ich bemerkte die Schatten der Leute, die im Inneren herumliefen.

Ich warf einen kurzen Blick auf mein Handy, bevor ich es einsteckte. Eine neue Nachricht von Elle, zwei von Trevor, aber die mussten warten. Zuerst würde ich dort reingehen und herausfinden, was mit Jamie passiert war. Das war das Mindeste, was ich tun konnte. Das war ich ihm schuldig.

»Okay«, sprach ich mir selbst Mut zu und schob die Finger in den Türgriff. »Dann los.«

Der Regen wurde lauter, als ich die Tür öffnete. Schnell schob ich mir die Kapuze meines Hoodies über den Kopf und zog die Schultern hoch, dann umrundete ich den Wagen bis zur Motorhaube und überquerte die Straße. Vielleicht lag es an der Uhrzeit, dass nicht allzu viel los war, vielleicht auch einfach an der Gegend. Denn hier gab es keine Wolkenkratzer und kleine pittoreske Häuser wie in Downtown. Hier dominierten Neubauten das Bild, auch wenn die alles andere als neu aussahen. Schmierereien prangten an Fassaden, von denen bereits Putz und Farbe abblätterten. Manche Gebäude waren völlig dunkel, mit eingeschlagenen Fenstern und abgesperrten Eingängen. Aus anderen drangen gedämpfte Bässe und laute Stimmen, die sogar den Regen übertönten.

Ich erlaubte mir kein Zögern und keine Zweifel. Als ich den Eingang erreichte, zog ich die Tür auf und ging hinein. In meinem Nacken kribbelte es unangenehm und mein Herz hämmerte noch immer heftig in meiner Brust. Trotzdem versuchte ich mich nach außen hin ruhig zu geben. Wie im Campusstudio gab es auch hier einen kleinen Empfangsbereich, der zugleich die Getränkebar oder so etwas zu sein schien. Ein Mädchen in meinem Alter stellte einem muskelbepackten Typen gerade einen Proteinshake hin und kassierte mit seiner Chipkarte ab.

Ich straffte die Schultern, warf das Haar zurück und ging direkt auf sie zu. Meine Umhängetasche schlug mir dabei gleichmäßig gegen die Seite.

»Hi!« Ich setzte ein übertriebenes Lächeln auf, als sie mich bemerkte. »Ich habe gehört, hier kann man ein Probetraining machen?«

Ich hatte lange überlegt, wie ich das Ganze anstellen sollte und die ganze Autofahrt über Zeit gehabt, mir einen Plan zurechtzulegen. Direkt nach Jamie zu fragen, würde mich vermutlich nicht allzu weit bringen, zumal ich nicht weiter als bis zum Empfang kommen würde. Aber ich musste in die Trainingsbereiche, wenn ich mit den Leuten sprechen wollte, die regelmäßig hierherkamen. Langzeitkunden oder Trainer, die schon vor drei Jahren hier gewesen waren und sich vielleicht noch an ihn erinnern konnten.

»Hallo und herzlich willkommen! Ich bin Kristy.« Die junge Frau strahlte mich an. Sie hatte pinkfarbenes Haar, einen Ring in der Nase und war so dünn, dass ich sie mit einem Fingerschnippen umwerfen könnte. Doch als sie sich auf den Tresen aufstützte, trat ihr Bizeps deutlich hervor. *Huh?* Na, vielleicht doch nicht mit einem Fingerschnippen. »Klar kannst du hier einmalig zur Probe trainieren. Wir haben Trainer, die dich in alles einweisen und dir einen Plan erstellen können. Oder du siehst dich einfach um und probierst aus, was dir Spaß macht. Heute haben wir leider keine Kurse mehr, aber hier ist der aktuelle Kursplan.« Sie händigte mir ein Blatt aus, das wie ein Stundenplan aussah, dazu weiteres Infomaterial. »Die Umkleiden sind dort drüben. Ich bräuchte nur noch deinen Namen. Und wenn du dich später anmelden willst, auch den Ausweis und eine kleine Gebühr.«

Ich nickte nur und schrieb meinen Namen in die Liste. Sobald das erledigt war, erhielt ich Zugang in den Trainingsbereich und steuerte die Umkleide an.

Die für die Damen war nicht besonders groß, ziemlich stickig und der Geruch von zu vielen verschiedenen Duschgels, Parfums und Deos hing schwer in der Luft. Ich versuchte, möglichst flach zu atmen, und beeilte mich mit dem Umziehen. Wie bei meinem Training mit Trevor zog ich eine schlichte schwarze Leggings, einen Sport-BH – ja, ich hatte mir tatsächlich einen zugelegt! – und ein weites Tanktop an, das mir bis zu den Oberschenkeln reichte. Meine restlichen Sachen packte ich in einen Spind und band mir das Haar beim Hinausgehen zu einem hohen Pferdeschwanz zusammen. Keine Frisur, die mir besonders gut stand, aber das war mir völlig egal. Ich war nicht hier, um hübsch auszusehen. Oder um zu trainieren, wie Kristy sicher meinte, als sie mir vom Empfang aus fröhlich zulächelte.

Langsam ging ich an den Laufbändern, Fahrrädern und … den anderen Dingern, deren Namen ich vergessen oder noch nie gekannt hatte, vorbei in einen größeren Raum. Hier befanden sich die Gewichte und Geräte, mit denen man diverse Muskelgruppen trainieren konnte, von denen ich höchstens mal in meinem Anatomiekurs gehört hatte. Der Männeranteil war deutlich höher, obwohl ich zwischen den Trainierenden auch ein paar Frauen entdeckte. Eine an einem Gerät, an dem es so aussah, als würde sie rudern. Eine andere lag flach auf dem Rücken auf einer Bank und stemmte eine Langhantel, während ihre Freundin hinter ihr stand und mitzählte. Gleich daneben hob ein Typ in einem engen, ärmellosen Shirt Gewichte und ließ den Blick immer wieder zu den beiden wandern, während er seine Muskeln zur Schau stellte. Dumm für ihn, dass die zwei ihn komplett ignorierten.

Keiner der Anwesenden sah wie ein blutiger Anfänger aus, der zum ersten Mal da war – abgesehen von mir. Also musste ich mich wohl tatsächlich durchfragen. Ich steuerte gerade auf die beiden Frauen zu, als mich jemand am Arm berührte.

Kapitel 13

Trevor

»Was zum Teufel machst du hier?«, zischte ich.

Wir waren umringt von Leuten, die seelenruhig mit ihrem Training fortfuhren, während im Hintergrund Musik lief. Doch auch wenn sich allem Anschein nach niemand für uns interessierte, hielt ich die Stimme gesenkt.

Tate sah auf meine Hand an ihrem Ellbogen und wieder in mein Gesicht hinauf. Ihre Augen weiteten sich vor Überraschung, dann kniff sie sie misstrauisch zusammen. »Ich glaube, das sollte ich eher dich fragen.«

Ich ließ die Hand sinken, auch wenn ich Tate am liebsten sofort hier rausgetragen und dafür gesorgt hätte, dass sie nie mehr herkam. »Elle hat mir gesagt, wo du hingefahren bist.«

Direkt nachdem sie sich mit diesem Easton getroffen hatte. Einem Freund ihres Bruders. Ich war so ein Idiot. Dabei kannte ich Tate doch inzwischen gut genug, um zu wissen, wie ehrgeizig sie sein konnte, wenn ihr etwas wichtig war. Wahrscheinlich hatte sie jeden Hinweis zu ihrem Bruder genauso zielstrebig verfolgt, nur dass sie bisher nie die Wahrheit herausgefunden hatte. Und wenn es nach mir ginge, würde sie das auch nie. Es würde ihr nur Schmerz bringen – nicht den Frieden, den sie sich erhoffte.

Tate verschränkte die Arme vor der Brust. »Lass mich raten. Du dachtest dir, hey, das ist die perfekte Gelegenheit, um wieder mal den unerwünschten Retter in der Not zu spielen, und bist mir nachgekommen?«

Ich biss die Zähne zusammen. »Woher weißt du überhaupt von diesem Laden?«, fragte ich, obwohl ich die Antwort darauf schon zu kennen glaubte.

»Easton hat ihn kurz erwähnt. Er wollte mich wiedersehen, bevor er für ein paar Monate nach Bali fliegt. Ihm gehört ein Start-up, das irgendwelche Apps entwickelt. Keine Ahnung. So genau habe ich bei dem Technikkram nicht zugehört.«

Wortlos zog ich die Brauen hoch. Glaubte sie wirklich, mich damit ablenken zu können?

Sie verdrehte die Augen. »Wir haben bloß ein paar Erinnerungen aufgefrischt. Du bist doch nicht etwa eifersüchtig, Alvarez? Denn das steht dir genauso wenig wie die Nummer mit dem strahlenden Ritter.«

Ich überging diese Andeutung. »Was hat er dir erzählt?«

Sie starrte mich verständnislos an.

»Was hat Easton dir erzählt?«

»Gar nichts.« Tate schnaubte und wandte den Blick ab. »Ich bin nur hier, weil er mir den Laden empfohlen hat und ich gerne mal was Neues auspro…«

»Hör auf, mich anzulügen.«

Die Worte brannten auf meinen Lippen und schmeckten gleichzeitig so bitter wie Essig in meinem Mund. Denn in Wirklichkeit war ich derjenige, der sie die ganze Zeit über anlog. Der ihr die vielleicht wichtigste Wahrheit vorenthielt. Mein Herz hämmerte unangenehm schnell in meiner Brust. Ich wusste, dass ich ihr nichts befehlen konnte, aber genauso wusste ich, dass ich sie unbedingt davon abhalten musste, hier herumzuschnüffeln. Das war kein Ort für jemanden wie Tate. Es war kein Ort für jemanden, der keine Ahnung davon hatte, was sich unter dem Fitnessstudio befand …

Allein bei der Erinnerung daran stellten sich die Härchen in meinem Nacken auf. Vor drei Jahren hatte ich mir geschworen, nie wieder dorthin zu gehen. Und jetzt würde ich einen Teufel tun und zulassen, dass Tate davon erfuhr. Damit kam sie der Wahrheit über ihren Bruder viel zu nahe. Und diese Wahrheit würde sie zerstören.

Sie seufzte tief. »Mein Bruder hat hier trainiert. Okay? Er ist während meines letzten Highschooljahres gestorben und bis mir Easton davon erzählt hat, wusste ich nicht, dass er in dieses Studio gekommen ist.« Ihre Stimme zitterte, brach aber nicht, sondern gewann nur noch an Kraft. »Ich verstehe echt nicht, wo das Problem ist. Wir sind schon hier, also kann ich genauso gut mit ein paar Leuten reden und dann wieder gehen. Alles easy.«

Nur dass nichts davon easy war. Denn das war kein normales Fitnesscenter, und man ging nicht einfach hin und stellte den Leuten irgendwelche Fragen. Schon gar nicht zu einer Sache, über die aus gutem Grund niemand mehr sprach.

Was glaubte Tate überhaupt, damit erreichen zu können? Die Wahrheit würde ihren Bruder nicht zurückbringen, das wusste sie genauso gut wie ich. Sie würde Tate nur verletzen. *Ich* würde sie verletzen.

»Warum?«, fragte ich leise.

»Warum was? Du musst schon spezifischer werden.«

»Warum tust du das? Warum suchst du nach Antworten? Warum willst du dir selbst damit wehtun?«

Tate funkelte mich an. »Vielleicht stehe ich drauf, alte Wunden aufzureißen.«

»Nein.« Ich schüttelte den Kopf. »Ich glaube, du hast Angst.«

»Angst?«, wiederholte sie höhnisch und stemmte die Hände in die Seiten. »Ich habe keine Angst. Wovor auch?«

Ich kam einen halben Schritt näher, bis ich ganz dicht vor

ihr stand. Ihre Augen weiteten sich, aber sie wich nicht zurück, gab keinen Zentimeter nach. Nicht einmal dann, als wir uns so nahe waren, dass sich unsere Atemzüge vermischten. »Du hast Angst davor, was passieren könnte, wenn du loslässt. Wenn du vergisst. Du hast Angst davor, dir zu erlauben, glücklich zu sein.«

»Du kennst mich nicht …«, stieß sie hervor.

»Doch«, murmelte ich. »Ich glaube schon. Und deshalb solltest du jetzt auch auf mich hören und wieder zurück nach Hause fahren.«

Seit wir uns kannten, hatte ich mich immer um sie gekümmert, gerade in Situationen, in denen sie keine Hilfe wollte. Aber ich hatte sie auch immer auf Distanz gehalten. Vielleicht, weil ich unbewusst schon damals geahnt hatte, was aus uns werden könnte, wenn ich es nicht tat. Weil ich geahnt hatte, wie sehr ich dieser Frau verfallen könnte.

»Okay, Kumpel. Lass uns ein paar Dinge klarstellen.« Sie richtet sich zu ihrer vollen Größe auf und hob die Hand. »Erstens ist das nicht deine Entscheidung. Zweitens hast du mir überhaupt nichts zu sagen. Und drittens geht es dich einen Scheißdreck an, was ich tue oder nicht tue. Daran ändert auch ein bisschen Action im Bett nichts.«

Ihre Worte sollten mich nicht so hart treffen. Sie sollten es nicht, weil sie verdammt noch mal recht hatte. Tate war ein eigenständiger Mensch, sie traf ihre Entscheidungen selbst. Aber wie konnte sie in diesem Fall das Richtige tun, wenn sie nicht alle Fakten kannte? Wenn sie nicht einmal ahnte, was sie finden würde und mit wem sie sich dabei anlegen würde? Denn mit diesen Leuten war nicht zu spaßen.

Ich biss die Zähne zusammen. Wem machte ich hier eigentlich etwas vor? Es ging mir nicht nur um Tate allein. Wenn sie herausfand, was ihr Bruder neben dem Studium getan, womit er sein Geld verdient hatte und wie er gestorben war … Dann würde sie auch die Wahrheit über mich herausfinden. Wie sollte ich ihr dann noch in die Augen schauen? Wie zur Hölle sollte ich ihr erklären, dass ich sie die ganze Zeit über angelogen hatte? Dass ich ihr all das verheimlicht hatte, obwohl ich ahnte, warum sie Kriminologie studierte, sich mit zwielichtigen Typen abgab und alles dafür tat, um zu vergessen, was damals passiert war und was sie verloren hatte?

Nein. Ihr konnte ich vielleicht glauben machen, nur um ihre Sicherheit besorgt zu sein, aber ich wusste es besser. Ich war ein egoistisches Schwein, das den Gedanken nicht ertrug, Tate zu verlieren, obwohl keiner von uns so recht zu wissen schien, was das zwischen uns eigentlich war.

»Warte mal.« Ihre Miene veränderte sich und das Misstrauen kehrte zurück. »Kennst du diesen Laden etwa? Du bist doch aus Charleston. Warst du schon mal hier?«

In dieser Frage schwang gleichzeitig so viel Hoffnung mit, dass es mich alles an Selbstbeherrschung kostete, keine Reaktion zu zeigen. Ich könnte sie belügen, könnte so tun, als hätte ich nie etwas von dem Fitnessstudio gehört, aber damit würde ich Tate nicht davon abhalten können, jede einzelne anwesende Person mit Fragen zu löchern. Wahrscheinlich würde sie es dann erst recht tun, um herauszufinden, ob es hier noch jemanden gab, der sich an ihren Bruder erinnerte.

Zu viele. Unten gab es zu viele, die sich an Jamie Masterson erinnerten.

»Ich …«, begann ich und räusperte mich, um meiner Stimme den nötigen festen Klang zu verleihen. »Ich war schon mal hier, ja. Und deswegen sollten wir jetzt auch wieder gehen.«

Tate starrte mich an. Ich wusste nicht, was in ihr vorging, weil ich nichts in ihrem Gesicht lesen konnte. Ich wusste nicht, ob sie wütend war, ungläubig oder irgendetwas anderes, weil sie es mir nicht erlaubte, hinter die Fassade zu schauen. Unbewusst ballte ich die Hände zu Fäusten und zwang mich dazu, abzuwarten, was sie jetzt sagen oder tun würde.

»Du weißt, dass du mich nicht davon abhalten kannst, oder? Dazu müsstest du mich schon k.o. schlagen und zurück ins Auto tragen. Und dann würde ich trotzdem wieder herkommen, sobald ich mich befreit habe.«

Ich schnaubte leise und rieb mir über das Gesicht und den Bart. Gott, wie konnte jemand nur so stur sein?

»Tate …«

»Warum?«, bohrte sie nach. »Warum willst du unbedingt gehen? Was ist los?«

Ich zögerte. Ich zögerte sogar so lange, dass sich das Misstrauen in ihren Augen aufzulösen begann und von Sorge ersetzt wurde.

»Nicht hier«, beharrte ich. »Ich erzähle dir alles, was du wissen willst, wenn wir zurück im Wohnheim sind. Versprochen.«

Sie wirkte nicht überzeugt – aber auch nicht mehr ganz so abweisend wie zuvor. Wenn ich sie nur von hier wegbekam, konnte ich das Schlimmste vielleicht noch verhindern. Und dann würde ich …

»Alvarez?«, ertönte plötzlich eine tiefe Stimme. »Trevor Alvarez?«

Tate

Ich zuckte zusammen, obwohl ich nicht diejenige war, deren Namen man gerufen hatte. Die Stimme gehörte einem schlanken Kerl in den Vierzigern, der an den Trainierenden vorbeimarschierte und mit ausgebreiteten Armen auf uns zukam. Oder vielmehr auf Trevor. Er hielt ihm die Hand zum

Einschlagen hin, doch dann zog er ihn ruckartig an sich und klopfte ihm freundschaftlich auf den Rücken.

»Dass ich dich noch mal hier sehe! Wie lange ist es jetzt her?«, rief er.

Trevors Kiefer arbeiteten, ganz so, als würde er sich nur mühsam beherrschen können. »Nicht lange genug.«

Der Fremde lachte auf. Entweder ignorierte er Trevors Anspannung komplett oder er nahm sie tatsächlich nicht wahr. Oder es war ihm schlichtweg egal. Sein Haar war auf der einen Seite etwas länger und hatte auf der anderen einen Sidecut. Dunkle Brauen, intensive Augen und ein ebenso dunkler Dreitagebart, in dem sich wie an seinen Schläfen die ersten grauen Haare abzeichneten, rundeten den Look ab. Er wäre fast schon zu makellos attraktiv, wäre da nicht die mehrere Zentimeter lange Narbe auf seinem Wangenknochen, die so aussah, als wäre sie schon mehrmals genäht worden, weil sie immer wieder aufgeplatzt war. Auch an seiner Stirn und an seinen Fingerknöcheln bemerkte ich jetzt kleine Narben, als hätte er sich die Haut dort ständig aufgerissen.

»Ich bin Roy.« Er hielt mir die Hand hin, die ich nach einem kurzen Zögern ergriff und schüttelte.

»Tate.«

Er musterte mich einmal von oben bis unten, dann sah er zu Trevor hinüber und zog anerkennend die Brauen hoch. Nur mit Mühe konnte ich ein Augenrollen unterdrücken – und das auch nur, weil dieser Roy etwas wissen könnte und ich ihn nicht verscheuchen wollte, bevor ich ihn nicht ausgefragt hatte. Denn diese Chance würde ich mir auf keinen Fall entgehen lassen.

»Du bist nicht von hier, oder?«, wandte sich Roy erneut an mich.

Ich musste mir auf die Zunge beißen, um einen sarkastischen Kommentar zurückzuhalten. Stattdessen pflasterte ich ein Lächeln auf mein Gesicht. »Stimmt. Ich bin neu. Trevor wollte mir gerade alles zeigen.«

Stimmte so zwar nicht ganz, aber das musste dieser Roy ja nicht wissen.

»Ah, dann wart ihr ja noch gar nicht im Tiger's Dent, oder?« Er grinste herausfordernd. »Dort haben wir ein ganz *spezielles* Trainingsprogramm für ein paar ausgewählte Mitglieder, wie Alvarez hier.« Roy klopfte ihm auf die Schulter, was seltsam aussah, da Trevor bestimmt fünfzehn Zentimeter größer war. »Warum kommt ihr nicht mit in den Keller und seht es euch an?«

Alles in mir erstarrte. Ich hörte auf zu atmen. Blinzelte nicht mehr. Bewegte keinen Muskel. *Tiger's Dent.* Der seltsame Name von Thomas' Liste. Da waren auch noch andere Namen und irgendwelche Initialen gewesen, an die ich mich nicht mehr erinnern konnte. Aber an diesen Namen schon.

Mit einem Mal begann mein Herz zu hämmern und es rauschte in meinen Ohren. Ich hatte gedacht, die letzte Spur verloren zu haben und keine Ahnung gehabt, was ich von Eastons Hinweis halten sollte. Doch jetzt wusste ich mit absoluter Sicherheit, dass ich hier richtig war. Das war kein weiterer Strohhalm, an den ich mich klammerte, sondern eine richtige Spur.

»Das wird nicht nötig sein«, presste Trevor gerade hervor.

»Ach komm, Mann. Um der alten Zeiten willen.« Ein harter Unterton schwang in Roys Worten mit, den ich nicht ganz zuordnen konnte. Ganz zu schweigen davon, wovon die beiden da überhaupt redeten.

Was für ein spezielles Trainingsprogramm? Oder war das nur ein Code für etwas ganz anderes? Sex? Drogen? Andere illegale Dinge? Gut möglich, dass auch nur meine Fantasie mit mir durchging, aber irgendetwas Ungesagtes hing schwer zwischen den beiden in der Luft. Etwas, das mich nur noch erpichter darauf machte, jeden Winkel dieses Studios zu erkunden – vor allem den Keller. Völlig egal, was sich da unten befinden mochte.

Trevor schüttelte den Kopf. »Nein, danke.«

Ich spürte seine warme Hand an meinem Rücken und den leichten Druck, den er damit ausübte. Er wollte mich weiterschieben, wollte, dass wir von hier verschwanden.

Ich stemmte mich gegen ihn. »Ich will es sehen.«

Für diese Antwort erntete ich einen zufriedenen Blick von Roy und einen wütenden von Trevor. Letzteren ignorierte ich. Die Diskussion würde sich später nicht vermeiden lassen, aber jetzt war ich hier und wollte jedem Hinweis auf den Grund gehen.

»Mir nach.« Roy deutete mit dem Daumen hinter sich und machte dann auf dem Absatz kehrt. Mit großen Schritten durchquerte er den Raum und uns blieb nichts anderes übrig, als ihm zu folgen.

»Das hättest du nicht sagen sollen«, raunte Trevor neben mir. Doch als ich zu ihm hochsah, hatte er den Blick stur geradeaus gerichtet.

»Warum nicht?«, gab ich genauso leise zurück. »Angst, dass ich hinter euer schmutziges kleines Geheimnis komme?«

Die Frage war als Scherz gemeint, aber Trevor reagierte nicht darauf. Keine Antwort mit dem für ihn typischen trockenen Humor, kein Lächeln, nicht mal ein Zucken in den Mundwinkeln. Stattdessen wurde sein Blick nur noch finsterer und seine ganze Haltung noch steifer.

Scheiße. Hatte ich da etwa einen Nerv getroffen? Was zum Teufel war da unten?

Wir liefen an den Trainierenden vorbei, bogen vor den Umkleiden in einen Gang, von dem mehrere Türen abgingen, auf denen *Privat* stand. Stirnrunzelnd sah ich mich um. Okay, vielleicht bekam ich jetzt doch ein etwas mulmiges Gefühl, denn was auch immer dieser Roy uns da zeigen wollte, gehörte mit ziemlicher Sicherheit nicht zur öffentlichen Ausstattung des Fitnesscenters.

Hatte Jamie hiervon gewusst? War er eben diesen Flur entlanggelaufen, durch eine der unscheinbaren grauen Türen gegangen und hatte die Stufen in den Keller hinab genommen? Oder hatte mein Bruder nichts mit alledem zu tun gehabt und war nur zufällig ausgerechnet hier zum Sport gegangen? Vielleicht gab es besonders tolle Kurse? Oder eine nette Trainerin, die er wiedersehen wollte und dafür die einstündige Fahrt auf sich nahm? Aber was machte dann *Tiger's Dent* auf der Liste von Thomas? Was sich auch immer im Keller verbarg, es musste mit Jamie zu tun haben.

Je näher wir unserem Ziel kamen, desto lauter wurden die hämmernden Bässe und ein Summen, das von Stimmen stammen könnte, allerdings nicht von oben kam. Unten war ein weiterer Gang, von dem vier Türen abführten: zwei links von uns, eine am Ende des Flurs und eine weitere zu unserer Rechten. Diese steuerte Roy jetzt an und drückte sie ohne zu zögern oder zu klopfen auf.

Das Erste, was ich wahrnahm, als ich den Raum direkt nach Roy und noch vor Trevor betrat, war der Lärm. Menschen johlten und brüllten, und ich verstand kein einziges Wort. In Verbindung mit der Musik war es fast so, als würden wir mitten in ein Konzert platzen. Dann war da noch der Geruch. Die Luft war warm und stickig, es roch nach Schweiß, Bier und irgendwie auch nach Urin. Ich hatte keine Ahnung, wie groß die Halle war, aber die Geräusche hallten von den Wänden und der niedrigen Decke wider. Alle Scheinwerfer waren auf eine einzige Stelle gerichtet, während der Rest des Raums beinahe im Dunkeln lag.

Auf einem Podest stand eine Art Ring. Ohne Absicherung

wie beim offiziellen Boxsport, sondern nur eine erhöhte Platt-
form, auf der zwei große Kerle aufeinander einprügelten. Die
Menge grölte und feuerte sie an, auch wenn ich kein einziges Wort verstehen konnte, weder von den Leuten noch vom
Schiedsrichter.

Ich hatte mir im Laufe der Jahre unzählige Möglichkeiten
ausgemalt. War Jamie auf dem Nachhauseweg überfallen worden? Hatte ihn jemand gefunden, der ihn kannte, seinen leb-
losen Körper in seine Wohnung gebracht und dann die Cops
gerufen? War alles nur ein unglücklicher Zufall, weil er zur
falschen Zeit am falschen Ort gewesen war? Hatte er einen
Einbrecher auf frischer Tat ertappt und mit dem Leben dafür
bezahlen müssen? All das und noch mehr gehörte zu den Theorien, die ich in den vergangenen drei Jahren aufgestellt hatte.
Aber das hier? Eine Art Kampfarena, versteckt unter einem
nach außen hin ganz normal wirkenden Fitnessstudio? Das hatte ich nicht erwartet. Der Jamie, den ich gekannt hatte, hasste
Gewalt. Er hasste es, anderen Menschen wehzutun, und sei es
nur dadurch, dass er das sonntägliche Abendessen mit Mom,
Dad und mir absagen musste, weil er irgendwelche anderen
Termine hatte.

Und jetzt führte mich die einzige Spur nach all dieser Zeit
ausgerechnet hierher? Wusste Easton davon? Irgendwie fiel es
mir schwer, das zu glauben. Wenn er wüsste, was hier unten
abging, hätte er mich nie im Leben hergeschickt, sondern alles
dafür getan, um mich davon abzuhalten, herzukommen. Genau
wie Trevor.

Ich starrte auf die Kämpfenden, bis meine Augen zu brennen begannen und ich blinzeln musste. Bei der Vorstellung,
dass Jamie in diesen Ring gestiegen sein könnte, drehte sich
mir der Magen um. Ich weigerte mich, es zu glauben. Mein
Bruder war keiner dieser verschwitzten, blutigen Kerle mit

verzerrten Gesichtern und aufgeschürften Knöcheln gewesen, die zum Gejohle der Leute aufeinander einschlugen.

Aber vielleicht hatte er mitgewettet. Als ich meinen Blick vom Ring abwandte und über die Menge wandern ließ, fiel mir auf, dass mehr als einmal Geldscheine den Besitzer wechselten. Offensichtlich als Wetteinsatz für die Kämpfenden. War es das? Hatte Jamie Wettschulden gehabt, die ihn letzten Endes das Leben gekostet hatten? War es sogar so schlimm gewesen, dass es sich zu einer Sucht entwickelt hatte, die er vor allen anderen geheim gehalten hatte? Oder war er doch selbst in diesen Ring gestiegen, um auf diese Weise Geld zu verdienen? Ich musste an den Sandsack im Keller zu Hause bei meinen Eltern denken, aber Jamie hatte sich so selten daran ausgetobt, dass er immer mehr Staubfänger und Deko gewesen war als ein Sportgerät. Zumindest hatte ich das bisher immer geglaubt. Jetzt war ich mir da nicht mehr so sicher.

Roy rief ein paar Leuten etwas im Vorbeigehen zu. Die meisten reagierten darauf, ohne uns weiter zu beachten, aber manche warfen einen Blick auf die beiden Leute, die er mit hierhergebracht hatte. Misstrauen spiegelte sich in ihren Gesichtern wider, aber auch … Wiedererkennen? Trevor schien kein Fremder im Fitnesscenter gewesen zu sein. Hatte er auch von diesem Fight Club hier unten gewusst? Hatte er deshalb so darauf gedrängt, dass wir wieder gingen? War er sogar selbst gegen andere Kämpfer angetreten?

Ich musste an unsere Trainingseinheiten auf dem Campus zurückdenken und plötzlich bekamen diese Erinnerungen einen faden Beigeschmack. Trevor hatte gesagt, dass es sein Weg war, um zu vergessen. Da ich dieses Bedürfnis nur zu gut kannte, hatte ich nie nachgehakt, was genau er eigentlich vergessen wollte oder wie er überhaupt erst zum Boxen gekommen war, und er hatte es mir nie erzählt.

Roy blieb vor einem Hünen mit tätowierter Glatze stehen und wechselte ein paar Worte mit ihm, die im Grölen der Menge untergingen. Der Fremde beäugte uns skeptisch und musterte mich so eindringlich, dass ich mich weigerte, wegzusehen. Stattdessen atmete ich tief durch, als er etwas zu Roy sagte, und kramte in meiner Hosentasche nach dem Foto, das ich mitgebracht hatte.

Bevor Trevor oder Roy einschreiten konnten, wandte ich mich an den Typen, der so aussah, als hätte er hier viel zu sagen, und hielt ihm die Aufnahme hin. »Haben Sie diesen Kerl hier schon mal gesehen?«

»Was bist du? Ein Bulle?«, knurrte er und verschränkte die Arme vor der Brust. Eine Abwehrhaltung, aber so leicht gab ich nicht auf.

»Kein Bulle. Ich bin seine Schwester und suche nach ihm. Haben Sie ihn schon mal hier gesehen?«

Es war ein älteres Bild, das etwa ein Jahr vor Jamies Tod entstanden war. Damals war er in den Semesterferien zu Hause gewesen und wir hatten den ganzen Sommer praktisch nur im Garten hinter dem Haus verbracht. Auf dem Bild war Jamie braun gebrannt, trug nur ein weißes T-Shirt und bunte Shorts. Seine Augen sprühten vor Freude und er lachte in die Kamera, wodurch sich das Grübchen in seiner Wange abzeichnete. Er hatte glücklich gewirkt. Nicht wie jemand, der heimlich in ein Fitnesscenter eine Stunde von seiner Studentenbude entfernt fuhr, um irgendwelches illegale Zeug zu machen. Andererseits … wie sah so jemand überhaupt aus?

»Sein Name ist Jamie. Jamie Masterson.«

»Masterson?«, wiederholte der Typ ausdruckslos. Er sah von dem Foto in meiner Hand zu Roy und Trevor, dann zurück zu mir. »Nie gehört. Nie gesehen.«

»Ganz sicher?«, bohrte ich nach. »Er war Mitglied im Studio.«

»Viele sind Mitglied, aber nicht jeder kommt hier runter«, erwiderte er barsch und ließ mich stehen. Offenbar hatte ich seine Geduld überstrapaziert.

Ich wollte ihm nachgehen, spürte aber eine Hand an meinem Arm, die mich zurückhielt.

»Wir sollten jetzt gehen«, sagte Trevor neben mir.

»Was?« Ich starrte ihn entgeistert an. »Einen Scheiß sollten wir! Wir sind gerade erst angekommen und ich hab noch nicht mal richtig damit angefangen, alle …«

»*Tate.*« Seine Stimme hatte einen warnenden Unterton angenommen und seine Miene war so ernst, wie ich es selten bei ihm gesehen hatte.

Doch statt auf ihn zu hören, riss ich mich los. Ich war nicht so weit gekommen, nur um jetzt aufzugeben, weil ich irgendwem damit vielleicht auf die Füße trat. Ich musste die Wahrheit erfahren. Eine andere Option gab es nicht.

»Geh, wenn du gehen willst. Ich bleibe hier.«

»Das ist nicht dein Ernst …« Fassungslosigkeit zeichnete sich auf seinen Zügen ab. »Du hast keine Ahnung, wer diese Leute sind. Das hier ist kein Spiel, verdammt noch mal.«

»Sehe ich vielleicht so aus, als würde ich spielen wollen?«

Nur kurz schaute ich an Trevor vorbei zu den anderen Leuten. Die meisten ignorierten uns noch immer, weil sie ganz auf den Kampf konzentriert waren, der vorn stattfand. In diesem Moment krachte die Faust des einen in das Gesicht des anderen. Sein Kopf flog herum, Blut strömte aus seiner Nase auf den Boden. Ich biss die Zähne zusammen, sah aber nicht weg. Blut machte mir nichts aus. Rohe Gewalt dagegen schon. So schnell wie der Typ auf dem Boden gelegen hatte, rappelte er sich jedoch wieder auf und wich in letzter Sekunde einem Tritt aus.

Zum ersten Mal hatte ich eine richtige Spur, eine echte Chance, herauszufinden, was mit meinem Bruder passiert war.

Warum er hatte sterben müssen. Wie es passiert war. Und das würde ich um nichts in der Welt hergeben. Meine eigene Sicherheit war mir gleichgültig. Hier ging es nicht um mich, sondern nur noch um Jamie. Und ich war mir absolut sicher: Wenn ich irgendwo Antworten finden konnte, dann hier.

Ohne Trevor oder Roy, der erstaunlich still geworden war, weiter zu beachten, schob ich mich an den Leuten vorbei. Sofort war ich von warmen, schwitzenden Körpern umgeben. Das Gebrüll sorgte dafür, dass es in meinen Ohren klingelte. Jemand rammte seinen Ellbogen in meine Rippen und ich stolperte beinahe über ein paar Füße. Ich versuchte, möglichst flach zu atmen und heil auf der anderen Seite wieder rauszukommen – falls diese Menschenmasse überhaupt ein Ende hatte.

Wenige Minuten später stand ich kurz vor der provisorischen Kampfarena. Hier waren die Gerüche noch intensiver und das Licht greller. Blut und Schweiß machten den Boden des Rings glitschig. Mehr als einmal rutschten die Kontrahenten aus. Jetzt nahm der eine den anderen in den Schwitzkasten und drückte zu. Der Schiedsrichter griff nicht ein. Auch dann nicht, als dem Kerl die Beine nachgaben und er eine ungesunde Gesichtsfarbe bekam, während die Menschen um uns herum noch lauter grölten und die beiden anfeuerten.

Mein Magen verkrampfte sich. Merkten diese Leute denn nicht, dass der Kerl gleich das Bewusstsein verlieren würde? Oder Schlimmeres? Ich war keine Ärztin, aber in den letzten zwei Jahren hatte ich genug über Rechtsmedizin und die menschliche Anatomie gelernt, um zu wissen, dass das dort im Ring lebensgefährliche Ausmaße annahm.

Ich machte einen Schritt nach vorn, als mich jemand am Handgelenk packte und zurückkriss. Ich wirbelte auf der Stelle herum. »Was zum Teufel?!«

»Du solltest dich da lieber nicht einmischen, Schätzchen.«
Der große, bullige Typ mit der Glatze und dem tätowierten
Schädel war wieder da und starrte mich finster an. »Es sei
denn, du willst als Nächste in den Ring steigen.«

Ich kämpfte gegen meine Übelkeit an, als er mich abschätzig
von oben bis unten betrachtete und ein gewisses Interesse in
seinen Augen aufflackerte. *In deinen Träumen, Mistkerl.* Mein
Herz raste vor Panik und Schweiß brach mir aus. Ich musste
irgendetwas tun. Ich konnte nicht einfach zuschauen wie alle
anderen hier.

»Er wird ihn umbringen!«, rief ich und deutete mit der frei-
en Hand auf die Tribüne, wo beide Kämpfer inzwischen zu Boden gegangen waren.

Der Hüne zuckte nur mit den Schultern, als wäre das durchaus möglich, würde ihn aber nicht weiter interessieren. Wer
zur Hölle glaubte er, dass er war? Er konnte doch nicht einfach
dabei zusehen, wie …

Die Menge um uns herum drehte durch. Offenbar war der
Kampf entschieden. Der Sieger wurde verkündet und die Leute jubelten oder fluchten, weil sie auf den Falschen gesetzt hatten. Ganz in der Nähe zersprang eine Flasche auf dem Boden
und Bier spritzte auf.

»Lass sie los.« Trevors Stimme brachte meinen Puls nicht
dazu, sich zu beruhigen, sondern ließ ihn noch weiter in die
Höhe schießen. Er löste sich aus der Menge und trat neben uns.
Sein Blick flackerte zu der Stelle, an der mich der Typ noch immer mit seiner Pranke umklammerte, dann fixierte er den Kerl.

Der spuckte auf den Boden. »Sie stellt Fragen. Du weißt,
was wir mit solchen Leuten machen, Alvarez.«

»Ich wollte nicht …«, begann ich, aber keiner der beiden
schenkte mir Beachtung. Scheiße, ich hatte doch nur dafür sorgen wollen, dass dieser Kampf endete, bevor jemand ernsthaft

verletzt wurde. Oder im Leichensack endete. Bisher hatte ich Jamies Foto nur einer einzigen Person gezeigt, aber allem Anschein nach genau dem Falschen.

Der Kerl und Trevor starrten einander an und keiner schien zuerst nachgeben zu wollen.

»Trev …« Ich legte die Finger um seinen Arm. »Lass uns gehen.«

Ich wusste, dass Trevor einschüchternd auf Fremde wirken konnte, dafür sorgten allein schon seine Größe und die Tatsache, dass er nie viel redete, dafür aber mit Blicken sehr viel ausdrücken konnte. Doch so wie heute hatte ich ihn noch nie erlebt. Er kam dem Fremden so nahe, dass sich beinahe ihre Nasenspitzen berührten. Und auch wenn der Typ ein Stück größer war als Trevor, zeigte er als Erster Anzeichen von Unsicherheit. Sein Adamsapfel hüpfte beim Schlucken auf und ab und er wandte den Blick kurz ab. Wortlos ließ er mich los, wich aber nicht vor Trevor zurück. Blanker Zorn spiegelte sich in seinen Augen wider.

Ohne hinzusehen griff Trevor nach meiner Hand und zog leicht daran. »Komm.«

Diesmal widersprach ich ihm nicht, auch wenn alles in mir darauf drängte, weiter Fragen zu stellen und herauszufinden, ob mein Bruder ebenfalls hergekommen war. Doch mit einem Mal war die Situation zu heikel, die Gefahr zu real geworden. Die Menge konzentrierte sich nicht mehr auf den Kampf, weil der bereits vorbei war, sondern zunehmend auf uns. Mehr als einmal fiel Trevors Name, und ich brannte darauf zu erfahren, was zum Teufel seine Verbindung zu diesem Laden und diesen Leuten war. Aber hier und jetzt war weder der richtige Ort noch die richtige Zeit dafür. Wenn wir wieder sicher im Auto und im Wohnheim waren, konnte ich ihn mit Fragen löchern. Jetzt sollten wir erst mal von hier verschwinden.

»Nicht so schnell.« Von irgendwoher tauchte Roy mit einem selbstgefälligen Lächeln im Gesicht auf. Er sah zwischen uns hin und her und schüttelte dann gespielt enttäuscht den Kopf. »Ihr könnt doch nicht einfach reinspazieren, herumschnüffeln und dann wieder abhauen, ohne Auf Wiedersehen zu sagen. Wie unhöflich ist das bitte?« Er war der Einzige, der auflachte, dann wurde er schlagartig ernst. »Aber wir wollen mal nicht so sein. Ihr dürft gehen. Für einen gewissen Preis.«

Wie bitte?

»Ein Preis?«, fauchte ich. »Wofür? Für deinen endlosen Charme?«

»Für unsere und eure Verschwiegenheit natürlich. Wir können nicht zulassen, dass irgendwer von diesem Ort erfährt, der nicht davon erfahren soll.« Bei diesen Worten fixierte er mich. Obwohl er anfangs so übermäßig freundlich getan hatte, schien ihm meine Anwesenheit nun ein Dorn im Auge zu sein. Genauer gesagt die Fragen, die ich stellte. »Wie sieht's aus, Alvarez?« Er breitete die Arme aus. »Ihr Turteltäubchen könnt gehen. Unter einer Bedingung.«

»Und die wäre?«, knurrte er.

Roys Grinsen verwandelte sein Gesicht in eine Fratze. »Du steigst in den Ring. Wenn du gewinnst, wird euch keiner von meinen Leuten aufhalten und ihr seid frei, zu gehen. Aber wenn du verlierst …« Gespielt nachdenklich wiegte er den Kopf hin und her. »Dann fällt uns schon etwas ein, was wir mit euch beiden anstellen können.«

Kapitel 14

Trevor

Ich hatte mir geschworen, nie wieder zu kämpfen. Nach dem, was damals mit Jamie Masterson passiert war, hatte ich es einfach nicht über mich gebracht, wieder in den Ring zu steigen und weiterzumachen, ganz egal, wie viel Kohle sie mir anboten. Der Mistkerl wusste das. Roy wusste genau, warum ich aufgehört hatte.

Wir hätten niemals herkommen dürfen. Ich hätte nie zulassen dürfen, dass Tate überhaupt von der Arena hier unten erfuhr. Ganz zu schweigen davon, dass sie kurz davorstand, herauszufinden, wie ihr eigener Bruder in all das involviert gewesen war. Aber Tate von etwas abzubringen, das sie sich in den Kopf gesetzt hatte, war ein Ding der Unmöglichkeit. Seit wir uns kannten, hatte ich es oft genug versucht und war mindestens genauso oft daran gescheitert.

Ich hatte vorgehabt, sie noch vor dem Fitnesscenter abzufangen und davon zu überzeugen, dass dieser Trip eine ganz miese Idee war. Aber ich war zu spät gekommen. Also blieb mir nur, ihr zu folgen und sicherzustellen, dass sie sich nicht in Gefahr brachte. Doch jetzt wurde mir klar, dass ich es damit nur noch schlimmer gemacht hatte. Roy wäre vielleicht gar nicht auf sie aufmerksam geworden, wenn ich nicht dabei gewesen wäre. Gut möglich, dass ihn irgendwann jemand auf die junge Frau mit den vielen Fragen hingewiesen hätte, und er sie mit einer Warnung rausgeworfen hätte. Vielleicht hätte er auch versucht, sie ins Bett zu bekommen – allein bei dem Gedanken daran sah ich Rot. Doch er hätte sie nie in den Keller mitgenommen. Nicht ohne mich.

Dass wir hier waren, war meine Schuld. Also musste ich auch den Preis dafür zahlen, damit wir unversehrt wieder wegkamen.

»Okay.«

Tate wirbelte zu mir herum. Ihre Augen waren riesig und für einen winzigen Moment meinte ich, tatsächlich Angst darin zu erkennen. *Wow*. Ich hätte nicht gedacht, dass das überhaupt möglich war …

»Trev …«

»Schon gut«, unterbrach ich sie und drückte ihre Hand, die noch immer in meiner lag. »Ich weiß, was ich tue.«

Roy lächelte so selbstgefällig, dass ich ihm am liebsten eine reingewürgt hätte. Leider würde nicht er mein Gegner im Ring sein, dessen waren wir uns beide bewusst. Ein einziges Mal hatte ich den Boden mit seinem dürren Arsch gewischt, seither hielt er sich von mir fern. Bis heute. Bis er sich unbedingt hatte einmischen müssen. Der Wichser hatte eine große Klappe, aber wenn es drauf ankam, ließ er andere die Drecksarbeit für sich erledigen.

»Dann ist es also entschieden. Der nächste Kampf ist deiner.« Er nickte mir zu und wandte sich bereits ab. »Ich gebe Larsson Bescheid.«

Kurz sah ich zu der Stelle, an der Larsson bis eben noch gestanden hatte. Inzwischen war er in der Menge untergetaucht, was bei seiner Größe eigentlich kaum möglich sein sollte. Ich biss die Zähne zusammen, als ich daran dachte, wie er Tate vorhin festgehalten hatte.

Larsson hatte schon früher die Kämpfe organisiert. Bevor er

hier aufgetaucht war, war es wesentlich lockerer – und humaner – zugegangen. Zumindest erzählte man sich das hinter vorgehaltener Hand. Als ich dazugestoßen war, war es bereits nur noch um den höchsten Gewinn und das beste Entertainment für die Zuschauer gegangen. Völlig egal, wer dafür mit gebrochenen Knochen und einem Krankenhausaufenthalt bezahlen musste.

Doch das eigentliche Problem an Larsson war, dass er ein verflucht gutes Gedächtnis hatte. Er wusste sicher noch von damals um meine Stärken und Schwächen und würde mir einen entsprechend harten Gegner aussuchen. Was bedeutete, dass ich den Ring im besten Fall mit ein paar Prellungen, mit ein oder zwei Veilchen und blutiger Lippe verlassen würde. Im schlechtesten Fall … Ich zwang mich dazu, den Gedanken nicht zu Ende zu führen. Jetzt war es sowieso zu spät. Aber wenn Roy meinte, mich mit dieser Aktion aufs Kreuz legen zu können, irrte er sich gewaltig.

»Ich bin gleich zurück.« Einen Moment lang hielt ich Tates Blick fest, um mir zu versichern, dass sie zurechtkam und keinen Ärger anzettelte. Sie schluckte einmal, doch statt mir eine Antwort zu geben oder nachzuhaken, was ich vorhatte, kniff sie die Augen zusammen und reckte das Kinn vor. Nur mit Mühe konnte ich ein Lächeln unterdrücken. Dieses Mädchen war tougher als die meisten Kerle, die ich kannte. So schnell würde sich niemand mit ihr anlegen.

Kurz verspürte ich den irrwitzigen Impuls, ihr über die Wange zu streichen, unterdrückte diesen Drang jedoch ganz schnell wieder und schob mich durch die Menge. Roy und ich waren noch nicht fertig miteinander.

Das Licht war noch immer so miserabel, wie ich es in Erinnerung hatte, aber Larssons Stammplatz war derselbe geblieben. Auf dem Weg dorthin holte ich Roy ein. »Hey!«

Er blieb abrupt stehen. Wahrscheinlich hatte er nicht damit gerechnet, mich noch mal vor dem Kampf zu sehen. Mit hochgezogenen Brauen drehte er sich zu mir um.

»Wir erweitern den Deal«, sagte ich ohne Umschweife. Die Zeit für Bullshit war vorbei.

»Ach, wirklich?« Roy verschränkte die Arme vor der Brust. »Und wie soll dieser *erweiterte* Deal deiner Meinung nach aussehen?«

»Wenn ich den Kampf gewinne, gehen wir – ohne Einschränkungen. Und niemand verliert ihr gegenüber ein Wort über das, was damals passiert ist.«

Roy blickte in Tates Richtung und wieder zu mir zurück. Er zog die Brauen hoch, doch dann breitete sich ein perfides Lächeln auf seinem Gesicht aus. »Ahh, verstehe. Du willst dir nicht die Chancen versauen, sie heute Nacht flachzulegen. Keine Ahnung, wie du sie gefunden hast, aber hey – was immer dich scharf macht. Und sie ist ziemlich scharf, keine Frage.«

Ich dachte nicht nach. Mit einem Schritt war ich bei ihm, stieß ihn im nächsten Moment gegen die Wand und drückte den Unterarm gegen seine Kehle.

»Scheiße, Mann!« Roys Augen traten fast aus ihren Höhlen. »So war das doch nicht gemeint. Ich kann dich verstehen. Sie ist heiß und im Bett sicher eine …«

»Ein Wort«, warnte ich leise. »Sag noch ein Wort und ich mach dich fertig, bevor der Kampf überhaupt begonnen hat.«

»Schon gut!«, röchelte er. »Sorry.«

Zwei, drei Sekunden lang ließ ich ihn noch zappeln, dann ließ ich ihn ruckartig los und trat einen Schritt zurück. Roy hielt sich hustend die Kehle.

»Haben wir eine Abmachung?«

Lachend richtete er sich wieder auf. »Da hast du dir vielleicht was eingebrockt, Alvarez.« Amüsiert schüttelte er den

Kopf. »Nur weil du krankes Schwein auf sie stehst, ändert das nichts an dem, was du getan hast.«

Als ich erneut auf ihn zustürzte, hob er abwehrend die Hände.

»Ist gut, Mann! Wir haben einen Deal.« Er hielt mir seine Hand hin, als könnte ich auf sein Wort, auf seine Ehre zählen. Und, bei Gott, ich hoffte, dass ich das tatsächlich konnte. Wenn hier unten jemand außer Larsson das Sagen hatte, dann war es Roy. »Wenn du gewinnst, könnt ihr gehen und sie wird nie erfahren, was mit ihrem geliebten Bruder passiert ist. Aber wenn du verlierst …« Sein Lächeln wurde diabolisch. »Wenn du verlierst, mache ich es zu meiner persönlichen Aufgabe, ihr alles zu erzählen. Jedes einzelne Detail. Und sie hinterher ausgiebig zu trösten.«

Ich schüttelte seine Hand, obwohl ich ihm eine reinschlagen wollte. Aber auch wenn der Kerl ein Drecksack sein konnte, kannte er die Regeln hier unten. Unser Deal war gültig – und ich würde diesen verdammten Kampf gewinnen, völlig egal, wen sie mir entgegensetzten.

Ich musste gewinnen. Alles andere kam nicht infrage.

Nach einem prüfenden Blick in Tates Richtung, um sicherzugehen, dass sie in Ordnung war, setzte ich mich auf eine der Bänke an der Wand und begann, meine Hände und Finger zu verbinden. Die Bandagen waren nicht meine und auf dem Boden waren noch ein paar Tropfen Blut meines Vorgängers. Mein Magen zog sich vor Ekel und Widerwillen zusammen. Ich hatte mir geschworen, das nie wieder zu tun. Nicht hier, nicht irgendwo anders. Und jetzt saß ich auf der zerkratzten Bank, bandagierte meine Hände und versuchte mich mental auf den nächsten Kampf einzustellen.

Diesmal ging es nicht um Geld, sondern um etwas sehr viel Wichtigeres. Um unsere Sicherheit und darum, dafür zu sorgen, dass Tate die Wahrheit niemals erfuhr. Schon gar nicht von so einem Dreckswichser wie Roy, der sie nicht schonen, sondern ihr jedes Detail ausführlich beschreiben und sie damit quälen würde.

Ich war so sicher gewesen, diese Zeit meines Lebens endgültig hinter mir gelassen zu haben, aber vielleicht war ich all die Jahre nur davor weggelaufen. Vor der Verantwortung für das, was ich getan hatte, und vor dem Menschen, der ich damals gewesen war. Jetzt hatte mich meine Vergangenheit wieder eingeholt. Das Einzige, was ich noch tun konnte, war, dafür zu sorgen, dass sie nicht auch Tate einholte.

Sie stand etwas abseits der Menge vorn am Ring, die Arme vor der Brust verschränkt und starrte in meine Richtung. Als sich unsere Blicke trafen, musste ich hart schlucken, bevor ich zumindest den Mundwinkel etwas anheben konnte, um sie zu beruhigen. Wir würden es hier rausschaffen. Ganz egal, was ich dafür tun und wen ich besiegen musste. Und wenn wir erst mal durch diese Türen nach draußen getreten waren, würde ich dafür sorgen, dass sie nie wieder herkam. Es war zu gefährlich. Ich mochte ihren Bruder zwar nie richtig kennengelernt haben, aber ich hatte selbst eine kleine Schwester und würde ihr die Hölle heißmachen, wenn sie sich meinetwegen so in Gefahr begeben würde. Und auch ohne Jamie gekannt zu haben, wusste ich, dass er genauso denken würde, wenn er heute hier wäre.

Ich nickte ihr noch einmal zu, dann riss ich meinen Blick mühsam von ihr los. Ab jetzt würde Tate nur noch eine Ablenkung darstellen. Eine Ablenkung, die ich mir nicht erlauben konnte.

Der Ring wurde mit einem Schlauch abgespritzt. Blut und Schweiß mischten sich mit dem Wasser, wurden fortgespült und tropften auf den Boden.

Ein letztes Mal atmete ich tief durch, dann stand ich auf, zog mir das Shirt über den Kopf und warf es auf die Bank. Ich kletterte als Erster auf die Ebene, rollte mit den Schultern und versuchte mich aufzuwärmen, während der andere Kämpfer in den Ring stieg.

Eine Erinnerung schob sich vor meine Augen. Derselbe Ort, eine andere Zeit, ein ebenso unbekannter Gegner und dieselbe Gleichgültigkeit.

Ich blinzelte rasch, schluckte die Übelkeit hinunter und machte mich bereit. Das hier war nicht wie damals. Das hier war nicht wie mein letzter Kampf. Wenn ich es mir oft genug einredete, glaubte ich vielleicht irgendwann selbst daran.

Ich kannte den Typen nicht, der auf der anderen Seite des Rings stand und etwas auf und ab hüpfte, um warm zu werden. Er war etwa so groß wie ich, hatte straßenköterblondes Haar, das etwas zu lang war, und ungewöhnlich dunkle Augen dazu. Wahrscheinlich asiatische Vorfahren. Sein Körper war schlank, ohne ein Gramm Fett zu viel, dafür zeichneten sich drahtige Muskeln deutlich unter der Haut ab.

Wer auch immer der Typ war, er war eindeutig nicht zum ersten Mal hier. Er schien regelmäßig zu trainieren und dementsprechend viel Power zu haben. Sein siegessicheres Grinsen sagte ebenso viel über ihn aus wie die Wunde an seiner Wange, die relativ frisch zu sein schien. Sein letzter Kampf war vielleicht zwei, drei Tage her. Dass er keine weiteren Verletzungen, weder Prellungen noch offene Wunden hatte und heute schon wieder kämpfte, machte umso deutlicher, wie gefährlich er war.

Natürlich schickte Larsson mir keinen Anfänger. Alles andere hätte mich auch überrascht. Aber dass er nach all dieser Zeit noch immer so angepisst war, dass er einen Profi gegen mich in den Kampf schickte, war ein bisschen übertrieben. Auch wenn er damals ziemlich viel Geld verloren hatte, als ich aufgehört hatte …

Ein Gong ertönte und für Gedanken blieb keine Zeit mehr. Ich blendete die Zuschauer ebenso aus wie Tate. Jetzt gab es nur noch diese paar Quadratmeter, meinen Gegner und mich. Ich wusste nicht, was für ihn auf dem Spiel stand, aber darauf konnte ich keine Rücksicht nehmen. Ich hatte ein Ziel vor Augen und das würde ich auch erreichen.

Langsam umkreisten wir uns, taxierten einander mit unseren Blicken und versuchten, die Schwachpunkte des anderen auszumachen. Blöd nur, wenn man keine an seinem Gegner fand. Der Kerl bewegte sich leichtfüßig, tänzelte durch den Ring und stellte dabei seine Muskeln zur Schau. Wie ich kämpfte er oben ohne und hatte seine Schuhe anbehalten. Seine Hände waren nicht bandagiert. Das war ein Punkt, an dem ich ansetzen konnte, wenn auch nur ein schwacher. Nicht genug, um den Kampf zu gewinnen.

Ich hielt die Deckung oben, fixierte meinen Gegner und versuchte den richtigen Zeitpunkt für einen Angriff auszumachen, ohne selbst eins auf die Fresse zu kriegen. Die Leute feuerten uns an, aber ihr Geschrei wurde zu einem dumpfen Rauschen, genau wie das Pochen des Blutes in meinen Ohren. Für einen winzigen Moment sah der Typ zur Seite in die Menge. Das war meine Chance.

Ich holte aus und schlug zu. Einmal. Zweimal. Dreimal. Ich drängte ihn in die Ecke. Beim vierten Ausholen stieß er mich zurück. Bevor ich wieder einen festen Stand hatte, ging er zum Gegenangriff über.

Der erste Schlag war immer der schlimmste. Nicht, weil man ihn nicht erwartete, sondern weil man zwar mit dem Schmerz rechnete, der Körper aber trotzdem nicht darauf vorbereitet war. Jedes Mal überraschte es mich, wie scheiße weh es tat, wenn jemand seine Faust in mein Gesicht rammte. Ein metallener Geschmack flutete meinen Mund. Schmerz explodierte in meiner linken Wange und ließ mich kurzzeitig nur noch weiße Punkte sehen. Ich blinzelte, spürte den Luftzug und hob die Arme. Es war purer Instinkt, der mich davor bewahrte, einen weiteren Schlag einstecken zu müssen. Adrenalin pulsierte durch meine Adern und weckte meinen Kampf- oder Fluchtreflex. Aber hier oben gab es keine Flucht. Es gab nur den Kampf.

Mit einem Kniestoß brachte ich etwas Abstand zwischen den Kerl und mich. Die Wunde an seiner Wange blutete wieder. Er wischte sich mit dem Handrücken darüber, ohne mich aus den Augen zu lassen, während wir uns ein weiteres Mal umkreisten. *Immer in Bewegung bleiben* – das war Roys erster Ratschlag gewesen, nachdem er mich damals in dieser Gasse aufgelesen hatte. Ich hatte es mit gerade mal sechzehn Jahren mit einer ganzen Gruppe von Jungs aufgenommen. *Nie stillhalten.* Ein unbewegliches Ziel ist leichter zu treffen als eines, das ständig in Bewegung ist.

Ich rechnete mit einem weiteren Fausthieb. Ein großer Fehler. Denn der Typ traf mich mit einem Kick in die Nieren. Reflexartig stieß ich die Luft aus, noch bevor sich der Schmerz in meiner Seite ausbreitete. Dem nächsten Tritt konnte ich ausweichen und reagierte mit einem Schlag darauf. Der Kerl war so selbstsicher, dass er seine Deckung immer mal wieder vernachlässigte. Das nutzte ich jetzt aus. Schlag um Schlag trieb ich ihn weiter, selbst dann noch, als ich das warme Blut an meinen Knöcheln spürte.

In der einen Sekunde hatte ich noch die Überhand, in der nächsten stürzte sich der Drecksack auf mich und wir landeten beide hart auf dem Boden. Wrestling war nie meine Stärke gewesen. Ich kämpfte lieber mit meinen Fäusten, als mich über den Boden zu rollen. Anders als mein Gegner, denn der klammerte sich mit den Beinen an mich und richtete sich über mir auf. Ich hielt die Arme schützend vors Gesicht, während es Schläge auf mich herabregnete. Trotzdem trafen sie mich wieder und wieder im Gesicht und am Kopf.

Mein Puls raste. Mein Magen verkrampfte sich. Der Geschmack von Blut und Galle füllte meinen Mund. Jeder Gedanke wurde schwieriger zu formen. Ich dachte nicht länger nach, sondern reagierte nur noch und schlug dem Kerl auf beiden Seiten in die Nieren. Fest. Immer fester, bis sich sein Griff lockerte und ich mich mit ihm herumrollen konnte. Aber statt auf ihn einzuprügeln stieß ich mich vom Boden ab und kam wieder auf die Beine.

Schweiß rann mir in die Augen. Meine Sicht verschwamm. Ein schmerzhaftes Pochen strahlte von meiner Seite in alle Richtungen aus.

Wieder tänzelten wir umeinander herum. Vereinzelte Stimmen drangen zu mir durch. Die meisten feuerten den Typen an, aber hin und wieder hörte ich meinen Namen. Manche der Leute schienen sich noch an mich erinnern zu können. Ich wollte es nicht spüren, wehrte mich gegen das widerliche Gefühl von Zufriedenheit, von Euphorie, das früher jeden dieser Kämpfe begleitet hatte. Es war wie ein Rausch gewesen, ein paar kurze Minuten, in denen Schmerz und Glücksgefühl ineinander übergingen, bis ich nicht mehr wusste, wo das eine begann und das andere aufhörte. Alles war eins, alle Sinne geschärft, jede Empfindung überspitzt, als wäre ich auf irgendeinem Trip. Nur dass manche für diesen Trip mit ihrem Leben bezahlen mussten.

Der Gedanke an Jamie kam so plötzlich, dass er mich eiskalt erwischte. Für eine Sekunde war ich abgelenkt, aber das genügte meinem Gegner, um sich wieder auf mich zu stürzen.

Ich sah seine Faust nicht kommen, spürte nur den Schmerz in meiner rechten Gesichtshälfte und konnte plötzlich kaum noch etwas sehen. *Scheiße. Scheiße, Scheiße, Scheiße.*

Etwas Hartes traf meine Knie. Sie gaben nach und ich sackte zu Boden. Sofort rollte mich der Kerl herum und war über mir. Seine Fäuste waren nur noch Farbflecken vor meinen Augen, begleitet von einem bohrenden Schmerz in meinem Kopf. Etwas Warmes lief über mein Gesicht. Mein Instinkt hielt meine Arme schützend angehoben, aber ich zwang mich dazu, einen davon runterzunehmen, um selbst angreifen zu können. In die Seiten, in die Rippen, überallhin, wo ich ihn treffen konnte. Ich musste es schaffen, ich musste gewinnen. Ich musste es einfach.

Ein Hieb in die Nieren ließ ihn zusammenzucken und mitten in der Bewegung innehalten. Großer Fehler. Ich reagierte sofort und rollte uns herum, bis ich über ihm auf der Matte kniete. Diesmal war der kleine Wichser derjenige, der sich vor meinen Angriffen zu schützen versuchte. Schweiß klebte an meiner Haut. Meine Fingerknöchel brannten wie Feuer, genau wie meine Muskeln, aber ich hörte nicht auf. Immer wieder holte ich aus und schlug auf den Kerl ein. Auf sein Gesicht, seinen Kopf, bis ich nicht mehr wusste, ob es mein Blut war, das an meinen Fingern klebte, oder seines.

Eine Faust krachte in meine Seite, genau an die Stelle, wo meine Rippen sowieso schon angeknackst waren. Der Schmerz raubte mir den Atem und für einen Moment sah ich schwarz. Gleich darauf fand ich mich auf dem Rücken liegend wieder, während der Kerl strauchelnd auf die Beine kam und mit dem Fuß ausholte. Ich warf mich zur Seite und wich so dem Tritt aus. Aber es reichte nicht. Ich war zu langsam, hatte zu lange nicht mehr gekämpft. Meine Sinne waren noch immer geschärft, aber meine Reaktionen zu untrainiert. Sein Fuß traf mich in die Rippen. In den Magen. In den Bauch. Einmal. Zweimal. Dreimal.

Blut füllte meinen Mund und ich spuckte aus. Mühsam richtete ich mich auf Händen und Knien auf und ließ mich zur Seite fallen, um dem nächsten Kick auszuweichen. Als sein Bein erneut auf mich zuraste, packte ich ihn am Knöchel und riss daran. Hart krachte er neben mir auf den Boden und für ein paar Sekunden mussten wir beide erst mal durchatmen.

Mein Herz hämmerte so schnell, dass es wehtat. Jedes Luftholen brannte in meiner Brust. Meine Muskeln zitterten vor Anstrengung. Der Schiedsrichter sagte irgendetwas. Die Menge schrie auf, feuerte uns an, buhte uns aus. Alles vermischte sich zu einer undurchdringlichen Masse.

Irgendwie schaffte ich es, mich wieder aufzurichten. Der Kampf war noch nicht zu Ende. Wir waren erst fertig, wenn einer von uns nicht mehr aufstand. Auch mein Gegner kam wieder auf die Beine, aber er wankte bei jedem Schritt. Anscheinend hatte er sich beim Sturz irgendwas verknackst. Das war meine Chance.

Ich stürzte auf ihn zu und zwang ihn in die Knie. Seine Fäuste trafen meine Rippen, aber ich spürte es kaum noch, reagierte nicht darauf. Wieder und wieder schlug ich auf ihn ein, bis er zu Boden sackte und abwehrend die Hände hob. Aber das war nicht genug. Nicht für die Zuschauer, nicht für Larsson und nicht für Roy. Ein letztes Mal krachte meine Faust in sein Gesicht, dann rührte er sich nicht mehr.

Mein Atem ging schwer. Von irgendwoher hörte ich ein Pfeifen. Klatschen. Schreie. Irgendwer brüllte meinen Namen und zog mich auf die Beine. Aber ich konnte nur auf den Kerl starren, der blutend auf der Matte lag. Seine Augen waren geschlossen, aber sein Brustkorb hob sich gleichmäßig. Ich starrte so lange darauf, bis zwei stämmige Kerle in den Ring kletterten, ihn an den Beinen und unter den Achseln packten und wegtrugen.

Ich hatte gewonnen. Scheiße, ich hatte den Kampf tatsächlich gewonnen. Aber zu welchem Preis?

Kapitel 15

Tate

Ich hatte gedacht, schon viel gesehen zu haben. Bilder von Tätern und Opfern aus abgeschlossenen Fällen, Fotos der Spurensicherung, Obduktionen, bei denen wir zuschauen durften, Leichen im Anatomieunterricht. Ich wusste, wie Gewalt aussah, kannte ihre Ausmaße und ihre Auswirkungen. Zumindest hatte ich das bis heute geglaubt.

Jetzt wusste ich es besser. Denn so etwas wie diesen Kampf hatte ich nie zuvor gesehen. Genauso, wenn nicht noch schlimmer als das, was da im Ring passierte, waren die Leute um mich herum. Sie tranken Bier, wedelten mit Geldscheinen und schrien sich die Lunge aus dem Leib, als wären sie bei einem Footballspiel und nicht in einem Keller unter einem Fitnesscenter, wo sich wildfremde Menschen halb zu Tode prügelten. Den Leuten hier war es egal. Faszination und Begeisterung spiegelten sich auf den Mienen von Männern und Frauen gleichermaßen wider. Sie waren für den Kick hier und für das schnelle Geld. Der Anblick von Blut und roher Gewalt machte ihnen nichts aus – im Gegenteil, es schien sie aufzuputschen. Und sie scherten sich nicht darum, dass jemand da oben ernsthaft verletzt wurde. Jemand wie Trevor.

Beim ersten Schlag war ich zusammengezuckt, als hätte es mich selbst erwischt, auch wenn ich mir nicht mal ansatzweise vorstellen konnte, wie sich das anfühlen musste. Als der Kampf sein Ende erreicht hatte, war mir kotzübel, aber ich konnte den Blick auch nicht abwenden. Ohne darüber nachzudenken hatte ich mich durch die Menge geschoben, so dicht vor den Ring, dass mich jemand zurückhalten musste, um den Kämpfenden nicht zu nahe zu kommen. Aber ich musste sehen, was mit Trevor passierte, ich musste sichergehen, dass er in Ordnung war. Auch wenn er ganz und gar nicht in Ordnung aussah.

Als der Schiedsrichter seinen Arm in die Höhe riss, brachen Jubel und Buhrufe um mich herum aus, aber ich hatte nur Augen für Trevor. Er bemerkte mich nicht, was auch daran liegen konnte, dass sein rechtes Auge bereits zuschwoll. Blut lief aus Wunden an seiner Schläfe und Wange. Seine Rippen begannen sich bereits zu verfärben. Er war völlig verschwitzt, atmete schwer und sein Haar klebte an seiner Stirn. Aber er hatte gewonnen. Wir durften gehen.

Ich lief um den Ring herum und wartete, bis er heruntergeklettert war. Einen Moment lang hielt er meinen Blick fest, dann ging er an mir vorbei, wickelte sich die blutigen Bandagen von den Händen und griff nach seinem Shirt, das er auf einer Bank zurückgelassen hatte. Langsam streifte er es sich über. Ich hätte ihm am liebsten geholfen, doch ich hielt mich zurück. Ich wusste, dass Trevor keine Schwäche zeigen wollte. Vor niemandem, aber am allerwenigsten vor Roy und den anderen Kerlen.

Ein langsames Klatschen drang durch die etwas leiser werdenden Rufe der Leute, während der Ring für den nächsten Kampf vorbereitet wurde. Roy lehnte an der Wand neben der Bank und senkte die Hände. »Respekt, Alvarez. Du hast es immer noch drauf. Du solltest dir echt überlegen, zurückzukommen.«

Trevors Miene war nicht zu deuten. Er zeigte keine Regung, kein Gefühl, und als er sprach, war seine Stimme genauso kalt wie seine Augen. »Unser Deal?«

Roy nickte. »Ihr dürft gehen. Und das hier bleibt unser kleines Geheimnis.« Er deutete zwischen uns dreien hin und her. Wieder war da dieses selbstgefällige Lächeln und ich fragte mich unwillkürlich, wie ich ihn auch nur eine Sekunde lang ansatzweise hatte attraktiv finden können. Der Kerl war das Letzte. Ich wollte nicht mal dieselbe Luft atmen wie er.

Ohne ein weiteres Wort drehte sich Trevor um und kam zu mir. Seine Bewegungen waren schleppend und er hinkte leicht. Er musste höllische Schmerzen haben, ließ aber nichts davon nach außen dringen.

»Hey, Alvarez!«, rief Roy uns nach, aber keiner von uns blieb stehen, um ihm ein weiteres Mal zuzuhören. »Die Tür steht hier immer offen für dich. Und für dich auch, Kleine.« Jemand packte mich am Handgelenk, und als ich mich umdrehte, sah ich direkt in Roys Gesicht. Er kam mir viel zu nah, und während ich noch überlegte, wie ich reagieren sollte, ertönte seine Stimme dicht an meinem Ohr. »Dann können wir ja mal über deinen Bruder reden.«

Ein kalter Schauder kroch mein Rückgrat hinab und Gänsehaut begann sich auf meinem Körper auszubreiten. Ich entriss ihm meinen Arm, gab ihm aber nicht die Genugtuung, in anderer Form darauf zu reagieren.

Die Leute machten Trevor von allein Platz, sodass wir ohne Probleme durch die Meute kamen und kurz darauf durch die graue Tür in den Gang traten. Doch als ich die Treppe ansteuerte, schüttelte Trevor den Kopf und deutete auf die Tür am Ende des Gangs. Ich folgte ihm, ohne Fragen zu stellen, was nicht bedeutete, dass ich keine hatte. Aber fürs Erste mussten wir hier weg.

Wir nahmen eine andere Treppe nach draußen. Erst als wir hinter dem Haus ins Freie traten, sackten Trevors Schultern herab und er begann deutlicher zu hinken. In wenigen Schritten war ich bei ihm, schlang den Arm um ihn und stützte ihn auf dem Weg zu meinem Wagen. Dann ging ich zurück ins Studio und holte meine Sachen aus der Umkleide. Ich verfrachtete Trevor auf den Beifahrersitz, stieg auf der Fahrerseite ein, startete den Motor und fuhr los. Mein Herzschlag beruhigte sich erst, als wir Charleston hinter uns ließen und mir ein weiterer Blick in den Rückspiegel zeigte, dass uns niemand folgte. Aber es pochte noch immer schmerzhaft in meiner Brust.

»Bist du sicher, dass du nicht zum Arzt willst?«, fragte ich und warf Trevor einen Seitenblick zu.

»Kein Arzt«, stieß er hervor und zuckte im selben Moment vor Schmerz zusammen. »Es ist halb so wild.«

»Halb so wild?«, rief ich ungläubig. »Du blutest, du Idiot!«

Am liebsten hätte ich ihn durchgeschüttelt oder ihm einen harten Stoß dafür gegeben, dass er sich so sinnlos in Gefahr gebracht hatte. Ich hatte ihn nicht darum gebeten, zu diesem dämlichen Kampf anzutreten und seinen Gegner bis in die Bewusstlosigkeit zu schlagen, um zu gewinnen. Aber Trevor litt bereits genug, also hielt ich mich zurück. Vielleicht auch, weil ich wusste, dass meine Wut nur eine ganz andere Empfindung überdeckte, da es mir leichter fiel, wütend zu sein, statt mich meinen richtigen Gefühlen zu stellen. Ich hatte Angst um ihn gehabt. Nie zuvor hatte ich so große Angst um jemanden gehabt wie heute Abend um Trevor. Und das war nur ein weiterer Grund für mich, verdammt wütend zu sein. Auf ihn. Auf mich, weil ich unbedingt hierher hatte kommen müssen. Auf diesen Roy und seine Leute.

»Sorry …«, murmelte Trevor heiser. Er war völlig in sich zusammengesackt. Seine Schultern hingen herab, seine Atmung war schwer und stockend und sein Auge … Scheiße, konnte er überhaupt noch etwas sehen?

Ich richtete meine Aufmerksamkeit wieder auf die Straße

und atmete mehrmals tief durch. Ich konnte jetzt nicht ausflippen. Nein, ich *würde* nicht ausflippen. Wenn ich später allein war, konnte ich das, aber nicht jetzt. Denn jetzt musste ich mich erst mal um Trevor kümmern und ihn nach Hause schaffen. Nach wenigen Meilen entdeckte ich ein Schild und setzte einem spontanen Impuls folgend den Blinker.

»Was hast du vor?«, krächzte Trevor neben mir.

Ich hielt den Wagen neben der Zapfsäule. »Tanken. Und dir Eis besorgen, damit du dein Auge morgen überhaupt noch aufkriegst.«

Meine Knie zitterten, als ich die Fahrertür zuschlug und in die kleine Tankstelle reinmarschierte, genau wie meine Hände, als ich die Geldscheine rauskramte und an der Kasse bezahlte. Keine fünf Minuten später kehrte ich zum Wagen zurück und öffnete die Beifahrertür von außen.

»Hier.« Vorsichtig drückte ich Trevor das Eispack aufs Auge, griff nach seiner Hand und legte sie darauf.

Mit seinem gesunden Auge suchte er meinen Blick und hielt ihn fest. »Danke.«

Ich schluckte hart und nickte lediglich, weil ich kein Wort hervorbrachte. Gott, ich musste mich zusammenreißen. Aber das, was heute Abend geschehen war, dieser ganze Fight Club, Trevors Kampf – und Roys Worte am Ende. Nichts davon konnte ich aus meinem Kopf verbannen und genauso wenig verhindern, dass meine Gedanken immer wieder dorthin zurückkehrten. Als der Wagen vollgetankt war und ich den Motor startete, warf ich einen Blick zu Trevor hinüber, und mir wurde klar, dass ich nicht die Einzige war, die Ablenkung brauchte. Ich von meinen kreisenden Gedanken, Trevor von den Schmerzen, die er unweigerlich haben musste.

»Erzähl mir was«, sagt ich, sobald wir wieder auf der Straße waren. »Irgendwas. Wir kennen uns seit mehr als zweieinhalb Jahren, aber im Grunde weiß ich kaum etwas über dich.«

»Da gibt es nicht viel zu erzählen.« Er versuchte sich gerader hinzusetzen und ächzte leise. »Ich bin hier ... in Charleston geboren und aufgewachsen. Meine Großeltern väterlicherseits leben auch hier, die ganzen Verwandten meiner Mutter sind in Puerto Rico. Früher haben wir jeden Sommer dort verbracht.«

Ich lächelte ganz leicht. »Meine Eltern reisen viel und waren vor ein paar Jahren mal in Puerto Rico«, erzählte ich, ohne den Blick von der Straße zu nehmen. »Mom war ganz hin und weg vom Essen, ganz besonders vom Sancocho-Eintopf und den Empani... Empanani...«

»Empanadillas«, half er. »Meine kleine Schwester ist auch ganz verrückt danach.«

»Du hast eine kleine Schwester?«

Warum erfuhr ich das erst jetzt? Und warum überraschte mich das nicht? Es passte ganz hervorragend zu Trevors Beschützerinstinkt, der sich nicht nur auf mich beschränkte, sondern für alle Leute in unserer Truppe galt. Natürlich hatte er auch Geschwister.

»Ana Lucia«, presste er hervor und hielt sich die Seite. »Sie ist zwölf ... und hält meine Eltern ganz schön auf Trab. Sie redet mindestens genauso viel wie meine Mom.«

»Im Ernst?« Verwundert sah ich zu ihm rüber.

Er lachte lautlos. »Was meinst du, warum ich so still bin?«

»Keine Chance gegen die beiden?«

»Keine Chance«, bestätigte er, doch in seiner Stimme lag so viel Wärme, dass ich unweigerlich lächeln musste. Es gab zu viele kaputte oder fehlende Familien in meinem Freundeskreis. Da tat es gut zu wissen, dass Trevor sich mit seinen Eltern und seiner Schwester verstand.

Wir unterhielten uns den Rest der Fahrt über, und ich war

dankbar für die Ablenkung, die verhinderte, dass meine Gedanken zurück in diesen Keller unter dem Fitnesscenter wanderten. Und ich hoffte, dass meine Geschichten über meine Eltern und ihre vielen Reisen, meine Arbeit beim Radio und unsere Singstar-Abende mit den Mädels Trevor auch ein wenig ablenken konnten.

Als wir Huntington erreicht hatten und uns dem Campus näherten, wurde Trevor immer ruhiger, seine Fragen und Antworten immer einsilbiger. Er musste höllische Schmerzen haben, denn ich bemerkte, dass er versuchte, möglichst flach zu atmen.

Ich parkte hinter den Wohnheimen und so nahe wie möglich an den Gebäuden, damit wir nicht weit laufen mussten. Die Nacht war eisig und es hatte wieder angefangen zu schneien. Wild wirbelten die Schneeflocken durch die Luft, peitschten uns ins Gesicht und trübten die Sicht. Ich hatte Trevors Arm über meine Schultern gelegt und meinen eigenen um ihn geschlungen, um ihn zu stützen. Obwohl es nur ein paar Meter zu laufen waren, kam mir der Weg endlos vor. Schnee knirschte unter unseren Schuhen und zu allem Überfluss war der Boden stellenweise spiegelglatt gefroren.

Ich hatte keine Ahnung, wie spät es war, aber hinter einigen Fenstern der Wohnheime brannte noch immer Licht. Wenn Trevor nicht zu einem Arzt wollte, dann wollte er sicher auch nicht auf dem Weg nach oben gesehen werden, denn das würde nur bedeuten, dass er Fragen beantworten musste. Oder schlimmer noch: Gerüchte in die Welt setzen. Und wenn es etwas gab, das Trevor genauso sehr zu hassen schien wie ich öffentliche Szenen und ungefragt angetatscht zu werden, dann waren es tratschende Leute. Seit wir am College waren, war so gut wie jeder von uns schon Teil der Gerüchteküche gewesen. Manche mehr, wie Luke oder Mason, andere weniger, wie

Elle oder Dylan. Lediglich Trevor hatte bisher jede Art von Gerüchten über ihn, sein Leben oder seine Familie vermeiden können.

Das Erdgeschoss war hell erleuchtet, aber die Empfangstheke war leer. Offenbar hatte Mrs Glennard schon Feierabend oder war für einen Moment nicht am Platz. Das war unsere Chance. Doch ausgerechnet in diesem Moment kam eine kleine Gruppe aus dem Aufenthaltsraum und blieb quatschend mitten im Eingangsbereich stehen. Fast gleichzeitig öffneten sich die Fahrstuhltüren und zwei Mädchen kamen mit Wäschekörben aus dem Treppenhaus und steuerten den Waschsalon an. Ich verdrehte die Augen. War ja klar. Menschen waren immer dann da, wenn man sie nicht gebrauchen konnte. Nicht mal die Sitzgelegenheiten auf der anderen Seite der Halle waren leer. Da saßen zwei Kerle nebeneinander und diskutierten heftig miteinander. Auf dem Sofa schräg gegenüber saß ein Typ mit Smartphone in der Hand, der mir verdammt bekannt vorkam.

Ich blinzelte, kniff die Augen zusammen, sah genauer hin. Dann schob ich Trevor ein Stück von der Tür weg und drückte ihn auf eine Bank, bevor ich mein Handy hervorzog.

»Was hast du vor?«, fragte er stirnrunzelnd.

»Für Ablenkung sorgen«, murmelte ich, während meine Finger auf die Tasten einhämmerten.

Zwei, drei Sekunden später hob Mason überrascht den Kopf und sah von seinem Platz auf dem Sofa aus nach draußen. Er wirkte irritiert, nickte aber und stand auf. Gott sei Dank.

Mit angehaltenem Atem beobachtete ich, wie er im Aufenthaltsraum verschwand. Kurz darauf kehrte Mrs Glennard an ihren Platz zurück – allerdings stand sie nur wenige Sekunden später schon wieder auf, um nachzusehen, was im Gemeinschaftsraum nebenan los war. Auch die beiden Jungs in der

Sitzecke und die quasselnde Gruppe vor dem Aufzug wurden jetzt aufmerksam und gingen ebenfalls hinüber.

Gut gemacht, Maze.

Ich half Trevor auf die Beine und drückte die Glastür mit der freien Hand auf. Zusammen schafften wir es ungesehen bis zum Aufzug. Doch kurz bevor sich die Türen schlossen, schob sich ein Arm hindurch und sie gingen wieder auf. Mason sprang herein, fuhr sich mit der Hand durchs Haar und schien etwas sagen zu wollen, hielt jedoch abrupt inne.

»Heilige Scheiße, was ist passiert?«

»Wir waren Pizza essen, was sonst?«, erwiderte ich trocken und drückte auf den Knopf. »Wonach sieht es denn aus?«

»Es sieht aus, als hättest du Trev ordentlich den Hintern versohlt.« Die Türen schlossen sich und wir fuhren gemeinsam nach oben.

»Wie hast du die anderen abgelenkt?«, wollte ich nach einem Moment wissen.

Mason zuckte lässig mit den Schultern. »Ein Bier umgestoßen, ein paar Beleidigungen ausgetauscht. Diese Sportler sind echt empfindlich, wenn man Witze über ihre Schwänze macht.«

Gegen meinen Willen musste ich grinsen und hob anerkennend den Daumen. Nur Mason brachte so etwas fertig und kam ohne einen Kratzer wieder aus der Sache raus. Gut möglich, dass auch Jackson da unten gewesen war, und ich wusste sehr gut, wie sensibel er auf solche Kommentare reagierte.

Mit Masons Hilfe brachte ich Trevor nach oben in mein Zimmer. Vielleicht wäre es klüger gewesen, ihn in seine eigene Wohnung zu bringen, aber ich hatte gerade anderes zu tun, als mich um seine Gedanken und Gefühle diesbezüglich zu sorgen. Außerdem war Trev ein großer Junge. Er würde sich schon melden, wenn er etwas dagegen einzuwenden hätte. Allerdings schwieg er bis auf ein unterdrücktes Ächzen, als wir ihn vorsichtig auf mein Bett setzten. Als Maze das Licht einschaltete und ich zum ersten Mal das ganze Ausmaß von Trevors Verletzungen erkennen konnte, drehte sich mir der Magen um.

Blut klebte an Trevors Wange, an seiner Schläfe und an seiner Lippe, sein rechtes Auge war trotz des Eispacks unterwegs fast komplett zugeschwollen, und so wie er sich die Seite hielt, schien er auch dort heftige Schmerzen zu haben. Panik begann sich in mir auszubreiten. Ich hatte keine Ahnung von Erster Hilfe. Ja, ich hatte mal einen Kurs gemacht und in meinem Studium hatte ich auch Anatomie- und Biologiekurse besucht. Ich war mir ziemlich sicher, mit etwas Hilfe eine Autopsie hinzubekommen und einen menschlichen Körper auseinandernehmen zu können, um die Todesursache zu ermitteln. Aber niemand hatte mir beigebracht, wie man Verletzungen an lebenden Menschen richtig behandelte. Und ich hatte mir nie die Mühe gemacht, es herauszufinden, weil ich nie geplant hatte, in eine Situation wie diese zu kommen.

»Okay. Wir brauchen Desinfektionsmittel, Eis, Pflaster, Schmerzmittel und elastische Verbände«, kam es überraschend von Mason.

Ich starrte ihn an, als würde er Chinesisch sprechen. Aber statt irgendeinen Witz zu reißen oder die Situation zu dramatisieren, erwiderte er meinen Blick hart.

»Militärausbildung«, erinnerte er mich und deutete mit dem Daumen Richtung Tür. »Holst du jetzt das Zeug oder muss ich eure WG auseinandernehmen und selber danach suchen?«

Mir lag eine bissige Erwiderung auf der Zunge, aber ein Blick in Trevors Richtung genügte, um sie runterzuschlucken. Ihm zu helfen, war jetzt wichtiger. Mein Kopf schaltete auf Durchzug, während ich zuerst ins Badezimmer ging und den kompletten Erste-Hilfe-Kasten mitbrachte. Nur zur Sicherheit. Danach lief ich durch die Wohnung und machte mehrmals auf dem Absatz kehrt, weil ich etwas vergessen hatte oder mir noch etwas eingefallen war. Es dauerte eine gefühlte Ewigkeit, bis ich alle Sachen beisammen hatte, inklusive drei Gläsern und zwei Flaschen Wasser, und in mein Zimmer zurückkehrte. Zum Glück waren Elle und Mackenzie nicht da, was mir eine Menge Erklärungen ersparte.

Ich kniete mich aufs Bett und half Trevor vorsichtig dabei, das Shirt loszuwerden. Ich biss mir fest auf die Lippe, als ich die gerötete Haut und grünblauen Stellen darunter entdeckte. Wie zur Hölle sollte da irgendein Verband helfen? Trev sah aus, als wäre er von einem Laster angefahren worden – und wahrscheinlich fühlte er sich genauso, auch wenn er keinen Laut von sich gab, als Mason erst seine Rippen abtastete und dann den Verband darumwickelte. Auf den Stoff legte er ein Kühlpack und fixierte das mit der Bandage. Schweißtropfen traten auf Trevors Stirn, und ich konnte ihm ansehen, dass es ihn all seine Energie kostete, stillzuhalten, obwohl er Schmerzen haben musste. Und das gleich doppelt und dreifach, weil ich zur selben Zeit die Wunden in seinem Gesicht desinfizierte und vorsichtig mit schmalen weißen Strips zuklebte.

Als ich fertig war, legte ich einem Impuls folgend die Hand in seinen Nacken und strich mit dem Daumen über seine Haut. Er warf mir ein überraschtes, aber dankbares Lächeln zu. Bevor er etwas dazu sagen konnte, griff ich nach dem zweiten Kühlpack, das Luke vor einiger Zeit wegen seiner Sportverletzungen bei uns eingelagert hatte, und drückte es vorsichtig gegen Trevors Auge. Mit etwas Glück würde er morgen noch etwas sehen können. Wie er seine Verletzungen seinen Mitbewohnern, den Dozenten und allen anderen erklären wollte, wusste ich nicht. Er könnte die Wahrheit sagen und behaupten, es wäre meine Schuld, und dass ich niemals zu diesem Fitnessstudio hätte fahren sollen, aber wie ich Trev kannte, würde er das nicht tun. Er war nicht der Typ dafür, andere in die Pfanne zu hauen. Nicht mal mich, obwohl ich indirekt für jede einzelne Prellung, jedes bisschen Blut und jede Schwellung verantwortlich war. Weil ich nicht hatte hören wollen. Ich hatte unbedingt weiter nachfragen, hatte mich einmischen müssen, statt zu gehen, als Trevor es vorgeschlagen hatte. Und jetzt war nicht mal ich diejenige, die die Quittung dafür bekam, sondern er.

»Fertig.« Mason richtete sich auf und betrachtete sein Werk. Der Verband schlang sich um Trevors Mitte und eine Schulter und war so fest, dass ich mich fragte, wie er überhaupt atmen konnte.

Aber offensichtlich konnte er es, denn er stieß die angehaltene Luft aus und nickte Mason zu. »Danke.«

»Nicht zu fest?«

Trevor schüttelte den Kopf.

»Alles klar.« Mason wandte sich an mich. »Sieh zu, dass er ein paar Stunden schläft und die nächsten vierundzwanzig Stunden nicht duscht. Danach braucht er einen neuen Verband und frische Pflaster. Ich glaube nicht, dass die Rippen gebrochen sind. Das würde sich anders anfühlen. Aber falls es nicht besser wird, muss er zu einem Arzt.«

Ich nickte. »Verstanden.«

»Gut.« Mason stemmte die Hände in die Hüften. »Meine Arbeit hier ist getan. Wer auch immer dafür verantwortlich ist, ich hoffe, ihm geht's dreckiger als dir.«

Trevor zuckte mit den Mundwinkeln. »Darauf kannst du wetten.«

»Gut.« Maze klopfte ihm leicht auf die Schulter. Er zögerte kurz, und ich konnte ihm ansehen, dass ihm unendlich viele Fragen auf den Lippen brannten, aber er hielt sich zurück. »Ruh dich aus.«

Mit diesen Worten ließ er uns allein und zog die Tür hinter sich zu. Kurz darauf konnten wir hören, wie auch die Wohnungstür ins Schloss fiel. Dann wurde es still im Zimmer. Nur das Eis im Kühlpack knirschte, als Trevor die Hand wechselte und es sich wieder aufs Auge drückte. Während Mason ihm den elastischen Verband für die Rippen umgelegt hatte, hatte ich auch Trevors aufgeschürfte Fingerknöchel desinfiziert und bandagiert.

Ich seufzte tief und suchte seinen Blick. »Tu das nie wieder, verstanden?«

Er lächelte atemlos. »Keine Sorge. Ich steh nicht besonders drauf, verprügelt zu werden.«

Gut so. Denn mit dieser Aktion hatte er mir einen halben Herzinfarkt beschert. Ich konnte nicht verstehen, wie andere Leute das zum Spaß machten – oder zur Unterhaltung. Gewalt war nie schön. Aber sinnlose Gewalt war am schlimmsten.

»Versuch etwas zu schlafen. Die Tabletten müssten bald wirken.«

»Ja, Ma'am«, murmelte er und ließ sich mit schmerzverzogenem Gesicht in die Kissen zurücksinken.

Ich wartete, bis er trotz seiner Verletzungen eine halbwegs bequeme Position gefunden hatte, dann stand ich auf, schaltete das Licht aus, zog mich bis auf Oberteil und Slip aus und kletterte zu ihm ins Bett. Ich zögerte, weil ich ihm zwar nahe sein, ihm aber nicht durch eine unbedachte Bewegung wehtun wollte, insbesondere, weil ich zwischen ihm und der Wand lag und nicht viel Spielraum hatte. Erst nach einer ganzen Weile, als Trevors Atemzüge ruhig und gleichmäßig geworden waren, schmiegte ich mich vorsichtig an seine Seite. Ich seufzte leise, als ich endlich eine gute Position gefunden hatte, bei der ich ihn hoffentlich wenig stören würde – doch im selben Moment legte Trevor einen Arm um mich und zog mich fest an sich. Ich spürte seine Lippen auf meinem Haar, und beinahe zeitgleich atmeten wir tief durch.

Sekunden, Minuten tickten vorbei, während wir schweigend dalagen. Die Wohnungstür ging auf, ich hörte die gedämpften Stimmen von Mackenzie und Elle und ein Rauschen aus dem Badezimmer, dann wurde es wieder still. Mit geschlossenen Augen lauschte ich auf Trevors Atemzüge und das gleichmäßige Pochen unter meinem Ohr. Solange ich das hören konnte, war alles gut. Trevor würde wieder gesund werden.

»Versprich mir etwas …« Seine raue Stimme füllte die Dunkelheit um uns herum, und ich merkte, dass ich unbewusst den Atem anhielt. »Diese Leute sind gefährlich, Tate. Versprich mir, dass du nie mehr dorthin gehst.«

Ich dachte an Trevors blutdurchtränktes Shirt, das noch immer vor dem Bett auf dem Boden lag. Ich war schon früher überrascht davon gewesen, wie viel ein Mensch bluten konnte, wenn er sich beim Rasieren schnitt, aber Trevors Verletzungen waren eine ganz andere Nummer. Wahrscheinlich klebte sein Blut auch in meinem Wagen auf dem Beifahrersitz. Ich hatte mich immer für hart im Nehmen gehalten, schließlich las ich Berichte über Gehirnautopsien und aß dabei Chips, aber all das Blut zu sehen, das aus Trevors Wunden floss? Das hatte sogar mir den Magen umgedreht. Vielleicht, weil es echt war und nicht bloß in einem Buch stand. Oder weil es Trevor war.

»Tate …?«, fragte er leise.

Ich schluckte hart und versuchte, das Hämmern in meiner Brust unter Kontrolle zu bekommen, scheiterte jedoch. »Versprochen«, flüsterte ich schließlich.

Statt einer Antwort verstärkte Trevor seinen Griff um mich und begann mir über den Arm zu streicheln. Es war eine sanfte, eine unwichtige Berührung, derer er sich wahrscheinlich nicht mal bewusst war. Dafür spürte ich sie umso deutlicher.

Jedes Mal, wenn seine rauen Finger über meine Haut strichen, fühlte ich mich ihm näher als jemals zuvor. Und ich wusste auch, dass ich es nicht ertragen würde, dasselbe wie heute Abend noch mal mit anzusehen.

Trevor war mir viel zu wichtig geworden, um ihn auf diese Weise in Gefahr zu bringen. Nicht für mich. Nicht für meine Suche nach der Wahrheit.

Ich erwachte mit einem Zucken. Im ersten Moment war ich desorientiert und wusste nicht, was mich geweckt hatte, dann hörte ich das unterdrückte Ächzen neben mir. Trevor richtete sich auf und schwang die Beine über den Bettrand, aber statt aufzustehen, blieb er sitzen und vergrub das Gesicht in den Händen. Im fahlen Licht der Straßenlampen, das von draußen hereinschien, glänzte sein Oberkörper vor Schweiß. Seine Brust hob und senkte sich schwer.

Stirnrunzelnd setzte ich mich auf. Es dauerte ein paar Sekunden, bis sich mein hämmerndes Herz wieder beruhigt hatte und die Erlebnisse von gestern Abend zurückkehrten. Das Fitnesscenter. Der Fight Club im Keller. Der Kampf. Bei der Erinnerung an Trevors Verletzungen und an das ganze Blut zog sich alles in mir zusammen.

»Hey …« Ich klang genauso verschlafen, wie ich mich fühlte. Keine Ahnung, wie spät es war, aber im Wohnheim war es noch vollkommen ruhig.

Ohne Kaffee wach zu werden und zu funktionieren war für mich für gewöhnlich ein Ding der Unmöglichkeit. Meine Freunde hatten gelernt, dass es besser war, mich vor meinem ersten Kaffee nicht anzusprechen, wenn man an seinem Leben hing. Aber normalerweise schlief ich auch allein und wurde nicht mitten in der Nacht von einem großen, halb nackten Kerl in meinem Bett geweckt.

»Was ist los?«, fragte ich leise und strich über seinen Rücken. Er erschauerte leicht unter der Berührung, wich aber nicht aus und zuckte auch nicht zurück.

»Nichts. Schon gut«, raunte er. »Schlaf weiter.«

Dachte er wirklich, ich könnte mich jetzt einfach wieder hinlegen, wenn er so neben mir saß? Langsam richtete ich mich auf den Knien auf und strich hoffentlich beruhigend über seine Schultern.

»Hast du wieder Schmerzen?«

Er begann den Kopf zu schütteln, hielt dann jedoch einen Moment inne und nickte schließlich. Seufzend ließ er die Hände sinken und lehnte sich etwas gegen mich.

»Warte kurz.« Ich hauchte einen Kuss in seinen Nacken und löste mich von ihm.

Die Tabletten lagen auf dem Schreibtisch neben dem Bett. Ich angelte danach und reichte sie, zusammen mit einer Wasserflasche, an Trevor weiter. Er nahm gleich zwei von den Pillen und spülte sie mit großen Schlucken hinunter. Als er fertig war, trank ich selbst etwas und stellte die Flasche wieder zurück.

Ohne darüber nachzudenken rieb ich über Trevors Nacken und versuchte die verkrampften Muskeln zu lösen. »Sicher, dass es nur der Schmerz war?«

Er antwortete nicht sofort, aber das war okay. Ich mochte nicht der einfühlsamste Mensch der Welt sein, aber ich merkte ihm an, dass ihn etwas beschäftigte. Seine ganze Haltung war angespannt, er rieb sich über das Gesicht und den Bart, fuhr sich durch das Haar und ließ seinen Blick überall hinwandern, nur nicht zu mir. Ich hakte kein weiteres Mal nach, sondern wartete ab, bis er bereit dazu war, sich mir anzuvertrauen. Falls er das überhaupt wollte.

Nach dem, was vor wenigen Stunden in Charleston passiert war, könnte ich es ihm nicht übel nehmen, wenn es nicht so wäre. Er sollte wütend auf mich sein, mir eine Standpauke halten und mir jede Menge »Ich hab's dir doch gesagt« um die Ohren hauen, weil er mit allem recht behalten hatte. Ich hätte sofort mit ihm verschwinden sollen, als er es zum ersten Mal vorgeschlagen hatte. Wir hätten Roy nicht in den Keller folgen dürfen. Dann wäre all das nie passiert. Dann hätte ich zwar keine weiteren Hinweise auf Jamie, aber Trevor würde auch nicht mit Schrammen, Blutergüssen und geprellten Rippen auf meinem Bett sitzen und mit sich selbst kämpfen.

Gerade als ich Luft holen und ihm genau das sagen wollte, räusperte er sich. Zum ersten Mal, seit er mitten in der Nacht aufgewacht war, sah er mich geradewegs an. Obwohl es dunkel war, konnte ich den Schmerz erkennen, der sich in seine Gesichtszüge gegraben hatte und tief in seinen Augen lag.

»Es war nur ein Albtraum«, murmelte er.

»Wirklich?« Meine Hand lag still in seinem Nacken und ich hielt seinen Blick fest. »Es ist okay, wenn du mir nicht alles erzählen willst, Trev. Aber lüg mich nicht an, ja?«

In dem Moment, in dem ich die Worte aussprach, wurde mir klar, dass ich es nicht ertragen könnte, wenn er mich belog. Alle anderen Menschen vielleicht, aber nicht er. Nicht der Kerl, der von Anfang an für mich da gewesen war, wann immer ich ihn gebraucht hatte. Aber vor allem auch dann, wenn ich mir nicht einmal selbst hatte eingestehen wollen, jemanden zu brauchen. Und obwohl ich ihm im Laufe der vergangenen Jahre mehr Flüche, Verwünschungen und Beleidigungen an den Kopf geworfen hatte, als ich zählen konnte, war er trotzdem immer da gewesen. Ganz egal, ob es nur Kleinigkeiten waren, wie mir seinen Schal zu geben, wenn ich meinen vergessen hatte, oder mich mit Kaffee zu versorgen, wenn wir beide stundenlang in der Bibliothek lernten, oder größere Sachen, wie mich von einer Party nach Hause zu begleiten, obwohl ich ihn vorher noch mit den schlimmsten Beschimpfungen bedacht hatte. Ich hatte mich so daran gewöhnt, dass er immer da war, mein strahlender und doch so unerwünschter Retter, dass ich mir nie vorgestellt hatte, dass er es eines Tages nicht mehr sein könnte. Dass er irgendwann nicht mehr da sein könnte, wenn ich ihn brauchte. Oder wenn er mich brauchte.

»Es ... war nicht nur ein Traum«, gestand er nach einem Moment rau. »Es war eine Erinnerung.«

»An deine früheren Kämpfe ...?«

Seine Kiefermuskeln traten hervor, als er die Zähne zusammenbiss, aber er nickte stumm. Den Blick starr zu Boden gerichtet.

»Willst du mir davon erzählen?«, fragte ich leise, obwohl ich die Antwort darauf bereits ahnte.

Trevor war da unten kein Fremder gewesen. Roy und die anderen Kerle, sogar die Zuschauer kannten ihn. Er musste schon früher dort gekämpft haben, auch wenn ich nicht begriff, warum. Wegen des Geldes? Wegen des Kicks? Weil er schon damals etwas hatte vergessen wollen, und das der einzige Weg für ihn gewesen war? Oder weil er etwas fühlen, weil er sich selbst für etwas bestrafen wollte? Es gab so viele Möglichkeiten und keine einzige davon gefiel mir. Weil sie nicht zu dem Kerl passten, den ich kennengelernt hatte.

Der Trevor, den ich kannte, war beherrscht, hatte einen trockenen Sinn für Humor, war furchtbar im Small Talk, aber dafür ein verdammt guter Beobachter. Er konnte auf seine ruhige Art gefährlich wirken, aber bis zu diesem Abend hätte ich ihn mir nie in einem Ring vorstellen können, wo er, selbst schon blutig und verletzt, auf seinen Gegner einschlug, bis der das Bewusstsein und damit auch den Kampf verlor. Allein bei der Erinnerung daran zog sich alles in mir zusammen. Denn der Typ auf dem Boden hätte auch Trevor sein können. Er hätte mit einer Gehirnerschütterung und gebrochenen Knochen da rausgehen können – oder mit Schlimmerem.

Der Gedanke daran, was alles hätte passieren können, drehte mir den Magen um. Erst als Trevor behutsam meine Hand aus seinem Nacken löste, wurde mir bewusst, dass ich mich zu sehr an ihn geklammert und ihm wehgetan hatte.

»Sorry …« Ich befeuchtete mir die Lippen und zwang mich dazu, meine Befürchtungen auszusprechen. »Mein Bruder … Ich glaube, dass Jamie irgendetwas mit diesem Fight Club zu tun hatte.«

Trevor erwiderte nichts darauf, sah mich nur an.

»Ich meine, warum hätte er sonst von hier bis nach Charleston fahren sollen? Nur um zu trainieren, obwohl es ein kostenloses Studio auf dem Campus gibt?« Ich nagte an meiner Unterlippe und schüttelte den Kopf. »Das glaube ich nicht. Genauso wenig wie das, was die Cops uns damals erzählt haben. Jamie muss etwas gesehen oder gewusst oder … getan haben.« Ich atmete tief durch, als meine Stimme zu zittern begann, und suchte Trevors Blick. »Du warst schon früher in dem Studio. Sei ehrlich. Kanntest du auch … Kanntest du ihn?«

Ich wusste nicht, ob es nur Sekunden waren, die vergingen, oder Minuten, denn es kam mir wie eine Ewigkeit vor, während ich mit angehaltenem Atem wartete. Trevor antwortete nicht sofort, sondern betrachtete unsere miteinander verschränkten Finger, bevor er den Kopf hob und mich wieder ansah.

»Nein«, sagte er ruhig. »Ich habe deinen Bruder nie kennengelernt.«

Ich stieß die angehaltene Luft aus. War das Erleichterung, die ich spürte? Dankbarkeit? Vielleicht ein bisschen von beidem, weil er ehrlich zu mir war. Weil er immer ehrlich gewesen war. Und weil ich bei ihm wusste, dass er mir nie etwas vormachen würde, nur um mich zu schonen. Das würden Elle und Dylan zwar genauso wenig, aber bei Trevor war es etwas anderes. Aus irgendeinem Grund war es mir bei ihm wichtiger als bei allen anderen.

»Ich habe schon vor langer Zeit damit aufgehört und wollte nie wieder kämpfen …«, gestand er leise.

Ich traute mich kaum, die Frage auszusprechen. »Warum hast du es jetzt getan?«

»Deinetwegen.«

Etwas in mir schmolz. Es schmolz einfach, wurde zu weichem, flüssigem Pudding, obwohl ich das nicht mal für möglich gehalten hätte und ganz sicher niemals laut zugeben würde. Aber dieses eine Wort und dieser ganze Abend bewirkten etwas in mir.

»Tate …«

Ich dachte nicht nach, sondern lehnte mich zu ihm. Er zögerte einen Herzschlag lang, kam mir dann aber entgegen. Meine Lippen strichen über seine. Sanft. Fragend. Auch jetzt reagierte er nicht sofort, doch dann spürte ich seine Finger in meinem Haar und er begann, den Kuss zu erwidern.

Mein Puls raste, obwohl ich mich kaum bewegt hatte. Meine Haut kribbelte. Meine Hand zitterte, als ich sie an seine Wange legte. Vorsichtig und auf die unverletzte Seite, weil ich ihm nicht wehtun wollte. Er hatte heute Nacht schon genug einstecken müssen.

Ich strich mit der Zunge über seine Unterlippe, wollte den Kuss vertiefen und ihm noch näher kommen. Wahrscheinlich war es nicht besonders klug, was wir hier taten, aber ich musste mir versichern, dass es ihm gut ging. Dass er in Ordnung war. Dass er noch immer bei mir war.

Trevor kam mir entgegen und als sich unsere Zungen das erste Mal nach viel zu langer Zeit wieder berührten … zuckte er zurück.

»Shit«, murmelte er und rieb sich mit dem Daumen über den Mundwinkel. »Sorry.«

Ich brauchte einen Moment, um zu begreifen, was gerade passierte. Die Wunden an seiner Schläfe und seiner Wange hatte ich selbst desinfiziert und zugeklebt, nachdem sie aufgehört hatten, zu bluten. Aber seine aufgeplatzte Lippe hatte ich in dem Durcheinander ganz vergessen.

Ich wollte mich zurücklehnen und wieder Abstand zwischen uns bringen, aber er hielt mich fest und schob mir ein paar Haarsträhnen hinters Ohr. Sekundenlang konnte ich ihn nur ansehen, nur in diese dunklen Augen starren, die immer so viel mehr zu sehen schienen als alle anderen.

»Danke.« Das Wort kam mir über die Lippen, bevor ich darüber nachdenken konnte.

Seine Augen weiteten sich. »Wofür?«

»Für alles, was du heute getan hast.«

Er schluckte hart. »Tate … ich …«

»Schh …« Ich drückte ihm sanft den Zeigefinger gegen die Lippen. »Schon gut. Du musst nicht darüber reden. Nicht jetzt. Aber wenn du mir irgendwann davon erzählen willst, dann bin ich da. Okay …?«

Weil ich genauso für ihn da sein wollte wie er für mich. Ich hatte keine Ahnung, was wir mittlerweile füreinander waren. Gute Freunde? Trainingspartner? Eine Affäre? Aber im Grunde spielte es doch überhaupt keine Rolle. Dieser Abend, diese ganze Nacht hatte etwas zwischen uns verändert. Mehr als damals, kurz nach Thanksgiving, als wir das erste Mal miteinander im Bett gelandet waren. Mehr als beim zweiten Mal vor ein paar Wochen. Ich konnte es nicht benennen, konnte nicht genau sagen, was anders war, aber vielleicht musste ich das auch gar nicht. Wir spürten es beide. Nur das war wichtig.

»Lass uns schlafen gehen. Es ist keine Ahnung wie spät und

wir müssen morgen beide einigermaßen fit in zigtausend Seminaren sitzen.«

Ein müdes Lächeln umspielte seine Mundwinkel, aber er nickte. »Lässt du mich hierbleiben, oder war das deine Art, mir mitzuteilen, dass du mich gleich rausschmeißt?«

Ich schnaubte. »Natürlich schmeiße ich dich mitten in der Nacht schwer verletzt raus. Wenn du ganz nett Bitte sagst, gebe ich dir sogar noch einen Tritt aus der Tür und die Treppe runter.«

Er lachte auf und hielt sich dann mit schmerzverzerrtem Gesicht die Seite. »Autsch. Wie fürsorglich von dir.«

Ich grinste. »So kennt man mich. Und jetzt leg dich hin.« Noch während ich das sagte, stand ich selbst auf.

»Was hast du vor?«

»Bleib liegen.« Warnend hob ich den Zeigefinger, dann schlich ich aus dem Zimmer und tappte im Dunkeln in die Küche.

Es dauerte etwas, bis ich fand, wonach ich gesucht hatte, und damit zu Trevor zurückkehrte. Die Tür drückte ich ganz leise zu, in der Hoffnung, niemanden geweckt zu haben. Die Wände in diesem Wohnheim waren viel zu dünn. Aber in Elles und Mackenzies Zimmern war es ruhig und unter den Türschlitzen sah ich auch kein Licht brennen. Meine Mitbewohnerinnen schienen tief und fest zu schlafen.

Mit zwei neuen Kühlpacks kam ich zurück und reichte Trevor eines davon für sein Auge. Er wirkte überrascht, zögerte aber nicht, es sich auf die Schwellung zu legen. Das zweite befestigte ich in seinem Verband auf Höhe der Rippenprellung, nachdem ich das alte rausgenommen hatte. Erst als ich sicher war, dass die Konstruktion halten und nichts verrutschen würde, legte ich mich selbst ins Bett. Wortlos hob Trevor den Arm, und ich schmiegte mich an ihn, als hätte ich das schon Tausende Male zuvor gemacht. Seufzend zog ich die Decke etwas höher und schloss die Augen.

Ich war kurz vorm Einschlafen, als ich Trevors Lippen auf meiner Stirn spürte. Seine Stimme war kaum mehr als ein Lufthauch auf meiner Haut. »Danke.«

Kapitel 16

Trevor

Meine Wunden begannen zu heilen und drei Tage später schmerzten meine Rippen nicht mehr bei jedem einzelnen Atemzug. Das war die gute Nachricht. Die schlechte war, dass ich noch immer seltsame Blicke von meinen Kommilitonen und Dozenten erntete, wann immer ich einen Raum betrat. Man könnte meinen, sie hätten noch nie jemanden gesehen, der ordentlich eins auf die Fresse bekommen hatte. Schlimmer als die Blicke waren nur die einzelnen Reaktionen. Zahlreiche Jungs, vor allem irgendwelche Sportler, mit denen ich nie zuvor ein Wort gewechselt hatte, kannten mich plötzlich beim Namen und hielten mir zur Begrüßung die Faust zum Fistbump hin, als wären die Spuren meines Kampfes irgendein Ruhm, an dem sie teilhaben wollten. Dazu hatte ich unzählige besorgte Fragen von irgendwelchen Mädchen bekommen, zusammen mit ein paar Telefonnummern und ziemlich eindeutigen Angeboten, mich auf die eine oder andere Art gesund zu pflegen. Danke, aber nein danke.

Ich rechnete es Mason hoch an, dass er kein Wort über den Vorfall verloren hatte. Dafür waren unsere gemeinsamen Freunde umso besorgter. Luke sagte zwar kaum etwas dazu, aber ich bemerkte seine nachdenklichen Blicke, genau wie die von Elle. Emery dagegen war nicht so zurückhaltend. Sie sprach mich direkt darauf an und fragte, was passiert war. Da sie selbst so einige Probleme an ihrer alten Schule hatte erleben müssen, kannte sie das Gefühl, plötzlich ungewollt der Mittelpunkt der Aufmerksamkeit zu sein, nur zu gut. Ihr erzählte ich zumindest grob, dass ich mehr oder weniger freiwillig an einem illegalen Boxkampf teilgenommen und mir so das Veilchen und die Schrammen eingebrockt hatte. Für die Details war Tate zuständig, denn es waren ihre Beweggründe. Und die würde ich nicht vor anderen preisgeben. Ich war nicht stolz auf meine Vergangenheit, aber meinen Freunden gegenüber konnte ich ehrlich sein. Allerdings würde ich sicher nicht losziehen und ausplaudern, in was für Dinge Tates Bruder involviert gewesen war. Das war ihr Geheimnis, nicht meins.

Von allen Reaktionen, die ich im Laufe der letzten Tage erhalten hatte, war mir Tates am deutlichsten in Erinnerung geblieben – und das, obwohl ich sie seit jener Nacht und dem folgenden Morgen nicht mehr zu Gesicht bekommen hatte. Um ehrlich zu sein, war ich selbst daran nicht ganz unschuldig. Ich hatte mich in meine Bücher gestürzt, um Tate den nötigen Freiraum zu geben, aber vor allem auch, um ihren Fragen auszuweichen. Denn die würden unweigerlich kommen. Da ich aufgrund der verdammten Rippen noch immer eingeschränkter war, als mir lieb war, hatte ich fast ausschließlich in meinem Zimmer gelernt.

Als ich an diesem Freitagvormittag zwischen den Vorlesungen in die Bibliothek kam, war Tate nicht dort. Ein Teil von mir war enttäuscht darüber, dass sie nicht da war, ein anderer … erleichtert. Weil ich ihr noch immer nicht die Wahrheit gesagt hatte – und es auch nicht konnte. In jener Nacht nach dem Kampf im Fight Club wollte ich ihr alles gestehen, hatte bereits dazu angesetzt – und es dann doch nicht über mich gebracht. Denn ihr die Wahrheit zu sagen, würde bedeuten, sie zu verlieren. Aber wenn ich es nicht tat und sie eines Tages herausfand, was ich die ganze Zeit vor ihr verheimlicht hatte, würde ich sie ebenfalls verlieren.

Gott, ich war so ein verdammter Feigling. Monatelang, ach was, jahrelang hätte ich es ihr sagen können, weil wir damals nicht mehr als Bekannte, bestenfalls lose Freunde in derselben Clique gewesen waren. Aber ich hatte es nicht getan. Und jetzt, nachdem wir uns so nahegekommen waren, würde ich mit einem Geständnis alles zwischen uns zerstören. Und ich wollte dieses *Uns*. Ich wollte es so sehr, dass mich die Schuldgefühle beinahe erstickten.

Im Vorbeigehen nickte ich der Bibliothekarin zu, die bei meinem Anblick entsetzt nach Luft schnappte, und steuerte meinen Stammtisch an. Noch bevor ich Kaffeebecher und Laptoptasche abstellen konnte, entdeckte ich einen kleinen gelben Klebezettel auf der Tischplatte, ähnlich wie der, den ich vor ein paar Wochen in meinem Zimmer auf dem Poster gefunden hatte. Aus irgendeinem Grund hatte ich es nicht abgenommen, sodass ich noch immer jeden Morgen mit Ausblick auf Grumpy Cat aufwachte – und lächeln musste.

Auch der Zettel auf dem Tisch trug Tates unverkennbare Handschrift. Diesmal hatte sie *Trevors Tisch* draufgeschrieben und ein böses Katzengesicht danebengemalt. Ich schnaubte, musste aber auch grinsen. Das plötzliche Hämmern in meiner Brust und die Wärme, die sich nur wegen dieser kleinen Geste in meinem Bauch ausbreitete, versuchte ich dabei mit aller Macht zu ignorieren.

Ich setzte mich, riss den Zettel aber nicht ab, sondern ließ mich die nächsten anderthalb Stunden von einem grimmigen Katzengesicht anstarren, während ich versuchte, mich auf meine Unterlagen zu konzentrieren.

Als es Mittag war, packte ich meine Sachen zusammen und steckte auch den Klebezettel ein, warf den leeren Kaffeebecher beim Hinausgehen in den Müll und stieß die Tür nach draußen auf. Zur Abwechslung regnete oder schneite es mal nicht, und wir bekamen ein paar der im Februar höchst seltenen Sonnenstrahlen ab. Ich blinzelte gegen die plötzliche Helligkeit, machte einen Schritt zur Seite, um jemanden hinter mir vorbeizulassen – und lief fast in jemand anderen rein.

»Wow.« Tate packte mich am Ellbogen. »Alles klar? Du siehst furchtbar aus, Alvarez.«

»Und du so schön wie immer ... und genauso charmant.«

Sie lachte auf. Etwas, das sie viel zu selten tat, und ein Anblick, an den ich mich gewöhnen könnte. Und im Gegensatz zu mir, der noch immer mit Schrammen im Gesicht und einem bunt gefärbten Auge herumlief, sah Tate wirklich fantastisch aus. Sie war dick eingepackt in ihren Wintermantel, obwohl sie dazu ihre üblichen zerschlissenen schwarzen Jeans trug. Ihr dunkles Haar mit den knallroten Strähnchen fiel ihr offen bis auf den Rücken. Doch ich bemerkte auch, dass sie erschöpft wirkte, obwohl in ihrem Blick wie eh und je etwas Provokantes lag. Auf einmal war da der Drang, ihr die Hand an die Wange zu legen und sie zu fragen, wie es ihr ging. Sie in meine Arme zu ziehen, zu küssen und derjenige zu sein, der für sie da war. Nicht nur als ungewollter Retter, nicht nur als guter Freund, sondern als ... mehr.

Irgendwie musste es eine Chance für Tate und mich geben. Ich hatte kein Recht dazu, mir das zu wünschen, ich sollte diese Möglichkeit nicht mal in Erwägung ziehen, aber ich kam nicht mehr gegen diese Gedanken an. Und eine Sache war mir vollkommen klar: Wenn ich nicht alles versuchen würde, um das hier zwischen uns möglich zu machen, würde ich es für immer bereuen.

»Wolltest du rein?« Ich deutete auf die Bibliothek hinter mir, machte aber keine Anstalten, den Weg freizugeben oder selbst zu gehen. Nicht, wenn ich ein paar Minuten hier draußen mit ihr verbringen konnte, während alle anderen Richtung Mensa stürmten.

Sie nickte. »Nur schnell zwei Bücher abgeben.«

»Und dann?«

»In den Kunstsaal.«

Tadelnd schüttelte ich den Kopf. »Lässt du etwa wieder das Mittagessen ausfallen?«

Sie klopfte auf die Umhängetasche. »Ich habe Cookies.«

»Ah, Cookies. Der Nahrungsersatz für alles.«

»Schoko-Cookies. Ich werde sie mir ganz langsam in den Mund schieben, auf der Zunge zergehen lassen und mir dann die Schokolade von den Fingern lecken.«

Bei dieser Vorstellung wurde mir unweigerlich warm. Schnee? Wind? Kälte? Von wegen. Ganz automatisch sah ich auf ihren Mund. Sie hatte schöne Lippen, das war mir schon vor zwei Jahren aufgefallen. Aber nun wusste ich auch, wie sie sich anfühlten und schmeckten. Ich schluckte hart.

»Warum?«, riss Tate mich aus meinen Gedanken. »Willst du mir etwa wieder Essen vorbeibringen?«

Ich zwang mich dazu, ihr wieder in die Augen zu blicken. »Burger?« Ich schlug das Erste vor, was mir einfiel, während mein Kopf noch immer damit beschäftigt war, Tate im Kunstsaal aus ihren Klamotten zu schälen und ihr dann selbst die Schokolade von den Fingern zu lecken. Und von ihrem restlichen Körper.

Ihre Mundwinkel zuckten. Oh, sie wusste genau, welche Bilder sie in mein Bewusstsein gepflanzt hatte und was sie dort anstellten. »Was, wenn ich keinen Burger will? Oder plötzlich kein Fleisch mehr mag?«

»Dann bringe ich dir einen vegetarischen vorbei. Oder einen von diesen ekligen Salaten aus der Cafeteria.«

»Wow.« Sie lächelte breit. »Da fährt jemand die ganz harten Geschütze auf.«

»Ich denke, ich will bloß sehen, wie du diese Cookies isst.«

Sie biss sich auf die Unterlippe. »Und dann?«

»Dann …« Ich beugte mich vor, brachte meinen Mund ganz nahe an ihr Ohr und erzählte ihr genau, was ich mir vorstellte.

Obwohl ich sie nirgendwo berührte, spürte ich ihr Erschauern und hörte, wie sie kurz nach Luft schnappte. Na also. Jetzt quälten uns wenigstens beide dieselben Bilder.

»Keine Chance«, wisperte sie und drehte den Kopf, um mich ansehen zu können. Aber dadurch kam sie mir auch so verdammt nah. »Kein Sex für dich, bis deine Rippen nicht richtig verheilt sind.«

»Ach, wirklich?«

»Wirklich.«

Ich hob den Kopf etwas und sah amüsiert auf sie herunter. »Woher willst du wissen, dass es meinen Rippen nicht wieder gut geht?«

Herausfordernd zog sie die Brauen hoch. Ohne ein weiteres Wort öffnete sie einen Knopf meines Mantels und schob die Hand darunter. Obwohl noch immer zu viel Stoff zwischen uns lag, erschauerte ich bei der Berührung – und zuckte gleich darauf zusammen, als sie die Prellung an meiner Seite fand und einmal fest draufdrückte.

»Autsch! Das war … unnötig grausam!«

»Nur zielführend.« Lächelnd zog sie ihre Finger zurück und knöpfte sogar meinen Mantel wieder zu. Zum Abschluss strich sie über den Stoff, dann ließ sie die Hände sinken, und ich musste all meine Willenskraft aufbringen, um nicht nach ihnen zu greifen und sie erneut auf meinen Körper zu pressen.

»Und?«, fragte ich stattdessen leise und zog sie etwas zur Seite, als ein paar Leute an uns vorbeiwollten. Vielleicht dauerte es danach auch ein paar Sekunden, bis ich ihren Arm wieder losließ.

»Und was?«

»Burger oder etwas anderes?«

Sie kämpfte gegen ihr Lächeln an, biss sich sogar auf die Lippen, aber letzten Endes wanderten ihre Mundwinkel doch in die Höhe. »Burger«, sagte sie und schob sich den Gurt ihrer Tasche auf der Schulter zurecht. »Und ich hebe einen Cookie extra nur für dich auf.«

»Zum Essen?«

Sie schnaubte. »Damit du mir beim Essen zusehen kannst, natürlich.«

Natürlich. Sie tippte mir im Vorbeigehen gegen die Brust. Ich sah ihr nach, kam aber nicht gegen mein Lächeln an. Obwohl mir noch immer alles wehtat, allen voran die Rippen und mein Gesicht, fühlte ich mich zum ersten Mal seit Tagen wieder gut. Ach was, seit Wochen. Und das hatte ich nur diesem kurzen Gespräch mit Tate zu verdanken.

Ich musste einen Weg finden, ihr endlich die Wahrheit zu sagen, mich mit ihr auszusprechen und es irgendwie wiedergutzumachen. Denn nach allem, was wir mittlerweile zusammen erlebt und durchgemacht hatten, nach allem, was mir diese Frau bedeutete, weigerte ich mich, sie einfach aufzugeben.

Kopfschüttelnd wandte ich mich ab und machte mich wie alle anderen auf den Weg zur Mensa. Zumindest war das der Plan. Doch dann bemerkte ich die Gestalt, die im Schatten der Bibliothek an die Mauer gelehnt stand und definitiv nicht hierhergehörte.

Das warme Gefühl verschwand und wurde von einem kalten, zornigen Brennen ersetzt. Was zum Teufel machte dieser Typ hier? Kurz sah ich mich um, dann ging ich in großen Schritten auf ihn zu.

»Alvarez«, begrüßte er mich mit einem Nicken und stieß sich von der Hauswand ab.

»Roy.« Sein Name kam mir nur in einem Knurren über die Lippen. »Was machst du hier?«

»Nach meinem Lieblingskämpfer sehen, was sonst? Oder sollte ich besser sagen, nach den Turteltäubchen? Ihr zwei seid echt niedlich, das muss man euch lassen.«

Ich biss die Zähne so fest zusammen, dass ich ein Knirschen hören konnte. Auf keinen Fall würde ich darauf eingehen oder eine Reaktion zeigen. Dass dieser Wichser hier war und Tate und mich zusammen gesehen hatte, war schon schlimm genug.

»Was willst du?«, stieß ich hervor.

»Ich habe nachgedacht …«

»Ist dir das schwerer gefallen als sonst?«

»Ha!« Er deutete mit dem Finger auf mich. Seine Miene gaukelte Überraschung und Belustigung vor, aber der Blick aus seinen Augen blieb hart. Scheinbar freundschaftlich klopfte er mir auf die Schulter. »Der war gut. Komm, lass uns ein Stück zusammen gehen. Ich will etwas mit dir bereden.«

»Ich hab dir nichts zu sagen.« Trotzdem ging ich mit ihm mit, einfach nur, um diesen Dreckskerl vom Campus wegzukriegen. Tate würde gleich wieder aus der Bibliothek kommen, und das Letzte, was ich wollte, war, dass sie mich zusammen mit Roy sah.

»Dann hör einfach zu«, fiel mir Roy beinahe ins Wort. Während wir an den Backsteingebäuden vorbeiliefen, die zu verschiedenen Fakultäten gehörten und ich ihn Richtung Parkplatz lotste, zog er eine Schachtel Zigaretten raus und zündete sich eine an.

Ich biss mir auf die Zunge, statt ihn darauf hinzuweisen, dass Rauchen auf dem College-Gelände verboten war.

»Also, es ist ganz einfach.« Roy nahm einen tiefen Zug und

stieß den Rauch durch die Nase wieder aus. »Du steigst wieder in den Ring, wir verdienen gutes Geld, alle sind glücklich. Was sagst du?«

Was ich dazu zu sagen hatte? Einen Scheiß würde ich tun. Hatte der Kerl sie noch alle, hier aufzukreuzen und mir das vorzuschlagen? Nach der Aktion vor ein paar Tagen? Nach allem, was damals passiert war?

»Nein.« Endlich waren wir auf dem Parkplatz angekommen. Ich blieb stehen und drehte mich zu ihm um. »Das habe ich dazu zu sagen. Nein.«

»Ach, komm schon.« Er fuhr sich mit der freien Hand durch das gegelte Haar. »Wegen dem Masterson-Jungen? Das ist doch längst Schnee von gestern. Niemand erinnert sich mehr daran, außer deine Kleine vielleicht.«

Es kostete mich alles an Selbstbeherrschung, nicht auf ihn loszugehen. Dass er überhaupt daran dachte, Tate zu erwähnen oder zu behaupten, niemand würde sich noch daran erinnern, was mit Jamie passiert war ... Dieser Kerl war das Letzte.

»Die Antwort ist immer noch Nein.«

»Okay, lass es mich anders formulieren.« Er zog an seiner Zigarette und blies mir den Rauch entgegen. »Larsson will dich wieder im Ring sehen. Entweder du kämpfst oder ich erzähle deiner Kleinen in allen Details, wer für den Tod ihres ach so geliebten Bruders verantwortlich ist. Wie war doch gleich ihr Name?« Er lächelte breit. »Ach ja. Tate.«

»Wir hatten einen Deal ...«, stieß ich zwischen zusammengebissenen Zähnen hervor.

»Ja, und der ist noch immer gültig. Drüben in Charleston. Davon, dass ich ihr außerhalb des Clubs nichts erzählen darf, war nie die Rede.« Er breitete die Arme aus. »Könnte ja passieren, dass ich ihr zufällig über den Weg laufe. Sie studiert doch bestimmt auch hier, oder?«

Ich ballte die Hände zu Fäusten. Die aufgeschürfte Haut an meinen Knöcheln brannte, aber das würde mich nicht davon abhalten, ihm eine runterzuhauen. Genau hier, genau jetzt. Scheißegal, wer uns sehen und mich der College-Leitung melden könnte. Ich würde den Leuten hier und der ganzen verdammten Welt einen Gefallen damit erweisen.

»Also, wie sieht's aus, Alvarez?« Ein letztes Mal zog er an seiner Kippe, dann ließ er sie zu Boden fallen und trat sie mit der Schuhspitze aus. »Haben wir einen neuen Deal?«

Tate

Ich redete nicht gern über meine Gefühle und zeigte sie wahrscheinlich auch viel zu selten – aber ich malte sie. Früher war Kunst nie mein Ding gewesen. Erst, seit ich es ohne groß darüber nachzudenken als Nebenfach gewählt hatte, hatte ich bemerkt, was mir das Malen und Zeichnen bedeuteten. Und inzwischen war es meine Art geworden, all das, was in mir tobte, rauszulassen. Darum bestanden meine Gemälde in der Regel auch nicht aus hübschen Stillleben oder detailreichen Landschaftsmalereien, sondern aus kräftigen Farben, die aussahen, als hätte ich sie wild auf die Leinwand geklatscht. Was oft auch stimmte. Die vorherrschenden Farben waren Schwarz und Rot, genau wie bei meinem Kleidungsstil. Manchmal mischte sich ein dunkles Aubergine oder ein schmutziges Braun darunter, selten auch ein beängstigendes Graublau, das an eine Gewitterfront erinnerte. Heute begann ich jedoch mit einem klaren Hellblau, das ein wenig an Aquamarin erinnerte.

Nach wenigen Pinselstrichen begann mein Magen zu knurren. Ganz ehrlich? Obwohl ich gern aß und das auch genießen konnte, war es mir ziemlich oft lästig. Ich legte nicht gern

Pausen ein, schon gar keine Zwangspausen. Auch jetzt nicht. Ich holte die Kekspackung aus meiner Tasche, riss sie auf und schob mir einen Cookie in den Mund, dann nahm ich den Pinsel wieder zur Hand.

Der Geschmack von Keks und Schokolade breitete sich auf meiner Zunge aus. Ich kämpfte gegen mein Lächeln an – und verlor. Verdammt, ich hatte Trevor mit dieser Aussicht verrückt machen wollen, nicht mich selbst. Aber die Vorstellung, dass er gleich hier reinkommen könnte und dann …

Ein Räuspern ließ mich zusammenzucken. Ich riss den Kopf hoch und starrte zum einzigen Eingang. Hinter mir strömte das Tageslicht herein und Sonnenstrahlen malten Muster auf den Holzboden, aber die Tür lag fast völlig im Dunkeln. Trotzdem erkannte ich die große Gestalt mit den breiten Schultern eines Quarterbacks und dem gewinnenden Lächeln – auch wenn er das gerade nicht zur Schau trug.

»Jackson.«

»Hey Tate.«

Mittags war der Kunstsaal mein Rückzugsort. Mein Heiligtum. Niemand kam hierher, weil alle damit beschäftigt waren, irgendwo etwas zu essen aufzutreiben, bevor sie in die nächste Vorlesung hetzten. Nicht mal die Kunststudenten kamen um diese Zeit hierher, weil das Licht in den frühen Morgenstunden und am Abend deutlich besser war. Nur Elle und Trevor wussten davon, dass ich mich manchmal hierherverkroch, wenn alle anderen in der Mensa saßen.

»Ich hab gesehen, wie du reingegangen bist.« Jackson ließ seinen Blick durch den Saal gleiten, über die vielen Staffeleien, die im Raum verteilt standen, die Wände voller Bilder oder Erklärungen zu Kunststilen und den verschiedenen Epochen der Architektur in Europa. Es roch nach Farbe, Öl und Holz. Viele mochten das nicht, aber ich empfand den Duft als beruhigend. Als würde der ganze Trubel da draußen weit weg sein und die Welt für einige Stunden stehen bleiben, während ich malte.

Er trug die Teamjacke mit seiner Nummer auf dem Rücken, obwohl es draußen noch immer eiskalt war und wir Minusgrade hatten. Die Hände in den Taschen vergraben, betrat er den Saal und kam langsam auf mich zu. Als wolle er mir Gelegenheit geben, ihn in seiner ganzen Pracht zu bewundern. Dabei war Jackson nicht der typische geleckte Sportler, der auch problemlos als Model durchgehen könnte. Er hatte das dafür notwendige Zahnpasta-Werbelächeln, zugegeben, aber gleichzeitig haftete ihm auch etwas Raues an, etwas Dunkles, das allerdings nur die wenigsten je wirklich zu sehen bekamen. Und das von Anfang an etwas in mir angesprochen hatte – vielleicht, weil ich genauso eine dunkle Seite hatte.

Doch obwohl mir bewusst war, dass er attraktiv war und ich das auch aus künstlerischer Sicht bestätigen konnte, regte sich nichts in mir, als er jetzt näher kam. Kein Kribbeln im Bauch, keine Hitze, keine Erregung. Und das, obwohl ich aus eigener Erfahrung wusste, wie gut er jeden Teil seines Körpers einzusetzen wusste.

Ich versteifte mich etwas, legte den Pinsel ab und hing ein Tuch über die Staffelei, bevor er einen Blick auf das Bild werfen konnte. Wie bereits erwähnt: Ich zeigte meine Gefühle nicht gern. Schon gar nicht, wenn ich gerade mitten dabei war, sie auf eine Leinwand zu bannen.

Jackson blieb neben mir stehen und ich machte mir nicht die Mühe von meinem Hocker zu rutschen. Ich wäre auch schön blöd, es zu tun, denn das Ding machte mich größer, als ich tatsächlich war. Sein Blick wanderte von mir zu der verhängten Staffelei und wieder zurück.

»Du und Alvarez also, hm?«

Ich kniff die Augen zusammen. »Wie bitte?«

Er wippte auf den Fersen vor und zurück. »Es gibt da ein paar Gerüchte. Wie es aussieht, sind sie wahr.« Bevor ich etwas sagen konnte, hob er schon die Hände und machte einen Schritt zurück. »Ich freue mich für dich. Ehrlich. Aber wenn du ihn satthast, hast du ja meine Nummer.«

Wow. Ich hatte ja gewusst, dass er nicht der Hellste war und gelegentlich ein Arschloch sein konnte, aber das? Da blieb sogar mir die Spucke weg. Kopfschüttelnd, aber irgendwie auch belustigt, sah ich ihm nach. Man musste schon ein verdammt großes Selbstbewusstsein haben, um so etwas rauszuhauen und sich sicher zu sein, dass das Mädchen zu einem zurückkehrte.

Erst als Jackson sich der Tür näherte, bemerkte ich die dritte Person, die dort stand. Trevor lehnte mit der Schulter am Türrahmen und hatte die Arme vor der Brust verschränkt. Sein Gesichtsausdruck war nicht zu deuten, aber das war er bei Trevor selten. Wenn ich raten müsste, war er nicht gerade in Hochstimmung. Einen Moment lang hielt er Jacksons Blick fest, dann machte er ihm Platz und ließ ihn kommentarlos vorbeigehen.

Aus irgendeinem Grund begann mein Herz zu hämmern, während ich den stummen Austausch zwischen den beiden Männern beobachtete.

Ich wartete, bis Jackson weg war, dann zog ich herausfordernd eine Braue hoch. »Willst du jetzt den eifersüchtigen Freund spielen?«

»Kommt drauf an.« Trevor stieß sich von der Tür ab und kam langsam auf mich zu. Seine Bewegungen waren noch immer geschmeidig, auch wenn man ihm die Verletzungen anmerkte. Aber vor allem waren sie ruhig. Gefährlich ruhig. Genau wie sein Gesichtsausdruck. »Muss ich das denn?«, fragte er wie nebenbei und suchte nach einem freien Platz, auf dem er den eingepackten Burger zwischen all den Pinseln und Farben ablegen konnte.

Inzwischen pochte mein Herz nicht mehr nur, es raste geradezu, genau wie mein Puls. Meine Haut begann zu kribbeln und meine Atmung beschleunigte sich. All das ohne eine einzige Berührung, ohne einen Kuss und nur, weil Trevor so dicht vor mir stehen blieb und mich geradewegs ansah.

Meine Finger zitterten, als ich sie in den Stoff seines Mantels grub. Er hatte die Knöpfe bereits geöffnet und auch den Schal abgenommen. Ich schob die Hände darunter, streichelte über seine Seiten und fuhr ganz behutsam über die Prellung, die ich unter seinem Pullover ertastete. Diesmal zuckte er nicht zusammen, aber ich war auch nicht so gemein und drückte auf die Stelle. Stattdessen wiederholte ich die Bewegung, strich über seinen Brustkorb bis zu seinem Hals und legte schließlich die Arme darum.

Trevor verstand ohne Worte. Trotz des Hockers war er noch immer ein wenig größer als ich und lehnte sich zu mir hinunter. Ich schloss die Augen, schob die Finger in sein Haar und strich mit den Lippen über seine. Langsam. Tastend. Provozierend. Einen Atemzug später packte er mich an der Taille und presste seinen Mund auf meinen.

Der Kuss schmeckte nach Verzweiflung, nach Wut und nach so viel mehr. Ich gab mich ihm ganz hin, hielt nichts zurück, genauso wenig wie Trevor. Er drängte sich zwischen meine Beine, knabberte an meiner Unterlippe und forderte meine Zunge heraus. Ich gab einen leisen Laut von mir, ein ersticktes Stöhnen, das von seinem Mund gedämpft wurde.

Das hier war verrückt. Wir mochten zwar nicht wirklich in der Öffentlichkeit sein, trotzdem stand die Tür offen und jeder, der vorbeiging, könnte uns sehen. Ich hatte kein Zeitgefühl mehr, wusste nicht mal, wie spät es überhaupt war und ob uns noch ein paar wundervolle Minuten blieben oder gleich die nächste Truppe für ein Seminar hier reinspazieren würde.

Aber nichts davon war noch wichtig. Trevor ließ mich genauso alles um mich herum vergessen wie die Momente, in denen ich einen Pinsel in der Hand hielt. Nur dass sich das hier so, so viel besser anfühlte. Sein Bart kitzelte an meinem Hals, als er heiße Küsse auf meiner Haut verteilte. Ich schnappte nach Luft, klammerte mich etwas mehr an ihn und versuchte ihn näher zu ziehen, mehr von ihm zu spüren, weil diese Kostprobe nicht genug war.

»Wie war das doch gleich?«, raunte er an meinem Ohr und drückte seine Lippen auf die empfindsame Stelle direkt darunter. »Kein Sex, bis meine Rippen verheilt sind?«

»Deinen Rippen geht es großartig«, brachte ich hervor.

Er lachte leise. Sein warmer Atem streifte über meinen Hals und hinterließ eine prickelnde Gänsehaut. Seine Hand strich über meine Seite, meine eigenen Rippen hinauf, streifte meine Brust und legte sich an meine Wange. Ich schloss die Finger um sein Handgelenk, hin- und hergerissen, ob ich ihn seiner eigenen Gesundheit zuliebe aufhalten oder zum Weitermachen animieren sollte. Irgendwo hatte ich mal gelesen, dass das Atmen mit geprellten Rippen besonders schmerzhaft sein konnte, also durfte er nicht allzu schnell atmen. Und wenn wir hier noch länger zugange waren, würde er das definitiv tun. Andererseits war Trevor ein großer Junge und kannte seine Grenzen selbst am besten. Außerdem fühlte sich das hier zu gut an, um einfach aufzuhören.

Ich hatte längst vergessen, warum ich überhaupt hergekommen war, als Trevor auf meine andere Halsseite wechselte und auch diese mit Lippen und Zunge verwöhnte. Ich strich über seine Hand an meinem Gesicht, nahm sie in meine – und spürte etwas Warmes, Feuchtes unter meinen Fingern.

Mühsam löste ich mich von ihm, lehnte mich etwas zurück und starrte auf seine Hand. Seine Knöchel waren aufgeschrammt. An sich nichts Neues, denn das waren sie Dienstagnacht nach dem Kampf auch schon gewesen. Aber jetzt bluteten sie.

»Was ist passiert?«

Doch er schüttelte bereits den Kopf. »Nicht so wichtig.«

»Trev ...«

»Es ist nicht wichtig«, wiederholte er, legte die Hände an mein Gesicht und drückte seine Lippen für einen kurzen Kuss auf meine.

Aus irgendeinem Grund hatte diese kleine Geste mehr Wirkung auf mich als die gesamten letzten Minuten. Sie war beinahe beiläufig und trotzdem so zärtlich, so intensiv, dass etwas in meiner Brust schmerzte. Ich konnte es nicht benennen, wusste nicht mal, ob es ein gutes oder schlechtes Gefühl war, weil Trevor es mir schwer machte, überhaupt einen klaren Gedanken zu fassen.

Aber das musste ich. Weil ich ihm anmerkte, dass ihn irgendetwas beschäftigte. Und weil er nicht der Typ war, der einfach losging und Leute verprügelte. Das, was ich da im Ring gesehen hatte, änderte nichts daran. Er hatte auch Jackson einfach ziehen lassen, obwohl andere ihm sicher nicht so ruhig begegnet wären.

Doch bevor ich etwas sagen konnte, ergriff Trevor das Wort: »Ich muss in meinen nächsten Kurs«, murmelte er und strich mit den Daumen über meine Wangen. »Sehen wir uns später?«

Ich lächelte und gab mir keine Mühe, diese irrwitzige Freude und das damit verbundene Kribbeln in meinem Bauch zu unterdrücken. »Bei dir? Bei mir?« Herausfordernd hob ich die Brauen. »In der Bibliothek?«

Er lachte leise. »So wie ich uns kenne in der Bibliothek,

bevor wir etwas mit den anderen unternehmen.« Ein letztes Mal strich er mit seinen Lippen über meine, dann ließ er mich los und trat einen Schritt zurück.

Ich hielt seinen Blick fest, bis er sich umdrehte und den Saal verließ. Zurück blieb nur der Geruch nach Farbe, nach Trevor und der eingepackte Burger, den er mir als Mittagessen mitgebracht hatte. Lächelnd griff ich danach, packte ihn aus und biss hinein, dann nahm ich wieder den Pinsel, tunkte ihn in das strahlende Blau und malte weiter.

Kapitel 17

Tate

Am nächsten Abend tat ich etwas, das ich eigentlich nicht tun sollte. Etwas, von dem ich versprochen hatte, es nicht wieder zu tun. Ich fuhr nach Charleston.

Trevor besuchte seine Familie, Dylan war bei der Arbeit, Mackenzie auf einem Date mit ihrer neuen Freundin und Elle, Luke und die anderen wollten ins Kino. Trevor ging vermutlich davon aus, dass ich mitgehen würde – und ich hatte seinen Irrtum nicht korrigiert. Um ehrlich zu sein, hatte ich mich heute den ganzen Tag lang überhaupt nicht bei ihm gemeldet. Ich wollte ihn nicht anlügen, aber Roys letzte Worte hatten sich in meinem Kopf festgesetzt und ließen mir einfach keine Ruhe. Er wusste etwas. Er musste etwas wissen. Und ich würde herausfinden, was das war.

Vielleicht machte mich das zu einer Masochistin, aber ich musste die Wahrheit erfahren. Auch wenn ich mir darüber bewusst war, dass das den Schmerz nicht lindern und meinen Bruder auch nicht zurückbringen würde, konnte ich nicht einfach aufgeben. Nicht einmal, nachdem ich Trevor versprochen hatte, nie wieder hierherzukommen.

Der einzige Grund, aus dem ich an dieses College gegangen war, der einzige Grund, aus dem ich Kriminologie studierte, war Jamie. Ich hätte etwas anderes tun, hätte wegziehen oder durch die Welt reisen können. Dieses Stipendium war nicht das einzige, das ich angeboten bekommen hatte, nachdem ich mir in meinem Abschlussjahr den Arsch aufgerissen und Bestnoten geschrieben hatte. Vielleicht wäre es klüger gewesen, auf eine Eliteuniversität am anderen Ende des Landes zu gehen. Vielleicht wäre es gesünder gewesen, alles hinter mir zu lassen und irgendwo neu anzufangen. Aber es gab kein neu. Ich wollte kein Leben, an dem mein Bruder keinen Anteil hatte. Ich wollte ihn nicht aus meinem Gedächtnis streichen, ich wollte herausfinden, wer und was ihn getötet hatte. Und ich würde nicht eher ruhen, würde nicht aufhören, nachzuforschen und zu graben, bis ich dieses Ziel erreicht hatte. Bis ich endlich meine Antworten hatte.

Die junge Frau mit den pinken Haaren und dem Nasenring war auch diesmal am Empfang. Ich brauchte einen Moment, um mich wieder an ihren Namen zu erinnern: Kristy. Als sie mich bemerkte, lächelte sie freundlich. Ob sie mich wiedererkannte? Oder gingen hier zu viele Leute ein und aus, um sich an eine einzelne Person von einem Probetraining zu erinnern?

»Hi«, begrüßte ich sie und stützte mich mit beiden Ellbogen auf dem Tresen auf. »Ich war am Dienstag zum Probetraining hier und ich glaube, ich habe meinen Ring in der Umkleide verloren. Kann ich ganz kurz rein und nachschauen?«

»Oh.« Kristy blinzelte überrascht, nickte dann aber sofort. »Ja, natürlich. Aber geh bitte nicht in die Trainingsbereiche. Dort haben nur Mitglieder Zutritt.«

»Klar. Danke dir.«

Sie ließ mich durch und ich ging in Richtung Umkleiden, warf allerdings kurz vor der Tür einen schnellen Blick zurück. Kristy hatte mir den Rücken zugekehrt, also lief ich an den Umkleiden vorbei und steuerte den Zugang zum Keller an.

Niemand hielt mich auf, aber es war auch nicht gerade so,

als würde jemand Wache stehen und Fremde fernhalten. Wer würde auch auf gut Glück die Privatbereiche in einem Fitness-studio betreten? Man musste schon genau wissen, wohin man wollte, um diesen Weg zu nehmen.

Mein Herz hämmerte und mein Magen zog sich zusammen. Es war nicht besonders klug, allein hierherzukommen, das war mir klar – noch dazu, wo Trevor und ich diesen Ort das letzte Mal kaum wieder hatten verlassen dürfen. Aber ich wollte nie-manden sonst in Gefahr bringen – und vor allem nicht noch einmal Trevor. Das, was ich beim letzten Mal im Ring miterlebt hatte, wollte ich nie wieder sehen. Bei keinem Menschen, der mir wichtig war.

Trevor würde mir den Kopf abreißen, wenn er von seiner Fa-milie zurückkam und hiervon erfuhr, aber ich hoffte, er würde meinen Entschluss verstehen. Ich würde es ihm erklären, wenn wir uns wiedersahen – aber ich musste das hier tun. Für mich – und vor allem für Jamie. Ich konnte nicht anders.

Ich stieß die Tür auf, und wie beim letzten Mal brandete höl-lischer Lärm über mich hinweg. Meine Sinne brauchten einen Moment, um sich an die neue Umgebung zu gewöhnen. Zuerst sah ich nur das Podest, auf dem gekämpft wurde. Diesmal wa-ren es zwei Frauen. Überrascht runzelte ich die Stirn. Okay, an die Möglichkeit, dass diesmal *ich* im Ring landen könnte, hat-te ich nicht im Traum gedacht … aber jetzt war es zu spät, um mir darüber den Kopf zu zerbrechen. Ich würde diese Sache einfach so schnell wie möglich erledigen und dann wieder ver-schwinden.

Die Leute grölten und der Geruch von Alkohol und irgend-welchen Körperausdünstungen war noch intensiver als beim letzten Mal. Ich zwang mich dazu, weiterzugehen und in der Menge unterzutauchen.

Ich drängte mich an den Menschen vorbei, die keinen Blick

für mich übrig hatten, sondern begeistert auf die Bühne starrten und die beiden Kämpferinnen aus voller Kehle anfeuerten. Irgendjemand neben mir brüllte so laut, dass ich zusammenzuckte. Roy hier zu finden, war unmöglich. Genauso wie jemanden nach ihm zu fragen. Keiner würde sich von dem Kampf ablenken lassen und um sich überhaupt Gehör zu verschaffen, musste man schon schreien. Am Samstagabend war eindeutig mehr los als unter der Woche.

Irgendwie schaffte ich es, mich durch die Menge zu kämpfen und auf einer Seite des Rings wieder rauszukommen. Aus dem Augenwinkel bemerkte ich die Bänke, auf denen sich auch Trevor auf seinen Kampf vorbereitet hatte. Von Roy war allerdings weit und breit nichts zu sehen. Dafür saß eine einzelne Gestalt auf der Bank, die Ellbogen auf die Knie gestützt, den Kopf gesenkt. Ich kannte ihn nicht, aber er schien in meinem Alter zu sein.

»Hey«, begrüßte ich ihn etwas lauter und deutete auf die Bank neben ihm, als er den Kopf hob. »Darf ich?«

Er betrachtete mich einen Moment lang stirnrunzelnd, obwohl ich mit meinem Look ganz gut hierher passte. Vielleicht eine Spur zu rockig, aber mit dem bedruckten Shirt, der Lederjacke und der rissigen schwarzen Jeans fiel ich ganz bestimmt nicht auf.

Der Fremde nickte. »Klar.«

Er hatte eine undefinierbare Haarfarbe, ein bisschen in Richtung Straßenköterblond wie Luke, wenn auch etwas dunkler. Dazu einen Dreitagebart mit dunklen Stoppeln und warme braune Augen.

»Ich bin Tate«, stellte ich mich vor und hielt ihm die Hand hin.

Sein Lächeln wirkte aufrichtig und gab ein Grübchen in seiner Wange preis. »Chase.« Sein Griff war fest und selbstbewusst. Nach einem Moment ließ er meine Hand wieder los. »Versteh mich nicht falsch, Tate, aber was macht jemand wie du hier?«

Ich zog die Augenbrauen hoch. »Jemand wie ich? Woher willst du wissen, dass ich nicht gleich da hochgehe, um irgendwem aufs Maul zu hauen?«

Er schnaubte, aber seine Mundwinkel wanderten erneut in die Höhe. »Du bist nicht von hier, oder?«

Ich schob das Kinn vor. »Nein. Was hat mich verraten?«

»Dieser suchende Gesichtsausdruck. Und die Tatsache, dass du dich lieber mit mir unterhältst, statt dir den Kampf anzuschauen wie alle anderen.«

Ich folgte seinem Blick genau in der Sekunde, in dem eine der beiden Kämpferinnen ihrer Gegnerin die Faust ins Gesicht rammte. Blut spritzte auf. Die Leute tobten. Ich zog eine Grimasse und wandte mich wieder Chase zu. Auch er schien nicht besonders von dem Schauspiel angetan zu sein.

»Was ist mit dir?«, hakte ich nach. Er wirkte auch nicht gerade wie jemand, der gleich da hochgehen würde. Nur die Tatsache, dass seine Hände wie bei Trevor letztes Mal bandagiert waren, verriet ihn. »Bist du von hier?«

Vielleicht war er neu und noch nicht so abgestumpft wie alle anderen hier, was Blut und Gewalt anging.

»Nein, ich bin nur …« Er zögerte einen Herzschlag lang. »… zu Besuch.« Mit einer Kopfbewegung deutete er auf den Ring. »Ich springe für jemanden ein.«

Das winzige bisschen Hoffnung, das soeben in mir aufgekeimt war, fiel wieder in sich zusammen.

»Ein Kumpel?«

Er lachte lautlos. »Fast. Mein großer Bruder. Er … kann nicht, also übernehme ich den Kampf für ihn.«

Er wirkte nicht besonders glücklich oder so, als würde er

sich hier unten wohlfühlen. Damit hatten wir schon mehr gemeinsam, als ich angenommen hatte.

»Ich würde auch alles für meinen Bruder tun.« Meine Stimme klang dünn, und ich räusperte mich.

»Geschwister ...« Er seufzte gequält, lächelte dabei jedoch. Allerdings schien er angespannter zu sein als noch zuvor. »Du kannst nicht mit ihnen, aber auch nicht ohne sie.«

»Wem sagst du das ...«, murmelte ich und ließ meinen Blick durch die Halle wandern.

Inzwischen hatten sich meine Augen an die seltsamen Lichtverhältnisse gewöhnt. Um uns herum war ein bisschen freier Platz, aber direkt vorm Ring standen die Leute dicht gedrängt und verfolgten den Kampf. Allerdings konnte ich unter ihnen niemanden entdecken, der mir von meinem letzten Besuch hier bekannt vorkam. Nicht mal den gruseligen Glatzkopf, der mich für einen Bullen gehalten hatte, konnte ich in der Menge ausmachen. Von Roy ganz zu schweigen. Wo steckte dieser Kerl?

Ein Gong ertönte und lenkte meine Aufmerksamkeit zurück zur Tribüne. Eine der Frauen war zu Boden gegangen, die andere wurde gerade als Siegerin verkündet. Das Gebrülle der Leute ließ den Boden und die Bank unter mir erzittern. Die Siegerin war zerzaust, hatte ein blutiges Gesicht und atmete schwer, strahlte aber. Sie schien das hier wirklich freiwillig zu machen.

Je länger ich mit Chase redete und das Geschehen beobachtete, desto mehr fragte ich mich, ob auch Jamie durch irgendwelche Umstände dazu gezwungen worden war, hier zu kämpfen. Oder ob es seine eigene, freie Entscheidung gewesen war. Vielleicht war er aber auch nur einer von den Zuschauern gewesen. Hatte er in der Menge gegrölt und all sein Geld auf die Kämpfe gesetzt? Jamie war schon immer mehr nach Mom gekommen, sowohl was seine Begeisterungsfähigkeit für alle möglichen Sachen anging, als auch was seine Leichtgläubigkeit betraf. Ich war von Natur aus misstrauischer und hinterfragte mehr, aber mein Bruder hatte sich immer ins Abenteuer gestürzt, ohne sich Gedanken um die Konsequenzen zu machen. War auch das hier nur ein weiteres Abenteuer für ihn gewesen?

Ich biss mir so fest auf die Lippe, bis es schmerzte. Als ich eine Bewegung neben mir spürte, blinzelte ich und sah zu Chase hoch, der sich das Shirt über den Kopf streifte. Darunter kamen ein trainierter Oberkörper, ein Tattoo in Form eines großen schwarzen Vogels auf seinen Rippen und eine kreisförmige Narbe rechts von seinem Bauchnabel zum Vorschein.

»Viel Glück.«

»Danke.« Er lächelte angespannt. »Tu mir einen Gefallen, ja?«

Überrascht zog ich die Brauen hoch. »Kommt drauf an. Welchen?«

»Verschwinde, solange du kannst. Jetzt ist es hier noch einigermaßen in Ordnung, aber je später der Abend, desto schlimmer wird es.«

Ich wollte nachfragen, was er damit meinte, aber in diesem Moment wurde er auf die Tribüne gerufen. Ein letztes Mal nickte er mir zu, dann kletterte er in den Ring und stellte sich seinem Gegner. Mit hämmerndem Herzen und unzähligen Fragen im Kopf beobachtete ich den Anfang des Kampfes. Die beiden Männer tänzelten umeinander herum, barfuß, die bandagierten Hände schützend gehoben. Chase holte als Erster aus und schlug zu.

»Na, sieh mal einer an«, ertönte eine bekannte Stimme neben mir. »Wen haben wir denn da?«

Ich sprang auf und wirbelte herum.

Roy stand nur wenige Meter von mir entfernt und musterte mich mit einer Mischung aus Erstaunen und Selbstgefälligkeit.

»Ich wusste doch, dass du zurückkommen würdest.« Seine Worte gingen beinahe in einem überraschten Aufschrei der Menge unter. Flüchtig schaute ich zur Tribüne. Chase' Gegner rappelte sich gerade wieder hoch und wischte sich das Blut aus dem Mundwinkel. Dann stürzte er sich auf ihn. »Es ist die Action, oder?«, sprach Roy weiter. »Vielleicht auch die Muskeln. Oder du stehst auf den Kick. Willst du es mir verraten?«

»Nichts davon.« Ich machte ein paar Schritte auf ihn zu, damit ich nicht so brüllen musste. »Ich will mit dir reden.«

»Ach, wirklich?« Roy hatte sich von mir abgewandt und verfolgte den Kampf mit unbewegter Miene. »Ich hab dich mit dem Neuen plaudern gesehen. Zugegeben, ich hab ihm nicht viel zugetraut, aber er hat einen starken rechten Haken. Wenn er den Abend überlebt, kann er hier gutes Geld verdienen.«

Kein Lächeln. Nicht mal ein Zucken seiner Mundwinkel. Er meinte das todernst. Ein Schauder kroch mir das Rückgrat hinunter.

»Wenn er den Abend *überlebt*? Was zum Teufel soll das heißen?«

Roy lächelte nur, und in diesem Moment wusste ich mit absoluter Sicherheit, dass es ihn nicht interessieren würde, wenn einer der Kämpfenden in diesem Drecksloch draufging. Es wäre ihm völlig egal, solange er trotzdem an seine Kohle kam.

Das Blut begann in meinen Ohren zu rauschen. Ich versuchte, einen klaren Gedanken zu fassen, versuchte auszurechnen, wann Trevor hier gekämpft hatte und wann Jamie hergekommen sein musste. Trevor war in Charleston aufgewachsen. Es war sehr wahrscheinlich, dass er bereits lange vor meinem Bruder hier gewesen war. Aber er kannte Roy. Was bedeutete, dass auch Roy lange genug an diesem verschissenen Ort arbeitete, um etwas zu wissen und mich mit diesem Wissen zu ködern. Oder um ein Mittäter zu sein.

»Ich suche nach jemandem«, hörte ich mich sagen.

In derselben Sekunde schrie mich mein Verstand an, dass ich die Klappe halten und sofort von hier verschwinden sollte. Wenn dieser Roy tatsächlich etwas wusste oder irgendwie an Jamies Tod beteiligt war, würde er mir nichts darüber verraten. Er würde mich zum Schweigen bringen wollen. Und irgendetwas sagte mir, dass er kein Problem damit hatte, sich die Hände schmutzig zu machen, um Leute verschwinden zu lassen.

Chase hatte mir geraten, abzuhauen, so lange ich es noch konnte. Nur leider war seine Warnung zu spät gekommen.

Um Roy meine aufsteigende Panik nicht bemerken zu lassen, zog ich das Foto meines Bruders aus meiner Jackentasche. Er reagierte nicht, sondern beobachtete noch immer den Kampf vor uns. Kurz sah ich hin und musste erkennen, dass es nur zu Anfang gut für Chase ausgesehen hatte. Jetzt prasselten Schläge auf ihn ein. Ich biss die Zähne zusammen und unterdrückte jedes bisschen Gerechtigkeitssinn in mir, der mich dazu bringen wollte, irgendetwas zu tun, um das hier zu beenden. Angefangen damit, die Polizei zu rufen, bis hin dazu, selbst in den Ring zu stürmen, um diesen Wahnsinn zu stoppen. Aber damit würde ich nichts erreichen und außerdem jede Chance darauf zunichtemachen, Informationen über Jamies Tod zu bekommen. Oder sogar die ganze Wahrheit herauszufinden.

Ich zwang mich dazu, wegzuschauen und hielt Roy das Bild hin. »Du hast gesagt, wenn ich wiederkomme, können wir über meinen Bruder reden. Er muss vor etwas mehr als drei Jahren hier gewesen sein. Du wirkst so, als wärst du schon lange dabei und würdest dich hier ziemlich gut auskennen.«

Seine Mundwinkel zuckten bei der alles andere als subtilen Schmeichelei, aber er reagierte nicht. Er stand noch immer mit vor der Brust verschränkten Armen da und verfolgte das Geschehen auf der Tribüne. Aus dem Augenwinkel nahm ich die schnellen Bewegungen wahr. Aber selbst wenn ich den Kampf ausblenden konnte, dasselbe mit der Geräuschkulisse zu machen, war unmöglich. Das teils wütende, teils euphorische Geschrei der Leute war nicht zu überhören. Genauso wenig wie die Kampfgeräusche da oben.

»Ich will einen Namen.«

Jetzt endlich hatte ich seine Aufmerksamkeit. Stirnrunzelnd starrte er mich an. »Wie bitte?«

»Ich will Antworten. Und ich weiß, dass du sie hast.«

»Keine Ahnung, wovon du da redest, Kleine.«

Ich hielt das Foto so hoch, dass er es ansehen musste, wenn er mich anschaute. Es mochte nicht das beste oder aktuellste Bild meines Bruders sein, aber Jamies Züge waren unverkennbar.

»Mein Bruder ist ein paarmal hierhergekommen. Das weiß ich«, behauptete ich, auch wenn ich dafür keine Beweise, sondern nur Eastons Wort hatte. Aber Jamies früherer bester Freund würde mich nicht anlügen.

Roy rieb sich über die Stoppeln in seinem Gesicht. »Was willst du dann von mir?«

»Ich will wissen, was er hier gemacht hat! Was mit ihm passiert ist!« Meine Stimme überschlug sich fast, aber das war mir egal. Alles war mir inzwischen egal, solange ich nur endlich die Wahrheit erfuhr.

Doch Roy schüttelte den Kopf. »Glaub mir, das willst du nicht wissen.«

Bildete ich mir das ein oder lag tatsächlich so etwas wie Mitgefühl in seinen stahlgrauen Augen? Sie waren von kleinen Falten umrundet, die das Leben hineingegraben hatte. Würde ich nicht bereits eine ganz andere Seite von ihm kennen, hätte ich ihm die Mitleidsnummer vielleicht sogar abgekauft.

»Was willst du dafür haben? Geld?«

Er lachte auf und schüttelte dann den Kopf. »Hältst du mich wirklich für so bestechlich?«

Mein Blick wanderte von ihm zum Ring, in dem sich Chase für den Moment wieder behaupten konnte, und wieder zurück. »Ja«, sagte ich nur.

Er schnalzte mit der Zunge. »Komm mit in mein Büro. Vielleicht können wir uns auf einen Deal einigen.«

Tu es nicht. Tu es auf gar keinen Fall!

Alles in mir wehrte sich gegen den Gedanken, diesem schmierigen Kerl an einen fremden Ort zu folgen. Die Geräuschkulisse wäre zwar überall angenehmer als hier, aber ich wäre auch allein mit Roy. Ich mochte verzweifelt und wild entschlossen sein – aber ich war nicht dumm.

»Nein.«

Seine Augen weiteten sich überrascht, aber ich glaubte auch, so etwas wie Belustigung in seiner Miene lesen zu können. »Nein?«, wiederholte er ungläubig.

»Wir gehen nach oben ins Fitnesscenter oder raus auf die Straße«, verlangte ich. Das mochten zwar auch nicht die besten Orte für ein solches Gespräch sein, aber wenigstens befanden wir uns damit in der Öffentlichkeit, statt in irgendeinem kleinen Büro.

Wieder schüttelte er den Kopf, als könne er nicht fassen, dass er sich überhaupt mit mir abgab, doch dann nickte er. Und ich wusste nicht, ob ich erleichtert sein oder mich besser fürchten sollte.

»Nach dir.« Er machte eine überschwängliche Geste Richtung Ausgang.

Seufzend sah ich zu den ganzen Leuten, dann zurück zur Tribüne. Der Kampf war noch in vollem Gange, aber allem Anschein nach behielt Chase die Oberhand. Auch wenn er übel aussah. Blutig. Mit blauem Auge und einem langen Kratzer an seinem Arm – aber sein Gegner sah noch schlimmer aus. Nach einem letzten prüfenden Blick zu Roy tauchte ich in der Menge unter und versuchte an all den Leuten vorbeizukommen. Mich beachteten sie kaum, aber ich wusste, dass Roy dicht hinter mir sein musste, denn sie machten Platz, sobald sie uns bemerkten. Trotzdem dauerte es viel zu lange, bis wir auf der anderen Seite wieder herauskamen. Als es endlich so weit war, hatte ich das widerliche Gefühl, dass der Geruch unzähliger Menschen unauslöschlich an mir klebte – Schweiß und Bier, süßliche Deos und stechende Aftershaves. Ich wollte nur noch hier raus.

Zielstrebig steuerte ich die Tür an, die zurück in den Gang führte. Aber statt nach oben zu gehen, wählte ich den anderen Weg, der über eine Treppe direkt nach draußen hinter das Haus führte. Kälte und ein leichter Nieselregen empfingen mich. Ich unterdrückte ein Schaudern, marschierte weiter und umrundete das Gebäude. Zu meiner Linken erhob sich das Fitnessstudio wie eine riesige Reklametafel in der Dunkelheit, zu meiner Rechten beleuchteten Lampen die Straße und den leeren Supermarktplatz. Von irgendwoher war das Schrillen einer Alarmanlage zu hören, ein Hund bellte in der Ferne und ein einzelnes Auto fuhr vorbei. Abgesehen davon war es ruhig.

Roy blieb einen Schritt vor mir stehen. Bei den schlechten Lichtverhältnissen im Keller war es mir nicht aufgefallen, zumal er sich mir nie ganz zugewandt hatte, doch jetzt bemerkte ich sein grünblau verfärbtes linkes Auge. Er bekam es zwar noch auf, aber es sah schlimm aus. Äderchen waren in seinem Augapfel geplatzt und die Haut rundherum schillerte in allen Nuancen, von grüngelb bis tiefblau und lila.

»Ich will die Wahrheit hören.«

Kein Grund, um den heißen Brei herumzureden. Roy wusste auch so, was ich mir von diesem kleinen Ausflug hier erhoffte. Die Frage war nur: Was wollte er?

»Das behaupten sie alle.« Er holte eine Schachtel Zigaretten aus seiner Hosentasche, hielt kurz inne und bot sie mir dann an. Ich schüttelte den Kopf. Er zuckte mit den Schultern, zog eine hervor und zündete sie an. Dann stieß er den Rauch zur Seite aus. »In Wirklichkeit will niemand die Wahrheit wissen.«

»Ich schon.« Ich verschränkte die Arme vor der Brust, um mein Zittern zu verbergen. »Was ist mit Jamie passiert? Ist er hierhergekommen, um zu trainieren? Um zu wetten? Zu kämpfen …?«

Er sog ein weiteres Mal an seiner Kippe. »Du scheinst ein cleveres Mädchen zu sein. Was glaubst du denn, ist passiert?«

Ich rang den fast übermächtigen Impuls in mir nieder, ihn am Kragen zu packen und so lange zu schütteln, bis er mir endlich sagte, was ich hören wollte. Was ich hören musste. Denn damit würde ich nichts bei Roy erreichen. Der Mann war Gewalt gewöhnt. Sie schreckte ihn schon lange nicht mehr ab.

»Jetzt, wo ich hier war, habe ich zwei Theorien.« Ich zwang mich dazu, sie auszusprechen, auch wenn ich nie zuvor mit jemandem darüber geredet hatte. Nicht mit meinen Eltern, nicht mit meinen besten Freunden und auch nicht mit Trevor. Und nun sprach ich ausgerechnet mit dem Typen, von dem ich vermutete, dass er etwas mit der Sache zu tun haben könnte, darüber. So viel dazu, dass ich nicht dumm war.

»Ich höre.«

»Jamie hat bei euren kranken Kämpfen mitgewettet und verloren und hatte Schulden bei einem von euch. Auf dem Nachhauseweg ist er von dir und deinen Leuten überfallen worden. Ihr habt ihn halb zu Tode geprügelt, aber er hat sich trotzdem irgendwie in seine Wohnung geschleppt …« Und war dann dort gestorben. Allein. Unter Schmerzen. »Ihr seid danach noch mal zurückgekommen, um sicherzugehen, dass er auch wirklich tot ist.«

Ich blinzelte, um das Brennen in meinen Augen loszuwerden. Es funktionierte, aber nichts half gegen das Gefühl in meinem Magen, der sich vor Angst, Ekel, Wut und Schuldgefühlen gleichermaßen verkrampfte. Denn wenn diese Theorie stimmte … Wenn ich damit richtig lag, hätte ich ihn retten können. Wir hatten eine feste Zeit zum Telefonieren gehabt und anders als ich war Jamie immer rangegangen, ganz egal, was gerade bei ihm los war. Wenn ich ihn wie vereinbart angerufen und dann nicht erreicht hätte, wäre mir sofort aufgefallen, dass irgendetwas nicht stimmte. Ich hätte Easton oder einem seiner Collegefreunde Bescheid geben können, die sich auf die Suche nach ihm gemacht hätten. Ich hätte sogar selbst hinfahren können, um nach ihm zu sehen. Wenn ich nicht so verdammt mit mir selbst beschäftigt gewesen wäre, könnte Jamie heute noch da sein.

»Oder …?« Roy schnippte etwas Asche weg und musterte mich ohne das geringste Anzeichen dafür, dass meine Theorie stimmte oder falsch war.

Ich räusperte mich. »Oder er hat selbst gekämpft.«

»Und …?«

Dieser Mistkerl. Dieser verdammte Drecksack. Wollte er mich wirklich dazu zwingen, es auszusprechen?

Ich biss die Zähne zusammen. »Und ist an seinen Verletzungen gestorben.«

»Ding ding ding …«

Übelkeit explodierte in meinem Inneren. Ich merkte, wie ich den Kopf schüttelte, obwohl ich nicht mal wusste, ob ich an seinen Worten zweifeln konnte. War mein Bruder wirklich dazu fähig gewesen, in diesen Ring zu steigen und sein Leben für Geld aufs Spiel zu setzen? Aber Trevor hatte es auch getan und er war einer der anständigsten Menschen, die ich kannte. Nur hatte er damit aufgehört, bevor es zu spät gewesen war. Anders als Jamie.

»Wer …?«, stieß ich hervor und zwang mich dazu, tief durchzuatmen, um meiner Stimme mehr Nachdruck zu verleihen. »Wie ist es passiert? Gegen wen hat er gekämpft?«

Warum war nie etwas an die Öffentlichkeit gelangt? Warum hatte die Polizei seinen Tod einfach als Folge seines angeborenen Herzfehlers abgetan? Herzversagen war immer eine Gefahr in Jamies Leben gewesen, aber er hatte sich nie davon aufhalten oder einschränken lassen wollen. War ihm das letzten Endes zum Verhängnis geworden?

»Ach, komm schon …«, spottete Roy. »Ist es inzwischen nicht offensichtlich?«

»Du …? Hat er gegen dich gekämpft?«

Er stieß ein ungläubiges Lachen aus. »Einen Versuch hast du noch.«

Mein Puls raste. Meine Gedanken waren ein einziges Durcheinander, ploppten in meinem Kopf auf, nur um in derselben Sekunde wieder zu zerfallen, bevor ich sie zu fassen kriegen konnte. Das Hämmern in meinem Brustkorb verstärkte sich, genau wie die Übelkeit, als wüssten mein Körper, mein Unterbewusstsein etwas, das ich nicht wusste. Das ich nicht wissen wollte. Weil sich alles in mir sträubte, diese Möglichkeit auch nur in Erwägung zu ziehen.

»Nein …«, flüsterte ich.

Das konnte nicht sein. Das durfte einfach nicht wahr sein. Trevor hatte mir gesagt, dass er Jamie nie gekannt hatte. Oder hatte er ihn nie *kennengelernt*? Welche Formulierung hatte er benutzt? Und warum zweifelte ich plötzlich an seinen Worten, nur weil mir ein schmieriger Typ aus einem Fight Club etwas anderes weismachen wollte?

Zufrieden lächelnd deutete Roy auf mich. »Da … da ist er. Der Moment der Erkenntnis.« Er atmete tief ein, als wolle er meine Verzweiflung in sich aufsaugen. Doch dann trat eine Falte zwischen seine Augenbrauen. »Na los, fahr nach Hause und frag ihn, wenn du mir nicht glaubst. Vielleicht hat er ja zumindest so viel Anstand, dir nicht ins Gesicht zu lügen.«

Ich schüttelte den Kopf. »Hör auf damit.«

»Warum? Weil es die Wahrheit ist? Die wolltest du doch hören, Kleine.« Roy warf seine Kippe zu Boden und trat sie aus. »Eine Zeit lang war dein Bruder einer unserer beliebtesten Kämpfer. Der fantastische Jamie Masterson.« Er lachte höhnisch auf, dann schüttelte er den Kopf. »Er hat nie genug bekommen. Nicht genug Kämpfe, nicht genug Aufmerksamkeit, nicht genug Geld. Die Weiber sind ihm nachgerannt, die anderen Kerle hatten Respekt vor ihm, aber das war ihm nicht genug. Er brauchte unbedingt mehr.«

Nein, verdammt! Ich wollte kein Wort mehr davon hören, wollte mir einreden, dass das nur Lügen waren, dass nichts von dem, was er sagte, nach meinem Bruder klang. Aber das tat es. Er beschrieb Jamie perfekt, auch wenn ich es nicht wahrhaben wollte. Jamie hatte es geliebt, im Mittelpunkt zu stehen und von allen für das, was er tat, bewundert zu werden. Er war stets auf der Suche nach Abenteuern, nach Herausforderungen, nach neuen, spannenden Dingen gewesen, und wenn ich ganz ehrlich war, hatte ihm das Publikum dabei oder später, wenn er von seinen verrückten Aktionen erzählte, immer genauso viel bedeutet wie das Erlebnis selbst. Aber ich hätte niemals geglaubt, dass ihn seine Suche nach dem nächsten Kick, nach Ruhm und Aufmerksamkeit hierherführen würde. In dieses Loch. Zu diesen Leuten. In seinen Tod.

Ich presste mir die Hand gegen den Mund, aber nichts half gegen die Übelkeit, die mich rasend schnell überkam. Das Rauschen in meinen Ohren war wieder da und so laut, dass ich einige Sekunden lang nur meine eigenen hektischen Atemzüge hörte. Mein Blick zuckte ziellos umher, fiel auf eine Straßenlampe, auf parkende Autos, Roys Schuhe, den Betonboden.

Ein Schnipsen vor meinem Gesicht und etwas Kaltes in meinem Nacken rissen mich aus meiner Panik. Ich blinzelte, riss den Kopf hoch und zwang mich dazu, ruhiger zu atmen. Roy stand nicht mehr vor, sondern neben mir, in seiner Hand ein paar Eiswürfel, die er von drinnen geholt haben musste. Zwei davon drückte er in meinen Nacken.

»Kipp jetzt nicht um«, warnte er. »Niemand würde dir einen Krankenwagen rufen. Und du willst nicht bewusstlos hier draußen rumliegen, wenn gleich lauter von den Kämpfen aufgegeilte Typen rauskommen.«

Ich riss mich von ihm los und stolperte ein, zwei Schritte zurück. Aber ich blieb auf den Beinen. Mein Atem kam noch immer schwer und ungleichmäßig, aber mein Sichtfeld schärfte sich und das Rauschen in meinen Ohren nahm langsam ab.

Roy betrachtete mich einen Moment lang mit schief gelegtem Kopf, dann warf er die Eiswürfel beiseite, als hätte er in meiner Miene die Bestätigung dafür gefunden, dass ich nicht zusammenbrechen würde. Zumindest nicht sofort.

»Als du das letzte Mal hier warst, hatten wir einen Deal, damit ihr gehen dürft«, erinnerte er mich. »Was du wahrscheinlich nicht weißt, ist, dass dein Freund Alvarez den Deal erweitert hat.«

Ich stieß den Atem zittrig aus. »Was meinst du mit *erweitert*?«

»Er hat auf einen kleinen Zusatz bestanden«, fuhr Roy fort. »Wenn er den Kampf gewinnt, dürft ihr gehen und niemand da unten verrät dir, was wirklich mit deinem heiß geliebten Bruder passiert ist.«

Noch während er sprach, schüttelte ich den Kopf. *Nein.* Ich weigerte mich, auch nur ein Wort von dem zu glauben, was er da erzählte. Er wollte mich gegen Trevor aufhetzen und benutzte Jamie dafür. Aber warum? Wozu diese Spielchen?

»Du glaubst mir immer noch nicht?«

Ich funkelte ihn an. »Warum sollte ich? Alles was ich über dich weiß ist, dass du ein Arschloch bist, das sich an Gewalt aufgeilt.«

Ein paar Herzschläge lang betrachtete er mich nur, dann nickte er langsam. »Eines muss man dir lassen, Tate. Du hast mindestens so viel Mumm wie dein Bruder. Wenn nicht sogar mehr.« Er zog ein Smartphone aus seiner Hosentasche und begann darauf herumzutippen. »Wahrscheinlich würde ich mir an deiner Stelle auch nicht glauben. Aber ich bin schon lange in diesem Geschäft. Ich habe gelernt, mich nicht nur auf das Wort von anderen zu verlassen, sondern immer etwas gegen sie in der Hand zu haben. Kommt dir das hier bekannt vor?«

Ich starrte auf das Display. Es zeigte ein Foto von Jamie und mir kurz vor seinem Schulabschluss. Ich kannte jedes Detail davon, weil es als gerahmtes Bild in seinem Regal gestanden hatte. Es war mein Einweihungsgeschenk zur neuen Wohnung gewesen. Jetzt lag es in einem der Kartons im Keller meiner Eltern, weil keiner von uns es über sich gebracht hatte, Jamies Sachen durchzugehen und irgendetwas davon wegzugeben.

»Das beweist überhaupt nichts«, behauptete ich, doch meine Stimme zerbrach beinahe an diesen Worten.

»Nein?« Roy wischte über das Display. »Was ist damit? Oder mit diesem schönen Schnappschuss?«

Auf dem zweiten Bild war Jamie mit einer jungen Frau im Arm zu sehen. Sie hatte kurzes blondes Haar, ein Nasenpiercing und trug einen kurzen Jeansrock. Ich hatte sie nie zuvor gesehen oder von ihr gehört. Aber bis vor Kurzem hatte ich auch geglaubt, mein Bruder und ich hätten uns alles erzählt.

Es war das dritte Foto, das dafür sorgte, dass mir übel wurde. Denn es zeigte wieder Jamie, diesmal jedoch unten im Keller. Hinter ihm war deutlich der Ring zu erkennen. Er war ohne Shirt, dafür mit einem geschwollenen blauen Auge, verschwitzt und einem breiten Grinsen im Gesicht, als wäre er der König der Welt und würde nicht gerade sein verdammtes Leben riskieren.

»Du wusstest es ...«, hauchte ich. Mühsam riss ich den Blick vom Handy und starrte Roy an. »Du wusstest es die ganze Zeit. Wer ich bin. Wer mein Bruder war.«

Er nickte.

»Du verdammter Mistkerl! Warum hast du nichts gesagt? Warum hast du ... Warum ...«

»Jamies letzter Kampf war gegen Alvarez, und danach haben wir gleich zwei gute Kämpfer verloren. Bis ihr hierhergekommen seid, waren Alvarez und ich quitt. Außerdem halte ich mein Wort, wenn ich es gebe.« Sein Blick wurde hart. »Aber jetzt hatten er und ich eine Rechnung offen. Sag ihm, dass ich sie hiermit beglichen habe.« Er wandte sich ab, schob die Hände in die Hosentaschen und ging zurück Richtung Fitnessstudio. »Schöne Grüße an deinen Freund.«

Kapitel 18

Trevor

Niemand wusste, wo Tate steckte. Es war Samstagabend, und
eigentlich hatte sie mit Elle, Emery und den anderen ins Kino
gehen wollen – zumindest hatte ich das so verstanden. Aber sie
war nie dort aufgetaucht. Elle zufolge war ihr Wagen weg, aber
sie reagierte weder auf ihre noch auf meine Anrufe und auch
nicht auf Textnachrichten.

Wahrscheinlich wäre es mir zu Hause bei meinen Eltern gar
nicht aufgefallen, wenn Elle mir nicht vom Kino aus getextet
und mich gefragt hätte, ob ich Tate erreichen konnte. Konnte
ich nicht. Ihr Telefon war aus, und sie hatte niemandem gesagt,
wo sie hinwollte oder was sie vorhatte. Wäre ich nicht so besorgt, wäre ich viel wütender darüber. Sie musste doch wissen,
dass es Leute gab, die sich Sorgen um sie machten, wenn sie
plötzlich wie vom Erdboden verschwand. Ausgerechnet einen
Tag, nachdem Roy auf dem Campus aufgetaucht war und ich
ihn mit einem blauen Auge wieder fortgeschickt hatte. Wenn
der Wichser irgendetwas damit zu tun hatte …

Nein. Ich durfte nicht darüber nachdenken, durfte mir diese Möglichkeit nicht mal in Gedanken ausmalen, weil ich sonst
für nichts mehr garantieren könnte. Und damit würde ich Tate
nicht helfen.

Da weder Elle noch die anderen Mädels wussten, wo Tate
war, probierte ich es bei Dylan. Der ging ebenfalls nicht ans

Handy, aber von Emery erfuhr ich, dass er heute Spätschicht in der Tierklinik hatte. Also konnte er uns auch nicht weiterhelfen. Und ich konnte nichts tun, weil ich noch bei meiner Familie war.

»Musst du schon gehen?« Ana Lucia stand in der Tür und blinzelte müde. Sie hatte mich als Erste auf die Verletzungen in meinem Gesicht angesprochen, aber meine Mutter war diejenige, die deswegen einen Aufstand gemacht hatte. Schließlich hatte Dad sie beruhigt und einen Scherz darüber gemacht, dass ich genauso aussah wie früher, als ich vom Hockeytraining nach Hause gekommen war. Obwohl ich es hasste, meine Familie anzulügen, hatte ich ihnen erzählt, dass ich in einem Club mit ein paar Typen aneinandergeraten war, die meine Freunde und mich nicht hatten gehen lassen wollen und eine Schlägerei angezettelt hatten.

Beim Anblick meiner kleinen Schwester in ihrem pinkfarbenen Schlafanzug musste ich lächeln und ließ das Handy sinken. »Leider ja. Und du musst dringend ins Bett.«

»Ich bin aber gar nicht mühüüüüde!«, behauptete sie, auch wenn das letzte Wort in einem Gähnen unterging.

»Das sehe ich.« Ich schob das Handy zurück in meine Tasche und winkte sie zu mir aufs Sofa. In der Schule wurde sie manchmal gehänselt, weil sie die Kleinste von allen war. Seither versuchte sie sich besonders erwachsen zu benehmen und wurde wütend, wenn man sie wie ein Kind behandelte. Auch jetzt kam sie hocherhobenen Hauptes her und setzte sich graziös auf die Couch, statt sich einfach in die Polster plumpsen zu lassen, wie ich es noch von früher von ihr kannte.

Aus der Küche waren leise Musik, Geschirrgeklapper und das Rauschen von Wasser zu hören. Dazu Moms Stimme, die die Lieder völlig falsch mitsang. Wie immer würde Dad mit einem Küchentuch zum Abtrocknen danebenstehen und seine

Frau belustigt bei ihrer improvisierten Showeinlage beobachten.

Ich war heute spontan nach Charleston gefahren, um Zeit mit meiner Familie zu verbringen. Nachmittags waren wir ins Einkaufscenter gefahren, ich hatte Ana ein Eis gekauft, später hatten wir alle zusammen zu Abend gegessen und Spiele gespielt, bis es kurz nach zehn war. Ich hätte hier übernachten können. Mein Zimmer war noch immer unverändert, da Mom nur in regelmäßigen Abständen reinging, um meine Bücher und die Pokale irgendwelcher Wissenschafts- und Wirtschaftswettbewerbe abzustauben. Ich hätte die Dinger schon längst weggeworfen, aber sie wollte sie unbedingt behalten, genau wie jedes von Anas selbst gemalten Bildern, seit die einen Stift in der Hand halten konnte. Damals hatte sie mehr vom Stift gegessen, als ihn auf dem Papier zu verwenden, aber inzwischen waren ihre Zeichnungen so realistisch, dass es mich manchmal erschreckte. Sie hatte mehr Talent, als sie sich selbst zugestehen wollte.

»Vorschlag«, sagte ich und sah sie mit meinem besten Pokerface an. »Du gehst ins Bett und ich verrate dir ein Geheimnis.«

Nachdenklich runzelte sie die Stirn. »Was für ein Geheimnis?«

»Das erfährst du erst, wenn du ins Bett gehst.«

»Das ist Erpressung. Das sage ich Mom und Dad!« Sie schob die Unterlippe vor, aber ich wusste, dass ich sie damit hatte. So neugierig, wie sie war, würde sie es später hundertfach bereuen, mich verpfiffen zu haben. Zwei, drei Sekunden zögerte sie noch, dann seufzte sie theatralisch und sprang auf. Ihre stampfenden Schritte waren bis in ihr Zimmer zu hören.

Kopfschüttelnd sah ich ihr nach. Fing das mit der Pubertät jetzt schon an? Wenn ja, dann beneidete ich meine Eltern nicht darum. Ana würde sie ordentlich auf Trab halten.

Ich ging in die Küche und machte mit einem Räuspern auf mich aufmerksam. »Ich muss los«, sagte ich, bevor Mom mit einer ihrer Tiraden loslegen konnte.

Dad nickte mir zu, aber Moms Augen weiteten sich überrascht. »Jetzt schon? Oh, ¡dios mío! Es ist schon so spät. Wo ist nur die Zeit geblieben? Bist du sicher, dass du noch zurückfahren möchtest? Du kannst auch hier schlafen, morgen mit uns frühstücken und dann ganz in Ruhe zurück zum Campus fahren. Ana Lucia würde sich riesig freuen und wir uns auch.«

Ich mich auch. Trotzdem schüttelte ich den Kopf und lächelte entschuldigend. »Eine Freundin könnte in Schwierigkeiten stecken. Ich muss zurück und sichergehen, dass es ihr gut geht.«

Dad riss die Brauen hoch und öffnete bereits den Mund, aber Mom kam ihm zuvor. Sie warf das Handtuch auf die Arbeitsfläche und kam mit ausgebreiteten Armen auf mich zu. »Deine Freundin? Oh, wirklich? Wer ist sie? Kennen wir sie? Wann bringst du sie mit?«

Oh Shit.

»So ist das nicht, Mom …«, brachte ich noch hervor, dann packte mich meine Mutter und drückte mir einen Kuss auf beide Wangen, gefolgt von einem endlosen Strom von Fragen, während derer sie mich freudestrahlend und viel zu hoffnungsvoll ansah.

»Lass den Jungen doch mal zu Wort kommen«, schaltete sich mein Vater schließlich ein.

Ich nutzte die Unterbrechung, um mich hastig zu verabschieden. »Ich sag schnell noch Ana Tschüss. Danke für das Essen! Bis bald!«

Bevor meine Mutter wieder über mich herfallen konnte, verschwand ich aus der Küche und verfluchte mich in Gedanken selbst. Das war knapp gewesen. Den ganzen Tag über hatte ich es geschafft, dieses Thema zu umschiffen, bevor sie wieder mit Hochzeit und Enkelkindern anfangen konnte, aber mit meinem Kommentar über Tate hatte ich mich ganz schön in die Nesseln gesetzt.

Tate und ich waren nicht … Ich wusste nicht mal, was wir waren. Ich wusste nur, dass es mir gefiel und ich gern Zeit mit ihr verbrachte. Ganz ohne große Streitereien, weil ich wieder mal den unerwünschten Retter für sie gespielt hatte. In den letzten Wochen hatte ich neue Seiten an ihr kennengelernt und jede davon hatte mich mehr fasziniert. Das änderte nichts daran, dass diese Sache zwischen uns noch immer falsch war, aber sie fühlte sich schon längst nicht mehr so an. Und wenn ich ganz ehrlich mit mir war, dann wollte ich, dass sie richtig war. Dass *wir* richtig waren. Dass ich sie mit nach Hause nehmen und Mom sie mit ihren Fragen und dem ganzen Essen verrückt machen konnte. Ich wollte ihr mein altes Zimmer zeigen und die Orte, an denen ich aufgewachsen war. Und ich wollte all das von ihr erfahren. Aber dazu müsste sie erst mal wieder auftauchen.

Ich warf einen Blick auf mein Smartphone. Keine neuen Nachrichten. Keine verpassten Anrufe. Und Tate hatte ihre Nachrichten noch nicht gelesen. Entweder war ihr Handy ausgeschaltet, sie war gerade unterwegs oder anderweitig beschäftigt. Aber wo, zum Teufel?

An die Möglichkeit, dass sie sich in derselben Stadt befinden könnte wie ich, nur in einem ganz anderen Viertel, wollte ich nicht mal denken. Es wäre einfach nur dumm und naiv und lebensmüde, zurück ins Studio zu fahren. Noch dazu allein. Tate war zu clever für so eine Aktion. Außerdem hatte sie mir versprochen, nie mehr dorthin zu gehen und bisher hatte man sich immer auf ihr Wort verlassen können. Zumindest versuchte ich mir das einzureden, während ich durch den Flur zum Zimmer meiner kleinen Schwester ging und an die angelehnte Tür klopfte, bevor ich sie aufdrückte.

Ana lag bereits im Bett, die Nachttischlampe an und die Decke bis zum Kinn hochgezogen.

»Von wem habt ihr in der Küche geredet?«, fragte sie mit schläfriger Stimme.

Ich setzte mich zu ihr auf die Bettkante. »Hast du das etwa gehört?«

Sie nickte und musterte mich aus großen braunen Augen. Als ich nichts mehr sagte, seufzte sie. »Mann, Trevoooor! Du bist schlimmer als Celine, wenn sie nicht sagen will, auf wen sie steht, obwohl wir alle wissen, dass es Pablo ist. Nur der checkt es nicht, weil er ein Junge und beschränkt ist.«

Ich prustete leise. »Beschränkt also, ja?«

Sie wedelte ungeduldig mit der Hand. »In solchen Sachen schon! Also? Stellst du sie mir vor? Irgendwann?«

Seit wann interessierte sich meine kleine Schwester für solche Dinge? Gefühlt war es erst ein paar Tage her, als sie noch in Windeln vor dem Weihnachtsbaum gesessen und mit irgendwelchen Puppen gespielt hatte. Und jetzt interessierte sie sich für Jungs und Beziehungen?

Ich biss mir auf die Zunge, nickte aber. »Irgendwann.«

Sie klatschte überschwänglich in die Hände. »Und jetzt rück endlich mit dem Geheimnis raus!«

»Auf dem Dachboden ist die dritte Diele neben der Tür lose. Dort habe ich immer meine Süßigkeiten und mein Taschengeld versteckt. Mom und Dad wissen nichts davon. Vielleicht brauchst du ja mal ein Versteck – oder findest dort etwas. Morgen«, fügte ich schnell hinzu, als sie schon aufspringen wollte, und zwinkerte ihr zu. »Jetzt wird erst mal geschlafen. Gute Nacht.«

Sie streckte die Arme aus und umarmte mich fest. »Gute Nacht. Es war so schön, dass du da warst.«

Mein schlechtes Gewissen meldete sich laut und deutlich. Die meiste Zeit über war ich so aufs Lernen konzentriert, dass ich mir viel zu selten die Zeit nahm, nach Hause zu fahren und meine Familie zu besuchen. Es war zu einfach, den Fahrweg als Entschuldigung vorzuschieben, es nicht zu tun. Aber ich wollte öfter hier sein. Ganz besonders jetzt, da ich gemerkt hatte, wie schnell meine kleine Schwester erwachsen wurde.

»Bis nächstes Mal«, sagte ich und drückte ihr einen Kuss aufs Haar. Dann schaltete ich die Lampe aus und stand auf. Als ich bei der Tür war, hörte ich bereits ihre gleichmäßigen Atemzüge. Ana Lucia war – wie ich es schon von klein auf von ihr kannte – sofort eingeschlafen.

Auf dem Weg zu meinem Wagen holte ich noch mal mein Smartphone hervor. Nichts. Keine neuen Nachrichten. Nur ein blinkender Akku, der fast leer war. Verdammt. Ich ließ die kleine Vorstadtsiedlung, in der meine Familie lebte, hinter mir und steuerte Charleston an, obwohl ich noch immer nicht glauben wollte, dass Tate hier sein könnte. Sie hatte es versprochen. Sie hatte mir versprochen, nie wieder hierherzukommen. Tate mochte auf andere vielleicht rücksichtslos wirken, aber ich wusste, dass es Menschen gab, die ihr wirklich wichtig waren und denen gegenüber sie immer ihr Wort halten würde. Und ich hatte gedacht, dass ich mittlerweile einer davon war.

Außer sie hatte mir etwas vorgemacht. Aber war sie nach dem Abend im Fight Club wirklich dazu in der Lage, mich anzulügen? Mir zu sagen, dass sie nie wieder dorthin fahren würde, obwohl sie bereits wusste, dass sie dieses Versprechen brechen würde? Ich schüttelte den Kopf. Nein. Das passte nicht zu ihr. Das war nicht die Tate, die ich kennengelernt hatte. Und doch …

Ich musste diesen kleinen, unnachgiebig nagenden Teil in mir beruhigen, also fuhr ich zum Fitnessstudio. Von außen sah es aus wie immer. Nichts Auffälliges, nur ein paar angetrunkene Gestalten und Leute mit Sporttaschen, die gerade reingingen. Auch auf dem Parkplatz gegenüber konnte ich nichts entdecken. Weder Tate noch ihren Wagen.

Unschlüssig hielt ich an. Der Motor lief noch, als ich ein weiteres Mal nach meinem Handy griff. Diesmal leuchtete eine neue Meldung auf. Sie war von Elle.

Sie ist wieder im Wohnheim.

Kein Wort über ihren Zustand, kein Wort der Erklärung. Aber vielleicht war es auch so banal, dass es keine Rolle spielte. Gott, ich hoffte wirklich, dass ich mir umsonst Gedanken gemacht hatte.

Nach einem letzten Blick auf das Fitnesscenter wendete ich den Wagen und fuhr zurück nach Huntington. Doch auch wenn Elle Entwarnung gegeben hatte, hielt sich das ungute Gefühl in meiner Brust auf dem ganzen Rückweg, bis ich eine knappe Stunde später wieder auf dem Campus war und hinter den Wohnheimen parkte. Denn Tate hatte sich trotz meiner zahlreichen Anrufe und Nachrichten noch immer nicht bei mir gemeldet.

Ich nahm den Aufzug direkt bis in die Etage, auf der sich die WG der Mädchen befand. Es gab keinen Grund, Zeit damit zu verschwenden, erst mal zu mir zu gehen. Doch als ich mich der Wohnung näherte, wurden meine Schritte langsamer. Mein Herz hämmerte und meine Rippen schmerzten, als wäre ich die Treppen hochgerannt, aber ich zwang mich dazu, die Hand zu heben und anzuklopfen.

Es dauerte ein paar Sekunden, bis die Tür aufging. Tate

starrte mir entgegen. Ihre Augen waren gerötet, mit dunklen Ringen darunter, und ihr Gesicht war völlig blutleer.

Sie wusste es. Ich konnte es ihr ansehen, konnte es an der Art erkennen, wie sie mich anschaute. Da war kein Verlangen mehr in ihren Augen, kein herausforderndes Glitzern, kein Gefühl. Sie starrte mich so ausdruckslos an, als wäre ich ein Fremder für sie. Als hätten wir nicht miteinander geflirtet und herumgealbert. Als hätten wir uns nie geküsst. Als hätte sie sich nicht um meine Verletzungen gekümmert, kurz bevor sie in meinen Armen eingeschlafen war.

Ich räusperte mich. »Darf ich reinkommen?«

Wortlos machte sie mir Platz, blieb mitten im Wohnzimmer stehen und drehte sich zu mir um. Von ihren Mitbewohnerinnen war nichts zu hören oder zu sehen. Beide Zimmertüren waren zu. Bedächtig schloss ich die Tür hinter mir und lehnte mich dagegen.

»Ist es wahr?« Sie sah mich direkt an. »Was Roy gesagt hat. Ist es wahr?«

Ich musste nicht nachfragen, um genau zu wissen, was sie meinte. Was er ihr erzählt hatte.

Ich schluckte hart. »Ja.«

Sie schrie mich nicht an. Sie warf nichts nach mir. Sie hämmerte nicht mit ihren Fäusten gegen meine Brust. Nie im Leben hätte ich geglaubt, Tate einmal so sehen zu wollen, doch jetzt würde ich alles dafür geben, *irgendetwas* zu sehen. Irgendeine verdammte Emotion in ihrem Gesicht. Irgendein Zeichen dafür, dass ich ihr nicht völlig egal war. Dass ihr das zwischen uns nicht völlig egal war.

Aber Tates Miene war nicht zu deuten. Ihr Blick war durchdringend, brannte sich in mich hinein. Sie bewegte sich nicht mal, sondern stand einfach nur da. Fast schon leblos. Auch ihre Stimme war völlig monoton.

»Erzähl es mir. Ich will es wissen.«

»Tate …« Ich machte einen Schritt auf sie zu.

Sie wich nicht zurück, hob nicht abwehrend die Hände. Ein einziger hasserfüllter Blick von ihr reichte aus, um mich erstarren zu lassen.

»Sag es«, presste sie hervor.

Ich fluchte innerlich. Womöglich hätte ich damit rechnen müssen, dass dieser Moment eines Tages kommen würde, trotzdem hatte ich irgendwie immer gehofft, dass es nicht so sein würde. Und mit jeder Minute, die ich länger mit Tate verbracht hatte, je besser ich sie kennenlernte, desto mehr wünschte ich mir, dass sie es nie herausfinden würde. Und das, obwohl ich in jener Nacht, als wir aus Charleston zurückgekehrt waren, so kurz davor gewesen war, ihr alles zu gestehen. Vielleicht traf es mich deshalb so unvorbereitet. Oder weil ich einfach ein verdammtes Arschloch war und ihr schon längst die Wahrheit hätte sagen sollen.

»Na los!«, forderte sie mich auf.

»Meine Familie hatte nie viel Geld«, begann ich. Tate wollte die ganze Geschichte hören? Dann bekam sie sie auch. »Vor ein paar Jahren war ich zur falschen Zeit am falschen Ort und bin in eine Schlägerei in einer Seitenstraße reingeraten. Ich wusste nicht mal, was los war und habe einfach um mich geschlagen, als sie auf mich losgegangen sind. Es war nicht schön, aber irgendwie kam ich da raus. Gleich danach hat mich so ein Kerl angesprochen, der den Kampf beobachtet hatte. Er meinte, ich hätte Talent und könne mit meinen Fäusten gutes Geld verdienen.«

»Roy«, schlussfolgerte Tate.

Ich nickte. »Damals habe ich vehement abgelehnt. Aber kurz danach hat mein Vater seinen Job in der Fabrik verloren und wir konnten kaum noch die Miete bezahlen. Also bin ich zu diesem Ort gegangen, von dem Roy mir erzählt hatte. Noch am selben Abend habe ich meinen ersten Kampf gewonnen. Das Preisgeld war … unglaublich. Ich konnte meine Familie damit einen Monat lang versorgen und meiner kleinen Schwester Ana etwas zum Geburtstag schenken. Meinen Eltern habe ich später erzählt, dass ich bei einem Forschungswettbewerb gewonnen hätte, und die blauen Flecken habe ich damit erklärt, dass es beim Hockeytraining in der Schule ziemlich heftig zugegangen war.«

Sie presste die Lippen aufeinander, erwiderte aber nichts darauf. Gut möglich, dass sie das für eine Mitleidsnummer hielt, damit sie mir verzieh, aber das war es nicht. Es war einfach die Wahrheit. Nicht mehr, nicht weniger.

»Ich bin wieder hingegangen. Erst nur unregelmäßig, immer dann, wenn ich gerade Geld brauchte, aber es fiel mir immer leichter. Irgendwann war ich einer ihrer regelmäßigen Kämpfer. Und dazu arrogant und übermütig. Es war mir egal, wer mein Gegner war, was ihre Geschichte war und warum sie das machten. Der Sieg und das Geld waren das Einzige, was zählte.«

»Und Jamie …?«

Ich atmete tief durch und zwang mich dazu, die Worte auszusprechen. »Dein Bruder war mein letzter Gegner.«

Sie zitterte, blieb jedoch eisern stehen und verschränkte die Arme vor der Brust. »Wie … wie ist es passiert?«

»Es war ein Samstag. An diesen Abenden ist immer am meisten los. Ich war noch aufgeputscht vom letzten Sieg, als ich für den nächsten Kampf antrat. Jamie war kein Neuling da unten. Er hatte schon mehrere Kämpfe erfolgreich hinter sich gebracht, aber bisher waren wir noch nie gegeneinander angetreten. Roy und Larsson ziehen sich ihre eigenen Leute heran, die die Neuen fertigmachen sollen. Je jünger und unerfahrener wir aussahen, desto besser. Deswegen hat Roy mich ausgewählt und trainiert. Meine Gegner sollten mich für unerfahren halten. Ein leichtes Opfer. So haben er und Larsson die besten Chancen darauf, dass ihre eigenen Kämpfer gewinnen und die Wetteinnahmen bei ihnen landen. Ich weiß gar nicht, warum es an dem Abend nicht so war und sie Jamie zu mir in den Ring geschickt haben.«

»Kanntest du ihn?« Tates bebende Stimme unterbrach mich fast.

»Nur vom Hörensagen. Ich wusste, dass er ein paar Jahre älter und ein guter Kämpfer ist, mehr nicht. Wir haben nie miteinander gesprochen, sind uns nie über den Weg gelaufen. Bis zu jenem Abend wusste ich nicht mal, wie er aussieht. Ich habe dir gesagt, dass ich deinen Bruder nie persönlich kennengelernt habe«, erinnerte ich sie leise. »Das war die Wahrheit.«

Sie schnaubte, schüttelte aber auch den Kopf. Vielleicht wollte sie es nicht hören, vielleicht glaubte sie mir auch einfach nicht. »Weiter«, verlangte sie.

Die nächsten Worte auszusprechen und Tate dabei anzusehen fiel mir schwerer als alles andere in meinem Leben. »Wir haben gegeneinander gekämpft. Jamie war noch nicht ganz so lange dabei, hat sich aber voller Enthusiasmus und Entschlossenheit in den Kampf gestürzt. Für eine Weile sah es so aus, als würde keiner von uns gewinnen. Aber dann hat Jamie mich fertiggemacht. Als ich eine Chance gesehen habe, zurückzuschlagen, habe ich es getan. Ein einziger Treffer, und er lag auf der Matte.«

Als sie den Kopf hob, lief ihr eine einzelne Träne über die Wange. »Weiter.«

Übelkeit zog meinen Magen zusammen und ich konnte die Galle bereits schmecken, aber ich erzählte mehr, erzählte ihr alles, weil sie es verdient hatte, die ganze Geschichte zu kennen. Selbst wenn sie ihr keinen Frieden bringen, sondern nur wehtun würde.

»Ich habe kaum mitbekommen, was los war«, gestand ich leise. »Die Leute sind ausgeflippt, ich bin aus dem Ring, habe mein Geld bekommen … und erst dann gemerkt, dass Jamie sich nicht bewegte. Ich bin mir sicher, dass er noch geatmet hat, aber er war bewusstlos. Ich wollte ihm helfen, ich schwöre dir, dass ich ihm helfen und einen Rettungswagen rufen wollte, aber Roy, Larsson und die anderen Jungs sind dazwischengegangen. Roy hat auf mich eingeredet, mir versprochen, dass sie den Wagen holen und sich um alles kümmern würden. Dann hat er mich nach Hause geschickt. Und ich … ich bin heimgefahren. Ein paar Tage später habe ich in der Zeitung gelesen, dass Jamie tot in seiner Wohnung aufgefunden wurde. Kein Indiz auf ein Verbrechen, keine Täter. Gar nichts. Danach bin ich nie wieder hingegangen und habe nie mehr gekämpft.«

Bis vor ein paar Tagen, als ich mit Tate dort gewesen war. Weil ich keine andere Wahl gehabt hatte. Aber bei Jamie hatte ich eine Wahl gehabt. Ich hätte nicht so hart zuschlagen können – oder trotz Roys Versprechungen selbst die Polizei und einen Rettungswagen rufen können. Aber ganz ehrlich? So kurz nach den Geschehnissen hatte ich eine Scheißangst vor Roy, Larsson und den anderen gehabt. Sie kannten meinen Namen, wussten, wo ich wohnte. Wo meine Familie wohnte. Und wo Ana Lucia zur Schule ging. Ich war naiv gewesen und hatte ihnen glauben wollen, hatte gehofft, dass sie alles wieder in Ordnung bringen würden, so wie Roy es versprochen hatte. Und das hatten sie auch. Auf ihre eigene Weise.

Aber nicht für mich. Nicht für Jamie. Und schon gar nicht für Tate.

»Ich weiß nicht, was genau passiert ist«, gab ich zu und räusperte mich, weil meine Stimme so verflucht heiser klang. »Sie müssen ihn zurück in seine Wohnung gebracht und wahrscheinlich ein paar Cops geschmiert haben, damit die nicht genauer nachforschen, sondern den Fall abhaken.«

Mehrere Sekunden lang herrschte Schweigen. Tate sah mich nicht an, starrte nur auf einen Punkt auf dem Teppichboden, während in mir Schuldgefühle und Selbstvorwürfe tobten. Ich wusste, dass ich etwas hätte tun können. Dass ich die Verantwortung dafür trug. Und wenn sie mich für den Rest ihres Lebens hassen wollte, wäre das nur fair. Ich hatte viel Schlimmeres verdient.

»Als wir uns kennengelernt haben«, begann sie langsam und sah auf. »Wusstest du da, wer ich bin?«

Ich schüttelte den Kopf. »Erst als ich kurz darauf deinen Nachnamen erfahren habe, ist mir auch die Ähnlichkeit zwischen dir und Jamie aufgefallen.«

»Und dann?« Sie fiel mir mit einem abfälligen Schnauben ins Wort. »Dachtest du, du spielst ein paarmal den Retter für mich und alles ist wieder gut?«

»Nein, ich …«

»Warum machst du es uns nicht beiden leicht, hm?« Provozierend reckte sie das Kinn vor. »Sag mir, dass dir das zwischen uns nie etwas bedeutet hat. Sag mir, dass *ich* dir nie etwas bedeutet habe. Dass das nur deine verkackte Art war, dein schlechtes Gewissen zu beruhigen.«

Nein.

Vielleicht hatte sie recht, vielleicht sollte ich es für uns beide einfacher machen und ihr all das sagen. Gut möglich, dass das die einzige vernünftige Lösung, der einzige Weg war, um ihr nicht noch mehr wehzutun, als ich es bereits getan hatte. Aber ich konnte es nicht. Ich konnte sie nicht belügen. Nicht schon wieder. Nicht in dieser Sache. Bis vor Kurzem war ich derjenige gewesen, der ihr geholfen hatte, der immer für sie da gewesen war und auf sie aufgepasst hatte. Jetzt war ich derjenige, der ihr mehr wehgetan hatte als irgendjemand sonst auf dieser Welt.

»Du weißt, dass das nicht stimmt.« Meine Stimme klang heiser. Rau.

Zum ersten Mal flackerte so etwas wie eine Emotion in ihrem Gesicht auf. »Ich weiß gar nichts mehr«, wisperte sie. »Nur, dass du jetzt gehen solltest.«

»Tate …«

»Geh schon!«

Sie jetzt allein zu lassen, war das Letzte, was ich tun wollte. Nicht, wenn ich förmlich dabei zusehen konnte wie ihre Maske bröckelte und von Sekunde zu Sekunde mehr von dem Schmerz zu erkennen war, den sie so gut darunter verborgen hatte.

Alles in mir drängte darauf, zu ihr zu gehen, sie in den Arm zu nehmen und festzuhalten, bis der Schmerz verebbt war. Aber das konnte ich nicht tun, da ich derjenige war, der sie so verletzt hatte. Weil ich der Grund für all das hier war. Also tat ich das einzig Richtige – nämlich das, was sie von mir verlangte.

Ich ging.

Tate

Ich starrte auf die Tür und lauschte auf die sich entfernenden Schritte, bis das Rauschen in meinen Ohren jedes andere Geräusch übertönte. Erst dann, erst als ich sicher sein konnte, dass er wirklich fort und ich allein war, gaben meine Knie nach. Alles, was ich bisher mühsam unterdrückt hatte, brach jetzt aus mir heraus. Ich hatte ihm gegenüber keine Schwäche zeigen, keine Tränen vergießen wollen, dafür liefen sie mir jetzt unentwegt über die Wangen.

Er war es gewesen. Er war schuld an Jamies Tod. Irgendwo tief in meinem Unterbewusstsein hatte ich es bereits geahnt, aber es jetzt zu wissen? Ihm in die Augen zu blicken und die Bestätigung für meine schlimmste Befürchtung, meinen schlimmsten Albtraum zu bekommen?

Plötzlich ergab alles einen Sinn. Die Art, wie Trevor immer mit mir umgegangen war. Der Retterkomplex. Die Distanz. Alles ergab einen verdammten Sinn. Es war ihm nie wirklich um mich gegangen. Ich war nur ein Mittel zum Zweck für ihn gewesen, um Buße zu tun. Um mit seinen eigenen Schuldgefühlen klarzukommen. Wochenlang, nein, jahrelang hatte er mich angelogen. Er hatte mir ins Gesicht gesehen und mich angelogen. Und Jamie …

»Tate!«

Ich hörte Schritte, dann war Elle bei mir. Ich klammerte mich an sie, als würde mein Leben davon abhängen. Und in gewisser Weise tat es das auch.

Sie sagte nichts, hielt mich nur fest und strich mir über den Kopf. Kurz wurde ihre Umarmung etwas lockerer und ich meinte, das Aufleuchten eines Handydisplays aus dem Augenwinkel wahrzunehmen, dann verstärkte sie ihre Umarmung wieder.

Ich wusste nicht, wie viel Zeit vergangen war, als eine Tür ganz in der Nähe auf und wieder zu ging. Gleich darauf lag ich nicht mehr in Elles Armen. Jemand anderes zog mich an sich, schob einen Arm unter meine Knie, einen unter meinen Rücken und hob mich hoch. Ich nahm einen vertrauten Geruch wahr und vergrub das Gesicht an Dylans Brust. Schweigend setzte er sich mit mir aufs Sofa und strich mir über den Rücken.

Im nächsten Moment spürte ich Elle auf meiner anderen Seite. Sie lehnte ihren Kopf an meinen.

Keiner von ihnen sagte ein Wort. Keiner versuchte sich an irgendwelchen beschissenen tröstenden Worten, die sowieso nur leere Sprüche waren. Und ich war ihnen dankbar dafür, auch wenn ich es gerade nicht zeigen konnte, weil meine Kehle wie zugeschnürt war und mir noch immer Tränen über die Wangen liefen. Einer der beiden gab mir ein Taschentuch und ich putzte mir die Nase, aber das half nicht gegen den Strom an heißen Tränen, der einfach nicht aufhören wollte. Es fühlte sich an, als würde ich Jamie ein zweites Mal verlieren. Und mit ihm auch Trevor, obwohl er nie wirklich zu mir gehört hatte. Am Schmerz änderte das nichts. Er brannte sich in mich hinein, höhlte mich von innen aus, ließ mein Gesicht ganz heiß werden und hinterließ ein dröhnendes Pochen in meinem Kopf.

Irgendwann nahm ich wieder das Ticken einer Uhr wahr, Dylans und Elles Atemzüge, genau wie die gedämpften Geräusche aus dem Wohnheim, weil meine Schluchzer weniger wurden. Nicht, weil der Schmerz verschwand, sondern weil ich keine Kraft mehr hatte. Alles tat mir weh. Jeder Muskel in meinem Körper, jedes Luftholen, jedes Blinzeln, sogar Denken tat weh. Aber nichts davon kam gegen dieses schwarze Loch in meinem Inneren an. Es saugte alles auf, jede Empfindung, jede Erinnerung, jeden Gedanken, bis ich nur noch … *da* war. Nur noch existierte. Wie eine leere Hülle.

Ich wusste nicht, was ich mir erhofft hatte, als ich mir vorgenommen hatte, die Wahrheit über Jamies Tod herauszufinden. Es war meine Art gewesen, mit dieser Sache umzugehen. Wo ich vorher noch das ruhigste und schüchternste Mädchen der Schule gewesen war, wurde mir ab jenem Tag alles egal. Ich änderte mein Aussehen, mein Verhalten und stürzte mich noch mehr in meine Bücher als jemals zuvor. Ich konnte nicht hinnehmen, dass mein großer Bruder fort war und ein Grabstein mit einer Inschrift darin alles war, was mir von ihm geblieben war. Das da unter der Erde war nicht Jamie. Mein Bruder war noch immer irgendwo dort draußen und wenn ich nur die Wahrheit herausfand, wenn ich aufklären konnte, was damals wirklich passiert war …

Es war dumm gewesen. Dumm von mir, mein ganzes Leben, meine ganze Existenz nur darum herum aufzubauen. Aber nur so hatte ich weitermachen können, ohne durchzudrehen. Ohne an meinen eigenen Schuldgefühlen zu ersticken, weil ich mich nicht wie versprochen bei ihm gemeldet hatte.

Jetzt hatte ich meine Antworten. Aber statt Seelenfrieden zu finden oder neue Kraft oder irgendetwas, war da nur Schmerz. Und er war noch viel schlimmer als damals, als die beiden Polizisten vor unserer Haustür gestanden hatten, um uns zu sagen, dass Jamie tot war. Denn jetzt hatte ich meinen Bruder endgültig verloren, genau wie den Mann, der dafür verantwortlich war. Den Mann, in den ich mich verliebt hatte …

Diese Erkenntnis brachte nur noch mehr Tränen mit sich, dabei sollte ich überhaupt keine mehr übrig haben. Anscheinend sah mein Körper das anders. Sie brannten in meinen Augen, liefen heiß über meine Wangen und tropften auf Dylans Shirt, das schon ganz nass war. Trotzdem rührte er sich nicht, sondern hielt mich nur noch eine Spur fester und auch Elle schmiegte sich enger an mich und strich mir über den Arm. Ich ließ meinen Kopf gegen ihren sinken und den Tränen freien Lauf. Ich konnte sie sowieso nicht aufhalten, konnte nicht mehr dagegen ankämpfen, weil ich keine Kraft mehr zum Kämpfen hatte.

Dreieinhalb Jahre. 1284 Tage. Jamie und die Suche nach den Hintergründen für seinen Tod hatten mein ganzes Leben bestimmt. Doch nun, da ich meine Antworten hatte, fiel mein

Leben in sich zusammen. Ich stand vor dem Nichts, wusste nicht mehr, was falsch und was richtig war, was ich tun, denken oder fühlen sollte. Da war nur eine gnadenlose Leere, die mich mit sich in die Dunkelheit riss.

Ich merkte nicht einmal, wie sie über mir hereinbrach und ich irgendwann in Dylans Armen einschlief.

Kapitel 19

Trevor

Sie hasste mich. Ich hatte immer gewusst, dass dieser Tag kommen würde, aber ... bei Gott, ich hatte gehofft, dass es nicht so schnell passieren würde. Nicht jetzt. Nicht, wenn ich zum ersten Mal das Gefühl hatte, dass mehr zwischen uns sein könnte. Dass das mit uns beiden allen Umständen zum Trotz *richtig* sein könnte.

Sekundenlang blieb ich noch vor ihrer Tür stehen. Wartend. Hoffend. Auch wenn ich wusste, dass es vorbei war. Kaum etwas war mir je so schwergefallen, wie dieser verdammten Tür den Rücken zuzukehren und zu gehen. Den Flur hinunter. Die Treppenstufen hinab ins nächste Stockwerk. Wieder einen Flur entlang und durch die Tür zu meiner eigenen Wohnung. Das Licht brannte im Wohnzimmer, aber ich konnte niemanden entdecken. Gott sei Dank. Ich konnte jetzt keinem von ihnen begegnen. Dylan war mit Sicherheit noch bei der Arbeit und Luke wahrscheinlich beim Training oder so. Ich steuerte mit großen Schritten auf mein Zimmer zu. Das Erste, was ich sah, war natürlich dieses verdammte Poster, das Tate über mein Bett gehängt hatte. Für einen kurzen Moment blieb mir die Luft weg, dann zwang ich mich dazu, meinen Blick von dem hässlichen Tier loszureißen. Ich ließ mich aufs Bett fallen und vergrub den Kopf in den Händen.

In Gedanken ging ich das Gespräch mit Tate wieder und wieder durch. Dann zählte ich all die Gelegenheiten auf, bei denen ich ihr die Wahrheit hätte sagen können. Bei denen ich sie ihr hätte sagen *müssen*, es aber nie getan hatte. Nicht mal in jener Nacht nach meinem Kampf, als sie mich zurück ins Wohnheim geschafft und später in meinen Armen eingeschlafen war. Ich war so ein Trottel. Ein Feigling. Ein Idiot. Ein verdammter …

Ein Miauen riss mich aus meiner Starre. Mister Cuddles sprang aufs Bett, setzte sich neben mich und miaute auffordernd. Ich brauchte einen Moment, um zu begreifen, was die Katze von mir wollte. Dann stand ich wie ferngesteuert auf, ging in die Küche, holte eine Dose Katzenfutter aus dem Schrank, öffnete sie und schüttete den Inhalt in ihren Napf. Anschließend schnappte ich mir ein Handtuch und ein paar Klamotten und ging ins angrenzende Bad.

Aus irgendeinem Grund fielen mir ausgerechnet jetzt Moms Reaktion und die Worte meiner Schwester wieder ein. Seufzend drückte ich die Tür zu, schloss ab und schaltete die Dusche ein.

Sorry, Ana, ich werde sie dir nicht vorstellen können.

Während Wasserdampf und Rauschen den kleinen Raum erfüllten, zog ich mir das Shirt über den Kopf und kickte die Schuhe von den Füßen. Meine Rippen schmerzten bei den schnellen Bewegungen, aber das war mir egal. Nein, im Grunde war mir das nur recht. Ich verdiente das dumpfe Pochen und das Brennen, als das Wasser auf meine Wunden traf. Genau wie Tates Hass.

Sie sollte mich hassen. Sie sollte mich verachten und sich wünschen, mir nie begegnet zu sein. Das war das Mindeste. Ich hatte nichts anderes verdient. Und wenn ich nur eine einzige Sache rückgängig machen könnte, dann war es, jemals in diesen Ring gestiegen zu sein. Wenn das nie passiert wäre, wäre Jamie nie gestorben, Tate hätte nie ihren Bruder verloren, wir hätten uns unter ganz anderen Umständen kennengelernt und vielleicht hätte es dann eine Chance für uns gegeben. Aber die hatten wir nie bekommen. Das zwischen uns war von Anfang an zum Scheitern verurteilt gewesen.

Trotzdem hatte ich es zugelassen. Ich hatte zugelassen, dass ich ihr näherkam, dass sie mich berührte, körperlich wie emotional. Und nun hatte ich sie damit mehr verletzt als jemals jemand anderes zuvor. Gott, ich war so ein Arschloch …

Ich stützte mich mit den Händen an den kühlen Fliesen ab, schloss die Augen und ließ das mittlerweile kalte Wasser auf mich herabprasseln. Wie kleine Nadelstiche bohrte es sich in meine Haut, aber nicht einmal das Rauschen konnte die Gedanken in meinem Kopf übertönen.

Ich hatte das getan, was ich unter allen Umständen hatte vermeiden wollen: Tate wehzutun. Dabei hatte ich doch nur auf sie aufpassen und für sie da sein wollen … Ich wünschte, ich könnte es irgendwie leichter für sie machen, sie irgendwie trösten, aber alles, was ich tun oder sagen könnte, würde es nur noch schlimmer machen. Weil ich der Grund für ihren Schmerz war. Damals wie heute.

Als ich das Wasser abstellte und aus der Dusche stieg, überzog Gänsehaut meinen gesamten Körper und meine Haut fühlte sich taub an – so lange hatte ich unter dem eisigen Strahl gestanden. Ein kurzer Blick in den Spiegel zeigte mir, dass ich zitterte – aber ich spürte kaum etwas davon.

Ich machte mir nicht die Mühe, meine Verletzungen zu versorgen, sondern zog meine Sachen wieder an und kam aus dem Bad. Dabei lief ich fast in Luke hinein.

»Hey …« Mein bester Kumpel starrte mich an. Er schien geradewegs vom Training zu kommen, denn er hatte seine Sporttasche noch nicht abgelegt. »Alles klar? Du siehst beschissen aus.«

Ich kam nicht zum Antworten, da in diesem Moment die Tür aufflog. Und zwar so schwungvoll, dass sie gegen die Wand krachte. Dylans Miene war völlig ausdruckslos, nur in seinen Augen loderte der Zorn. In der einen Sekunde war er noch in der Tür, in der nächsten stand er schon vor mir und seine Faust raste auf mich zu. Reflexartig zuckte ich zurück, wehrte sie aber nicht ab und ging auch nicht in Deckung. Schmerz schoss durch mein Gesicht und brannte sich in mich hinein. Es war ein vertrautes Gefühl, beinahe tröstend, auch wenn ein unangenehmes Hämmern in meinem Kiefer zurückblieb und sich ein metallischer Geschmack in meinem Mund ausbreitete.

»Komm schon!«, knurrte Dylan und gab mir einen Stoß gegen die Brust. »Setz dich verdammt noch mal zur Wehr!«

Mit dem Handrücken wischte ich mir über die blutige Unterlippe und richtete mich wieder auf. »Glaubst du etwa, ich wüsste nicht genau, dass ich das verdient habe?«

Dylan holte erneut aus.

»Hey!« Luke schob sich mit ausgebreiteten Armen zwischen uns. »Kann mir einer erklären, was zum Teufel hier abgeht?«

»Tate ist völlig fertig. So habe ich sie noch nie gesehen …« Dylan rieb sich über die Fingerknöchel, die bereits rot wurden. »Fuck, Mann!« Er fuhr sich mit der Hand durchs Haar. »Ich habe keine Ahnung, was da zwischen euch passiert ist, aber bring das gefälligst wieder in Ordnung!«

Damit ließ er uns stehen, stapfte in sein Zimmer und schlug die Tür zu. Mister Cuddles miaute gedämpft.

Luke und ich sahen uns an, er völlig verständnislos, ich mit blutiger Lippe und einem pochenden Schmerz im Kiefer. Er atmete tief durch. »Ich werde jetzt nicht nachbohren, was zur Hölle zwischen dir und Tate vorgefallen ist, weil du mich auch nie mit Fragen gelöchert hast.«

Fragen zu seinen Eltern. Zu seiner Vergangenheit. Zu dem

Wirrwarr aus Schuldgefühlen und gelallten Worten, die er mir eines Abends betrunken vor die Füße geworfen hatte. Wir hatten nie darüber gesprochen, weil Luke generell nicht über seine Vergangenheit reden wollte. Zwei, drei Mal hatte ich nachgehakt, war aber auf Granit gestoßen und hatte es schließlich sein lassen. Ich rechnete es ihm hoch an, dass er diesen Gefallen jetzt erwidern wollte. Aber es war unnötig, denn Tate war auch seine Freundin und er kannte sie schon viel länger als ich.

»Du erinnerst dich, was mit ihrem Bruder passiert ist?«, fragte ich und ging zum Kühlschrank hinüber, um mir etwas aus dem Eisfach zu holen und gegen meinen Kiefer zu drücken.

Luke beobachtete mich mit gerunzelter Stirn. »Er ist gestorben, als wir im letzten Highschooljahr waren. Aber über die genauen Umstände wusste niemand etwas …«

»Ich schon.«

Er starrte mich an. »Lass den Scheiß.«

»Kein Scheiß.« Ich schüttelte den Kopf und setzte mich auf einen der Hocker an der Wo Kücheninsel. »Ich weiß, wie es passiert ist. Ich war dabei. Ich war … Ich *bin* schuld daran, dass er gestorben ist.«

Tate

Ich zog mich zurück. Mehrere Tage lang verließ ich nicht die Wohnung, und mein Zimmer auch nur dann, wenn ich dringend etwas essen, trinken oder ins Bad musste. Ich schwänzte zum ersten Mal in meinem Leben meine Vorlesungen und meldete mich beim Radiosender krank. Dort spielte ich ohnehin nur Musik, also war es doch völlig egal, wenn das jemand anderes übernahm.

Überhaupt war mir plötzlich alles egal. Das Studium, das Lernen, die Prüfungen zum Semesterende. Wozu sich noch bemühen? Ich hatte dieses Hauptfach nur gewählt, weil es mir dabei helfen sollte, die Wahrheit über Jamie herauszufinden. Nur deshalb beschäftigte ich mich mit Autopsien, Tathergängen und Rechtswissenschaften. Aber jetzt? Jetzt wusste ich nicht mal mehr, wozu ich überhaupt das Bett verlassen sollte.

Ich schlief, wann immer ich müde war, völlig egal ob Tag oder Nacht, und manchmal auch nur dann, wenn ich es satt hatte, stumm vor mich hin zu starren.

Am liebsten hätte ich mich vor aller Welt verkrochen und wäre niemandem begegnet, aber so gütig waren meine Mitbewohnerinnen nicht. Nach ein paar Tagen begannen Elle und Mackenzie damit, mir abwechselnd Gesellschaft zu leisten, und auch Emery kam vorbei. Obwohl ich wusste, dass es an ihrer aller Nerven zerrte, stundenlang schweigend neben mir auf dem Bett zu sitzen und sich von irgendwelchen Serien berieseln zu lassen, konnte ich nichts daran ändern. Noch eine Sache, die mir egal geworden war. Ich zwang die drei zu nichts, schmiss sie sogar einmal raus. Sie *mussten* nicht bei mir bleiben. Ich war alt genug, ich konnte sehr gut ohne fremde Hilfe in meinem stillen Zimmer sitzen und an die Wand starren.

Als ich die Augen aufschlug, hatte ich jedes Zeitgefühl verloren. Ich wusste nicht mehr, welches Datum oder wie spät es war, und von draußen drang nur graues Tageslicht herein. Vielleicht war es frühmorgens, vielleicht auch schon nachmittags. Wen kümmerte das schon?

Ich quälte mich aus dem Bett, erst auf den Boden, dann zog ich mich an meinem Schreibtisch hoch. Der Schwindel kam unerwartet. *Whoa.* Vielleicht sollte ich doch mal wieder irgendwas essen oder so. Das, was normale Menschen ständig taten, damit sie funktionierten. Aber auch das war auf meiner neuen

Ist-mir-scheißegal-Liste gelandet: zu funktionieren. Das, was ich früher ganz besonders gut gekonnt hatte, interessierte mich nicht länger.

Meine Muskeln protestierten bei jeder Bewegung, trotzdem tappte ich zur Tür und öffnete sie einen Spalt weit. Ich war schon dabei, rauszugehen, als ich Stimmen links von mir hörte. Sie mussten aus der Küchenecke kommen.

»Meinst du das ernst?« Das war Elle.

Dann ertönte Lukes gedämpfte Stimme: »Trev ist mein bester Freund, aber nach dem, was er sich da geleistet hat? Was er ihr verschwiegen hat? Glaub mir, ich verstehe Tate. Das tue ich wirklich.«

»Aber …?«, hakte Elle leise nach.

Ich lehnte den Kopf gegen den Türrahmen und schloss die Augen. Ich sollte nicht lauschen. Nein, genau genommen *wollte* ich nicht lauschen, aber gleichzeitig musste ich einfach hinhören und erfahren, was Luke zu sagen hatte. Vielleicht, weil ich eine Masochistin war. Vielleicht aber auch, weil es die einzige verbliebene Verbindung zu Trevor war.

»Aber …« Luke seufzte. »Er leidet auch. Trevor ist nicht der Typ, der über seine Gefühle redet, aber ich kenne ihn. Er ist genauso fertig wie Tate.«

Schmerz bohrte sich in meine Brust, brennend und gleichzeitig eiskalt. Für einen kurzen Moment blieb mir die Luft weg. Ich hatte mich geirrt. Ich wollte das nicht hören. Ich wollte zurück in meine Blase, zurück in diesen Zustand, in dem mir alles und jeder egal war. In dem ich nicht erfahren musste, dass es auch Trevor scheiße ging. Er sollte in der Hölle schmoren. Er sollte leiden. Er sollte …

»Tate?« Elles besorgte Stimme brachte mich zurück in die Gegenwart.

Ich drückte die Tür weiter auf und räusperte mich. »Hey.«

So, wie die beiden mich anstarrten, fühlten sie sich entweder ertappt oder ich sah genauso beschissen aus, wie ich mich fühlte. Wahrscheinlich eine Mischung aus beidem. Aber hey, was soll's. Ich schlurfte an ihnen vorbei ins Badezimmer, schloss ab und lehnte mich gegen die Tür.

Verdammt, mussten meine Augen unbedingt wieder brennen? Warum musste ich ausgerechnet jetzt gegen Tränen anblinzeln? Hatte mein Körper nichts Besseres zu tun, als immer mehr davon zu produzieren? Dabei hatte ich in den letzten Tagen ohnehin schon mehr geweint als in den letzten zwei Jahren zusammen.

Verärgert wischte ich mir über die Wangen, ging auf die Toilette, wusch mir anschließend die Hände und putzte mir die Zähne. Ich wusste, dass es klüger wäre, nicht in den Spiegel zu schauen, der über dem Waschbecken hing. Aber wie es aussah, war ich tatsächlich eine Masochistin, denn ich hob den Kopf.

Eine Fremde starrte mir entgegen. Nein, falsch. Ein Zombie starrte mir entgegen. Geisterhaft blasse Haut, gerötete Augen mit Ringen darunter, die so tief und dunkel waren wie die Schluchten des Grand Canyons. Trüber Blick, trockene, rissige Lippen, verschmierter Mascara, der in schwarzen Schlieren und kleinen Bröseln rund um meine Augen klebte. Wenn ich mich recht erinnerte, stand *waterproof* auf der Verpackung. Ein Wunder, dass er überhaupt so lange gehalten hatte.

Ich drehte das Wasser erneut auf und wusch mir das Gesicht. Die Kälte tat gut. Sie gab mir für einen kurzen Moment das Gefühl, so etwas wie lebendig zu sein. Doch ein weiterer Blick in den Spiegel bestätigte mir, dass es keinen Grund zur Sorge gab. Denn innerlich war ich noch immer tot.

Mit dem Handtuch wischte ich die letzten Reste der Schminke weg und cremte mir die Haut nur deshalb ein, weil sie sonst ekelhaft spannte. Mist. Vielleicht war mir doch nicht mehr alles egal. Dabei wollte ich doch schleunigst zurück in diesen Zustand, weil ich da nichts fühlen und nichts denken musste. Ich existierte nur, war einfach nur da. Mehr nicht. Und genau so wollte ich es.

Als ich aus dem Bad kam, war Luke verschwunden. Nur Elle stand noch in der Kochnische, eine dampfende Tasse in der Hand und betrachtete mich mit so viel Sorge und Schmerz in den Augen, dass sich etwas in mir zusammenzog.

Sie hob eine zweite Tasse und hielt sie mir hin. »Luke hat Kaffee vorbeigebracht.«

»Danke«, murmelte ich, tappte zu ihr rüber und trank einen Schluck. Schwarz. Stark. Aromatisch. Als ich die Tasse senkte, bemerkte ich Elles aufmerksamen Blick. Im Gegensatz zu mir war sie vollständig angezogen und geschminkt. »Was?«

»Deine Mom hat mich angerufen, weil sie dich nicht erreichen konnte. Ich habe ihr gesagt, dass du gerade nicht da bist.« Sie atmete tief durch und nagte an ihrer Unterlippe. »Tate, wenn du reden möchtest …«

»Will ich nicht.« Ich fiel ihr ins Wort, aber das war mir egal. Reden war so ziemlich das Letzte, nein, das Vorletzte, was ich tun wollte. *Fühlen* war das Letzte. Und wenn ich noch länger hier stehen blieb und Elle mich so mitleidsvoll ansah, würde ich wieder fühlen. Also schnappte ich mir meinen Kaffee und ging damit zurück in mein Zimmer.

Obwohl ich es besser wusste, zog ich mein Handy aus meiner Umhängetasche und schaltete es ein. Nichts. Der Bildschirm blieb schwarz. Kein Wunder, schließlich hatte ich es drei Tage lang nicht mehr an den Strom angeschlossen. Oder waren es inzwischen schon vier?

Ich holte mein Ladekabel aus der Schublade, wo es zwischen dem anderen technischen Krimskrams und meiner Sammlung an bunten Klebezetteln lag und steckte es an. Während der

Ladebalken langsam größer wurde, trank ich meinen Kaffee aus und starrte aus dem Fenster.

Wie Ameisen wuselten die Leute draußen herum, überquerten die Kreuzung und marschierten in Reih und Glied zu ihren Veranstaltungen. Und wozu das Ganze? Um am Ende mit einem Abschluss und lauter Schulden dazustehen, weil man sich diesen Spaß nicht mal leisten konnte? Oder man hatte so viel Glück wie ich und konnte sich über ein Stipendium freuen – und rackerte sich jahrelang ab, um es auf keinen Fall zu verlieren. Und danach? Würde ich irgendwann auch viel zu dünn aussehende Akten zu den ungelösten Fällen legen und sie irgendwo in einem Archiv verstauen? Schulterzuckend, denn so war ja das beschissene Leben.

Ich rieb mir über die Stirn. Meine Gedanken waren ein einziges Chaos und beschäftigten sich mit allem und nichts, nur um sich nicht um das wirklich Wichtige kümmern zu müssen. Wenn es denn noch wichtig war. Ich seufzte tief. Gott, ich musste dringend hier raus. Mir fiel die Decke auf den Kopf, ich hatte keine Ahnung, wie frische Luft überhaupt roch und die Dusche hatte ich auch seit Tagen nicht mehr gesehen. Aber es war so verlockend, einfach wieder ins Bett zu krabbeln, mir die Decke über den Kopf zu ziehen und so zu tun, als würde ich gar nicht existieren.

Ich stellte die Tasse auf meinem Schreibtisch ab, der voll war mit Taschentüchern, Essensresten und -verpackungen, leeren Gläsern und Flaschen. Allein bei diesem Anblick zuckte es mir in den Fingern, das Chaos aufzuräumen, weil es mich genauso nervös machte wie Bücher, die nicht in einer geraden Linie im Regal standen. Aber ich tat es nicht. Stattdessen nahm ich mein Handy, setzte mich aufs Bett und schaltete es wieder ein.

Mein Herz hämmerte unangenehm schnell, als das Display aufleuchtete und das Smartphone nach und nach wieder zum

Leben erwachte. Dabei wusste ich nicht mal, was ich erwartete – oder mir erhoffte. Nein, das war gelogen. Ich wusste es ganz genau und ich hasste mich dafür, dass ich auf eine Nachricht, ein Lebenszeichen, auf irgendetwas von ihm hoffte.

Aber da war nichts. Ich hatte mehrere verpasste Anrufe von Mom und zwei von Anthony vom Sender. Ein paar verpasste Nachrichten von Kommilitonen und aus Lerngruppen, obwohl die Chatgruppe mit Elle, Luke und den anderen verdächtig still geblieben war in letzter Zeit. Als würde sich niemand trauen, ein falsches Wort zu sagen, also schwiegen sie alle. Ich rollte mit den Augen und tippte ohne nachzudenken die Frage ein, welche Pläne es für Freitagabend gab. Ja, ich war mir bewusst, dass Trevor sie lesen würde. Nein, das interessierte mich nicht. Nicht im Geringsten. Kein Stück. Der Typ sollte sterben gehen.

Gleich nachdem ich den Text abgeschickt hatte, vibrierte das Telefon in meinen Händen. Vor Schreck hätte ich es fast fallen gelassen. Ich wusste nicht mal, ob ich erleichtert oder enttäuscht darüber sein sollte, dass meine Mutter anrief. Sekundenlang starrte ich auf das Display, ohne zu einer Reaktion fähig zu sein. Ich wusste einfach nicht, was ich tun sollte. Rangehen und ihr eine heile Welt vorspielen, obwohl meine gerade in Trümmern lag? Das brachte ich nicht über mich. Nicht nach allem, was ich über Jamie erfahren hatte. Und über seinen Tod. Ich konnte nicht einfach so tun, als wüsste ich von nichts. Ich konnte einem Menschen, der mir wichtig war, nicht ins Gesicht sehen oder mit ihm telefonieren und ihn dabei belügen. Ich war nicht wie Trevor.

Moms Name verschwamm vor meinen Augen, dann hörte das Vibrieren auf. Ich atmete tief durch, aber es endete in einem Schluchzer. Was zum Teufel sollte ich jetzt tun? Wie sollte ich mit all den neuen Informationen umgehen? Sollte ich sie für mich behalten? Weitermachen wie zuvor? Zur Polizei gehen? Meinen Eltern davon erzählen und ihnen ein zweites Mal das Herz brechen? Ich wusste, dass es ihnen bis heute wehtat, aber im Gegensatz zu mir hatten sie mit der Sache abgeschlossen. Sie lebten weiter, während ich immer an der Vergangenheit festgehalten hatte. Konnte ich es ihnen wirklich antun, sie wieder in dieses dunkle Loch aus Schmerz und Trauer und Selbstvorwürfen zu stürzen? Aber war ich es ihnen nicht schuldig, ihnen die Wahrheit zu sagen?

»Verdammt, Trev«, wisperte ich. »Warum hast du mir das alles erzählt?«

Warum hatte er mich in diese Situation gebracht?

Ich wusste nicht, was ich tun sollte. Anders als alles, was ich während meines Studiums gelernt hatte, gab es hier kein Richtig und kein Falsch. Denn alles, was ich tat, würde irgendjemandem wehtun, genau wie mir selbst. Ich wollte nicht vor dieser Wahl stehen. Ich weigerte mich, diese Entscheidung zu treffen.

Ich wollte nur noch eines. Ich wollte vergessen.

Kapitel 20

Tate

Die Musik dröhnte in meinen Ohren, die Bässe wummerten in meiner Brust und der Boden erzitterte unter den vielen Menschen, die auf der Tanzfläche herumhüpften. Es war Freitagabend und dementsprechend voll in diesem Club, dessen Namen ich schon wieder vergessen hatte. Spielte aber auch keine Rolle. Ein Kumpel von Jackson hatte mir mal von diesem Laden erzählt, da er eine Weile hier als Barkeeper gearbeitet hatte, und nachdem auf meine Nachricht nur zögerliche Antworten zur Wochenendgestaltung gekommen waren, hatte ich mich in mein bestes Outfit geschmissen und war hergefahren. Allein. Und für die nächsten paar Stunden wollte ich über nichts anderes mehr nachdenken müssen, als darüber, was ich als Nächstes trinken würde. Im besten Fall erinnerte ich mich morgen nicht mal mehr an diese Nacht.

Ich gab meine Jacke an der Garderobe ab und kämpfte mich zur Bar durch. Mir war schon jetzt viel zu warm, obwohl ich zu meiner Jeans-und-Stiefel-Kombi nur ein Tanktop trug. Funktionierte die Klimaanlage hier drinnen überhaupt? Egal.

Ich quetschte mich zwischen die Leute, hob die Hand und bestellte einen Shot und einen Cocktail. Es gab keinen Grund, es langsam angehen zu lassen. Scheiß auf langsam. Scheiß auf alles.

Elle hatte es mir ausreden wollen, hierherzukommen, weil

auch sie den Club nicht kannte und das Wochenende über mit Luke zu ihm nach Hause gefahren war. Sie wollten dort irgendwas mit Lukes Bruder und seiner Frau unternehmen oder so. Vielleicht hätte ich genauer hinhören sollen, aber mein neues Motto war: Ist mir scheißegal. Und auch wenn meine beste Freundin nicht gerade glücklich darüber war, dass ich ihre Warnungen in den Wind geschlagen hatte – sie konnte mich auch nicht aufhalten. Dazu hätte sie mich schon in mein Zimmer einsperren und den Schlüssel wegwerfen müssen. Aber selbst dann wäre ich noch rausgekommen, da ich Jamie sei Dank wusste, wie man Schlösser knackte. Er hatte es mir beigebracht, als ich gerade mal zehn Jahre alt gewesen war – mit einem verschwörerischen Grinsen und einem Funkeln in den Augen.

Der Gedanke an meinen Bruder verursachte mir einen Stich in die Magengrube. Verdammt. Ich hatte immer geglaubt, ganz gut mit der Sache zurechtzukommen. So gut es eben ging. Ich verdrängte seinen Tod nicht und tat auch nicht so, als hätte er nie existiert, sondern dachte gern an ihn und unsere gemeinsame Zeit zurück. Mit ein bisschen Schmerz und ganz viel Wehmut. Aber jetzt war da ganz viel Schmerz und ich hatte keine Ahnung, wie ich damit umgehen sollte. Also tat ich das, was ich immer tat: Ich ging feiern, trank, suchte mir Ablenkung für eine Nacht und versuchte zu vergessen.

Während ich an der Bar auf meine Getränke wartete, ließ ich meinen Blick über die Menge schweifen. Es war wirklich unheimlich voll hier. Was seltsam war, da der Club eher ein bisschen heruntergekommen wirkte. Die Beleuchtung war düster, die Musik rockig und die Wände voller Plakate, die bereits davon abblätterten. Auch die Leute waren nicht die typischen Collegestudenten, die ich von unseren Campuspartys her kannte. Ein paar waren älter, vielleicht so um die Mitte bis

Ende zwanzig, vielleicht auch mehr. Ich bemerkte ein paar Biker in ihrer typischen Lederkluft und ein paar seltsam bunt gekleidete Gestalten, die hier so gar nicht reinzupassen schienen. Aber wenn ich ihre zittrigen Hände und die geröteten Augen richtig deutete, waren sie auch nicht zum Feiern hier, sondern aus einem ganz anderen Grund.

Hm. Eigentlich müsste das doch die perfekte Spielwiese für jemanden wie Derting sein, allerdings hatte ich unseren Lieblingsdealer hier noch nicht entdeckt.

»Deine Drinks.«

Ich drehte mich zum Barkeeper um und drückte ihm den Schein in die Hand. »Stimmt so.«

Er lächelte leicht, auch wenn er gestresst wirkte. »Danke.«

Attraktiv. Nicht besonders auffällig, aber seine Zurückhaltung hatte etwas Charmantes. Genau wie das Grübchen in seiner Wange. Er musste ungefähr so alt sein wie ich, mindestens jedoch einundzwanzig, um hier arbeiten zu können. Aber falls er auch an der Blackhill University studierte, hatte ich ihn noch nie auf dem Campus gesehen. Und der war nicht besonders groß.

Ich hob das Shotglas an, prostete ihm damit zu und kippte den Inhalt in einem großen Schluck hinunter. Meine Kehle brannte und Tränen schossen mir in die Augen, dafür breitete sich eine angenehme Wärme in meinem Bauch aus.

»Noch einen«, krächzte ich und nippte dann an meinem knallgrünen Cocktail. Er war mit einem Zuckerrand und Schirmchen dekoriert und schmeckte nach … irgendwas. Das konnte ich erst wieder beurteilen, wenn meine Geschmacksnerven nicht mehr vom Alkohol verätzt waren. Sehr unwahrscheinlich, dass das heute Abend noch passieren würde.

Ich lehnte mich mit dem Rücken gegen den Tresen und ließ meinen Blick ein weiteres Mal wandern. Hierherzukommen war eine gute Idee gewesen. Ich wusste gar nicht, was Elle hatte. Was sprach denn gegen ein bisschen Spaß? Nach der beschissenen letzten Woche hatte ich mir das mehr als verdient. Ich stoppte meine Gedanken, noch bevor sie Richtung Montag mit all seinen Verpflichtungen gehen konnten. Nichts davon war jetzt relevant. Es war mein Leben, verdammt noch mal! Alles andere war scheißegal.

Für einen kurzen Moment dachte ich, tatsächlich Derting zwischen den Tanzenden entdeckt zu haben, aber ich hatte mich geirrt. Der Typ sah ihm nur von Weitem etwas ähnlich. Zu schade. Ich wollte gerade in die andere Richtung sehen, als mein Blick an jemand anderem hängen blieb. Überrascht zog ich die Brauen hoch. Na, sieh mal einer an. Was machte die vornehme Grace Watkins denn hier? Und war sie allein? Oh, nein, sah nicht danach aus. Es sei denn, sie ließ sich von jedem Kerl, den sie gerade erst kennengelernt hatte, von oben bis unten betatschen. Mit ihrem Glitzerkleid und den eleganten Schuhen passte sie nicht wirklich hierher. Aber wenn sie mich den restlichen Abend über in Ruhe ließ und genauso ignorierte wie ich sie, konnten wir vielleicht doch noch Freunde werden.

Freunde. Ich schnaubte in meinen Cocktail. Freundschaft war es, die mich heute Nacht hierhergeführt hatte. Freundschaft und … mehr. Ich schüttelte den Kopf und verpasste mir in Gedanken selbst eine Ohrfeige. Ich wollte nicht an ihn denken. Ich *würde* nicht an ihn denken. Trevor Alvarez und ich waren fertig miteinander. Meinetwegen konnte er von der Erdoberfläche verschwinden. Es kümmerte mich nicht.

Ich trank meinen Cocktail in großen Schlucken aus, dann kippte ich den zweiten Shot hinunter. Meine Haut begann zu kribbeln und in meinem Kopf wurde es schon jetzt wesentlich leichter. So viel besser als vorher. Wieso hatte ich nicht schon vor Tagen daran gedacht, mich zu betrinken? Das machte das

Leben so viel leichter. Ich atmete tief durch, dann stürzte ich mich in die Menge.

Die nächsten Stunden verbrachte ich größtenteils auf der Tanzfläche, einzig unterbrochen von ein paar Pausen, um mir an der Bar etwas Neues zu trinken zu holen oder mir etwas ausgeben zu lassen. Ich tanzte mit verschiedenen Typen, knutschte mit zweien von ihnen herum und hörte irgendwann auf, mitzuzählen, meinen wievielten Drink ich gerade trank.

Und es tat mir gut. Aber vor allem tat es nicht mehr weh.

Irgendwann ging mein Handy aus, weil der Akku leer war, aber auch das war mir egal. Irgendwie würde ich schon wieder nach Hause kommen. Und wenn ich nicht ganz falsch lag, war da ein Typ, der genau wie Derting hübsche kleine Pillen verkaufte. Ich musste nur nachschauen, ob ich noch genug Scheine dabeihatte. Ich suchte in meinen Jeanstaschen nach meinem Geld und schlängelte mich durch die Menge. Graziös für mein Empfinden, aber wahrscheinlich schwankte ich schon ziemlich. Oder alle anderen standen einfach nur so ungünstig im Weg rum, dass ich andauernd jemanden anrempelte.

Kurz bevor ich den Typen erreichte, stellte sich mir jemand in den Weg. Ich musste den Kopf in den Nacken legen, um sein Gesicht zu erkennen.

Und plötzlich war der Schmerz wieder da. Er explodierte mit so viel Wucht in meinem Inneren, dass ich kurz ins Straucheln geriet. Warme Hände packten mich an den Oberarmen und hielten mich fest. Ich stolperte zurück und blinzelte mehrmals. Nope. Keine Einbildung. Er war immer noch da.

»Seit wann bist du hier?«

War das meine Stimme, die so krächzend aus mir rauskam und die Musik kaum übertönte?

»Eine Weile.« Trevor lehnte sich etwas näher, machte aber keine Anstalten, mich ein weiteres Mal zu berühren.

Es dauerte einen Moment, bis mein vernebelter Verstand eins und eins zusammengezählt hatte, aber als es endlich so weit war, wollte ich meiner besten Freundin den Hals umdrehen. Elle musste ihm gesagt haben, dass ich heute Abend hierherkommen würde. Wenn sie schon nicht selbst den Wachhund spielen konnte, beauftragte sie Trevor damit. Ausgerechnet …

Fassungslos schüttelte ich den Kopf. »Tja, dann hoffe ich, die Show hat dir gefallen.«

Ohne auf eine Antwort zu warten, machte ich auf dem Absatz kehrt und ließ ihn stehen. Zumindest in meiner Vorstellung. Aber in der Realität war mein Gleichgewichtssinn nicht mehr der beste, ich stolperte über meine Füße und machte fast Bekanntschaft mit dem klebrigen Fußboden. Gerade so konnte ich mich abfangen und richtete mich wieder auf. Meine Wangen glühten, aber ich sah nicht zurück, sondern stolzierte denselben Weg zurück, den ich gekommen war. Und schon wieder standen diese ganzen dämlichen Leute im Weg herum, als warteten sie nur darauf, dass ich sie anrempelte.

»Pass doch auf!«, rief jemand.

»Pass selber auf!« Ich schob irgendwen beiseite und erreichte die Bar. Wenn ich schon nicht an die Happy-Pillen kam, weil Elle mir einen Aufpasser auf den Hals gehetzt hatte, konnte ich mir wenigstens noch einen Drink bestellen. Oder zehn. Vielleicht vergaß ich dann, wie es war, Trevor wieder gegenüberzustehen und seine Hände auf meinen Armen zu spüren. Es musste am Alkohol liegen, aber ich könnte schwören, dass meine Haut immer noch kribbelte, wo er mich angefasst hatte.

Es war noch immer voll an der Theke, aber inzwischen kannten der Barkeeper und ich uns beim Namen und er stellte ohne zu fragen ein kleines Glas vor mich, das er bis zum Rand mit Tequila füllte. Bevor er die Hand zurückziehen konnte, schloss ich die Finger um den Flaschenhals.

Seine Augenbrauen wanderten in die Höhe und er schien kurz zu zögern, zuckte dann aber mit den Schultern und ließ die Flasche bei mir stehen. Braver Junge.

Jemand schob sich neben mich an die Bar. Trevor starrte mich an, als würde ich gleich Rohrreiniger runterkippen, statt einen harmlosen Shot. »Denkst du nicht, dass du schon genug hast? Komm schon, das willst du doch gar nicht.«

»Du hast keine Ahnung, was ich will.« Ich setzte das Glas an meine Lippen und stürzte den Inhalt hinunter. Wieder brannte alles in mir, aber der Effekt verschwand viel zu schnell. »Du kennst mich nicht.«

»Tate …«

Eine Berührung an meinem Arm. Raue Finger auf meiner Haut. Ich zuckte zusammen, als hätte ich einen Stromschlag bekommen und riss mich von ihm los. Dabei stieß ich gegen den Kerl auf der anderen Seite und ließ meine Flasche beinahe fallen.

»Oh, entschuldige bitte, war ich nicht deutlich genug?« Ich warf Trevor einen vernichtenden Blick zu. »Du und ich, wir sind keine Freunde. Du bist nicht mein Retter, nicht mein Lover, kein Cop, nicht die CIA, die Regierung oder sonst irgendwas. Also verpiss dich!«

Er zog die Hand zurück, hielt sie sogar beschwichtigend in die Höhe, aber er haute nicht ab. Er ließ mich nicht allein.

»Muss ich es dir erst aufschreiben? Buchstabieren? Was?«

Ein harter Zug erschien um seinen Mund. »Ich bezweifle, dass du das in deinem Zustand noch kannst.«

»Fick dich. Dich und deine verschissenen Lügen!« Ich gab ihm einen groben Stoß, knallte ein paar Scheine auf die Theke, schnappte mir die Flasche und tauchte ein weiteres Mal in der Menge unter.

Konnte ich nicht einen verdammten Abend lang allein sein

und alles um mich herum vergessen? Wann war ich so bedürftig geworden, dass ich ständig Gesellschaft oder einen Aufpasser brauchte? Niemals. Die Antwort war niemals. Am liebsten hätte ich Elle getextet und ihr genau gesagt, was ich von dieser beschissenen Aktion hielt, aber leider war mein Akku leer. Ganz toll.

Von allen Menschen auf der Welt hatte sie ausgerechnet Trevor hergeschickt. Wirklich? Hätte es nicht Dylan oder Mason oder meinetwegen Anthony vom Sender oder einer unserer Profs sein können? Musste es unbedingt Alvarez sein? Was sollte der Scheiß? Was wollte sie damit erreichen?

Ich trank ein paar Schlucke und schob mich weiter an den Leuten vorbei. Inzwischen fiel mir jeder Schritt schwerer und der Boden wankte unter mir. Die Wände waren viel zu nah und es war so schrecklich warm hier drin. So stickig, dass ich kaum atmen konnte.

Luft. Ich brauchte dringend frische Luft.

Ich kämpfte mich weiter, rempelte eine Schwarzhaarige im Glitzerkleid an und ging einfach weiter. Rief sie meinen Namen? Vielleicht. Aber es kümmerte mich nicht.

Irgendwie schaffte ich es nach draußen. Meine Flasche hatte ich auf dem Weg verloren. Oder hatte sie mir jemand abgenommen? Egal. Mir war sowieso nicht mehr nach Tequila. So wie sich mir der Magen gerade umdrehte, würde ich nie wieder Tequila trinken. Oder irgendeine andere Form von Alkohol.

Ich kam gerade mal ein paar Schritte weit, dann erbrach ich mich in einen Mülleimer. Mein Haar hing mir zu beiden Seiten meines Gesichts herab, aber ich brauchte die Hände, um mich an der Hauswand abzustützen, weil hier auch alles schwankte. Hatten wir ein gottverdammtes Erdbeben, oder was? Selbst die Mauer schien unter meinen Händen zu vibrieren und die Bässe schallten nach draußen.

Ich war in irgendeiner Seitengasse gelandet. Kaum beleuchtet. Nur ein paar ausgetretene Kippen auf dem Boden und Müllcontainer entlang der Mauer.

Zwei Schritte weiter lehnte ich mich gegen die kühle Hauswand und schloss für einen Moment die Augen. Mein Hals brannte, mein Magen rebellierte noch immer und ich hatte einen ekelhaften Geschmack im Mund. Von irgendwoher hörte ich Schritte, schaffte es aber nicht, die Augen zu öffnen. Stattdessen entschieden meine Knie, mir genau jetzt den Dienst zu versagen und einzuknicken. Ich spürte jeden einzelnen Stein in der Mauer, als ich langsam daran hinabrutschte.

Irgendjemand berührte mich an der Schulter. Mühsam öffnete ich die verklebten Lider und blinzelte ein paarmal, damit sich das Bild vor mir scharfstellte. Aber das tat es nur zum Teil. Eine Wasserflasche baumelte vor meinem Gesicht. Ich griff danach – oder versuchte es zumindest, denn beim ersten Mal fasste ich ins Leere. Beim zweiten Mal klappte es besser und meine Finger schlossen sich um das Plastik. Sofort hielt ich mir die kühle Flasche gegen das Gesicht.

»Trink«, befahl eine Stimme, die mir irgendwie bekannt vorkam.

Ihr Besitzer ging neben mir in die Hocke, kramte in irgendwas herum, dann erschienen zwei weiße Tabletten vor mir.

»Nimm das und trink so viel du kannst. Glaub mir, morgen wirst du mir dafür danken.«

Ich tat, was die Person befahl, schluckte das Zeug runter und leerte fast die ganze Flasche. Als ich sie absetzte, erkannte ich endlich, wer mich damit versorgt hatte. Nicht Trevor, nicht der Typ, der im Club die Happy-Pillen verkaufte und auch keiner der Kerle, mit denen ich an diesem Abend rumgemacht hatte, sondern Grace.

Ihre Augen waren dunkel geschminkt, ihr Make-up ein bisschen verschmiert, trotzdem sah sie mit den roten Lippen, der hellen Haut und den schwarzen Haaren noch immer aus wie eine Porzellanpuppe. Vielleicht nicht ganz so perfekt, aber sie hatte definitiv mehr Ähnlichkeit damit als jeder andere, den ich kannte.

»Danke«, brachte ich hervor und nahm noch einen großen Schluck Wasser.

»Alles okay?« Ihr Blick wanderte kurz an mir hinab und wieder hinauf, als würde sie nach Verletzungen suchen.

Ich schnaubte. »Alles bestens.« *Mein Leben könnte gerade gar nicht besser sein.* »Ich werde einfach ...« Ächzend schob ich mich an der Wand hoch. Mein Magen rebellierte, aber ich übergab mich kein zweites Mal. Auch der Boden schien nicht mehr so sehr zu wackeln. Das war etwas Gutes, oder?

Geräusche vom Ende der Gasse zogen meine Aufmerksamkeit auf sich. Oh, war das nicht einer der Kerle von vorhin? Der, der ganz passabel küssen konnte? Wie hieß er doch gleich? Rene? Ralph? Ronny? Völlig egal. Ich wankte in die Richtung. Als er mich bemerkte, schien er erst überrascht zu sein, hob dann jedoch die Hand und deutete auf den Wagen hinter sich. Dort stiegen bereits ein paar kichernde Mädels ein, die ich nie zuvor gesehen hatte, während ein Typ schlurfend die Fahrerseite ansteuerte.

»Ich komme mit!«, rief ich, ohne darüber nachzudenken.

»Oh nein, das wirst du schön sein lassen.« Grace stellte sich mir mit ausgebreiteten Armen in den Weg, als wäre ich irgendein wild gewordenes Tier, das sie im Zaum halten musste.

»Wie gut, dass ich dich nicht um deine Erlaubnis gefragt habe.« Ich versuchte, an ihr vorbeizukommen, aber sie machte einen Schritt zur Seite und stand wieder vor mir. Einmal. Zweimal. Dreimal. Wie zur Hölle konnte sie mit diesen Zehn-Zentimeter-Absätzen so schnell sein? »Aus dem Weg, Watkins.«

»Nein.« Sie packte mich am Arm. »Wenn du irgendwo einsteigen willst, dann in ein Taxi, das dich zurück ins Wohnheim fährt.«

»Bist du meine Mutter, oder was?« Ich riss mich los und stolperte ein, zwei Schritte zurück. »Was ich tue, geht dich gar nichts an. Es geht Trevor da drinnen nichts an. Es geht Elle nichts an. Es geht *niemanden* was an, kapiert? Und außerdem … außerdem …« Ich suchte nach den richtigen Worten und fuchtelte dabei mit der Hand herum. »Außerdem kann ich dich nicht leiden. So!«

»Wow, jetzt hast du es mir aber gegeben«, bemerkte Grace trocken. »Darf ich fragen, warum du mich nicht leiden kannst? Abgesehen davon, dass du ein betrunkenes Wrack bist, selbstverständlich.«

»Weil du … du bist so … so …«

Sie zog die schmal gezupften Brauen hoch. »So … was?«

»So …« Ich seufzte schwer. »Ich mag dich nicht, weil du mich an jemanden erinnerst.«

»Und das wäre?«

»An mich selbst.«

Vor dieser Sache. Denn bevor Jamie gestorben war, war ich ein anderer Mensch gewesen. Auch sehr aufs Lernen und meine Zukunftspläne fokussiert, doch davon abgesehen jemand völlig anderes. Ich war darauf bedacht gewesen, nicht aufzufallen, weder negativ noch positiv, ich hatte mich zurückgehalten, mir jeden Gedanken sorgfältig überlegt, bevor ich ihn aussprach und nur selten war mein Temperament mit mir durchgegangen.

Rein äußerlich mochten Grace und ich uns nur in den dunklen Haaren ähneln, da ich nie diesen zarten, femininen Look gehabt hatte, der mich aus irgendeinem Grund an eine Ballerina denken ließ. Aber sie war so verdammt still und zurückhaltend und höflich, dass ich sie manchmal am liebsten geschüttelt hätte. Weil ich mich selbst darin wiedererkannte. Das Mädchen, das ich die ganze Highschoolzeit über gewesen war.

Grace schnaubte. »Weißt du, unter anderen Umständen wäre es vielleicht sogar ein Kompliment, so zu sein wie du. Aktuell ist das eher eine Beleidigung.«

»Verzieh dich einfach.«

Aber statt dem gut gemeinten Ratschlag zu folgen, stellte sie sich mir wieder in den Weg. Erst jetzt fiel mir auf, dass es vor dem Club etwas leiser geworden war, und ich begriff, was passiert war.

Ich starrte Grace mit offenem Mund an. Dieses clevere Miststück! Sie hatte mich nur ablenken wollen und ich war darauf hereingefallen, als wäre ich eine naive Zwölfjährige. Jetzt waren Rene-Ralph und seine Leute schon weg und ich hatte niemanden mehr, um mitzufahren. Ganz toll. Aber ich würde jemanden finden. Vor dem Club tummelten sich noch immer lauter Leute, auch wenn ich keine Ahnung hatte, wie spät es überhaupt war oder wer diese Gestalten waren.

»Ich rufe dir ein Taxi.« Sie zog bereits das Handy aus ihrer winzigen Handtasche.

»Vielen Dank, ich komme sehr gut allein nach Hause.«

»Das sah eben aber noch ganz anders aus. Oder übergibst du dich immer nach einer Partynacht?«

Ich wirbelte zu ihr herum. *Whoa. Böser Fehler.* Die Welt drehte sich weiter und ich musste mich an der Hauswand abstützen, um nicht umzufallen. Als ich mein Gleichgewicht einigermaßen wiedergefunden hatte und Grace wieder scharfe Konturen annahm, konnte ich sie auch wütend anfunkeln.

»Was willst du eigentlich von mir?«, fauchte ich. »Hast du nicht genug eigene Probleme? Oder andere Menschen, die du terrorisieren kannst?«

Sie zuckte zusammen. Für einen winzigen Moment verrutschte ihre hübsche Fassade, dann riss sie sich wieder zusammen und starrte mich ausdruckslos an. Nur in ihren Augen loderte es zornig. »Du machst gerade einiges durch, darum verzeihe ich dir dieses Bitch-Verhalten. Aber ganz ehrlich, Tate? Ich bin nicht diejenige, für die du dich wie das größte Miststück aufführen musst, um sie dir vom Hals zu halten. Das schaffst du schon ganz gut bei deinen richtigen Freunden.«

Ich schnappte nach Luft. »Was zum Teufel soll das heißen?«

»Denkst du, ich habe nicht mitgekriegt, wie du Emery und Elle und alle anderen in letzter Zeit behandelt hast?«, schoss sie zurück. »Du hast jemanden verloren, der dir wichtig ist, und das tut mir ehrlich leid. Aber hör endlich damit auf, die ganze Welt dafür verantwortlich zu machen und jeden vor den Kopf zu stoßen, der dir helfen will. Du magst mich vielleicht nicht, aber wir reden hier von deinen *Freunden*. Ich weiß zwar nicht genau, was zwischen dir und Trevor vorgefallen ist, aber allem Anschein nach hat er Mist gebaut. Sei meinetwegen für den Rest deines Lebens wütend auf ihn, aber hör gefälligst auf, dich allen anderen gegenüber wie die letzte Zicke zu verhalten.«

Okay, das reichte. Diesen Schwachsinn musste ich mir nicht anhören. Grace hatte keine Ahnung, wovon sie da redete. Sie kannte weder mich noch meine Situation und es ging sie einen Scheißdreck an, wie ich mit meinen Freunden umsprang.

Statt noch etwas zu erwidern, wandte ich mich ab und stapfte die Gasse hinunter Richtung Straße. Stimmen und Musik wurden lauter, je näher ich dem Haupteingang des Clubs kam, und der Geruch nach Zigaretten immer intensiver. Ein Türsteher hielt neben dem Eingang Wache, nur wenige Schritte weiter teilten sich ein paar Leute einen Joint. Taxen standen vor dem Laden, genau wie ein paar andere Autos, in die gerade irgendwelche Leute einstiegen.

Ja, ich sollte ein Taxi nehmen. Aber ich wusste gar nicht mehr, ob ich noch genügend Geld dabeihatte, außerdem wollte ich es aus Prinzip nicht. Weil Grace es gesagt hatte. Und weil dieser Abend noch lange nicht vorbei war. Jetzt ins Wohnheim zurückzukehren, mich in mein leeres Bett zu legen und an die Decke zu starren, war eine Horrorvorstellung. Ich würde wieder anfangen zu grübeln und ... zu fühlen. Etwas, das ich um jeden Preis vermeiden wollte.

»Hey!«, rief ich den Typen bei dem Auto zu, das am nächsten stand. »Kann ich mitfahren?«

Die beiden wechselten einen Blick, dann grinsten sie breit. »Klar. Spring rein!«

Ich machte einen Schritt auf sie zu, als ich schon wieder am Arm gepackt wurde. »Scheiße, was soll das? Hab ich ein Bitte-Babysitten-Schild auf dem Rücken?«, zischte ich. »Lass mich los.«

»Ich lasse dich los, sobald du in einem Taxi sitzt, das dich nach Hause bringt«, erwiderte Grace seelenruhig.

»Ich will aber nicht nach Hause. Und was interessiert dich das überhaupt?«

Ihr Griff lockerte sich etwas. Nicht lang genug, um mich loszumachen. »Es interessiert mich, weil ich auch mal an diesem Punkt war, okay? Weil ich genauso tief gesunken bin, dass es mir scheißegal war, was mit mir passiert. So egal, dass ich betrunken in ein Auto gestiegen und im Krankenhaus gelandet bin. Und das ist etwas, was ich ...« Sie stockte, suchte nach Worten, dann wurde sie so leise, dass ich sie über die Musik von drinnen und die Geräusche von hier draußen hinweg kaum verstand. »Das wünsche ich keinem.«

Ich starrte sie an. Auf einmal war da so viel Schmerz in ihrem Gesicht, dass es mir selbst wehtat. Und ich konnte nicht noch mehr davon ertragen. Nicht jetzt. Nicht, wenn sich alles in mir wie eine offene, blutende Wunde anfühlte. Wenn jeder Gedanke, jedes Wort und jede Emotion nur noch mehr Schmerzen bereitete.

»Ich ...« Kopfschüttelnd wich ich zurück. Ich registrierte kaum, dass sie mich losgelassen hatte. »Sorry. Ich kann das gerade nicht.«

Ich lief los. Grace rief meinen Namen, hielt mich aber nicht noch einmal auf. Vermutlich, weil ich nicht wieder in irgendeinen Wagen steigen wollte, sondern sie einfach stehen ließ und an den Typen vorbeiging. Genau wie an den Taxen. Bis zum Wohnheim konnte es nicht allzu weit sein und mein Auto würde ich irgendwann später abholen. Es war mir egal, dass es mitten in der Nacht war und ich meine Jacke im Club vergessen hatte. Ich wollte einfach nur noch weg von hier.

Weg von der viel zu lauten Musik, von den lärmenden Menschen und diesem mitfühlenden Ausdruck auf Grace' Gesicht, den ich nicht aushielt. Ich wollte kein Mitleid. Ich wollte etwas, das mich absolut gar nichts mehr fühlen ließ.

Kapitel 21

Trevor

Ich hatte Tate verloren. Sie war zwischen all den Leuten verschwunden, und obwohl ich ihr sofort nachgegangen war, konnte ich sie jetzt einfach nicht mehr finden. Fluchend blieb ich stehen, drehte mich im Kreis und fuhr mir mit der Hand durchs Haar. Mein Blick zuckte über die Menge, aber nirgendwo war ein dunkler Haarschopf mit knallroten Strähnen zu sehen.

Nachdem Elle mich informiert hatte, was Tate vorhatte und wo sie heute Abend hingehen wollte, hatte ich mich sofort auf den Weg gemacht. Dass sie mir überhaupt getextet hatte, war eine Überraschung, und vermutlich ein bisschen Lukes Einfluss geschuldet. Tate war schließlich ihre beste Freundin und Elle damit automatisch auf ihrer Seite. Aber sie brachte mir trotz allem noch so viel Vertrauen entgegen, auf Tate aufzupassen. Und genau deshalb war ich hier. Um sie davon abzuhalten, etwas ähnlich Dummes wie bei unserem letzten Clubbesuch zu tun.

Mehr als zwei Stunden lang hatte ich sie aus der Ferne im Auge behalten und mitverfolgt, wie sie einen Drink nach dem anderen in sich reinschüttete, fast bis zum Umfallen tanzte und mit irgendwelchen Wichsern rummachte. Ich hatte mich zurückgehalten, hatte mich nicht eingemischt, weil ich nicht das Recht dazu hatte. Nicht mal dann, wenn sich das, was sich da vor meinen Augen abspielte, wie eine Faust in die Magengrube anfühlte. Doppelt und dreifach. Aber es war Tates Angelegenheit gewesen. Doch als sie zu dem Typen gehen wollte, der hier ziemlich offensichtlich mit Drogen handelte, hatte ich mich einfach einmischen müssen.

Sie wiederzusehen, mit ihr zu reden und so viel Wut von ihr abzukriegen, war Freude und Schmerz zugleich. Sie nur für einen winzigen Moment zu berühren, weckte so viele verdammte Erinnerungen in mir. Und sie so zu sehen war wie Glassplitter, die jemand langsam in meine Haut bohrte. Ich hatte ihr das angetan. Ich war dafür verantwortlich. Und ich würde dafür sorgen, dass sie keinen Schritt weiterging. Selbst wenn sie mich hinterher noch mehr hasste.

So zumindest der Plan. Allerdings stand ich jetzt hier, inmitten der Menschenmasse, und von Tate war nichts zu sehen. Ich kämpfte mich zur Tanzfläche durch und suchte dort nach ihr, wartete vor den Toiletten, kehrte zur Bar zurück, aber sie war nirgendwo zu sehen. Meine Anrufe gingen sofort an die Mailbox, also schien sie ihr Handy ausgeschaltet zu haben oder mich bewusst wegzudrücken. Hoffentlich Letzteres, dann war sie wenigstens nur damit beschäftigt statt mit anderen Dingen.

Gerade als ich mich auf den Weg zu den Notausgängen machte, lief ich beinahe in jemanden rein, der aus dieser Richtung kam. Reflexartig breitete ich die Arme aus, um ihren Fall zu stoppen, aber Grace fand ihr Gleichgewicht von allein wieder.

»Sorry«, rief ich gegen die Musik an.

Sie nickte nur und schob sich an mir vorbei.

»Hey, Grace! Warte mal! Hast du Tate gesehen?«

Eine kleine Falte erschien zwischen ihren Brauen, aber sie nickte. Ich beugte mich zu ihr hinunter, um sie trotz Musik verstehen zu können. Gleich darauf wünschte ich beinahe, es

nicht getan zu haben. Tate war nach Hause gegangen? Allein?
Zu Fuß? Bei der Kälte?

»Alles klar, danke.«

Ich wollte mich schon abwenden, als Grace meinen Namen
rief. »Ich glaube, sie hat ihre Jacke vergessen.«

»Kannst du sie holen?«

Sie zögerte. »Ohne Marke und Nummer könnte das etwas
dauern.«

So viel Zeit hatten wir nicht. Tate lief irgendwo dort draußen herum und die Temperaturen erreichten nicht mal die fünf
Grad.

»Okay. Kümmere dich um die Jacke, ich kümmere mich um
Tate.«

Sie nickte und verschwand zwischen den anderen Leuten,
während ich dem Weg folgte, den sie gekommen war.

Die Nacht war eisig, aber die Luft frisch und klar. Obwohl
ich nichts getrunken hatte, merkte ich, wie mein Kopf mit jedem Schritt klarer wurde. Ich lief um das Gebäude herum und
sah mich nach allen Seiten um. Von Tate war nichts zu sehen.
Inzwischen hatte ein feiner Nieselregen eingesetzt und machte
es noch schwerer, eine einzelne Person auf der dunklen Straße zu erkennen.

»Verdammt, Tate«, murmelte ich und probierte es noch mal
auf ihrem Handy. »Wo bist du?«

Wieder ging nur die Mailbox ran. Ich unterdrückte einen
Fluch und schob das Smartphone zurück in meine Hosentasche, dann rannte ich zu meinem Wagen, der glücklicherweise ganz in der Nähe stand. Ich stieg ein, startete den Motor
und fuhr los.

Gut möglich, dass sie den Weg zurück zum Campus einge-
schlagen hatte, aber sicher konnte ich nicht sein, also fuhr ich
erst mal mehrere Kreise rund um den Club, um sicherzugehen,

dass ich sie nicht in einer Seitengasse übersah. Aber von Tate keine Spur. Genau genommen war kein Mensch bei dem Wetter auf der Straße.

Ich biss die Zähne zusammen und nahm den Fuß vom Gas, auch wenn alles in mir danach drängte, sofort zum Wohnheim zu rasen. Wo ich mir wünschte, dass Tate heil auf ihrem Sofa im Wohnzimmer saß und ich sie kräftig durchschütteln konnte. Allein feiern gehen und sich betrinken war eine Sache, aber danach allein im Dunkeln nach Hause laufen? Aus einem Viertel in Huntington, in dem wir uns normalerweise nie aufhielten? Falls sie überhaupt auf dem Heimweg war. Suchte sie die Gefahr, oder was zum Teufel ging im Kopf dieser Frau vor sich?

Wut und Sorge kämpften in mir miteinander, doch keines der beiden Gefühle konnte die Oberhand gewinnen, denn Panik hatte mich mittlerweile fest im Griff. Langsam folgte ich der Straße und ließ meinen Blick von links nach rechts gleiten, auf der Suche nach einer einsamen Gestalt, nach einer Bewegung, nach irgendetwas. Als sich etwas aus den Schatten löste, zuckte ich zusammen und trat instinktiv auf die Bremse. Aber es war nur eine streunende Katze, die im Scheinwerferlicht erstarrte und dann seelenruhig auf dem Gehweg weitertrippelte.

Verdammt noch mal …

Ein Hämmern in meinem Kopf erinnerte mich daran, dass ich dringend eine Schmerztablette brauchte. Die Wunden heilten langsam ab und auch das Atmen klappte wieder ganz gut, da es den Rippen deutlich besser ging, aber der Schmerz war noch immer da und erinnerte mich vor allem nach einem langen Tag daran, dass ich ordentlich eins aufs Maul bekommen hatte. Nicht nur im Ring, sondern auch von Dylan. Für jemanden, der sich als Pazifist bezeichnete, konnte der Kerl erstaunlich hart zuschlagen.

Gedankenverloren rieb ich mir über die Stelle, während ich weiterfuhr und mich umsah. Das Prasseln wurde stärker und ich schaltete die Scheibenwischer eine Stufe höher. Ein regelmäßiges Quietschen erfüllte die Stille im Wageninneren. Ich ignorierte es genauso wie das Hämmern in meinem Kopf. Tate musste irgendwo hier sein, wenn ihr nichts …

Nein. Daran durfte ich gar nicht erst denken. Ihr war nichts passiert. Sie konnte auf sich aufpassen. Aber zurzeit schien sie zu allem fähig zu sein. Sogar dazu, zu einem Wildfremden ins Auto zu steigen. *Gott, bitte mach keine Dummheiten.*

Meine Finger umklammerten das Lenkrad fester. Jeder Muskel in meinem Körper war angespannt. Ich hatte die große Kreuzung vor unseren Wohnheimen schon fast erreicht, als die Scheinwerfer eine schmale Gestalt erfassten. Lange Beine. Jeans. Stiefel. Dunkles Haar. Braunes Top. Keine Jacke.

Tate.

Ich leuchtete mit dem Fernlicht, dann schaltete ich die Innenbeleuchtung an, um sie nicht zu erschrecken, als ich ranfuhr und das Fenster auf der Beifahrerseite herunterließ.

»Tate!«

Sie blieb stehen und starrte blinzelnd in meine Richtung. Scheiße, sie war völlig durchnässt. Ihre dünnen Klamotten klebten an ihrem Körper, unter ihren Augen hatte ihr Make-up schwarze Spuren hinterlassen, und sie zitterte am ganzen Körper. Da half es auch nicht, dass sie die Arme um sich geschlungen hatte.

»Komm schon, steig ein.«

Sie kräuselte die Lippen – und ging weiter.

»Tate!«

Nichts. Keine Reaktion.

Ich schloss für einen winzigen Moment die Augen, nahm all meine Selbstbeherrschung zusammen und riss das Lenkrad herum. Ich parkte den Wagen hinter ihr mitten auf dem Geh-weg, schaltete den Motor ab und stieg aus.

»Es regnet und bis zum Wohnheim ist es noch ein ganzes Stück. Steig ein.«

Sie stapfte weiter.

»Tate!« Ich lief los. In wenigen Schritten war ich bei ihr, stell-te mich ihr in den Weg, hielt mich diesmal aber zurück und berührte sie nicht, sondern blieb stattdessen einfach nur vor ihr stehen.

Ihre Augen mochten etwas glasig vom Alkohol sein, aber Kälte und Regen schienen eine ernüchternde Wirkung auf sie gehabt zu haben. Ihre Wut war unverkennbar.

»Lass. Mich. In. Ruhe!«

Bei jeder anderen Person hätte ich es getan. Ich war nie-mand, der sich anderen aufdrängte, aber ich wusste, wie Tate sein konnte. Vor allem wusste ich, wie weit sie gehen konnte, wenn sie etwas vergessen wollte. Und genau das machte mir Angst. Sie schien keine Hemmungen mehr zu haben, schien sich um nichts mehr zu scheren und das konnte böse enden. Ja-mie konnte ich nicht mehr helfen, aber ich würde einen Teufel tun und einfach dabei zuschauen, wie sie sich selbst zerstörte.

»Ich will dich nur nach Hause fahren. Mehr nicht. Danach kannst du mich weiterhassen.«

Sie stieß mich mit beiden Händen zurück. Schmerz flamm-te in meinen Rippen auf, aber ich unterdrückte ihn mit aller Macht.

»Ich will gar nichts von dir, außer, dass du mir aus dem Weg gehst. Kapiert? Verschwinde! Lass mich endlich allein!«

»Das werde ich. Okay? Das werde ich«, versuchte ich sie zu beschwichtigen. »Aber bitte steig jetzt in diesen Wagen, damit ich dich nach Hause fahren kann, bevor du dir eine Lungen-entzündung holst.«

Ihr Lächeln war zynisch und erreichte ihre Augen nicht. »Ach, jetzt auf einmal machst du dir Sorgen um mich? Oder versuchst du immer noch, dein scheiß schlechtes Gewissen zu beruhigen?«

»So ist das nie gewesen«, brachte ich hervor.

»Wirklich nicht? Willst du mir jetzt echt einreden, du hättest dich tatsächlich um mich gesorgt? Hättest nur für mich den strahlenden Ritter gespielt?« Sie machte einen Schritt auf mich zu, kam mir so nahe, dass sich ihr Duft mit dem des Regens mischte. »Spar dir den Scheiß. Wir wissen beide, warum du es getan hast. Du hast mich nur benutzt, um deine eigenen Schuldgefühle in den Griff zu kriegen.«

Vielleicht waren es ihre Vorwürfe, vielleicht der Schlafmangel oder die Tatsache, dass ich selbst nicht wusste, was zum Teufel ich tun sollte. Denn jeder Schritt, den ich machte, jede Entscheidung, die ich traf, war falsch. Ganz egal, was ich tat, es konnte nie das Richtige sein, nicht mal dann, wenn ich wusste, dass es verdammt noch mal richtig war.

So wie heute zu diesem Club zu fahren und Tate im Auge zu behalten, nachdem Elle mich darum gebeten hatte. Ich hätte es auch ohne ihre Nachricht getan, wenn ich davon gewusst hätte, weil mir Tate trotz allem noch immer so verflucht wichtig war. Sie war mir wichtiger als irgendjemand sonst, ganz egal, ob sie das wahrhaben wollte oder nicht. Deshalb war ich hier. Für sie. Und obwohl ich wusste, dass ich damit das Richtige tat, das, was ein guter Freund für eine gute Freundin tun würde, war es gleichzeitig falsch. Weil Tate mich nicht sehen wollte, weil sie glaubte, all das zwischen uns wäre nur eine Lüge gewesen.

Es war okay. Sie sollte mich ruhig hassen. Aber dann aus den richtigen Gründen.

»Du hast recht«, knurrte ich. »Wolltest du das hören? Am Anfang wollte ich vielleicht wirklich nur mein schlechtes Gewissen beruhigen. Ich wollte etwas Gutes tun und dir helfen, weil ich Jamie nicht helfen konnte.«

»Sag nicht seinen Namen.« Zitternd stieß sie mich von sich. »Wag es ja nicht, seinen Namen in den Mund zu nehmen!«

»Ich habe Jamie im Stich gelassen. Ich habe ihm nicht geholfen, obwohl ich es hätte tun müssen. Obwohl ich es gekonnt hätte. Das ist etwas, mit dem ich für immer leben muss, und glaub mir, ein paar gute Taten machen diese Schuld nicht wieder wett.« Ich stieß ein humorloses Lachen aus. »Nichts, was ich je tun werde, wird das wiedergutmachen.«

Es war eine Schuld, mit der ich bis zu meinem letzten Atemzug leben musste und auch würde. Aber das mit Tate und mir war etwas anderes. Ich wusste noch genau, wie richtig es sich angefühlt hatte. Wie richtig *sie* sich in meinen Armen angefühlt hatte. Selbst wenn sie mich bis an mein Lebensende hassen würde, daran würde sich nichts ändern. Denn selbst im absoluten Chaos, selbst in tiefster Dunkelheit konnte etwas Gutes entstehen. Etwas, das absolut richtig war, auch wenn alles dagegensprach.

»Zuerst habe ich nur seinetwegen deine Nähe gesucht und auf dich aufgepasst. Aber dann haben wir uns besser kennengelernt und plötzlich war es nicht mehr etwas, das ich mir irgendwann vorgenommen hatte, sondern etwas, das ich tun wollte. Ich *will*, dass es dir gut geht und dass du aufhörst, dir selbst wehzutun. Denn genau das tust du im Moment. Du schlägst um dich, stößt alle weg, die dir wichtig sind, aber in Wirklichkeit verletzt du dich damit am allermeisten selbst.«

Sie wich vor mir zurück. »Du hast keine Ahnung. Du kennst mich nicht!«

»Doch, ich denke schon. Weil du mir eine andere Seite von dir gezeigt hast, eine, die sonst niemand zu Gesicht bekommt.«

Tränen schimmerten in ihren Augen und liefen ihr über die

Wangen, obwohl sie mich noch immer zornig anstarrte. Ihre Arme zitterten. Ihre Hände waren zu Fäusten geballt. Ich würde es ihr nicht mal übel nehmen, wenn sie gleich zuschlagen würde. Weil ich auch das verdient hatte. Ich hätte viel früher ehrlich zu ihr sein sollen, hätte ihr viel früher die ganze Wahrheit sagen müssen, aber irgendwann … irgendwann hatte ich es nicht mehr gekonnt. Weil ich immer gewusst hatte, dass ich sie in dem Moment verlieren würde, in dem ich ihr die Wahrheit sagte.

»Und ich mag diese Seite an dir«, fuhr ich unbeirrt fort. »Genau wie alle anderen. Die starke und die schwache Tate. Die, die austeilen kann und die, die viel zu viel einsteckt und ihre Gefühle mit niemandem teilt.«

Sie schüttelte den Kopf. »Hör auf. D-du kannst nicht …«

»Dir das sagen? Warum nicht? Weil es falsch ist? Das weiß ich. Glaub mir, das weiß ich.« Ich fuhr mir mit beiden Händen durch das Haar.

Inzwischen waren wir beide vom Regen durchnässt, trotzdem rührte sich keiner von uns. Das Auto stand nur ein paar Schritte von uns entfernt, aber wir waren wie festgefroren, gefangen in diesem Moment. Denn wenn er erst vorbei war … dann war es endgültig aus. Dann gab es nichts mehr zwischen uns.

»Ich habe dir wehgetan«, fuhr ich leise fort. »Mehr als irgendjemand sonst. Ich hätte dich niemals anlügen dürfen. Wenn ich gewusst hätte, wohin … wohin das mit uns beiden führt, wäre ich alles ganz anders angegangen. Aber ich kann nicht ändern, was passiert ist, ganz egal, wie sehr ich es will. Und glaub mir, wenn ich eine einzige Sache in meinem Leben ändern könnte, dann wäre ich an diesem Abend niemals in den Ring gestiegen. Selbst wenn das bedeutet, dass du und ich uns dann vielleicht nie kennengelernt hätten.«

»Aber du hast es getan!«, schrie sie. »Du bist in den Ring gestiegen, du hast gekämpft und Jamie … er …« Ihre Stimme brach.

»Ich weiß. Und du glaubst gar nicht, wie leid mir das tut …«

»Wie konntest du nur?« Mit wenigen Schritten war sie bei mir. Wieder und wieder trommelte sie mit den Fäusten gegen meine Brust, auch dann noch, als ich die Arme um sie schlang. »Wie konntest du mir das vorenthalten? Wie konntest du zulassen, dass ich mich in dich verliebe, wenn du all das wusstest? Ich hab dir vertraut, verdammt noch mal, und du hast mich angelogen. Fick dich, Trevor! Fick dich!«

Tates Beine gaben unter ihr nach und ich sank mit ihr zu Boden, weil ich sie nicht loslassen würde. Ich würde sie keine Sekunde mehr loslassen, solange sie es mir erlaubte. Sie schluchzte an meiner Brust, hielt sich an mir fest, vergrub die Finger in mein Shirt und drückte mich gleichzeitig mit aller Kraft weg.

»Ich hasse dich«, stieß sie hervor. »Ich hasse dich so sehr!«

»Ich weiß …« Behutsam strich ich ihr über den Kopf und drückte meine Lippen auf ihr regennasses Haar. »Ich weiß.«

Sekunden-, vielleicht auch minutenlang saßen wir so auf dem Boden, während vereinzelte Autos an uns vorbeifuhren und der Regen langsam abnahm. Erst als Tate in meinen Armen zu zittern begann, hob ich den Kopf und sah auf sie hinab. Sie klammerte sich noch immer an mich, die Augen fest geschlossen, die Lippen zu einer harten Linie gepresst.

Vorsichtig zog ich sie mit mir hoch und führte sie zu meinem Wagen. Diesmal sträubte sie sich nicht dagegen. Ich öffnete die Beifahrertür und half ihr auf den Sitz. Für einen winzigen Moment trafen sich unsere Blicke und mein Herzschlag geriet ins Stolpern, dann drückte ich die Tür zu, stieg auf der anderen Seite ein und startete den Motor.

Wir verbrachten die restliche Fahrt schweigend. Gut möglich, dass wir uns nichts mehr zu sagen hatten. Aber womöglich schwebte auch noch zu viel Ungesagtes zwischen uns, um irgendetwas davon auszusprechen.

Ich parkte den Wagen auf dem Parkplatz hinter den Wohnheimen und begleitete Tate bis zu ihrer Wohnungstür. Sie schwankte kaum noch, zitterte aber am ganzen Körper, weil sie völlig durchgefroren und durchnässt war. Wenn ich gekonnt hätte, hätte ich sie sofort ins Bett gepackt und zugedeckt, damit ich wusste, dass sie an einem warmen, sicheren Ort war. Doch obwohl ich am liebsten vor ihrer Zimmertür gewacht hätte, nur um mich auch am nächsten Morgen zu vergewissern, dass es ihr gut ging, hielt ich mich zurück. Ich berührte sie nicht, sondern vergrub die Hände in den Hosentaschen, um gar nicht erst in Versuchung zu geraten. Vielleicht auch, weil ich es nicht ertragen würde, sie noch mal zu berühren und gleichzeitig zu wissen, dass es das letzte Mal sein würde. Weil das zwischen uns nie mehr so wie früher sein würde.

»Gute Nacht.« Meine Stimme klang heiser, fast schon erkältet.

Sie erwiderte nichts darauf, sah mich nur stumm aus ihren großen grünen Augen an. Erst nachdem ich mich abgewandt und die Treppenhaustür am Ende des Flurs fast erreicht hatte, hörte ich sie rufen. Ich blieb stehen, drehte mich aber nicht zu ihr um, auch wenn es noch so heftig in meinem Brustkorb hämmerte.

»Mach's gut, Trev.«

Ich schloss für einen Moment die Augen, dann zwang ich mich dazu, weiterzugehen. Ohne zurückzuschauen. Weil ich tief in meinem Inneren wusste, dass das hier ein Abschied für immer war.

Kapitel 22

Trevor

Ich bekam kein Auge zu. Ich duschte, zog mich um und versuchte etwas zu schlafen, weil mir jeder Muskel im Körper wehtat, aber meine Gedanken kreisten und hielten mich unbarmherzig wach. Irgendwann gab ich auf. Ich stand auf, machte mir einen Kaffee und setzte mich damit aufs Sofa ins Wohnzimmer.

Im Wohnheim war es still geworden. Nur vereinzelt hörte man Leute von irgendwelchen Partys heimkommen. Von meinen Mitbewohnern war nichts zu sehen. Dylan musste bei Emery oder bei der Arbeit sein, denn seine Zimmertür stand weit offen. Und Luke war mit Elle das ganze Wochenende über bei seinem Bruder.

Nach einer Weile hörte ich ein leises Tappen. Gleich darauf sprang etwas Großes, Pelziges aufs Sofa und kuschelte sich an mich, den Kopf auffordernd auf meinen Oberschenkel gebettet. Mister Cuddles begann in dem Moment zu schnurren, in dem ich ihr über den Kopf streichelte. Und das, obwohl sie für gewöhnlich nicht so oft meine Nähe suchte. Sie hasste mich nicht wie Luke, aber ich hatte das Gefühl, dass sie die Mädels lieber mochte. Trotzdem war sie jetzt da, machte es sich schnurrend auf mir bequem, streckte die Pfoten aus und rammte ihre Krallen in mein Bein.

Ich zuckte zusammen, hinderte sie aber nicht daran. Wahrscheinlich war es armselig, aber ich wollte nicht, dass sie wieder abhaute. Ich wollte nicht allein sein. Auch wenn die Gesellschaft nur aus einer eigensinnigen alten Katzendame bestand.

Irgendwann musste ich doch eingeschlafen sein, denn ein Geräusch ließ mich zusammenfahren. Ich setzte mich ruckartig auf. Mister Cuddles miaute protestierend und sprang vom Sofa. Erst als ich Luke in der offenen Wohnungstür stehen sah, entspannte ich mich wieder.

»Scheiße, Mann ...« Meine Schultern sackten herab und ich rieb mir über die müden Augen.

»Sorry. Ich konnte ja nicht wissen, dass du hier pennst.«

Ich winkte ab und stand auf, um die Kaffeemaschine wieder einzuschalten. Inzwischen wurde es draußen langsam hell, aber es musste immer noch verdammt früh sein. Stirnrunzelnd drehte ich mich zu Luke um, der seine Tasche in sein Zimmer warf. Gleich darauf war ein kreischendes Miauen zu hören. Mister Cuddles sprintete aus seinem Zimmer und geradewegs in das von Dylan.

»Warum bist du schon wieder zurück?«, rief ich und holte gleich eine zweite Tasse für ihn raus. »Ich dachte, ihr wolltet ...«

»Wollten wir auch«, brummte Luke, als er in den Gemeinschaftsraum zurückkehrte. »Aber Elle hat sich riesige Sorgen um Tate gemacht, weil die nicht ans Handy gegangen ist. Und du auch nicht. Also sind wir direkt wieder zurückgefahren.«

Scheiße. Ich war auf dem Sofa eingeschlafen, ohne Elle Bescheid zu geben, dass Tate sicher zu Hause angekommen war. Zumindest körperlich unversehrt. Ich wünschte, ich könnte behaupten, dass es Tate gut ging, dass sich niemand Sorgen um sie machen musste, aber das wäre gelogen. Wenigstens war Elle jetzt bei ihr, auch wenn ich es nicht sein konnte.

Mit der dampfenden Tasse ging ich zu den Sofas hinüber und ließ mich in die Polster fallen. Luke folgte mir keine Minute später. Er wirkte müde, mit Ringen unter den Augen und zerzaustem Haar, aber auch irgendwie … glücklich. Man konnte ihm ansehen, dass sein Schlafmangel nicht von irgendwelchen Sorgen herrührte, sondern ganz andere Gründe hatte. Elle tat ihm gut. Sie hielt ihn auf Trab, holte ihn aber auch auf den Boden der Tatsachen zurück, wenn er zu leichtsinnig wurde. Die beiden harmonierten, genau wie Dylan und Emery. Ich wünschte nur, man könnte dasselbe über Tate und mich sagen.

Schweigend saßen wir da und tranken unseren Kaffee. Dylan blieb verschwunden, dafür tauchte kurz nach Sonnenaufgang Mason auf, der irgendein Game zurückbrachte und sich völlig selbstverständlich an der Kaffeemaschine bediente. Es störte mich nicht, dass er sich anschließend zu uns setzte. Wie auch, wenn ausgerechnet Mason derjenige gewesen war, der mich nach dem Kampf versorgt hatte, ohne irgendwelche Fragen zu stellen? Und der auch danach dichtgehalten hatte? Abgesehen davon würde wahrscheinlich sowieso schon bald das ganze College von dieser Sache wissen. Die Entscheidung darüber lag in Tates Händen. Genau wie mein weiteres Leben.

Sie könnte und sollte mich der Polizei melden, sollte den Fall neu aufrollen lassen und dafür sorgen, dass die Täter ihre gerechte Strafe bekamen. Allein deshalb studierte sie doch Kriminologie. Aber sosehr ich ihren Gerechtigkeitssinn liebte, so sehr zweifelte ich daran, dass sie ohne konkrete Beweise damit Erfolg haben würde. Roy und seine Leute waren zu mächtig. Scheiße, sie hatten den Tod eines ihrer eigenen Kämpfer unter den Teppich kehren und jede Spur, die auf sie gedeutet hatte, verwischen können. Da musste einfach Geld geflossen sein. Und es würde wieder fließen, damit Cops, Richter, Zeugen und Geschworene den Mund hielten und sich um ihre eigenen Angelegenheiten kümmerten. Und wenn sie die Leute nicht mit Geld zum Schweigen brachten, dann mit Drohungen. Das war mir deutlich bewusst geworden, als Roy mir kurz nach der Sache mit Jamie einen Besuch abgestattet und mich daran erinnert hatte, dass er sehr wohl von meinen Eltern und meiner kleinen Schwester wusste – und dieses Wissen auch einsetzen würde, wenn ich nicht den Mund hielt.

Irgendwann, als unsere Tassen schon leer waren und Luke frischen Kaffee aufgesetzt hatte, begann ich zu reden. Ich wusste selbst nicht, was mich dazu trieb, da keiner der beiden nachfragte. Sie saßen einfach nur bei mir und warteten. Vielleicht war es diese Geduld – dieses Vertrauen darauf, dass ich ihnen alles erzählen würde, wenn ich so weit war –, die mich dazu brachte, endlich mit der Sprache rauszurücken.

Ich erzählte ihnen alles. Anders als bei Lukes und meinem letzten Gespräch, wo ich mich kurzgefasst und wichtige Details ausgelassen hatte, hielt ich jetzt nichts zurück. Ich berichtete ihnen von Tates Bruder, von meiner Schuld, davon, wie ich Tate kennengelernt hatte, wann wir das erste Mal miteinander im Bett gelandet waren, bis hin zu letzter Nacht, als ich sie nach Hause gebracht und sie sich von mir verabschiedet hatte. Als ich fertig war, fühlte ich mich nur geringfügig besser, dafür aber irgendwie ... leer. Als wäre tatsächlich so etwas wie ein kleines Gewicht von mir abgefallen, obwohl es im Grunde kaum etwas an der Situation änderte.

»Mann ...« Mason ließ sich in die Polster zurückfallen. »Ich will gar nicht behaupten, auch nur ansatzweise zu verstehen, was du gerade durchmachst ...«

»Ich schon.«

Wir starrten Luke an.

Er erwiderte unsere Blicke geradeheraus. »Ich weiß, wie es sich anfühlt, die Schuld daran zu tragen, dass jemand gestorben ist. Oder sich das einzureden.«

Zum ersten Mal, seit ich ihn kannte, sprach er darüber. Freiwillig und nicht, weil er so viel getrunken hatte, dass er seinen eigenen Nachnamen vergaß. Damals hatte er so gelallt, dass ich nur Bruchstücke seiner Geschichte verstanden hatte, aber es war genug gewesen. Genug, um zu begreifen, warum er sich jedes Jahr am selben Tag betrank, um den Schmerz und die Schuld zu unterdrücken. Genug, um ihn machen zu lassen, weil es seine Art war, damit zu leben.

Wir hatten alle unsere eigenen Wege, um mit den Dämonen unserer Vergangenheit umzugehen. Vor Elle hatte Luke Partys, Alkohol und Sex dafür benutzt, um vor seinen Problemen davonzulaufen. Wenn man genau darüber nachdachte, waren er und Tate gar nicht so verschieden. Nur dass er nie ihre selbstzerstörerische Ader gehabt hatte. Und auch nichts, das ihn angetrieben, ihn dazu gebracht hatte, weiterzumachen und weiterzukämpfen. Tate schon. Tate hatte diesen Grund gehabt. Bis ich ihn ihr genommen hatte.

Vielleicht wäre es der leichtere Weg gewesen, mich ebenfalls in Partys und Drinks zu stürzen, aber ich hatte nie vor meiner Vergangenheit wegrennen wollen. Stattdessen tat ich alles, um sie mir immer wieder in Erinnerung zu rufen, denn ich wollte nicht vergessen. Ich durfte nicht vergessen.

»Weißt du noch, was du mir damals gesagt hast?«

Ich seufzte. »Luke …«

Er schüttelte den Kopf, als wolle er meinen Einwand gar nicht erst zulassen. »Du hast gesagt, dass es verdammt noch mal nicht meine Schuld war.« Er sah mich bedeutend an. »Und das gebe ich jetzt an dich zurück. Es war nicht deine Schuld, Trevor.«

Ich rieb mir über das Gesicht. Als ich den Bluterguss unter meinem Bart berührte, zuckte ich vor Schmerz zusammen. »Er ist wegen des Kampfes gestorben. Wenn ich nicht gewesen wäre …«

»Dann wäre er gegen jemand anderen angetreten«, fuhr

Luke dazwischen. »Tate sagt, er hatte einen angeborenen Herzfehler.« Auf meinen überraschten Gesichtsausdruck hin zuckte er nur mit den Schultern. »Er ist auf dieselbe Schule gegangen wie Tate und ich. Außerdem reden Elle und ich miteinander«, fügte er hinzu. »Vielleicht solltet ihr das auch mal probieren.«

Ich schnaubte. Ich würde für den Rest meines Lebens mit Tate reden und ihr zuhören, wenn sie das zuließe, aber sie wollte mich nicht sehen. Von sprechen ganz zu schweigen. Zu Recht. Ich wüsste nicht, wie ich an ihrer Stelle reagiert hätte. Wahrscheinlich nicht viel anders.

»Der Punkt ist doch«, fuhr Luke fort, »er wusste genau, worauf er sich da eingelassen hat. Er kannte das Risiko. Du nicht. Wenn also einer die Schuld trägt …«

»Sag es nicht«, warnte ich ihn.

»Doch«, mischte sich jetzt auch Mason ein. »Dieser Jamie war der Einzige, der das Risiko kannte, richtig? Er hat es trotzdem getan. Du konntest nicht wissen, was passieren würde. Ich war nur ein Jahr bei der Armee, aber das hat mir gereicht. Es gibt Leute, die alles dafür tun würden, etwas zu spüren, selbst wenn sie dafür eins in die Fresse kriegen. Oder ihr Leben riskieren. Auch ohne jedes einzelne Detail zu kennen, bin ich ganz bei Luke. Es war nicht deine Schuld, Mann. Du hättest das gar nicht wissen können.«

»Vielleicht«, gab ich nach einem Moment zögernd zu und sprach dann etwas aus, das ich bisher noch keinem erzählt hatte. »Aber ich hätte Erste Hilfe leisten können. Ich hätte irgendetwas tun können, statt mich von Roy und den anderen wegschicken zu lassen und darauf zu vertrauen, dass sie sich um ihn kümmern würden.«

Mason schlug mit der flachen Hand auf den Tisch. Als ich den Kopf hochriss, sah er so ernst aus wie nie zuvor. »Jetzt reicht's aber. Wusstest du, dass sie ihn sterben lassen würden?«

»Ich hätte …«

»*Wusstest* du es?«, wiederholte er nachdrücklich.

»Nein«, presste ich hervor. »Ich war mir sicher, dass sie einen Rettungswagen rufen würden.«

»Na also. Und wusstest du, dass sie den Kerl zurück in seine Wohnung verfrachten und alles vertuschen würden?«

Ich biss die Zähne zusammen. »Nein. Aber …«

»Kein Aber«, widersprach er. »Uns ist allen klar, dass du die ganze verfickte Welt hättest retten können, wenn du es nur gewusst hättest. Hast du aber nicht. Das macht dich nicht zu einem Verbrecher, Alvarez. Es macht dich menschlich. Du konntest gar nicht ahnen, was passieren würde.«

In seinen Worten schwang so viel Überzeugung, so viel Nachdruck mit, dass ich mich unweigerlich fragte, ob er hier nur noch von mir sprach oder auch etwas anderes damit meinte. *Jemand* anderen. Aber bevor ich nachfragen konnte, sprach er weiter.

»Und wenn du jetzt damit anfängst, dass du hinterher etwas tun und der Polizei alles hättest gestehen können, hau ich dir eine rein«, drohte er. »Das hätte den Kerl nicht zurückgebracht und dann würden nicht die Leute aus dem Fight Club im Knast sitzen, sondern nur du. Und wem wäre damit geholfen? Dir? Deinem Gewissen? Oder den Kerlen in diesem Fight Club, weil du die ganze Schuld auf dich genommen hast und sie ohne einen Kratzer aus der Sache rausgekommen sind?«

Sekundenlang konnte ich ihn nur anstarren. Auch Luke war überraschend still geworden und starrte Mason an. Langsam schüttelte ich den Kopf. Scheiße, so hatte ich das überhaupt nicht gesehen. Ich war so auf mich konzentriert gewesen, auf meine Schuld, dass ich nie darüber nachgedacht hatte, wie viel Schuld die anderen trugen. Ich wusste bis heute nicht, ob man Tates Bruder hätte helfen können, ob Erste-Hilfe-Maßnahmen und ein Krankenhaus ihm das Leben gerettet hätten. Ob die Jungs es unterlassen und ihn einfach abgeschrieben hatten – oder ob es bereits zu spät gewesen war. Ich war immer vom schlimmsten Fall ausgegangen, aber die Wahrheit war, dass ich es nicht genau wusste. Der Kampf hatte noch nicht mal richtig angefangen. Jamie hatte kaum etwas abbekommen, und ziemlich sicher keine lebensgefährlichen Verletzungen gehabt. Er war nach einem einzigen Schlag einfach umgekippt. Nicht mal unerfahrene Kämpfer gingen nicht so schnell zu Boden und verloren das Bewusstsein. Aber selbst wenn Mason und Luke recht hatten, selbst wenn mich nicht die ganze Schuld an Jamies Tod traf, musste ich es irgendwie wiedergutmachen. Es musste einen Weg geben, irgendetwas zu tun, und wenn es auch noch so klein und unwichtig erschien.

Mit Tate konnte ich nicht reden. Sie hasste mich und wollte mich nicht mehr sehen, das hatte sie letzte Nacht mehr als deutlich gemacht. Und das konnte ich ihr nicht mal verübeln, aber … Verblüfft riss ich den Kopf hoch, als mir etwas anderes einfiel. Wieso zur Hölle hatte ich nicht schon längst daran gedacht? Tate war nicht die Einzige, die in dieser Nacht jemanden verloren hatte. Vielleicht würde sie mich für den Rest ihres Lebens hassen – und dazu hätte sie auch jedes Recht. Aber ich konnte wenigstens versuchen, es wiedergutzumachen. Nicht nur bei ihr, sondern auch bei den Menschen, die ebenfalls jemanden verloren hatten, der ihnen die Welt bedeutet hatte.

Ehe ich mich versah, war ich schon aufgesprungen.

»Was hast du vor?«, kam es irritiert von Luke.

»Ich muss etwas erledigen. Danke.« Ich klopfte beiden auf die Schulter, dann ging ich in mein Zimmer, zog mich um und schnappte mir Autoschlüssel und Geldbörse. Keine fünf Minuten später trat ich aus dem Wohnheim in den kühlen Samstagvormittag.

Denn da gab es eine Sache, die ich schon vor langer Zeit hätte tun sollen.

»Hier kommt auch schon der Kaffee.« Mrs Mastersons Hände zitterten etwas, als sie das Tablett auf den Wohnzimmertisch stellte und die Kanne anhob, um uns allen einzuschenken.

Ihr Ehemann schien es ebenfalls zu bemerken, denn er beobachtete ihre Bewegungen genau, griff aber nicht ein. Wahrscheinlich wollte er ihr nicht das Gefühl geben, es nicht selbst zu schaffen.

»Bitte schön.« Sie lächelte mich an und setzte sich neben ihren Mann auf das Sofa gegenüber.

Aufgrund seiner Statur nahm er einen Großteil der Sitzfläche ein. Mr Masterson war riesig und könnte mich problemlos zusammenfalten. Dagegen wirkte Tates Mutter geradezu zierlich, obwohl sie einen ähnlichen Körperbau hatte wie ihre Tochter. Wie Tate. Jetzt, wo ich die beiden nebeneinandersitzen sah, wurde mir die Ähnlichkeit nur zu deutlich bewusst. Das gleiche dunkelbraune Haar, die gleichen Augen. Tate kam mehr nach ihrer Mom, aber sie hatte die grünen Augen ihres Vaters geerbt, genau wie seine einschüchternde Art. Ohne ein Wort zu sagen oder etwas zu tun, könnte er wahrscheinlich selbst die hartgesottensten Kerle aus dem Fight Club dazu bringen, vor ihm zu Kreuze zu kriechen. Jamie schien dagegen mehr nach seiner Mutter gekommen zu sein. Ich selbst konnte mich kaum noch an sein Gesicht erinnern, weil ich es nur ein paar Minuten lang gesehen hatte. Aber das Foto aus der Zeitung hatte ich Stunden, Tage, Jahre lang angestarrt.

Ich räusperte mich und griff nach der Tasse, nur um etwas zu tun zu haben, und trank einen Schluck. Der Kaffee war heiß, stark und viel zu bitter, weil ich keinen Zucker hineingetan hatte. Trotzdem bedankte ich mich dafür.

Mrs Masterson lächelte, doch das konnte den besorgten Ausdruck nicht aus ihren Augen vertreiben. Sie und ihr Mann wechselten einen Blick.

»Also, Trevor …«, begann Mr Masterson. »Was führt dich zu uns? Bist du ein Freund von Tate?«

Bis vor Kurzem hätte ich Ja sagen können. Dann wäre ich vielleicht unter ganz anderen Umständen in dieses kleine Häuschen mit dem vielen Holz und den geblümten Wandtapeten gekommen. Ich konnte mir kaum vorstellen, dass Tate hier aufgewachsen war. Alles wirkte so ruhig und warm. Beim Hereinkommen waren mir die ganzen Bilderrahmen an den Wänden aufgefallen, auch an der, die neben den Treppenstufen nach oben führten. Familienfotos, Schnappschüsse aus dem Urlaub, Porträts von Tates und Jamies Einschulung, Bilder von ihren Abschlussbällen und dazwischen immer wieder Aufnahmen aus dem ganz normalen Alltag.

Ich presste die Lippen aufeinander. »Tate und ich, wir … studieren am selben College.« Ich musste mich dazu zwingen, es auszusprechen, ohne mir anmerken zu lassen, welches Chaos allein ihr Name in mir auslöste.

Ich hasse dich. Ich hasse dich so sehr!

»Aber ich … ich kannte auch Jamie«, fügte ich leise hinzu.

Mrs Masterson sog scharf die Luft ein, während ihr Mann plötzlich blass wurde. »Du kanntest unseren Jungen?« Tates Mutter rutschte bis an die Sofakante vor und verkrallte die Hände in ihrem Schoß.

»Nicht persönlich. Aber ich weiß, was mit ihm passiert ist. *Wie* es passiert ist.« Ich atmete tief durch und sagte die Worte, die ich ihnen schon längst hätte sagen sollen. »Er ist in einem Kampf gestorben. Gegen mich. Ich war sein Gegner.«

»Wie bitte? Ein Kampf? Was soll das heißen? Was für ein Kampf?« Mrs Mastersons Stimme wurde immer schriller.

Ich biss die Zähne zusammen, atmete ein letztes Mal tief durch – und erzählte ihnen alles, was ich wusste. Angefangen damit, wie ich Roy und die anderen kennengelernt und in diesem Underground Fight Club gelandet war, was ich während meiner Zeit dort über Jamie mitbekommen hatte. Ich berichtete ihnen von meinem letzten Kampf, der auch Jamies letzter Kampf geworden war. Davon, wie schnell alles gegangen war und dass ich etwas hätte tun können, tun müssen, es aber unterlassen hatte. Wie ich kurz darauf aus der Zeitung, die ich immer für meine Eltern holte, von Jamies Tod und den angeblich mysteriösen Umständen erfahren hatte.

Und ich erwähnte Tates Suche nach weiteren Hinweisen, nach neuen Spuren, weil sie dem Abschlussbericht der Polizei keine Sekunde lang geglaubt hatte. Weil sie ihren Bruder nie aufgegeben hatte, bis sie die Wahrheit herausfand. Nur das, was zwischen uns beiden passiert war, ließ ich außen vor. Dass da mehr als bloße Freundschaft zwischen uns gewesen war. Sehr viel mehr.

»Sie haben jedes Recht, mich zu hassen«, sagte ich zum Schluss. »Und wenn Sie Anzeige erstatten wollen, dann …«

Mrs Masterson schlug sich die Hand vor den Mund. Sie saß nicht länger aufrecht da. Tränen liefen ihr über die Wangen und sie sprang so ruckartig auf, dass ich zusammenzuckte. »Ich … das …« Sie schüttelte den Kopf und verließ hastig den Raum.

Ich wagte es nicht, noch etwas zu sagen. Selbst wenn Mason und Luke recht hatten, wenn ich nicht die alleinige Schuld an dem trug, was mit Jamie passiert war, so würde ein großer Teil davon dennoch für immer an meinen Händen kleben.

Erst als Mrs Masterson auch nach einigen quälend langen Minuten nicht zurückkehrte und Mr Masterson regungslos auf den Boden starrte, räusperte ich mich leise.

»Ich hätte schon längst zu Ihnen kommen sollen …«

Tates Vater riss den Kopf hoch. »Das hättest du. Aber wir sind dir dankbar, dass du es jetzt getan hast. Was damals passiert ist …« Er sah kurz zu der Tür, durch die seine Frau verschwunden war, dann wandte er sich wieder an mich. »Nach allem, was wir von der Polizei und jetzt von dir erfahren haben, ist Jamie an seinem Herzfehler gestorben. Bei der Obduktion wurden auch die anderen Verletzungen untersucht – wir wussten ja nicht, woher die stammten. Natürlich gab es den Verdacht, dass sie etwas mit seinem Tod zu tun haben könnten. Aber keine seiner Verletzungen war tödlich. Das konnte der Gerichtsmediziner einwandfrei feststellen. Es war sein Herz. Und Jamie … er wusste von seinen Problemen. Ich habe meinen Sohn geliebt und werde nie damit aufhören, aber …« Seine Stimme brach und er brauchte ein paar Sekunden, um sich wieder zu fassen. »Es war töricht von ihm, überhaupt in diesen Club zu gehen und dort zu kämpfen. Und wofür? Für Geld?« Fassungslos schüttelte er den Kopf. »Unser Sohn wusste, worauf er sich da einließ, und wie gefährlich das für ihn war. Du nicht.« Er atmete tief durch und sah mich fest an. »Nach allem, was wir damals und heute erfahren haben, war es nicht deine Schuld, Trevor.«

Ich war nicht für mich hierhergekommen und hatte Tates Eltern alles gebeichtet, sondern für die beiden. Weil ich endlich das tun wollte, was ich bei Tate von Anfang an hätte tun sollen: Die Wahrheit sagen. Denn diese Menschen verdienten es, zu erfahren, was wirklich mit Jamie passiert war.

Ich wusste nicht, womit ich gerechnet hatte. Mit stummen Vorwürfen, lauten Schuldzuweisungen, Anklagen, einer Anzeige bei der Polizei, einer Gerichtsverhandlung oder damit, dass sie mich rauswarfen und mir die Tür vor der Nase zuschlugen. All das und noch viel mehr hatte ich auf der Fahrt hierher in

Gedanken durchgespielt. Aber nie hätte ich diese Worte erwartet. Ich hatte nie mit Vergebung gerechnet, weil ein Teil von mir, tief in meinem Inneren, noch immer nicht daran glaubte, dass ich sie verdiente. Nicht nach allem, was passiert war. Nach allem, was ich getan hatte, aber vor allem auch nach dem, was ich *nicht* getan hatte.

Kapitel 23

Tate

Nachts im Februar bei Regen und ohne Jacke heimzulaufen war eine meiner besten Ideen gewesen. *Nicht.* Denn die Aktion brachte mir eine fette Erkältung ein, die mich über eine Woche lang ans Bett fesselte. Dabei hasste ich Kranksein sogar noch mehr als Sport. Ganz ehrlich? In der Zeit wäre ich sogar freiwillig mit Luke Dutzende Meilen gerannt oder mit Dylan ein paar Bahnen schwimmen gegangen. Stattdessen lag ich mit explodierendem Kopf, schniefender Nase und schmerzenden Gliedmaßen unter gleich zwei Decken, weil ich auch noch ständig fror.

Als sich die Erkältung Anfang März endlich verabschiedete, fühlte ich mich zwar nicht wie neugeboren, aber halbwegs wieder menschlich. Ich konnte länger als eine halbe Stunde am Stück aufstehen, duschen und endlich wieder die Wohnung verlassen. Auch wenn mich meine Wege nur in Hörsäle, in die Mensa und Coffee Shops führten. Da ich vorher schon geschwänzt hatte, fehlten mir nun ganze zwei Wochen, die ich aufarbeiten musste. Allerdings kam mir das sehr gelegen, weil es mich von Dingen und Themen ablenkte, mit denen ich mich nicht auseinandersetzen wollte. Nicht mehr. Weil sogar der Gedanke daran wehtat. Weil es wehtat, auch nur seinen Namen zu hören.

An diesem Montagnachmittag saß ich mit Dylan in einem Diner in der Nähe vom Campus. Zwischen uns lagen Bücher ausgebreitet, sein Laptop war aufgeklappt und das Rauschen der Lüftung war in etwa genauso laut wie die Fritteuse in der Küche. Er hatte ein fast leeres Glas Cola vor sich stehen, ich hatte meinen Milchshake schon komplett vernichtet. Wir hatten uns hier zum Lernen getroffen, weil ich nicht in die Bibliothek gehen wollte. Trevor würde mit Sicherheit dort sein und noch fühlte ich mich nicht bereit, ihm wieder zu begegnen.

Seufzend tippte Dylan etwas ins Notebook ein, dann blätterte er in einem seiner Bücher weiter. Von dem, was ich so über Kopf erkennen konnte, handelte es sich um irgendwelche Krankheiten mit unaussprechlichen Namen. Kurz überlegte ich, ob wir nicht tauschen sollten. Ja, ich war so verzweifelt, weil ich mich wieder mal mit unserem Rechtssystem auseinandersetzen musste. Diesen Teil hasste ich an meinem Hauptfach, aber es half ja nichts. Ich musste den Stoff aufholen, genau wie Dylan, der aufgrund einiger Extraschichten in den letzten Wochen so einiges verpasst hatte. Der Spring Break stand schon fast vor der Tür, aber das verschaffte uns leider keine Ausrede. Während unsere Kommilitonen Pläne für die freie Woche schmiedeten, mussten wir lernen.

Ich bestellte mir einen zweiten Milchshake und versuchte dann, mich wieder auf die öden Gesetzestexte zu konzentrieren, als ich Dylans Blick bemerkte. Er starrte nicht mehr konzentriert in seine Bücher, sondern hatte sich zurückgelehnt und betrachtete mich stirnrunzelnd.

»Was ist?« Ich kniff die Augen zusammen. »Hab ich was im Gesicht? Warum siehst du mich so an?«

»Ich frage mich nur, warum wir hier sitzen und nicht in der Bibliothek.«

»Willst du dich etwa beschweren?« Ich machte eine Handbewegung, die alles um uns herum mit einschloss: die Sitznischen mit den roten Polstern, die schwarz-weißen Bodenfliesen, die bunt leuchtende Jukebox, aus der Rocksongs ertönten, die lange Theke mit den zerschlissenen Barhockern und die herumflitzenden Kellnerinnen mit ihren langen Röcken und den Blusen im Stil der Fünfzigerjahre. »Hier gibt es die besten Milchshakes der ganzen Stadt. Und sie sind auch noch bezahlbar.«

Leider ließ sich Dylan nicht so leicht ablenken. »Wie lange willst du ihm noch aus dem Weg gehen, hm?«

»Tu ich doch gar nicht. Ich war todsterbenskrank, schon vergessen? Und jetzt lerne ich mit meinem allerbestesten Freund auf der ganzen weiten Welt, und das tue ich viel lieber hier als in der stickigen Bibliothek. Und wenn du mein allerbestester Freund bleiben willst«, fügte ich hinzu, bevor er etwas einwenden konnte, »dann lässt du das Thema jetzt besser sein.«

»Du kannst ihn nicht für den Rest deines Lebens ignorieren.«

»Ach nein?« Ich warf ihm ein herausforderndes Lächeln zu. »Sieh zu und lerne.«

»Tate …«

»Was? Müssen wir das jetzt besprechen?« Ich deutete um mich. »Hier?«

»Warum nicht?« Dylan zuckte mit den Schultern. »Du hast mal über Emery gesagt, dass sie mir aus dem Weg geht, um sich zu schützen, weil ich ihr Vertrauen missbraucht habe. Und«, fügte er hinzu, als ich schon Luft holte, um ihn zu unterbrechen, »dass sie Angst davor hat, wieder verletzt zu werden.«

Ich erinnerte mich noch gut an diesen Moment. Damals war es noch warm gewesen und wir hatten uns zum Lernen an einen der Holztische draußen auf dem Campus gesetzt. Dylan hatte seinen ekligen Energydrink dabeigehabt und war ein Häufchen Elend gewesen, weil er sich Emery gegenüber wie ein Idiot verhalten hatte. Er und Mason zusammen.

»Das ist nicht dasselbe«, fauchte ich. »Du kannst diese beiden Situationen überhaupt nicht miteinander vergleichen.«

»Wirklich nicht?« Falten erschienen auf seiner Stirn. »Wenn ich mich richtig erinnere, hast du mir damals auf deine charmante Art geraten, nicht mehr herumzusitzen und mich selbst zu bemitleiden, sondern endlich die Initiative zu ergreifen.«

»Und? Willst du mir jetzt etwa dasselbe raten?« Herausfordernd reckte ich das Kinn vor. »Trevor hat mir nicht eine dämliche Wette zwischen ihm und sonst jemandem verheimlicht. Er hat …« Ich musste einen Moment innehalten, denn wie jedes Mal, wenn ich an Trevor und Jamie, an Trevor und *mich* denken musste, überschwemmte mich diese Woge an chaotischen Gefühlen, aus der ich einfach nicht auftauchen konnte. Ich holte noch einmal tief Luft. »Er hat mich angelogen. Ganz bewusst. Er hat mir ins Gesicht gesehen und gelogen.«

Monatelang. Jahrelang. Vom ersten Moment an, in dem wir uns hier auf dem Campus begegnet waren bis heute. Vielleicht war das mit Jamie ein Unfall gewesen, vielleicht auch nicht. Und vielleicht hätte Trevor tatsächlich etwas tun können, um ihn zu retten, aber um ehrlich zu sein hätte ich das auch. In diesem Punkt waren wir beide schuldig. Aber er hätte mir die Wahrheit sagen können. Gott, ich wünschte mir so sehr, dass er mir einfach die Wahrheit gesagt hätte. Ja, ich hätte ihn gehasst, aber es hätte niemals so wehtun können, die Wahrheit von einem damals völlig Fremden zu erfahren als jetzt von Trevor. Ausgerechnet von dem Menschen, von dem ich sicher gewesen war, mich immer auf ihn verlassen zu können. Er war auf seine schrecklich penetrante, unnachgiebige, ruhige Weise immer da gewesen, ganz egal wie gut oder beschissen es mir ging, und ich hatte geglaubt, dass sich nie etwas daran ändern würde.

Ich hatte mich geirrt. Einfach alles hatte sich geändert.

Dylan stützte die Unterarme auf den Tisch und lehnte sich vor. »Ich weiß, was er getan hat. Und glaub nicht, dass ich es gutheiße, aber willst du nicht wenigstens noch mal mit ihm reden, bevor er …«

Ein penetrantes Vibrieren unterbrach ihn mitten im Satz. Ich suchte in meiner Tasche, dann zwischen meinen Unterlagen und zog mein Smartphone schließlich zwischen zwei Buchseiten hervor. Als ich den Namen auf dem Display las, riss ich die Augenbrauen hoch. *Mom.*

Ich fluchte innerlich. Wir hatten seit über zwei Wochen nicht mehr miteinander telefoniert, weil ich es in meiner Scheißegal-Haltung vermieden hatte, mit ihr zu sprechen. Ich hatte sogar Elle gebeten, mich zu entschuldigen, als Mom bei ihr angerufen hatte, weil ich nicht ans Telefon ging. Dann war ich krank geworden, und in den ersten Tagen meiner Erkältung hatte ich tatsächlich keine Stimme mehr gehabt und bestenfalls husten und röcheln können. Also hatte mich Elle weiterhin entschuldigt. Aber wenn es einen Menschen gab, dem ich nun wirklich nicht mehr ausweichen konnte, dann war es meine Mutter. Ein paar verpasste Anrufe mehr und sie würde persönlich hier aufschlagen, mit Dad im Schlepptau, der meine Kommilitonen mit einem einzigen grimmigen Blick in Angst und Schrecken versetzen würde. Und dann müsste ich ihnen lang und breit erklären, warum ich mich trotz überstandener Erkältung immer noch nicht bei ihnen zurückgemeldet hatte.

»Bin gleich zurück«, sagte ich an Dylan gewandt und rutschte von der Bank. Noch im Gehen hielt ich mir das Handy ans Ohr. »Hi, Mom.«

»Tate! Geht es dir gut? Ich bin so froh, deine Stimme zu hören.«

Oh, hallo, schlechtes Gewissen. Schön, dass du auch vorbeischaust.

Kurz presste ich die Lippen aufeinander. »Tut mir leid, Mom. Ich hatte zu tun und war die ganze letzte Woche krank und …«

»Hattest keine Stimme. Ich weiß, Liebes. Elle hat mir davon erzählt. Was hattest du denn? Du klingst gar nicht mehr krank.«

»Nur eine Erkältung.« *Aus der Hölle.*

»Und jetzt geht es dir wieder gut? Du hättest etwas sagen sollen, dann hätte ich dir Hühnersuppe vorbeigeschickt.«

Ich stieß die Tür auf und ging nach draußen, während sich ein Grinsen auf meinem Gesicht ausbreitete. Mom konnte in etwa so gut Hühnersuppe kochen wie ich. Nämlich gar nicht. Aber bekanntermaßen war es ja der gute Wille, der zählte, oder?

»Schon gut«, erwiderte ich und schlang einen Arm um mich. Die Sonne strahlte an diesem Nachmittag zwar vom Himmel, aber es war noch immer frisch und nach dem Krankenlager letzte Woche hatte ich keine Lust, gleich noch mal den sterbenden Schwan zu spielen. »Was gibt's Neues bei euch? Habt ihr schon die nächste Reise geplant?«

»Ach, du kennst doch deinen Vater. Wenn es nach ihm geht, wäre er den ganzen Tag auf dem Bau und würde gar nicht wegfahren. Aber ich habe schon einen Plan, wie ich ihn für das nächste Ziel begeistern kann.«

»Wirklich?« Ich wippte auf den Fersen vor und zurück, um mich warm zu halten und machte einem Pärchen Platz, das ins Diner wollte. »Wohin soll es gehen?«

»Südafrika. Aber hör mal, deshalb rufe ich gar nicht an.«

»Nicht?«, neckte ich sie. »Und ich dachte, du wolltest unbedingt die Stimme deiner Lieblingstochter hören und sie mit euren megatollen Reiseplänen neidisch machen.«

Sie lachte. »Immer, das weißt du doch. Aber ich wollte schon letzte Woche mit dir sprechen, Tate. Dein Vater und ich hatten nämlich Besuch.«

Mit einem Mal spürte ich nichts mehr von den Temperaturen hier draußen, weil mir schlagartig eiskalt wurde. »Tatsache? Von wem?«

In meinem Kopf spielte sich ein Horror-Szenario nach dem anderen ab. Wussten Roy und seine Leute, wo Jamie und ich gewohnt hatten? Hatten sie meine Eltern aufgesucht, um sicherzustellen, dass ich auch wirklich die Klappe hielt?

An die andere, die vielleicht naheliegendste Möglichkeit wollte ich nicht denken. Ich weigerte mich schlichtweg, es zu tun. Bis Mom mir jede Möglichkeit dazu nahm.

»Sein Name ist Trevor Alvarez.«

Hitze wechselte sich mit Kälte ab, bis ich selbst nicht mehr wusste, was der Auslöser für die Gänsehaut auf meinen Armen und das Ziehen in meinem Magen war. Ich sah mich um und entfernte mich ein paar Schritte vom Eingang des Diners.

»Trevor?« Ich räusperte mich, weil ich auf einmal so krächzend klang, und versuchte meiner Stimme eine neutrale Note zu verleihen. »Was wollte er von euch?«

»Er hat uns alles erzählt.«

Ich blieb abrupt stehen. Mein Herz raste. Sekundenlang schien die Zeit einfach stehen zu bleiben, genau wie meine Gedanken, bevor ich wieder einen davon zu fassen bekam.

»W-was …? Was hast du gerade gesagt?«

»Trevor hat uns besucht und uns erzählt, was mit … was mit Jamie passiert ist. Wie es passiert ist.«

Er hatte *was* getan?! Wann? Und wieso konnte er mir das jahrelang verschweigen, aber zu meinen Eltern ging er einfach hin und platzte mit der Wahrheit raus?

Warum? Und warum jetzt, nach all dieser Zeit?

»Tate?« Moms besorgte Stimme klingelte in meinen Ohren. »Tate, bist du noch dran?«

»Ja, ich bin … Ich bin da.«

In Gedanken trat ich mir selbst in den Hintern und versuchte mich wieder zur Vernunft zu bringen. Meine Stimme mochte, bis auf das leichte Zittern, wieder normal klingen, aber gegen das heftige Pochen in meiner Brust war ich genauso machtlos wie gegen den kalten Wind hier draußen.

»Wie geht es euch?«

Sie seufzte tief. Sekundenlang schwieg sie, als würde sie genauso nach Worten suchen wie ich zuvor. »Oh Tate … Ganz ehrlich? Ich weiß es nicht. Einerseits bin ich froh … nein, ich bin erleichtert, endlich die ganze Wahrheit zu kennen. Aber andererseits tut es so weh, sich wieder damit zu befassen. Es fühlt sich an, als wäre er gestern erst durch diese Tür gegangen. Dieselbe Tür, an der die beiden Polizisten geklingelt haben, um uns zu sagen, was mit unserem Sohn passiert ist.«

Ich kniff die Augen zusammen, als könnte ich damit das Brennen darin vertreiben. Konnte ich nicht. Genauso wenig wie den rohen Schmerz in meiner Brust. Da war sie wieder. Die Wunde. Sie war nie verheilt, war über die Jahre nur vernarbt und jetzt lag sie wieder offen da. Alles und jedem ausgeliefert. Aber vielleicht, nur vielleicht konnte sie diesmal so weit heilen, dass sie nicht wieder aufriss. Auch wenn für immer eine Narbe zurückbleiben würde. Weil Jamie unsere Leben beeinflusst und etwas darin hinterlassen hatte, das genauso wenig verschwinden sollte wie diese Narbe.

»Ich wusste nicht, dass du …« Sie hielt inne, holte Luft und setzte erneut an. »Ich hatte zwar immer die Vermutung, dass du wegen Jamie hier studierst und dieses Hauptfach gewählt hast, aber, Liebling – ich hatte ja keine Ahnung. Es tut mir so leid, dass du dich so lange Zeit ganz allein damit herumgeschlagen hast.«

Und schon war das Brennen in meinen Augen nicht mehr wichtig, denn jetzt musste ich gegen die Tränen ankämpfen.

»Das ist nicht eure Schuld«, flüsterte ich. »Ich wollte es so. Ich konnte nicht aufhören, konnte einfach nicht aufgeben …«

»Bis du die Wahrheit herausgefunden hast«, beendete sie meinen Satz und ich konnte das Lächeln in ihrer Stimme hören. »Du bist ein gutes Mädchen, Tate, eine gute Tochter und warst eine tolle Schwester für Jamie.«

Aber ich habe ihn nicht wie versprochen angerufen.

Ich biss mir fest auf die Unterlippe, um diese Worte nicht laut auszusprechen. Gut möglich, dass Mom es verstehen würde, aber ich wollte ihr nicht noch mehr Kummer bereiten, als sie ohnehin schon hatte. Die Wahrheit über Jamies Tod zu erfahren musste schrecklich für sie und Dad gewesen sein. Ich wusste genau, wie sich das anfühlte.

»Ich möchte, dass du mir etwas versprichst«, kam es überraschend von meiner Mutter.

»Was denn?«, brachte ich hervor und wischte mir hastig über die Augenwinkel.

»Ich möchte, dass du die Dinge, die du tust, von jetzt an für dich tust. Nicht für deinen Vater und mich und auch nicht für Jamie. Er hat dich so sehr geliebt, wie ein großer Bruder seine kleine Schwester nur lieben kann, aber ich weiß genau, dass er fuchsteufelswild wäre, wenn er wüsste, was du seinetwegen getan und aufgegeben hast. Versprich mir, in Zukunft nur noch auf dein eigenes Herz zu hören.«

Was zum Teufel meinte sie damit? Und warum hatte ich plötzlich das Gefühl, dass sie so viel mehr wusste als ich? Ich schüttelte den Kopf und versuchte diese seltsame Empfindung zu vertreiben, dann holte ich tief Luft und gab ihr die einzig mögliche Antwort: »Versprochen.«

Und diesmal würde ich mich auch wirklich daran halten.

»Danke. So, und jetzt brauche ich deine Hilfe, um deinen Vater von Südafrika zu überzeugen.«

Ich atmete tief durch, lauschte aber gespannt ihren Plänen. Es tat gut, Mom so zu hören, sie so zu erleben. Jamies Tod hatte sie zerstört, genau wie Dad. Er hatte uns alle zerstört. Aber irgendwie hatten wir alle die Scherben wieder aufgesammelt und neu zusammengesetzt. Jeder für sich und alle gemeinsam. Wir waren noch immer eine Familie und die Wahrheit über meinen Bruder hatte uns kein zweites Mal zerstört. Wenn überhaupt, hatte sie uns nur stärker gemacht. Zumindest hoffte ich das.

Als ich auflegte, hatte ich kaum noch ein Gefühl in den Fingern und fröstelte am ganzen Körper.

»Alles klar?« Dylan kam nach draußen, seinen Rucksack und meine Tasche umgehängt. Offenbar war unsere Lernsession zu Ende. Auffordernd hielt er mir meine Jacke hin. Dieselbe Jacke, die ich auch in diesem Club angehabt und dort vergessen hatte. Grace hatte sie letzte Woche vorbeigebracht, als ich krank im Bett gelegen und mir die zwölftausendste Folge von *America's Funniest Home Videos* angeschaut hatte.

»Alles okay.«

Gut, vielleicht war das gelogen, denn im Moment fühlte sich absolut nichts okay an. Aber zum ersten Mal seit langer Zeit hatte ich das Gefühl, dass es wieder so werden könnte. Irgendwann.

»Was wolltest du vorhin eigentlich sagen, als meine Mom angerufen hat?«

Er runzelte die Stirn. Ohne es absprechen zu müssen, schlugen wir den Weg zurück zu den Wohnheimen ein. »Was meinst du?«

»Etwas über Trevor. Du hast angefangen, aber dann hat dich mein Handy unterbrochen.«

»Oh. Das. Vergiss es einfach. Ist nicht so wichtig.«

Ich zog eine Braue hoch. »Westbrook …«

Er atmete tief durch und sah mich nicht an, als er weitersprach. »Ich wollte, dass du noch mal mit ihm redest, dich vielleicht mit ihm aussprichst, weil es so aussieht, als würde er bald nicht mehr hier studieren.«

»Wie bitte?« Ich blieb abrupt stehen. Dass ich mich mitten auf der Straße befand und Leute hupten, war zweitrangig. Dylan zerrte mich weiter, und nach einigen Schritten hatte ich auch meine Stimme wiedergefunden. »Was soll das heißen? Will er das College wechseln? Das ist absurd! Warum sollte er so was tun? Er gehört zu den Besten seines Jahrgangs!«

Dylans Blick war Antwort genug.

Meinetwegen. Er wollte meinetwegen wechseln.

Ich schüttelte den Kopf, weigerte mich, das zu glauben. Trevor konnte nicht so dumm sein, die letzten drei Jahre einfach wegzuwerfen. Seine Freunde hier. Die Nähe zu seinen Eltern und seiner kleinen Schwester. Er hatte hier ein Leben, gottverdammt noch mal! Doch dann fiel mir ein, was ich ihm alles an den Kopf geworfen hatte, als wir uns das letzte Mal gesehen hatten. Als er mich hatte nach Hause bringen wollen, weil ich angetrunken und so dumm gewesen war, mitten in der Nacht ohne Jacke durch den Regen zu laufen.

»Sorry«, murmelte Dylan und zog die Schultern hoch. »Ich glaube, er ahnt nicht mal, dass ich es weiß. Ich habe die Unterlagen zufällig auf seinem Schreibtisch entdeckt, als ich Mister Cuddles gesucht habe. Aus irgendeinem Grund ist Trevors Bett und der Boden darunter ihr neuer Lieblingsplatz.«

Ich hörte ihm schon gar nicht mehr zu, sondern beschleunigte meine Schritte, bis ich rannte. Freiwillig.

»Tate!«, rief er hinter mir, aber ich blieb nicht stehen.

Ich wusste nicht, was ich tun, was ich denken oder fühlen sollte. Ich wusste nur, dass ich es mit eigenen Augen sehen und es aus seinem Mund hören musste.

Ich erreichte die Wohnung der Jungs völlig außer Puste. Mein Atem kam rasselnd, und da war ein Stechen in meiner Seite, das mich an die schrecklichen Sportstunden in der Highschool erinnerte. Damals, als man uns noch dazu gezwungen hatte, uns mindestens einmal die Woche zu bewegen. Ich brauchte einen Moment, um wieder zu Atem zu kommen, bevor ich anklopfte. Okay, vielleicht auch zwei. Und vielleicht sollte ich mir doch mal irgendeine Sportart suchen, die ich nicht hasste. Obwohl … wenn ich genau darüber nachdachte, hatte ich die schon gefunden. Genau wie den perfekten Trainingspartner.

Niemand reagierte auf mein Klopfen. Ich öffnete die Tür und bekam ein aufgebrachtes Fauchen von Mister Cuddles zu hören. Sie musste ganz in der Nähe geschlafen haben, so empört, wie sie mich ansah.

»Oh, entschuldige.« Ich drückte die Tür hinter mir zu und ging in die Hocke. »Ich wollte dich nicht erschrecken.«

Hocherhobenen Hauptes kam sie zurückgetappt und betrachtete mich einen Moment lang herablassend, dann rieb sie ihren Kopf an meiner ausgestreckten Hand und ließ sich von mir streicheln. Gleich darauf erfüllte ihr Schnurren die Stille.

»Keiner zu Hause, hm? Du weißt wahrscheinlich auch nicht, wo Trevor ist, oder?«

»Sie nicht«, ertönte eine raue Stimme vom anderen Ende des Raumes. »Ich schon.«

Mein Herz begann wieder zu hämmern, als hätte ich gerade einen zweiten Marathon hingelegt. Langsam richtete ich mich auf.

Trevor lehnte in der Tür zu seinem Zimmer, zwischen uns nur die Kochinsel und die dazugehörigen Hocker. Er studierte mich mit einer Mischung aus Skepsis und Verwunderung.

Sein blaues Auge war inzwischen völlig verheilt und auch

an seiner Lippe sah man nichts mehr von dem Kampf. Nur an seiner Schläfe hob sich eine helle Linie von seiner gebräunten Haut ab. Dort würde eine Narbe zurückbleiben. Automatisch fiel mein Blick auf seinen Oberkörper, an die Stelle, wo er sich die Rippen geprellt hatte. Natürlich konnte ich nichts sehen, selbst wenn er nur ein dünnes Langarmshirt mit V-Ausschnitt trug. Trotzdem erwischte ich mich dabei, dass ich wissen wollte, ob auch seine Rippen gut verheilt waren oder er noch Probleme damit hatte. Aber ich sprach diese Fragen nicht aus. Stattdessen richtete ich meine Aufmerksamkeit wieder auf sein Gesicht.

»Ist es wahr?«, fragte ich, genau wie damals, als ich ihn nach Jamie gefragt hatte. Das Ganze war inzwischen exakt siebzehn Tage her. Es tat noch immer so weh, als wäre es erst gestern gewesen, gleichzeitig schien es eine halbe Ewigkeit her zu sein. Und doch nicht lang genug, um es zu vergessen.

»Was meinst du?«

»Dylan hat gesagt, dass du das College wechseln willst. Er hat Unterlagen dazu auf deinem Schreibtisch gefunden.«

Trevor schloss für einen Moment die Augen, dann wandte er sich seufzend ab.

Ich folgte ihm in sein Zimmer, starrte auf seinen Hinterkopf und betete darum, dass er sich endlich zu mir umdrehte. »Hat er recht?«

Er sah mich noch immer nicht an. »Du hättest nicht herkommen sollen …«

»Ist es wahr?«, wiederholte ich, da ich es aus seinem Mund hören musste. Ich musste wissen, ob er wirklich vorhatte, die Blackhill University zu verlassen – und ob ich der Grund dafür war.

Wenn er ging, weil er woanders etwas Besseres gefunden hatte oder ein neues Leben beginnen wollte, dann konnte und würde ich ihn nicht stoppen. Das war ganz allein seine Entscheidung und wir waren … nichts. Er und ich waren gar nichts. Aber wenn es auch nur ein kleines bisschen mit mir zu tun hatte, wenn es auch nur eine winzige Chance gab, ihn aufzuhalten, damit er nicht ging …

»Es stimmt.« Er drehte sich zu mir um, die Arme vor der Brust verschränkt, und lehnte an seinem Schreibtisch. »Ich breche das Studium nicht ab, ich mache im nächsten Semester einfach nur woanders damit weiter. Die meisten Punkte kann ich mir sogar anrechnen lassen.«

Mir wurde schlecht. Zwei Milchshakes zu trinken war keine gute Idee, wenn man gleich darauf einen rekordverdächtigen Sprint hinlegen und ein lebensveränderndes Gespräch führen wollte. Es rumorte in meinem Bauch und das Pochen in meiner Brust beschleunigte sich erneut. Auf keine gute Weise.

»Warum?« Das Wort kam mir nur flüsternd über die Lippen, aber er hörte es trotzdem. Ich konnte es ihm ansehen, konnte es daran erkennen, wie sich seine Augen weiteten und sein Gesicht einen gequälten Ausdruck annahm.

»Tate …«

Ich nahm all meinen Mut zusammen und machte einen Schritt auf ihn zu. »Geh nicht.«

Er wurde plötzlich ganz still, bewegte keinen Muskel, schien nicht mal mehr zu atmen. Dann schüttelte er langsam den Kopf. »Wir wissen beide, dass es so am besten ist. Außerdem ist der Antrag schon durch und wurde von der Universitätsleitung bewilligt.«

»Ich will nicht, dass du gehst. Nicht so. Nicht …« Mein Blick irrte durch das Zimmer, aber ich zwang mich dazu, ihn wieder anzusehen. »Nicht meinetwegen.«

Er hob die Hand, als wolle er mich berühren, ballte sie dann aber zur Faust und ließ sie wieder sinken. Mein Herz pochte nicht mehr, es raste. Weil ich mir wünschte, dass er mich berühren würde, und ich gleichzeitig wusste, dass ich es nicht ertragen würde. Weil es noch immer zu sehr wehtat.

Ich fühlte mich, als würde ich am Rande einer Klippe stehen. Ich konnte jederzeit zurückweichen, konnte einfach wieder gehen, aber tief in meinem Inneren wusste ich, dass es kein Zurück gab. Ich konnte nur nach vorn, konnte nur noch springen, selbst wenn mir das eine Scheißangst einjagte. Selbst wenn der Aufprall auf den Boden wehtun würde. Aber noch viel mehr würde es mich schmerzen, wenn ich Trevor einfach gehen ließ, ohne wenigstens versucht zu haben, ihn aufzuhalten. Das würde ich mir nie verzeihen können.

»Ich weiß, dass ich gesagt habe, dass ich dich hasse. Aber ...« Ich hielt inne, befeuchtete mir die Lippen, suchte nach Worten. »Aber die Wahrheit ist, dass ich dich nicht hassen kann. Du glaubst gar nicht, wie sehr ich es will, aber ich kann es einfach nicht. Ich kann dich nicht hassen.« Meine Stimme brach.

»Tate ...«

Ich machte noch einen Schritt auf ihn zu, bis ich direkt vor ihm stand und ihm fest in die Augen blicken konnte. Mit jedem Atemzug nahm ich seinen vertrauten Geruch ebenso wahr wie die Wärme, die von seinem Körper ausging. »Geh nicht«, wisperte ich heiser.

Denn die Wahrheit war, dass ich ihn brauchte. Es zerriss mich innerlich, so viele verschiedene, so viele widersprüchliche Dinge für ihn zu empfinden, doch jetzt, nachdem Dylan die Möglichkeit angesprochen hatte, dass Trevor für immer aus meinem Leben verschwinden könnte, wurde mir klar, dass ich das nicht wollte. Und das, obwohl ich nicht einmal wusste, ob und wann ich ihm jemals verzeihen könnte. Aber ganz egal, wie kompliziert alles zwischen uns war, ich wollte dennoch, dass er ein Teil meines Lebens blieb. Und hatte Mom mir nicht das

Versprechen abgenommen, von nun an auf mein Herz zu hören?

Jeden anderen hätte ich nach so einer Sache gehen lassen können, zum Teufel, ich hätte ihn oder sie selbst rausgeschmissen. Aber nicht ihn. Nicht Trevor. Auch wenn es wehtat und ich keine Ahnung hatte, wie das funktionieren sollte. Aber die Vorstellung, ihn zu verlieren, ihn vielleicht nie wieder zu sehen, weil er die Stadt und das College und vielleicht sogar den ganzen Bundesstaat verließ, war unerträglich.

Ich hatte ihn die ganze letzte Woche über nicht gesehen, nicht gehört, nicht gelesen, nicht gesprochen. Aber das bedeutete nicht, dass ich nicht trotzdem ständig an ihn gedacht hatte, während ich krank im Bett lag und mir lächerliche Home Videos angeschaut hatte. Jetzt wusste ich, dass Trevor nicht die Schuld an Jamies Tod trug, genauso wenig wie ich, auch wenn es schwer gewesen war, das zu akzeptieren. Ich hatte nichts tun können, genauso wenig wie Trevor.

Ich wollte ihn in meiner Nähe wissen. Und wenn das bedeutete, dass ich über meinen Schatten springen musste, um ihn aufzuhalten, dann war das eben so.

Trevor beobachtete mich und schien in meinem Gesicht ebenso zu lesen wie ich in seinem. Inzwischen war ich ihm so nahe, dass er nur flüstern musste, damit ich ihn verstand. »Okay.«

Fragend zog ich die Brauen hoch. »Okay …?«

Diesmal zögerte er nicht, sondern legte die Hand behutsam an meine Wange, als würde er befürchten, ich würde mich gleich auflösen. Die Berührung war hauchzart, kaum spürbar und raubte mir dennoch den Atem. Ich schloss die Augen, genoss nur diese Empfindung, ohne mich zu rühren, weil der Moment dann wieder vorbei sein könnte.

»Ich bleibe.«

Ich riss die Augen auf und hielt seinen Blick fest, um mir zu versichern, dass er es ernst meinte. Dass er wirklich hierbleiben würde.

Etwas löste sich in mir, wie ein Knoten, der plötzlich verschwand oder etwas Schweres, das mich in die Tiefe zog und sich nun langsam auflöste. Ich hatte es heute schon mal gespürt, als ich mit meiner Mom telefoniert hatte, und jetzt war dieses Gefühl wieder da. Die Dinge mochten nicht wieder gut sein und vielleicht würden sie das nie werden. Die Sache mit Jamie würde immer zwischen Trevor und mir stehen, aber zum ersten Mal seit ich die Wahrheit erfahren hatte, hatte ich das Gefühl, wieder freier atmen zu können. Wieder lächeln zu können.

Ich nickte langsam. Dankbar. Erleichtert. »Okay.«

Kapitel 24

Tate

Zwei Wochen später hetzte ich nach meiner letzten Veranstaltung aus dem Hörsaal quer über den ganzen Campus und stieß die Tür zum Sender auf. »Ich bin da!«, rief ich außer Atem. »Was ist der Notfall?«

Anthony saß in seinem Drehstuhl vor dem Mischpult und blickte seelenruhig vom Smartphone in seiner Hand auf. Seine Miene zeigte keine Panik, nicht mal so etwas wie leise Besorgnis. Und das, nachdem er mir ungefähr zwanzig SOS-Nachrichten geschickt hatte, während ich versuchte, mich auf die Vorlesung in Kriminalpsychologie zu konzentrieren.

»Tracy ist schon wieder krank«, erwiderte er jetzt. »Du übernimmst ihre heutige Sendung.«

»Wie bitte? Das sagst du mir *jetzt*?« Mein Blick fiel auf die große Wanduhr. »Die Show beginnt in zehn Minuten.«

»Ich weiß. Du solltest dich besser darauf vorbereiten.« Er deutete auf den Aufnahmebereich, aus dem mir ein leerer Stuhl und das Blinken mehrerer Anrufer entgegenstarrten.

»Vergiss es. Einmal und nie wieder. Ich lege Musik auf. Ich bin keine Quatschtante für *Talk with Tracy*.«

»Heute schon. Denn heute senden wir nicht *Talk with Tracy*, sondern *Talk with Tate*.«

Erschieß mich doch einer.

»Ist das dein verdammter Ernst?«

Er erwiderte meinen Blick ausdruckslos. »Sehe ich so aus, als würde ich Witze machen?«

Ich verdrehte die Augen und zog meine Jacke aus. »Wenn mir einer doof kommt oder mir auf die Nerven geht, darf ich ihn fertigmachen?«

»Du darfst den Anrufer aus der Leitung kicken«, korrigierte Anthony mich und nahm mir Jacke, Tasche und Bücher ab. Sogar mein Handy legte er beiseite, sodass ich mir auf einmal geradezu nackt vorkam.

»Wenn du mich schon als Ersatz einspringen lässt, musst du damit leben, wie ich mit den Leuten umgehe.« Damit ließ ich ihn stehen und ging in den Aufnahmebereich, ließ mich auf den Stuhl fallen und setzte die Kopfhörer auf. Von hier aus sah Anthony ein wenig blass um die Nase aus. Gut so.

»Zieh nicht so eine Grabesmiene«, ertönte seine Stimme durch die Lautsprecher. »Wir sind hier bei *Talk with Tate*, nicht auf einer Beerdigung.«

Statt einer Antwort lächelte ich breit und zeigte ihm den Mittelfinger. »Was ist überhaupt das Thema?«

»Oh, das wird dir gefallen: Wir alle machen Fehler – aber wie gehen wir damit um?«

Ich schnaubte. Jetzt war es offiziell. Das Universum hasste mich. Nicht genug, dass ich noch Unmengen an prüfungsrelevantem Stoff aus den letzten Wochen aufholen musste, jetzt sollte ich mir auch noch die Probleme wildfremder Leute anhören und ihnen irgendwelche Tipps geben? Wie ertrug Tracy das nur, ohne vom Dach springen zu wollen? Ach ja, im Gegensatz zu mir studierte sie Psychologie und beschäftigte sich mit lebenden Menschen, während mich nur die toten interessierten.

»Ich hab dich gewarnt«, murmelte ich und rollte mehrmals mit den Schultern, um die beginnende Verspannung zu lösen.

Dann gingen wir auch schon auf Sendung.

Zugegeben, ich hatte es mir schlimmer vorgestellt. Die meisten Leute waren sogar ganz nett und einen Perversling wies ich so in die Schranken, dass er vor Schreck auflegte.

»Ach, noch was«, sagte mein aktueller Anrufer Sam, der seine letzte Seminararbeit verpatzt hatte und dem ich mit ein paar Organisations- und Lerntipps tatsächlich hatte helfen können.

»Ja?«

»Ich finde, du machst das echt klasse. Bitte mehr davon!«

Ich presste die Lippen aufeinander, kam aber nicht gegen mein Lächeln an. »Danke, Sam. Viel Erfolg bei den Prüfungen!«

Meine Freunde mussten ihre Meinung über mich eindeutig revidieren. Ich konnte ganz wunderbar mit Menschen. Ich hatte Sam bei seinem Prüfungsstress geholfen, der von Liebeskummer geplagten Kate eine Standpauke gehalten, die sie ihr Leben lang nicht vergessen würde, Kristen fast zehn Minuten lang zugehört – okay, ich hatte einen Apfel gegessen und sie einfach reden lassen, bis sie auf wundersame Weise von selbst darauf kam, wie sie ihren Fehler wiedergutmachen konnte – und John geraten, sich einfach zu entschuldigen.

Anthony gab mir ein Zeichen, dass die Zeit gleich um war.

»Okay, wir haben einen letzten Anrufer. Hallo, du bist bei *Talk with Tate*.« Bei dem Titel rollte ich noch immer mit den Augen. »Worüber möchtest du reden?«

»Hi, ich bin Ser… Sally. Ich bin Sally.«

»Hey Sally.«

Ein Zögern. Ich suchte Anthonys Blick, aber er deutete mir an, weiterzumachen. Anscheinend hatte ich das Mädchen noch immer in der Leitung, auch wenn ich bezweifelte, dass das ihr richtiger Name war.

Sie räusperte sich. »Ich weiß, das Thema ist Fehler machen,

aber was ist, wenn jemand anderes einen Fehler gemacht hat? Wenn jemand, der dir wichtig ist, etwas Unverzeihliches getan hat? Was dann?«

Nein, ich würde jetzt nicht daran denken. Auf keinen Fall würde ich jetzt daran denken.

»Kommt drauf an, was er oder sie getan hat«, erwiderte ich gedehnt.

»Er.«

»Okay.« Ich überlegte kurz. »Hat er dich betrogen? Dann schieß ihn in den Wind. Ehrlich, Schwester. Diese Ratte hat es nicht mal verdient, dieselbe Luft zu atmen wie du. Scheiß auf Vergebung, du solltest ihm lieber die Eie…«

Anthony machte hektische Bewegungen mit seiner Hand auf Halshöhe.

»… die Einmachgläser deiner Mutter an den Kopf werfen. Nein, jetzt mal im Ernst. Ich weiß nicht, was er getan hat, aber die Frage ist doch, ob du ihm vergeben kannst, wenn es etwas Unverzeihliches war.«

Ein Schniefen. »I-ich … ich weiß es nicht.«

Ich biss mir fest auf die Unterlippe. Ich wusste, dass es ein Fehler war. Meine innere Stimme und die Stimme der Vernunft waren sich ausnahmsweise einig und schrien mich gemeinschaftlich an, es sein zu lassen. Trotzdem tat ich es.

»Hör mal, Sally. Ich kenne das«, gab ich zu. »Vor Kurzem hat jemand, der mir auch sehr wichtig ist, etwas Unverzeihliches getan. Etwas, mit dem ich nie gerechnet hätte.«

»Wirklich …?«

Ich nickte, auch wenn Sally das nicht sehen konnte. »Ja. Er hat mich angelogen und etwas sehr Wichtiges vor mir verheimlicht. Und ich war so wütend … Du glaubst gar nicht, wie wütend ich war. Aber weißt du was? Letzten Endes geht es gar nicht ums Vergeben und Vergessen.«

»Worum dann?«

Meine Stimme zitterte, dennoch sprach ich weiter. »Es geht darum, ob du diesen Menschen weiterhin in deinem Leben haben willst oder nicht. Wenn du das ganz ehrlich beantworten kannst, dann stellt sich die Frage nach dem Verzeihen gar nicht mehr.«

»So habe ich das noch gar nicht gesehen … Was ist aus dem Kerl geworden?«, hakte sie zögernd nach.

»Ich wollte ihn in meinem Leben haben. Das will ich immer noch, ganz egal, was geschieht.«

Ich sah sie zwar nicht vor mir, aber in meiner Vorstellung lächelte Sally.

»Danke, Tate.«

Ich atmete tief durch. »Ich habe zu danken. Viel Glück!«

Musik setzte ein und ersparte mir die abschließenden Worte, zu denen ich gerade kaum in der Lage war. Meine Hände zitterten, als ich die Kopfhörer abnahm, und beim Aufstehen merkte ich erst, wie verkrampft meine Muskeln waren. Aber ich fühlte mich auch irgendwie … leichter. Es hatte etwas Befreiendes, darüber mit einer Wildfremden am Radio gesprochen zu haben. Huh. Wer hätte das gedacht.

Ein leises Klatschen ertönte. Anthony betrachtete mich teils interessiert und teils so, als wäre gerade ein Alien aus dem Aufnahmestudio gekommen. »Respekt. So viel Mitgefühl hätte ich dir gar nicht zugetraut.«

Nachdenklich wiegte ich den Kopf hin und her. »Ich habe so meine Momente. Gewöhn dich besser nicht dran.«

»War das die Wahrheit? Was du da drinnen erzählt hast? Oder hast du dir das nur aus den Fingern gesaugt, um die liebe Sally zu trösten?«

Ich zuckte mit den Schultern. »Das wirst du niemals erfahren.«

Er schüttelte den Kopf und wischte über das Display seines Smartphones. »Wie auch immer. Tracy ist die ganze Woche krankgeschrieben. Willst du ihre restlichen Sendungen auch übernehmen?«

Ob ich es *wollte*? Auf einmal *musste* ich es nicht mehr tun, wenn ich meinen Job hier behalten wollte? Und dafür war nur eine Sendung nötig gewesen, bei der ich kaum jemanden beleidigt, dafür aber mein persönliches Seelenleben bloßgelegt hatte?

Ich schnaubte ungläubig, musste aber auch lachen. »Klar. Ich übernehme sie.«

»Perfekt. Dann sehen wir uns Freitagnachmittag um fünf.«

Ich zog meine Jacke an, packte meine Sachen und winkte ihm zum Abschied. Mein Handy blinkte mit neuen Nachrichten. Für einen Sekundenbruchteil setzte mein Herzschlag aus, dann pochte es im normalen Rhythmus weiter. Der Text war von Elle. Sie schickte mir einen Smiley und ein Daumen hoch. Dicht gefolgt von einem: *Und jetzt beeil dich, wir warten alle schon auf dich!*

Es war ein ganz normaler Mittwochabend, den ich ausnahmsweise nicht lernend in der Bibliothek oder meiner Wohnung verbringen wollte, sondern zusammen mit meinen Freunden. Burger standen auf dem Programm, danach ein Auftritt von Mason mit seiner Band, die sich zum Semesterende wohl auflösen würde, da die Sängerin ihren Abschluss machte. Also mussten wir jeden Auftritt mitnehmen, bis es so weit war. Und zu guter letzt stand Bowling auf dem Programm. Endlich mal eine Sportart, die ich tolerieren konnte. Wobei das genau genommen kein Sport war, sondern Krieg bedeutete, weil mein Team gewinnen würde. Wir würden die Jungs so was von fertigmachen.

Inzwischen war es nicht mehr ganz so kalt, trotzdem fröstelte ich, als ich aus dem Gebäude trat. Die Sonne ging bereits unter, tauchte den Himmel zum Abschied aber in ein Farbenspiel aus Rosa und Pink. Ich marschierte an den anderen Gebäuden vorbei, bis ich den Parkplatz erreichte, an dem die anderen bereits warteten.

Mein Blick landete unweigerlich zuerst auf Trevor. Er lehnte an seinem Wagen, eine Hand in der Tasche seiner Jacke, und zog sich mit der anderen gerade die Kopfhörer aus den Ohren. Unsere Blicke trafen sich, und seine Mundwinkel wanderten nach oben. Er hatte meine Sendung gehört. Und so, wie er mich jetzt ansah – verstehend, mitfühlend und vielleicht auch ein kleines bisschen hoffnungsvoll –, wusste er ganz genau, über wen ich da gesprochen hatte.

Ich warf ihm ein Lächeln zu und schob den Riemen meiner Tasche höher. Elle kam mit ausgebreiteten Armen auf mich zu, unterließ es aber, mir um den Hals zu fallen, weil sie wusste, wie sehr ich so etwas in der Öffentlichkeit hasste. Dylan war nicht so zurückhaltend. Er packte mich und warf mich über die Schulter. Jedes Drohen, Fluchen und Strampeln half nichts. Er ließ mich erst wieder los, als er mich in Lukes Jeep verfrachtet hatte. Während er zur Beifahrertür ging, schob sich Trevor auf den Sitz neben mir.

Ich sah kurz zu ihm hinüber und lehnte mich dann mit einem tiefen Seufzen zurück. Seit ich zu ihm gegangen war, waren zwei Wochen vergangen, und ich hatte ein paar wichtige Entscheidungen getroffen.

Erstens: Ich würde weiterhin Kriminologie studieren, da ich – bis auf den verhassten Gesetzesanteil – Spaß daran hatte und Menschen helfen wollte. Andere sollten nicht so lange warten müssen, bis sie die Wahrheit herausfanden. Aber vor allem sollten die Schuldigen ihre gerechte Strafe erhalten. Angefangen mit Roy. Er und ich, wir waren noch nicht fertig miteinander, und eines Tages würden wir uns vor Gericht wiedersehen.

Zweitens: Ich hatte mich endlich auf ein Nebenfach festgelegt. Kunst mochte nichts mit Kriminologie zu tun haben, aber ich liebte es, Stunden im Kunstsaal zu verbringen, die ganzen Malerei- und Architekturstile aller Epochen zu lernen und mich selbst an der Leinwand auszutoben.

Und drittens: Jamie war ein Teil meines Lebens und würde das auch immer bleiben, aber sein Tod beherrschte mich nicht länger. Vielleicht würde ich nie völlig damit abschließen und darüber hinwegkommen können, aber das war in Ordnung. Das musste ich auch gar nicht. Ich musste nur lernen, damit zu leben.

Und, ganz ehrlich? Vergessen wurde sowieso überbewertet.

Kapitel 25

Zwei Monate später

Trevor Alvarez war absolut nicht mein Typ. Das stellte ich immer wieder fest, auch jetzt, während ich schräg gegenüber von ihm an unserem Stammplatz in der Bibliothek saß. Mittlerweile war es Anfang Mai. Die Vorlesungen waren zu Ende und wir befanden uns mitten in der Prüfungswoche, darum war es auch so voll in der Bibliothek und an unserem Tisch. Mason spielte an seinem Kugelschreiber herum, Luke tippte stirnrunzelnd etwas von seinen Unterlagen ab, Elle versuchte wie immer so viel in so wenig Zeit wie möglich zu lernen, Emery und Grace diskutierten über eine Grammatikfrage in Französisch und Mackenzie malte jeden zweiten Satz in ihrem Buch an. Vor mir lagen drei Bücher, ein Block, farblich sortierte Klebezettel, Stifte und fünf Stapel beschrifteter Karteikarten. Mehr als genug, um meine ganze Aufmerksamkeit zu fesseln, allerdings wurde die immer wieder von dem Kerl schräg gegenüber abgelenkt.

Trevor hatte sich zurückgelehnt und las schon seit einer halben Stunde seelenruhig in einem Wälzer. Wenn ich den Kopf zur Seite neigte, konnte ich die Buchstaben entziffern. Irgendetwas über Personalmanagement oder so. Im Grunde spielte es auch keine Rolle, weil es mich nicht interessierte. Der Kerl, der dieses Buch las? Der schon. Auch wenn er mit seinen schwarzen Haaren, dem zurechtgestutzten Bart, der kleinen Narbe an der Schläfe, der großen Statur und den schönen Händen absolut nicht mein Typ war.

Als hätte er gespürt, dass ich ihn beobachtete, sah er jetzt auf. Unsere Blicke trafen sich über den Rand seines Buches und wie auf Knopfdruck wurde mir warm. Seine Mundwinkel zuckten, aber er sagte kein Wort, blätterte nur weiter und konzentrierte sich wieder auf seinen Text.

Ich tat es ihm gleich und schaffte es, mich durch einen halben Stapel Karteikarten zu arbeiten. Dann war ich diejenige, die sich beobachtet fühlte. Aber ich schaute nicht hin, ließ mich nicht aus der Ruhe bringen, sondern machte weiter.

Ich kam gerade mal zwei Karteikarten weit, bis ich der Versuchung nicht länger widerstehen konnte, und den Kopf hob. Unsere Blicke trafen sich ein weiteres Mal und aus der Wärme wurde ein heißes Prickeln auf meiner Haut.

Nach dieser Sache hatten wir fast so weitergemacht wie früher. Wir waren weder Freunde noch Feinde, weder Bekannte noch Fremde, weder zusammen noch … nicht zusammen. Ergab das überhaupt einen Sinn? Wahrscheinlich nicht. Aber gleichzeitig war nichts mehr so, wie es früher gewesen war. Und wir hatten die letzten Wochen und Monate gebraucht, um uns wieder anzunähern. Erst mit den anderen im selben Raum, irgendwann lernten wir auch wieder zusammen und letzte Woche hatte ich mich zum ersten Mal wieder seinem Boxtraining im Fitnessstudio angeschlossen. Dummerweise hatte Dylan das mitgekriegt und da er mich bisher nur als Sportmuffel kannte, würde er mich für den Rest meines Lebens damit aufziehen, dass ich überhaupt so etwas wie Sportschuhe besaß.

Mom plante inzwischen fleißig die Reise nach Südafrika und trieb Dad damit in den Wahnsinn. In letzter Zeit hatten wir öfter telefoniert und ich war ein paarmal zu Hause gewesen.

Auch wenn es fast vier Jahre gedauert hatte, hatten wir es endlich über uns gebracht, Jamies Kisten im Keller zu öffnen und zu sortieren. Die meisten Sachen spendeten wir, aber ich hatte ein paar Dinge von ihm behalten. Allem voran das Foto von seinem Schulabschluss, das unsere beiden freudestrahlenden Gesichter zeigte. Früher hatte es in Jamies Wohnung gestanden, jetzt hing es in meinem Zimmer.

»Okay, das war's.« Mason warf seinen Stift auf den Tisch. »Es ist mitten in der Nacht und ich kriege hier nichts mehr rein.« Er tippte sich gegen die Stirn.

Ich warf einen Blick auf mein Handy und schnaubte. »Es ist gerade mal neun.«

»Draußen ist es dunkel!«

Ich hustete gespielt. »Weichei.«

Statt einer Antwort zeigte er mir den Mittelfinger und klappte seine Bücher zu. »Pizza?«

Elle ließ alles stehen und liegen. »Oh Gott sei Dank!«

Auch Luke sprang auf.

Fassungslos sah ich von einem zum anderen. »Echt jetzt? Ihr gebt alle auf?«

»Nicht alle sind so hardcore wie du«, kam es von Trevor. Für einen kurzen Moment befürchtete ich, dass er jetzt ebenfalls aufstehen und gehen würde, aber er legte nur das Buch ab und griff nach seinem Wasser. Kein hastiges Einpacken, kein Anzeichen von Aufbruch.

Ich entspannte mich wieder.

Emery winkte uns zum Abschied. »Viel Erfolg noch!«

»Ihr Verrückten!«, fügte Luke kopfschüttelnd hinzu.

»Was ist mit dir?« Trevor sah den anderen nach, die eilig das Weite suchten. Froh darüber, endlich Feierabend zu machen, auch wenn morgen ein weiterer Prüfungstag bevorstand. »Gehst du oder bleibst du?«

Aus irgendeinem Grund musste ich lächeln. Vielleicht, weil diese Frage ein einziges Déjà-vu war und eine Kette an Ereignissen nach sich zog, die uns hierhergebracht hatten. In die Bibliothek. An unseren Tisch.

Ich wartete, bis Trevor wieder zu mir schaute und hob provozierend eine Braue. »Ich bleibe.«

Seine Mundwinkel wanderten in die Höhe. Er erinnerte sich. Ich konnte es an seinem Blick ablesen, der sich mit einem Mal veränderte. Aber er tat nichts weiter, außer mich auf eine Weise anzusehen, die mein Herz zum Rasen brachte.

Ich stützte mich auf die Ellbogen auf und kam ihm so automatisch etwas näher. Dann senkte ich die Stimme. »Muss ich erst wieder jemand anderen küssen, damit du mich küsst?«

Sein angedeutetes Lächeln wurde zu einem Grinsen. Ohne ein weiteres Wort stand er auf, nahm mich bei der Hand und zog mich mit sich. Weg von den Tischen und in den hinteren Bereich, wo keiner hinging … außer mit einer ganz bestimmten Absicht. Wenn es nach mir ging, würde dies hier in einer weiteren gemeinsamen Nacht enden – nur dass es diesmal hoffentlich unsere letzte erste Nacht sein würde.

Und als Trevor mich gegen eines der Regale drängte und seinen Mund auf meinen presste, wurde mir wieder mal bewusst, dass er ganz und gar nicht mein Typ war.

Er war so viel mehr als das.

Danksagung

Die letzte erste Nacht war wie ein Rausch. Ein stressiger, Deadline geplagter, unheimlich schöner Schreibrausch – direkt nach einem Umzug in einer neuen Stadt, kurz vor Weihnachten und gleich nachdem ich ein anderes Manuskript abgegeben hatte. Aber ich wusste immer, dass ich es schaffen würde. Die Geschichte von Tate und Trevor hatte ich schon so lang im Kopf, trotzdem haben die beiden es geschafft, mich zu überraschen. Innerhalb von fünfeinhalb Wochen habe ich ihre Geschichte erzählt und damit meinen eigenen Rekord geschlagen. Der lag nämlich bei acht Wochen für *Der letzte erste Blick* mit Emery und Dylan.

Aber Tate und Trevor waren nicht nur ein Rausch, sie waren auch eine unglaubliche Achterbahnfahrt. Es gab so viele Höhen und so, so viele Tiefen mit ihnen, dass ich teilweise selbst nicht mehr weiterschreiben wollte, weil es mich genauso geschmerzt hat wie die beiden. Aber wir haben weitergemacht, wir haben uns durchgebissen, haben gekämpft und jetzt, liebe/r Leser/in, jetzt sind wir hier, am Ende dieses Buchs. Wir haben es geschafft. Wir haben Seite an Seite gekämpft, zusammen gelacht und geweint, getrauert und geliebt. Und vielleicht sogar etwas gelernt.

Tate und Trevor haben mich, genauso wie das Schreiben dieser Geschichte, ein paar wichtige Dinge gelehrt, die ich gerne an euch weitergeben möchte:

Erstens: Ihr könnt alles erreichen, was ihr euch vornehmt. Alles. Völlig egal, was die anderen sagen, und selbst wenn alles dagegenspricht – ihr könnt es trotzdem schaffen. Es wird mit Sicherheit nicht einfach, es wird Tiefpunkte geben und Momente, in denen ihr alles hinschmeißen wollt, aber ihr könnt euch durchkämpfen und am Ende als Sieger hervorgehen. Ihr müsst es nur wollen.

Und zweitens: Wie Tate so schön gesagt hat, geht es im Grunde gar nicht um das Vergeben und Vergessen, sondern darum, welche Menschen man in seinem Leben haben möchte und welche nicht. Das solltet ihr euch immer fragen und eurem Herzen folgen.

Dieses Buch wäre heute nicht das, was es ist, ohne ein paar ganz besondere Menschen, die mir zur Seite standen:

Yvonne, die am längsten auf diese Geschichte gewartet, so darauf gehofft und ihr entgegengefiebert hat. Ich hoffe, ich konnte deine Erwartungen erfüllen. Danke für deine Begeisterung, deine Geduld, den manchmal nötigen Tritt in den Hintern und den Marathon, den wir am Ende gemeinsam gelaufen sind.

Melanie, meine Betaleserin, ohne die ich mir inzwischen keine Geschichte mehr vorstellen kann. Danke für die Word Wars und dass du so begeistert von TNT warst, dass du sogar nach Schnipseln gefragt hast, als ich dir noch keine ganzen Kapitel schicken konnte. Du hast so viel dazu beigetragen, dass diese Geschichte überhaupt fertig geworden ist.

Tanja Voosen, die Grumpy Cat ins Spiel gebracht hat. Bedankt euch dafür bei ihr! Danke, dass du mich beim Schreiben angefeuert, mich motiviert und mir ständig Bilder von Grumpy Cat geschickt hast. Und danke für dein Vorab-Feedback zu TNT!

Sarah Saxx – danke für die vielen Schreibbattles, die mich angetrieben und dazu gebracht haben, so unglaublich viel in so kurzer Zeit zu schreiben. Und vielen Dank für die Hilfe beim

Entwirren, als ich selbst nicht mehr bei Trevors und Tates Gedankengängen durchgestiegen bin.

Laura Kneidl – danke für die intensiven Arbeitstage, die mich u. A. durch das Lektorat gebracht haben, die vielen tollen Gespräche und die schöne Lesung in Stuttgart mitten in der Lektoratsphase.

Danke an meine Agentinnen Gesa Weiß und Kristina Langenbuch Gerez, insbesondere an Kristina, die mich Stück für Stück durch das Lektorat begleitet hat, Abend-, Nacht- und Wochenendschichten eingeschoben und alles organisiert hat, als ich in der Lektoratsphase krank geworden bin. Danke für alles! Ohne dich wäre diese Geschichte nicht so, wie sie heute ist.

Danke an meine wunderbare Lektorin Stephanie Bubley vom LYX-Verlag, weil du von Anfang an an die Clique der Firsts-Reihe geglaubt hast. Und weil Tate und Trevor nur deinetwegen so sehr leiden durften.

Danke an Laura, Yvonne, Klaudia, Anabelle, Tanja, Melly, Marie, Mona, Kim, Nadine, Carolin, meine Familie und alle, die mich während dieser intensiven Phase unterstützt, abgelenkt, bespaßt und mir geholfen haben.

Und zu guter Letzt danke an all die wunderbaren Menschen da draußen, die Tate und Trevor genauso entgegengefiebert haben wie ich. Diese Geschichte ist für euch!

Das mitreißend romantische
Finale der Firsts-Reihe

(erscheint am 30.11.2018)

Die Liebe kann dich heilen ...

aber auch zerstören.

Sarina Bowen
THE IVY YEARS –
BEVOR WIR FALLEN
Aus dem amerikanischen
Englisch von
Ralf Schmitz
320 Seiten
ISBN 978-3-7363-0786-5

Seit einem Sportunfall ist Corey Callahan auf den Rollstuhl angewiesen, doch ihren Platz am renommierten Harkness College will
sie auf keinen Fall aufgeben! Im Wohnheim trifft sie auf Adam
Hartley – aus dem Zimmer direkt gegenüber. Corey weiß augen-
blicklich, dass sie das in Schwierigkeiten bringen wird: Denn auch
wenn Corey sich von niemandem besser verstanden fühlt als von
Adam und sie sich sicher ist, dass es ihm genauso geht – für sie
beide gibt es keine Chance ...

»Ich liebe Sarina Bowens Geschichten! Ich werde alles von ihr
lesen.« COLLEEN HOOVER